이념 뒤에 숨은 인간

한국 근대소설에 나타난 계몽의 패러다임

이념 뒤에 숨은 인간

한국 근대소설에 나타난 계몽의 패러다임

이념 뒤에 숨은 인간

한국 근대소설에 나타난 계몽의 패러다임

박 혜 경

도서출판 역락

책머리에

　오랫동안 한국문학을 읽고 해석하는 일에 종사해오면서 한국문학에 대한 애정 못지않게 내 마음 한쪽에 자리 잡아온 것은 '한국문학은 왜 이렇게 상상력의 폭이 좁고 답답할까?' 혹은 '한국문학의 표정은 왜 이렇게 무겁고 엄숙하기만 한 걸까?'라는 물음들이었다. 한국문학이 지닌 문학적 상상력의 정형성과 도식성, 혹은 도덕적 경직성과 폐쇄성에 대한 불만에서 비롯된 이러한 물음은, 우리에게 알려져 있는 대부분의 작품들이 독자들에게 역사의 진실과 삶의 윤리에 대해 어떤 감동적인 깨달음이나 마음에 새길만한 해답을 제시해야 한다는 엄숙하고 진지한 의무감에 사로잡힌 듯한 교사의 모습으로 다가온다는 점과 긴밀한 연관이 있을 것이다. 근대문학 초기 민족과 역사에 대한 확고한 사명감으로 계몽의 열변을 토해내던 열혈청년들의 시대 이후로 계몽은 언제나 한국의 근현대 문학을 선도해온 가장 강력한 에너지의 원천이었다. 역사상 유례를 찾을 수 없을 정도로 빠른 시간 내에 뜨겁게 달아올랐던 교육열이 한국의 근대화를 이끈 가장 강력한 견인차였던 것처럼, 가르치고 배워야 한다는 계몽에의 요구는 기실 문학뿐만 아니라 근대 이후 한국사회 전반을 지배해온 가장 강력한 의식의 패러다임이었다고 할 수 있을 것이다.
　한국의 근대문학은 이와 같은 계몽의 패러다임을 자신의 존재론적 근거로 내면화하는 지점에서 출발한다. 신소설에서부터 이광수에 이르는 동안 한국문학은 이미 계몽의 선도적 역할을 수행하는 가장 막강한 대중적 담론으로 사람들의 마음속에 자리 잡아왔다. 이후 한국 근현대사의 역사적 격동기를 거치는 동안 계몽의 패러다임은 학계와 비평계의 적극적인 지원사격을 받으면서 한국문학의 안팎에서 지속적인 영향력을 행사하게 된다. 역사의 무게가 개인의 삶을 압도해온 근현대사의 특수한 상황에서 작가들에게 적극적으로 요구되어온 역사의식의 문제와, 근대 이후 한국소설의 주도적인 창작방법론으로 자리 잡은 사실주의적 담론 양식은 한국문학의 주류적 패러다임으로서의 계몽의 위상을 더욱 공고히 하게 된다.

계몽의 패러다임을 지속적으로 확대재생산해온 한국 근현대사의 격변기적 상황은 작가들의 상상을 뛰어넘는 풍부한 문학적 소재와 창작에의 동기부여를 통해 한국문학의 성장을 이끈 주요한 동력을 제공해왔다. 그러나 다른 한편으로 이러한 상황은 작가들에게 끊임없이 역사의 '올바른' 증인이 될 것을 요구함으로써 한국문학이 나아갈 수 있는 상상력의 영토를 협소하게 만드는 억압의 기제로 작용하기도 했다. 한국문학에 가해진 역사주의적 강박은 개인의 삶을 바라보는 창(窓)으로서의 '역사'라는 프레임을 문학의 자명하고도 절대적인 윤리적 전제로 설정하는 방식을 통해, 독자들에게 역사와 시대에 대한 바람직한 삶의 지침을 제공해주어야 한다는 문학적 역할의 가이드라인을 끊임없이 요구해왔던 것이다.

한국문학이 안고 있는 문학적 상상력의 정형성이라는 문제와 긴밀한 연관을 맺고 있는 것으로 보이는 계몽의 패러다임은 문학의 생산영역을 담당하는 작가들뿐만 아니라 문학에 대한 해석과 평가를 담당하는 비평가들에게도 동일하게 적용되는 것이다. 문학의 질적 성취 이전에 작품이 지닌 계몽적 가치나 작가의 윤리적 태도와 관련된 문제를 작품에 대한 보다 우선적인 평가기준으로 설정하는 식의 오랜 비평적 관행은, 문학적 상상력의 지평을 확장하고 문학담론의 실험적 가능성을 새롭게 개척해 나갈 수 있는 한국문학의 내부적 역량을 현저히 위축시키는 역기능을 초래하기도 했다. 문학의 사회적 책무에 대한 요구를 문학에 대한 해석과 평가에 일률적으로 적용하려 한다거나 작가가 지닌 역사인식의 윤리성 문제를 작품에 대한 문학적 가치판단의 주요한 잣대로 활용하는 등의 계몽주의적 관점은 오랫동안 문학을 바라보는 비평적 관점의 주류적인 패러다임을 형성해온 것이다.

한국사회나 독자들이 작가들이나 그들의 작품 속에 등장하는 인물들에게 유별나게 높은 도덕적 기대치를 요구해온 것 또한 한국사회를 지배해온 계몽의 패러다임과 깊은 관련이 있을 것이다. 이미 계몽적인 내용으로 말끔하게 정리된 문학수업을 받던 학창시절부터 문학은 미래의 독자들이라 할 학생들에게 자발적인 향유의 대상보다는 도덕적으로 엄숙한 가르침을 끌어내야 하는 의무의 대상으로 읽혀왔다. 계몽의 패러다임은 내적인 혼돈과 의혹을 끌어안은 채 모호하고 불확정한 욕망의 심연을 가로질러가는 인물보다는 자신의 삶을 통해 역사와 사회의 도덕적 기대치를 실현하는 선명한 이념형의 인물들을 선호하게 마련이다. 계몽의 패러다임 안에서 인물들은 특정한 이념이나 가치관을 대표하는 표상적 존재들로서의 자기역할을 수행하며 작가는 그들을 통해 자신이 옹호하는 도덕적 가치를 보다 명징하게 드러내게 된다. 이념의 거대서사가 개체적인 욕망의 미시사들을 지배하는 세계에서 인간의 욕망은 도덕의 명령으로부터 자유로울 수 없다. 오랫동안 한국문학은 인간이라는 존재의 심연에 대한 치열한 탐색보다는 이념이라는 틀로 인간의 삶에 견고한 질서를 부여하려는 과도한 열정의 지배를 받아왔다. 이런 의미에서 우리가 한국문학 속에 등장하는 인물들뿐만 아니라 그들을 창조해낸 작가들에게서 가장 빈번히 마주쳐온 것은 거대한 이념의 그늘 뒤에 숨은 인간의 형상이 아니었을까?

이념 뒤에 숨은 인간의 형상이란 욕망을 버리고 이념을 선택한 인간이 아니라, 말 그대로 이념 뒤에 자신의 욕망을 은폐한 인간을 의미한다. 한국문학, 혹은 한국문학의 작가들은 문학의 계몽적 역할 뒤에 욕망하는 인간의 벌거벗은 육체를 숨겨버림으로써 오랫동안 문학의 계몽적 권위를 표상하는 도덕적 엄숙주의의 표정을 유지해왔다. 근대 이후 한국문학이 이처럼 인간보다는 이념을, 욕망보다는 윤리를 내세우는 계몽의 서사를 통해 문학의 사회적 권력과 영향력을 확장해왔다면, 문학이 추구해온 이념 혹은 윤리란 기실 인간의 이름으로 인간 위에 군림하려는 가장 강력한 욕망의 기제였는지도 모른다. 그러나 한국 문학이 계몽의 이념을 통해 자신의 도덕적 정당성과 사회적 영향력을 확장해오는 동안 그 엄숙한 이념의 그늘 뒤에 감춰져 있던 것은 기실 풍요로운 생산의 탄력을 잃어버린 그 자신의 어둡고 메마른 육체가 아니었을까?

한국문학에서 계몽주의의 이념이 오랫동안 한국인들의 의식을 지배해온 도덕적 엄숙주의의 전통과 결합하면서, 윤리적 세계관에 바탕을 둔 결정론적 시각으로 인간의 삶과 현실의 문제들에 접근하는 인식의 패러다임을 한국문학의 저변에 확산시켜왔다면, 한국문학에서 나타나는 상상력의 정형성이라는 문제는 계몽의 패러다임이 한국문학의 주류적인 생산기제로 자리 잡기 시작하는 근대 형성기의 문학에서부터 출발하는 것이다. 이 책에 실린 글들은 신소설과 이광수의 작품들을 대상으로 한국의 근대문학이 계몽에의 강박을 하나의 시대적 숙명으로 받아들이게 되는 상황뿐만 아니라, 이후에 전개된 근대 초기문학에 대한 비평적, 학문적 논의들이 그와 같은 계몽에의 강박을 근대문학에 대한 판단기준으로 끈질기게 내재화해온 상황 모두를 반성해보고자 하는 의도로 쓰여졌다. 창작 못지않게 비평 또한 스스로를 문학에 대한 계몽적이고 윤리적인 평가의 잣대 안에 가두어버림으로써 한국문학의 상상력 빈곤이라는 현상을 고착화하는 데 일조해온 것이 아닌가라는 애초의 생각은, 신소설이나 이광수의 문학에 대한 계몽적 논의가 묵과했거나 지나치게 과잉해석해온 요소들을 다시 한 번 자세히 들여다보자는 생각으로 이어지게 되었던 것이다.

주지하다시피 신소설이나 이광수에 대한 연구는 그 숫자를 헤아리기 어려울 정도로 많은 양의 연구성과가 축적되어 있다. 그 때문에 논의를 진행하는 중에도 그에 대한 기존의 논의들과 완전히 구별되는 새로운 논의를 추가한다는 것이 과연 가능할까 하는 회의어린 생각이 들기도 했다. 그러나 한국문학에 대한 학문적 논의가 본격적으로 계몽추수적인 관점의 간섭으로부터 벗어난 비평의 시야를 확보하기 시작한 것은 한국 근현대문학의 역사에 비추어볼 때 기실 그리 오래 전의 일이 아니다. 그런 점에서 신소설이나 이광수의 소설들에 대한 새로운 논의의 가능성 또한 여전히 현재진행형인 상태로 남아 있다고 생각한다. 이 책에 실린 글들은, 텍스트에 대한 면밀한 분석을 통해서 계몽주의라는 관점의 틀 안에서 충분히 다루어지지 못했던 논의의 틈새들을 가능한 한 조밀하게 들여다보려는 의도로 쓰여진 글들이다.

이 책에 실린 글들을 기획하게 된 애초의 의도는 신소설이나 이광수의 소설들을 출발점으로 하여 한국문학을 지배해온 계몽의 패러다임을 통시적인 흐름으로 정리해보려던 것이었지만, 신소설과 이광수에 대한 논의가 애초의 계획보다 방대해져서 우선 그에 관한 글들만을 모아 한 권의 책으로 묶어내게 되었다. 이 책에 실린 글들은 모두 2001년부터 2009년까지 일관된 연구테마를 염두에 두고 쓰여져서 학술지에 발표되었던 논문들이다. 이 기간 동안 한국학술진흥재단으로부터 두 차례의 연구지원을 받았다. 원고를 정리하면서 각 원고들이 개별논문으로 학술지에 실리는 과정에서 불가피하게 중복될 수밖에 없었던 부분들을 덜어내고 가능한 한 서로 매끄럽게 연결될 수 있도록 부분적인 수정을 가했다. 책의 맨 끝에 첨부한 강경애에 대한 글은 강경애의 작품들에 대한 기존의 계몽적 논의에서 벗어나기 위해 쓴 글이므로 이 책에 실린 글들의 전체적인 취지와 어긋나지 않을 것으로 판단하여 수록하였다.

책으로 묶기 위해 원고들을 한 자리에 모아보니 이 원고들과 함께 지나왔던 시간의 흔적이 너무 보잘 것 없다는 부끄러움이 마음을 움츠리게 만든다. 뿐만 아니라 기억 속에서 먼지를 뒤집어쓰고 있던 오래 전의 글들까지 불러내어 새삼스레 손질을 가하려니 그야말로 부끄러움에 모골이 송연해지는 느낌마저든다. 그러나 지금까지의 내 삶에서 뜻은 창대했으나 결과는 보잘 것 없는 것이 비단 이뿐이겠는가? 이 모든 부끄러움이 몸은 굼뜨고 생각은 더딘 나의 아둔함에서 비롯된 것임에랴. 그저 쉬임없이 길을 찾고 걸으며 앞으로 다가올 시간으로 이미 지나가버린 시간에 대한 부끄러움을 가리리라는 다짐으로 스스로를 위안해본다.

2009년 겨울의 초입에서

박 혜 경

제1부 근대소설에 나타난 계몽의 패러다임 – 신소설의 경우

제1장 이념과 풍속의 낙차 ▌17

제2장 시대적 통속으로서의 계몽 ▌47

제3장 신소설의 몰락 ▌73

근대소설에 나타난 계몽의 패러다임

신소설의 경우

이념과 풍속의 낙차

1. 신소설에 대한 연구에서 나타나는 문제들

신소설에 대한 논의는, 많은 논자들이 신소설이 지닌 문학적 가치에 대해 회의어린 시선을 보내고 있음에도 불구하고, 양적으로나 질적으로 이미 상당한 정도의 연구성과들이 축적되어온 상황이다. 특히 근대 형성기의 문학 상황에 대한 관심이 증폭되기 시작한 1990년대 이후로 신소설에 대한 논의는 보다 적극적인 탄력을 받고 있는 듯한데, 아마도 그것은 신소설이 한국 사회와 문학의 근대적 패러다임이 형성되는 과정과 관련해서 참고할만한 풍부한 논의의 전거들을 내장하고 있다는 점과 무관하지 않을 것이다. 특히 근래에 논의의 한 경향으로 자리 잡아온 근대 문학에 대한 풍속사적 접근방식은, 재래의 봉건적 삶과 새롭게 유입된 근대의 충격, 일제 식민화 과정의 복합적인 얼크러짐 안에서 형성된 한국적 근대의 특수한 패러다임을 추상적인 관념의 차원이 아니라 문학 텍스트 안에 내재된 당시의 보다 구체화된 삶의 풍속을 통해 재구성하는 데 신소설이 유용한 자료로 활용될 수 있다는 점에 크게 고무되어 있는 것으로 보인다. "기존의 신소설 읽기는 한마디로 말해서 소설들 속에서 '근대성'의 흔적을 찾아내려는 시도였"[1]다는 한 논자의 말처럼, 문학사의 차원에서, 혹은 사회사의 차원에서 근대성의 문제와 관련된 신소설의 풍부한 사료적 가치는 이처럼 신소설에 대한 문학적 논의를 압도해온 가장 큰 요소였다고 할 수 있다. 이런 점에서 신소설에 대한 근래의 풍속사적 논의들은 이러한 연구경향을 벗어난 것이라기보다 오히려 그것을 보다 심화시켜가는 과정으로 이해해야 할 것이다.

신소설에 대한 기존의 연구경향을 유형별로 살펴보면, 신소설의 형성과정이나 그 형성을 둘러싼 시대적 조건들에 대한 논의,[2] 신소설이 새로이 등장하기 시작한 근대적 풍물들이 불러온 삶의 변화양상과 근대와 전통이 만나는 접점에서 드러나는 풍속의 변화 등을 살피기 위한 텍스트로 활용하거나 신소설이 동학운동이나 여성수난사와 같은 특정 소재들을 다루는 방식에 관심을 집중하는 논의,[3] 혹은 신소설이 전대, 혹은 후대문학들과의 관계 속에서 보여주는 근대성의 일정한 성취, 혹은 미달양상 등에 주목하며 신소설에 내재된 문학적 근대성의 함량을 측정하는

---

1) 손종업, 『극장과 숲』, 월인, 2000, 45면.

2) 이에 해당하는 연구서로는 전광용, 『신소설연구』, 새문사, 1993 ; 송민호, 『한국개화기소설의 사적 연구』, 일지사, 1975 ; 이재선, 『한국개화기소설연구』, 일조각, 1972 ; 권보드래, 『한국 근대소설의 기원』, 소명출판사, 2000 ; 천정환, 『근대의 책읽기』, 푸른역사, 2003 등이 있다.

3) 이재선, 「신소설에 있어서의 갑오경장」, 『새국어생활』 4권 4호, 국립국어연구원, 1994 ; 조남현, 「개화기 소설의 생성과 전개」, 『소설과 사상』 12호, 1995 ; 권보드래, 「신소설의 여성성과 광기의 수사학」, 『한국문학연구』 제4호, 고려대 한국문학연구소, 2003 ; 김동식, 「신소설에 등장하는 죽음의 양상」, 『현대문학연구』 제11집, 한국현대문학회, 2002 ; 황정현, 「개화기에 있어 신교육의 문제」, 『한국어교육』 9권, 한국어문교육학회, 1993 등이 이러한 논의에 해당되지만, 넓게 보면 이러한 연구들 또한 신소설에 대한 풍속사적 논의의 범주에 해당되는 것으로 볼 수 있다.

논의4) 등으로 정리해 볼 수 있을 것이다. 이뿐만 아니라 신소설 연구의 또 다른 주류를 형성해온 것으로, 당시 상황에 대한 논자의 역사적 판단을 근거로 작품 속에 나타난 작가의 역사인식의 잘잘못을 평가하는 논의들을 빼놓을 수 없을 것이다.5) 최원식, 양문규 등의 글들에서 가장 적극적으로 부각되는 이러한 관점은 작품이 생산된 시기에 대한 논자들의 역사적 상황판단을 신소설에 관한 논의의 기본적 준거틀로 활용하는 방식을 통해 작가의 역사인식에 대한 평가를 작품의 문학적 가치에 대한 평가보다 상위에 두려는, 아니 보다 정확하게 말한다면, 신소설의 문학적 가치에 대한 평가와 작가가 보여주는 역사인식의 도덕성 문제를 등가화하려는 발상을 보여준다.

이처럼 지금까지 이루어진 신소설에 대한 연구경향은 신소설에서 나타나는 문학적 근대성의 문제를 다루는 글들과 신소설이 쓰일 당시의 역사적 상황이나 사건들과의 긴밀한 연관 속에서 신소설의 역사인식을 문제삼는 글들, 그리고 신소설을 통해 근대 초기의 풍속사적 변화가 갖는 의미를 규명하려는 글들의 세 가지 범주로 분류될 수 있다. 그러나

---

4) 실상 신소설에 대한 연구들 대부분이 부분적으로든 전면적으로든 근대성에 대한 논의를 펼치고 있다는 점에서 이러한 논의에 해당되는 글들은 일일이 열거하기 어려울 정도로 많다. 그 가운데 몇 개만 꼽아보면 조동일, 『신소설의 문학사적 성격』, 서울대출판부, 1983 ; 신동욱, 「신소설에 반영된 신문화 수용의 태도」, 『신문학과 시대의식』, 새문사, 1981 ; 설성경·김교봉, 『근대전환기소설연구』, 국학자료원, 1991 ; 손종업, 『극장과 숲』, 월인, 2000 ; 권영민, 『서사양식과 담론의 근대성』, 서울대출판부, 2000 등이 이러한 논의에 해당한다고 할 수 있을 것이다.

5) 이에 해당되는 글로 최원식·임형택, 『한국근대문학사론』, 한길사, 1988 ; 최원식, 『한국계몽주의문학사론』, 소명출판사, 2002 ; 양문규, 「개화기 문학 담당층의 사회 역사적 성격」, 『국제어문』 제25집, 국제어문학회, 2002 ; 양문규, 「신소설에 반영된 20세기 초 개화파의 변혁주체로서의 한계」, 『인문학보』 5집, 강릉대 인문과학연구소, 1988 ; 정선태, 『심연을 탐사하는 고래의 눈』, 소명출판사, 2003 ; 한기형, 『한국 근대소설사의 시각』, 소명출판사, 1999 ; 신승희, 「개화기소설론」, 『국어교육연구』 7집, 인하대학교, 1995 ; 김영기, 「개화기 소설의 양면성」, 『현대문학』 1975년 6월호 등을 들 수 있을 것이다.

이러한 각기 다른 연구경향들에서 공통적으로 나타나는 것은, 이러한 글들이 신소설이 지닌 문학적 가치에 대한 평가의 근거를 대부분 텍스트의 내부가 아닌 외부로부터 가져오고 있다는 점이다. 그 대표적인 준거틀이 바로 근대성이라는 외적 기준이고, 그것이 문학적 근대이든 역사적 근대이든 풍속사적 근대이든, 문학 텍스트로서의 신소설의 가치를 결정짓는 것은 신소설이 근대성의 요구에 어느 정도 부합한가라거나, 근대성과 관련된 논의에서 신소설이 얼마나 유효한 텍스트적 근거를 제공하는가라는 문제이다. 뿐만 아니라 신소설의 문학적 가치를 평가하는 논의 과정에서 막강한 결정권을 행사하고 있는 근대성이라는 준거틀이 많은 경우 명시적으로든 암묵적으로든 근대를 바라보는 계몽주의적인 역사관에 강박되어 있다는 점은 이 글의 논지와 관련해서 특별히 주목을 요하는 부분이다. 물론 신소설의 출현이 근대성에의 요구가 계몽이라는 시대적 강박과 맞물릴 수밖에 없었던 당시의 강력한 정치적 담론의 장 안에서 이루어진 것이라는 점을 감안하면 이러한 현상은 지극히 당연한 것으로 보이기도 한다. 그러나 신소설에 대한 문학적 평가를 계몽주의적 역사인식의 틀 안으로 끌어들이려는 현상의 이면에서 우리가 발견하게 되는 것은, 신소설을 둘러싼 시대 상황과 신소설이라는 문학 텍스트 사이의 연관성을 다분히 일대일의 직선적인 대응관계로 파악하려는 관점이다. 문학에서 역사로, 혹은 역사에서 문학에로 이르는 최단거리의 코스를 선호하는 이러한 연구경향은 특히 앞서 언급한 신소설에 대한 세 가지의 연구경향 가운데 두 번째 범주에서 가장 단적으로 드러나는 것으로서, 신소설의 경우뿐만 아니라 기실 한국문학에 대한 논의의 한 주류적인 패러다임을 형성해온 것이기도 하다.

그러나 계몽, 혹은 계몽주의적 역사인식이라는 틀 안에서 신소설의 의미를 평가하려는 태도는 종종 신소설이 문학 텍스트로서 갖는 특성을 그다지 주의깊게 고려하지 않는 것으로 보인다. 다시 말해 문학에서 다루어지는 세계가 계몽이라는 틀 안에 온전히 담겨질 수 없을 만큼 다양하고 이질적인 요소들로 얼크러진 인간의 복잡다기한 삶의 영역이라는 사실은 이러한 논의들에서 종종 간과되어버리는 듯한 인상을 받게 되는 것이다.[6] 이러한 현상은 아마도 신소설과 마찬가지로 신소설에 대한 논의 또한 근대성이라는 범주를 시대상황의 변화를 읽는 가치중립적인 논의의 준거로 활용하는 대신 마땅히 그리 되어야 할 시대 변화의 자명하고도 당위론적인 가치기준으로 삼는 근대추수적 관점을 암암리에 받아들이고 있기 때문일 것이다. 다시 말해 신소설 작가들뿐만 아니라 신소설 연구자들 역시 근대적 계몽의 논리를 당시의 문학에 부과된 시대적 소명이자 윤리적 당위의 문제로 인식하고 있다는 것이다. 그 때문에 신소설에 대한 평가는 종종 해당 작가나 작품이 그와 같은 시대적 소명에 얼마나 충실히 부합하고 있느냐에 대한 평가와 겹쳐지게 된다.

아무리 막강한 영향력을 지닌 이념적 주장이라 하더라도 그 이념은 그것을 둘러싸고 있는 여타 이념들이 길항하는 복합적이고 다층화된 담론의 자장 안에서 존재하는 것이며, 어느 시대든 그 시대를 움직이는 이

---

6) 풍속사적 자료로서 신소설이 지닌 가치에 대한 최근의 관심은 계몽이라는 단일 코드로 신소설에 접근하는 방식에서 벗어나 '문학' 텍스트로서 신소설이 지니는 당대적 삶의 풍부한 육체성에 주목하려는 시도로 간주된다. 그러나 두말할 것도 없이 풍속사적 연구에서 관심의 대상이 되는 것은 신소설의 문학적 가치가 아니라, 신소설이 문학 텍스트이기 때문에 가지게 되는 특수한 사료적 가치이다. 다시 말해 풍속사적 논의가 신소설의 가치에 주목하는 것은 그것이 여타의 비문학적 자료보다 당대의 풍속들에 대한 풍부한 서사적 정보를 담고 있다는 점 때문이다. 이런 의미에서 작가나 작품이 지닌 역사인식의 타당성을 문제삼는 계몽주의적 관점이든 근대 초기의 풍속을 재현하기 위한 자료로 신소설을 활용하는 방식이든 문학 텍스트로서 신소설이 갖는 의미는 결국 역사적이거나 풍속사적인 논의 안에 묻혀버릴 가능성이 크다. 그러나 한편으로는 신소설의 문학적 성과가 그에 대한 적극적인 논의를 유발할 정도의 수준에 미치지 못한다는 인식 또한 신소설의 사료적 측면에 논의의 관심이 집중되는 이유이기도 할 것이다.

념적 주장들과 삶의 실질 사이에는 하나의 틀로 아우를 수 없는 복잡한 굴곡과 단층, 혹은 낙차가 존재한다는 사실은 새삼 강조할 필요도 없을 것이다. 계몽 이념의 간섭에도 불구하고 신소설 또한 단일한 이념적 틀 안으로 온전히 귀속될 수 없는 문학 텍스트라는 점은 이런 점에서 다시금 상기될 필요가 있다. 우리가 신소설의 내부에서 발견하는 것 또한 작가가 의도한 계몽이념과 작품이 보여주는 서사의 실질 사이에 존재하는 다양한 단층과 낙차의 양상들인 것이다.

그러나 신소설에 대한 많은 논의들은 계몽의 이념과 서사의 실질 사이에 내재된 단층과 낙차의 양상을 시대적 현상에서 파생하는 문제로 인식하기보다 계몽이념을 충분히 문학적으로 형상화하지 못한 작가의 개인적인 역량부재의 문제로 인식하는 경향이 두드러진다. 신소설에 대한 여러 논의들이 작품에 대한 객관적인 분석보다 작가의 친일적 태도나 역사인식의 부재와 같은 윤리성의 문제에 보다 집중적인 관심을 기울이게 되는 것도 이와 무관하지 않을 것이다. 이를테면 신소설의 문제는 작가의 계몽에 대한 의지의 불철저함이나 시대가 요구하는 진취적인 계몽이념을 작품 안에 충분히 살려내지 못하는 작가의 잘못된 역사인식에서 비롯된다는 관점 등이 그것이다. 단순화시켜서 말한다면, 이러한 관점의 밑바탕에 놓여 있는 것은 계몽이라는 시대적 당위에 대한 작가의 역사적 태도가 그 자체로 문학의 질을 담보한다는 논리이며, 그것은 결국 문학의 현실적 토대와 작가의 이념적 태도 사이에 놓인 낙차의 문제를 그다지 세심하게 고려하지 않은 결과라고 할 수 있을 것이다. 따라서 신소설에서 나타나는 낙차의 양상들 그 자체에 대한 시시비비에 앞서 주목되어야 할 것은 그러한 낙차가 근본적으로 근대의 이념이 풍속의 세계 안으로 내면화되지 못한 시대적 특성 자체와 긴밀한 연관을 맺고 있다는 점일 것이다. 그에 따라 신소설의 문제를 다루는 이 첫 번째

장에서는 신소설에서 이념과 풍속 사이의 낙차가 발생하게 된 현실적 배경에 대한 고찰과 더불어, 『혈의루』를 작품분석의 모델로 삼아 그와 같은 낙차가 실질적으로는 신소설이 내세운 근대적 계몽의 논리를 어떻게 허구화시키고 있는가를 살펴보게 될 것이다. 이에 대한 논의에 들어가기 위해서는 먼저 한국적 근대의 특성에 대한 개략적인 정리가 필요하다. 신소설의 한계와 모순은 한국적 근대의 한계와 모순을 그대로 투영해놓은 것에 지나지 않기 때문이다.

2. 한국적 근대의 모순

주지하다시피 한국적 근대는 계몽적 근대이다. 문명화된 국가들 간의 제국주의적인 힘의 역학구도에서 한반도가 절대적인 수세에 처할 수밖에 없었던 당시의 상황은 신소설의 출현을 전후한 시기 한국 사회를 지배했던 근대에 대한 강박이 교육을 통한 근대화라는 계몽주의적 기획을 통해 근대로의 변화를 앞당기려는 이념적 조급성과 손잡게 되는 사정과 긴밀한 연관을 맺고 있다. 외세와 조선의 관계가 힘 있는 나라 대 힘을 기르지 못한 나라라는 구도로 인식되어감에 따라 근대와 봉건의 관계는 새 것과 낡은 것의 대립을 넘어 거의 도덕적인 선악의 대립으로까지 간주되었다. 근대는 단순히 사회체제의 변화라는 의미의 차원을 넘어 위기에 처한 민족 전체의 명운을 걸고 매달려야 할 거의 절대적인 도덕적 당위성을 지닌 명제로 인식되게 된 것이다. 그러나 당시의 현실이 여전히 봉건적인 삶의 토대 위에 머물러 있는 상태에서 근대라는 당위적 명제는 민족의 의식개조라는 거대한 계몽의 프로젝트와 손잡을 수밖에 없었고, 그 과정에서 당시 사회를 이끌 새로운 지도원리로 떠오르기 시작했던 근대, 계몽, 민족이라는 이념적 동심원들 사이에는 긴밀한 상호연관의 고리가 만들어질 수밖에 없었다.

외세의 침략 앞에 참담하게 무너져내리는 조선 오백 년의 역사가 당시 지식인들에게 안겨준 절망과 무력감은 그들로 하여금 나라가 처한 위기의 일차적인 요인을 외세라는 외발적 요인보다 조선을 지배해온 봉건체제의 한계라는 내발적 요인에서 찾게 하였다. 민족, 혹은 민족의 자강이라는 새로운 이념적 구심점은 이러한 상황에서 그 봉건적 한계로부터 벗어날 전략적 거점으로서의 막강한 위력을 행사하게 되었다. 문제는 문명=힘이라는 인식이 지배적인 상황에서, 또 지식인들 사이에 조선을 지배해온 봉건체제의 한계성에 대한 인식이 광범위하게 퍼져 있는 상황에서, 비아(非我)에 의해 비로소 촉발된 집단적 아(我)를 표상하는 '민족'이라는 새로운 이념의 발명은 아의 결집을 강화하기 위한 그 자체의 이념적 모델을 계속 비아의 세계로부터 가져올 수밖에 없었다는 점이다. 근대라는 타자화된 힘의 논리에 의해 촉발된 민족의 발명은 결국 타자를 통한 주체적 구심점의 확보라는, 다시 말해 타자에 저항하기 위해 계속 타자의 이념에 의존할 수밖에 없는 논리적 모순을 끌어안게 되는 것이다. 뿐만 아니라 비아에 의해 아의 삶을 지탱할 물적 토대가 박탈될 상황에 직면하게 된 민족이념은, "국가의 정신은 곧 국가 형식의 어미라 할진저 정신으로 된 국가라 함은 무엇을 일음인가 그 민족의 독립할 정신, 자유할 정신, 생존할 정신, 굴복지 아니할 정신, 국권을 보전할 정신, 국가의 영광을 빛나게 할 정신들을 일음이니라"[7]라는 구절이 강변하는 바대로, 물적 토대의 소멸에 대한 위기감이 증대될수록 그 정신적 가치가 더 절대화되는 양상을 보여주게 된다.

---

7) 「정신으로 된 국가」, 『대한매일신보』, 1909년 4월 29일자.

국가의 부재가 국가를 호명하고 민족 소멸의 위기감이 민족을 호명하는 한국적 근대의 메커니즘은 당시의 사회를 강박했던 계몽열기의 도도한 흐름 속에서 민족이라는 새로운 이념에 개인의 운명과 욕망을 통괄하는 이념적 최종심급으로서 절대적인 도덕적 권위를 부여했다. 이에 따라 개인의 발견이라는 근대성에의 요구 또한 끊임없이 민족이라는 집단화된 이념의 최종심급에로 수렴되는 양상을 보여주게 된다. 더군다나 "근대성 수용의 필연성은 위기에 봉착한 당시 지배 체제의 존속을 위해 모색된 것이기 때문에, 개인중심적 근대성의 측면보다는 기존 체제의 유지와 독립을 위해 필요한 집단적 통제 측면이 부각되었다"8)라는 한 논자의 지적은 이러한 집단적 민족이념이 기존 체제를 대체할 새로운 지배이념을 요구하는 당시 엘리트 그룹의 계급적 이해와 긴밀하게 연관되어 있는 것임을 말해준다. "계몽주의는 당시에 있어 가장 진보적인 사상이었다"는 전제에 뒤이어 "그것은 시민화하고 있고 근대적으로 개장(改裝)하려는 귀족의 사상이었"9)다고 말하는 임화의 관점은 이런 점에서 특별한 주목을 끈다. 가장 진보적인 사상이라는 계몽주의에는 시민화를 지향하는 주도적인 계급으로서의 귀족과, 아직 시민화되지 못한 당시 대다수의 사람들 사이에서 발생하는 일정한 낙차가 존재할 수밖에 없었고, 신소설에서 그것은 신소설의 발생론적 근거가 된 진보적 이념과 전근대적 풍속 사이의 괴리라는 형태로 나타날 수밖에 없었던 것이다.

"바라건대 동포 중에 혹 이 개인주의를 가진 자는 큰 칼과 넓은 도끼로 그 용렬한 성품을 급급히 끊어버리고 민족주의를 분발할지어다 민족이 멸망되면 개인도 따라 멸망하며 민족이 흥하면 개인도 따라 흥하나

---

8) 장성만, 「개항기의 한국사회와 근대성의 형성」, 『모더니티란 무엇인가』, 민음사, 1994, 292면.
9) 임화, 『신문학사』, 한길사, 1993, 256면.

니”10)와 같은, 민족이라는 최종심급에 기대지 않고는 개인의 어떠한 사적 영역도 개체적 정당성을 부여받을 수 없다는 생각은 당시에 발표된 인쇄물 도처에서 발견할 수 있는 논리이다. 이러한 논리는 근대적인 물적 토대의 빈곤이라는 상황과 맞물려 개인보다 집단, 혹은 삶의 실질에 대한 인식보다 이념적 당위에 대한 요구가 앞서는 계몽의 논리를 강화해 나간다. 다시 말해 계몽을 둘러싼 이념적 조급성은 당면한 현실에 대한 면밀하고 냉철한 분석보다는 민족의 의식개조라는 추상화된 계몽의 논리를 현실 위에 덧씌우는 도덕적 당위의 논리로 달려갈 수밖에 없었고, 이로 인해 삶의 실질 안에서 형성되는 개인의 발견, 혹은 개인의 욕망이라는 근대적 문제의식의 발현은 계몽이라는 집단주의적 명분에 의해 계속 지체되는 양상을 보여주게 된다. 요컨대 민족주의적 계몽의 논리는 개인과 집단, 욕망과 명분, 삶의 실질과 이념적 당위라는 관계의 틀 속에서 계속 후자의 손을 들어줌으로써, 근대적 계몽을 소리 높여 외칠수록 개인의식의 성장이라는 근대적 의식의 변화는 오히려 더 지체되는 현상이 빚어지게 되는 것이다. 근대적 계몽이라는 정언명령에 따라 중세적 집단주의를 대체하는 새로운 집단주의 이념으로 등장한 민족이라는 절대적 명제 아래에서, 서구 계몽주의의 핵심을 이루는 주체적 자율성의 이념, 다시 말해 “인간은 보편적 이성을 통해서 사고의 자율성을 보장받으며, 양도할 수 없는 권리를 가진 자신을 세계의 중심으로 만”11)든다는 생각은 따라서 일종의 근대적 풍문 내지는 허구로 전락할 수밖에 없었다.

　이처럼 외세의 침탈 아래 이루어진 근대적 계몽의 패러다임 안에서 서구적 근대라는 새롭고 이질적인 문화가 불러올 충격과 혼란의 경험은

---

10) 「자기 일신을 위하여 살기를 구하지 말지어다」, 『대한매일신보』, 1909년 11월 21일자.
11) 임정택, 「계몽의 현대성」, 『모더니티란 무엇인가』, 민음사, 1994, 58면.

당시의 계몽주의자들에게 그다지 중요한 문제로 인식되지 않았던 듯하다. 서구적 근대의 모방과 민족의 사활이라는 시대적 문제를 하나의 범주로 묶어 사고했던 당시의 계몽주의자들은 스스로를 '민족의 선각자', 즉 '먼저 깨달은 자'라는 우월한 위치에 놓음으로써 현실의 층위와 당위의 층위 사이에 놓인 위계적 구도를 보다 공고히 했다. 이를테면 당대의 현실과 근대적 관념 사이에 놓인 복잡한 함수관계에 대한 냉정한 인식보다는 누가 더 먼저 서구의 근대적인 삶의 형식을 모방하는가가 선각자의 위상을 결정하는 관건이었던 셈이다.

근대라는 새로운 문화적 충격이 질문 이전에 하나의 답, 다시 말해 질문과 갈등의 종식을 의미하는 '깨달음'이라는 결정화된 논리의 차원에서 받아들여졌다는 것은, 당시의 계몽 담론들 속에서 타자에 대한 저항의 논리가 곧바로 타자에 대한 모방의 논리로 연결되는 과정에서 발생하는 딜레마에 대한 고통스러운 자각이 거의 드러나 보이지 않는다는 점과도 깊은 연관을 맺고 있을 것이다. 깨달음을 통해 얻은 답의 압도적인 정당성이 그 답에 이르기 위한 질문의 지난한 과정을 무력화해버린 것이다. 그러나 당시의 계몽 엘리트들에게 근대가 놓인 자리는 바로 삶의 현실태가 아닌 이념적 가능태의 자리였고, 이것은 물론 계몽주의자들이 발딛고 선 실질적인 삶의 자리가 여전히 근대 이전의 현실이었음을 의미한다. 그 때문에 현실의 모순을 자각하는 그들의 정신적 역량이 근대적 자의식의 수준에 현저히 미달해 있었다는 것은 어느 정도 불가피한 현상으로 봐야 할 것이다. 당시의 계몽주의자들은 봉건적 집단성을 근대의 이름을 빈 새로운 집단성의 이념으로 대체하는 방식을 통해, 근대라는 이질적 문화가 부과하는 정신의 혼란이나 세계관의 분열로부터 멀리 떨어진 채 서구로부터 건너온 추상적 관념의 무풍지대에 갈등 없이 머물러 있을 수 있었던 것이다.

3. 신소설의 두 층위

신소설의 출현은 이러한 시대상황에 대한 문학적 대응의 첫 사례라고 해야 할 것이다. 그 때문에 신소설에는 당시의 시대상황이 지닌 모순이 그대로 투영되어 있다. 신소설에 대한 논의들에서 발견되는 신소설의 근대적 의의에 대한 극히 상반된 평가들 또한 한국적 근대의 모순을 고스란히 투영하고 있는 신소설의 특성과 무관하지 않다. 그 대표적인 예 두 가지만 거론해보기로 하자.

> (⋯전략⋯) 이야기를 들려주는 재미 위주의 고대소설적인 오락성 이외에, 삶이나 예술에 대한 어떤 목적의식을 가지고 작품을 창작하여, 그 속에 근대화의 정지작업이 될 자유와 평등과 인간의 존엄성에 대한 이념을 담고, 그것이 자주독립, 신교육, 자유결혼, 계급타파 등의 구체적인 주제의식으로 작품 속에 구현되게 하였다는 것은 이 땅의 소설사에 있어서 하나의 차원을 달리한 획기적인 진전이라고 하지 않을 수 없다.[12]

> 신소설의 작가들이 가족제도나 인권에 있어서 근대적인 가치관을 적용하여 설명하고 문제삼으려 한 것은 사실이지만, 한 사람의 구체적인 인물이나 사건을 통하여 형상화하지는 못했다. (⋯중략⋯) 작가들이 주장한 바 적극적인 신문화 수용의 의욕과 시도와는 완전히 괴리되는 사실을 지적할 수 있다. 이 점이 개화기 신지식인들의 소극적인 기회주의적 태도가 가장 잘 나타난 점이다. 그러므로 그들이 주장한 것은 실지생활의 발전적 변화를 위하여 말한 것이 아니라 신지식을 가르쳐야 한다는 추상론이 되었다.[13]

위의 인용문에서 전광용은 신소설의 근대적 성과를 높이 평가하는

---

12) 전광용, 『신소설연구』, 새문사, 1993, 40면.
13) 신동욱, 「신소설과 서구문화수용」, 『신문학과 시대의식』, 새문사, 1981, Ⅱ-66면.

근거를 신소설의 '목적의식', 즉 신소설이 지향하는 계몽적 주제의식에 두고 있는 반면, "신소설은 신문화의 단편적 지식을 조금씩 삽입한 겉치레로만 양장한 고대소설"14)이라고 신소설의 의미를 폄하하는 신동욱의 견해는 그러한 목적의식과 그 실질적인 결과물인 작품 사이에 놓인 괴리를 근거로 신소설의 근대적 성과에 대해 부정적인 입장을 취하고 있다. 작품의 주제의식 속에 내포된 근대성과 작품 자체의 근대적 성과를 등가화하는 전광용의 견해에 비하면, 작품에 대한 보다 면밀한 분석을 통해 주제의 근대성이 곧바로 작품의 근대성을 보장해주지는 않는다는 사실을 밝혀낸 신동욱의 견해가 보다 진일보한 감이 있다. 그러나 신동욱 역시 신소설이 "독자들에게 패배주의적 세계관을 조장했고 운명론적인 인생관을 확장"시킴으로써 시대의 "진취적인 기풍을 지워버리는"15) 애상조의 문학으로 흘러버렸다고 질타함으로써, 기본적으로는 계몽적 효용성이라는 잣대를 가지고 신소설을 평가하는 관점에서 크게 벗어나 있지 않다. 신동욱의 관점에 따르면 신소설이 "실지생활의 발전적 변화를 위하여 말한 것이 아니라 신지식을 가르쳐야 한다는 추상론"에 머문 것은, 신소설이 스스로 표방한 계몽이념에도 불구하고 그 이념의 당위성을 보다 구체적인 서사의 차원으로 가져가는 데 실패함으로써 오히려 계몽이념의 "진취적인 기풍을 지워버"리고 있기 때문이다. 이것은 신소설의 실패요인을 계몽이념을 문학의 근대적 성과로 담보해내지 못한 작가들의 미숙함과 안이하고 왜곡된 현실인식에서 찾고 있다는 점에서 신소설에 관한 여타의 계몽적 관점과 큰 입장 차이를 드러내지 않는다. 요컨대 이러한 관점 역시 계몽적 효용성을 신소설의 문학적 가치를 판단하는 하나의 당위론적인 기준으로 설정해두고, 신소설의 문학적인 실패

---

14) 신동욱, 「신소설과 서구문화수용」, 『신문학과 시대의식』, 새문사, 1981, Ⅱ-73면.
15) 신동욱, 「신소설과 서구문화수용」, 『신문학과 시대의식』, 새문사, 1981, Ⅱ-79면.

가 계몽이념의 당위성을 훼손시키는 요인으로 작용하고 있다는 논리로 나아가고 있는 것이다. 이것은 결국 신소설이 시대의 진취성을 표방하는 계몽이념의 당위성을 작품 속에서 잘 구현해 내었다면 보다 훌륭한 작품이 되었을 것이라는 관점에 다름 아니다.

기실 이러한 관점은 위에서 예로든 신동욱의 글에서 뿐만 아니라 신소설에 대한 여러 논의들에서 발견되는 하나의 주류적인 관점이라고 할 수 있다. 이에 따르면, 신소설이 문학적으로 실패한 것은 신소설이 계몽적이기 때문이 아니라 당시 사람들에게 시대의 진취적인 기상을 심어줄 만큼 충분히(혹은 역사적으로 올바르게) 계몽적이지 못했기 때문이다. 그러나 이와 다른 관점에서 보면 신소설이 안고 있는 문제의 본질은 신소설이 충분히 계몽적이지 못했기 때문이 아니라, 오히려 지나치게 계몽적이었기 때문이라는 평가도 가능하다. 신소설의 계몽성 자체가 시대의 현실에 뿌리 내리지 못한 하나의 이념적 포즈에 지나지 않았을 가능성이 높은 데다가, 계몽주의자들이 계몽의 시대적 당위에 대한 막연한, 그러나 확고한 신념에 붙들려 이념과 현실 사이의 관계를 지나치게 단순화시키고 있다는 데서 이념과 풍속 간의 낙차라는 신소설 특유의 현상이 생겨났다는 것이 보다 사태의 진상에 부합하는 판단일 터이기 때문이다. 말하자면 당시 지식인 사회를 휩쓸었던 새로운 사상에 대한 낙관적 신념이 그들로 하여금, 오랜 세월동안 사람들의 삶 속에서 내면화되어온 재래의 가치관 위에 새로운 가치관을 심으려는 과정에서 생겨나는 풍속 세계의 혼란과 저항에 상대적으로 둔감하게 만들었으리라는 것이다. 이것을 가리켜 계몽에 대한 낙관적 신념이 오히려 계몽의 논리 자체를 허구화시키는 결과를 낳았다고 말할 수도 있을 것이다. 이런 점에서 본다면, 신소설에 대해 시대의 진취적인 기풍을 요구하는 것 자체가 결과적으로는 당시 계몽주의자들의 근거없는 낙관적 신념을 암묵적으로 추인하는 것이 된다. 더군다나 신문화의 수용을 바탕으로 한 이러한 진취성에의 요구에는 서구적 근대를 당시 우리 사회가 모방해야 할 시대 변화의 전범으로 설정하는 서구추수적 가치관이 그대로 투영되어 있다. 신소설에 대한 이러한 요구는 기실 신소설이 근대적 이념과 전근대적 현실 사이의 시대적 모순을 그 자체의 발생론적 기반으로 하고 있다는 점을 그다지 염두에 두지 않은 발상이라고 할 수 있다. 뿐만 아니라 대부분의 신소설은 일제의 강점을 목전에 두었거나 이미 강점이 이루어진 암울한 시대의 산물이 아니던가? 물론 시대가 그러했기 때문에 시대의 진취적 기풍을 조성해야 할 문학의 계몽적 역할이 더 강조될 수도 있을 것이다. 그러나 이러한 논의들 속에서 우리가 발견하게 되는 것은 표면적으로는 신소설의 계몽성을 비판하면서도, 실질적으로는 왜 계몽적 신념을 살려 독자들에게 진취적인 기상을 심어주지 못했는가라고 비판함으로써 작가들이 소설을 보다 적극적인 계몽의 도구로 삼도록 권장하는 관점의 모순이다.

  민족 이념을 매개로 한 근대성의 논리가 신소설에 부과한 계몽주의적 강박은 신소설이 보여주는 세계가 여전히 집단성의 그늘 안에 매몰되어 있는 개인들의 세계라는 점과 긴밀한 관련을 맺고 있다. 그러나 한국적 근대의 특수성을 규정짓는 또 다른 힘, 즉 근대적 변화라는 시대적 모토에도 불구하고 여전히 지배적인 위력을 발휘하고 있는 유교적 관념 또한 신소설 형성의 중요한 변수로 작용하고 있다. 요컨대 신소설은 민족, 근대, 계몽, 유교 등의 다양한 시대적 이데올로기가 갈등 없는 공서(共棲)의 형태로 합류하는 지점에서 나타난 것이다. 근대 이념과 유교 이데올로기라는 봉건 이념 사이에서 빚어지는 지속적인 대립과 마찰에도 불구하고 궁극적으로는 당시 사회에서 이 두 이념이 동전의 앞뒷면처럼 한국적 근대를 추동하는 지배적인 힘으로 작용했다는 것은 곧 한국적 근대가 유교적 가치관을 근대의 바깥으로 추방하거나 주변화하는 방식이 아니라 근대적 이념의 한가운데로 끈질기게 호명하는 방식으로 이루어졌다는 것을 의미한다. 충(忠)과 효(孝), 열(烈)이라는 가치규범을 중심으로 "개인의 자율성을 중시하기보다는 가정 혹은 국가라는 공동체의 통합을 강화하는"16) 유교적 인간관은, 이인직이나 이해조의 작품들을 비롯한 대부분의 신소설들에서 손쉽게 발견할 수 있는 바대로, 개인이 민족, 국가, 시대 등의 집단 이념으로 도덕적 무장을 함으로써만 개인으로서의 자기정당성을 부여받을 수 있다는 당시의 계몽적 발상과 전혀 충돌을 일으키지 않는다.

그러나 흥미로운 것은 신소설의 공간 안에서 근대와 유교, 다시 말해 봉건의 풍속을 벗어나지 못한 현실의 층위와 근대적 변화를 역설하는 당위의 층위가 아무런 갈등 없이 공존하면서도 마치 갓 쓴 양복쟁이처럼 계속 어색하고 우스꽝스러운 불협화음을 빚어내고 있다는 사실이다. 이러한 불협화음은 물론 근대적인 물적 토대가 부재한 현실에도 불구하고, 아니 오히려 그로 인해 근대적 계몽의 논리가 더 당위론적이고 추상화된 주장의 강도를 강화해 나갈 수 있었던 당시의 상황과 긴밀한 관련을 맺고 있다. 그러나 이러한 불협화음은 또한 신소설이 '소설'이라는 점, 다시 말해 삶의 실질을 배제한 채 이념적 당위만을 강조하는 계몽적 구호와는 달리, 삶의 실질로부터 소설의 소재를 가져오거나 그와의 긴밀한 관련 속에서 쓰여질 수밖에 없는 소설 자체의 장르적 특성과 무관하지 않다. 신소설에 부과된 계몽에의 강박을 뚫고 올라오는 삶의 실질 속에서 우리가 만나게 되는 것은 이념과 풍속, 혹은 체험과 관념, 욕망과 명분 사이의 괴리에서 발생하는 다양한 불협화음들인 것이다. 조동일이

---

16) 금장태, 『한국유학의 탐구』, 서울대학교출판부, 1999, 28면.

신소설의 내용을 표면적 주제와 이면적 주제로 분류한 후 "작가가 스스로 설명할 수 있는 의도는 표면적 주제에 관한 것에 불과하고, 이면적 주제는 작가 스스로 설명할 수 없는 의도의 표출이며, 소설에서는 이것이 더 중요하다"17)라고 말하거나, 임화가 "신소설은 실상 구소설과 결별하면서 조선의 소설문학사상(上)에 리얼리즘의 형식을 유치한 형식으로나마 맨 처음 기여한 것이다"18)라고 말하면서도, "'아이디알리즘'이 신소설의 기본 색조가 되고 구조원리가 된다"19)라는 결론을 내리는 것 또한 신소설이 빚어내는 그와 같은 불협화음들을 겨냥한 해석이라고 할 수 있을 것이다. 그렇다면 신소설이 들려주는 리얼리즘과 아이디얼리즘 사이의 불협화음, 혹은 신소설이 고대소설과 근대소설의 틈새에 갓쓴 양복쟁이마냥 어정쩡하고도 궁색한 자세로 낑기어 있는 모습이야말로 한국적 근대의 슬픈 자화상이라고 해야 하지 않을까?

4. 『혈의루』 혹은 계몽의 이념적 허구성

최초의 신소설로 알려져 있는『혈의루』는 삶의 지배적인 물적 토대가 여전히 봉건적 기반 위에 머물러 있는 상태에서 제기된 근대적 계몽의 허구성을 보여주는 첫 사례로서 우리에게 유용한 분석의 대상이 되어줄 수 있다. 이 작품의 내용은 청일전쟁으로 인해 부모와 헤어진 옥련의 삶이 조선으로부터 일본으로, 이후에는 워싱턴으로 공간이동해가는 과정을 중심으로 진행된다. 청일전쟁 당시 옥련의 나이가 일곱 살로 설정되

---

17) 조동일,『신소설의 문학사적 성격』, 서울대 출판부, 1983, 149면.
18) 임화,『신문학사』, 한길사, 1993, 162면.
19) 임화,『신문학사』, 한길사, 1993, 163면.

어 있다는 점을 감안하면, 옥련의 이와 같은 공간이동은 두말할 것도 없이 옥련의 근대적 성장을 위한 새로운 물적 조건의 변화라는 의미를 지니는 것이다. 다시 말해 작가는 어린 옥련을 조선이라는 봉건적인 삶의 토대로부터 떼어내어 근대의 공간 깊숙이 밀어넣음으로써 작품 속에 근대적 개인의 성장이라는 계몽 이념에 부합하는 공간적 발판을 마련해 놓는다.[20]

그러나 문제는 작품 속에서 이러한 물적 조건의 변화가 옥련의 개인의식의 성장에 어떠한 작용력도 미치지 않는 것으로 나타난다는 점이다. 유년기에서 성년기로 진입하는 과정에서 겪게 되는 외부세계와의 마찰과 그로 인한 내면의 갈등이 한 개인을 세계와 자아에 대한 보다 성숙한 정신적 각성의 단계로 이끈다는 성장에 대한 가장 초보적인 정의조차 옥련에게는 적용되지 않는다. 개인의 내면과 그가 놓인 외적 조건들 간의 상호작용이 한 개인의 내적 성장의 필수적인 조건이라면, 우리는『혈의루』에서 옥련과 옥련이 놓여 있는 공간 사이에서 발생하는 어떠한 상호작용의 징후도 발견할 수 없다. 다시 말해 공간적 조건의 변화가 옥련의 내면에 초래할 법한 어떤 주목할만한 변화의 흔적도 작품 속에서 찾아볼 수 없는 것이다. 작품이 진행되는 내내 옥련의 내면은 어머니에 대한 그리움이라는 단일한 정서적 코드에 고착되어 있고, 그러한 정서적 코드를 굳건하게 떠받치고 있는 것은 효(孝)라는, 의심할 수 없는 윤리적 규범의 당위성이다. 물론 특정한 상황이나 사건들이 불러일으키는 인물들의 내면적 반응에 대한 정보가 빈번히 제시된다는 점은『혈의루』를 고대소설과 뚜렷하게 구별지어주는 근대적 특성이라고 할 수 있다. 그러

---

20) 이에 대해서는 송민호 역시 신소설에서 외국유학이라는 서사적 모티프가 빈번히 사용되는 현상이 "서구문화를 섭취하여 문화적 발전에 이바지하겠다는 대국적 견지도 있지만, 자아 각성의 도정으로서의 의의가 보다 강조된 데에 그 원인이 있을 것이"라고 지적하고 있다(송민호,『한국개화기소설의 사적 연구』, 223면).

나 작품 속에서 그러한 내적 반응이 윤리적으로 규범화된 양식적 반응의 틀을 거의 넘어서지 않는다는 점에서 『혈의루』가 보여주는 고대소설과의 변별성은 그 의미가 제한적일 수밖에 없다.

옥련의 내면이 과거를 향해 고착되어 있다는 점에서 옥련은 그에게 공간이동이라는 근대적 성장의 발판을 제공해준 작가의 의도에도 불구하고 정신적으로 거의, 혹은 전혀 성장하지 않는다고 해야 할 것이다. 끊임없이 현재에서 과거로 회귀하는 옥련의 내면은 현재에서 미래로 나아가는 근대적 시간 및 성장의 흐름과 정반대의 방향을 취하고 있다. 옥련에게 공간이동이란 개인의식의 성장을 위한 조건이라기보다는 고대소설의 주인공들이 겪는 것과 유사한 형태의 물리적 환란이나 시련을 가져오는 조건들일 뿐이고, 그러한 시련들은 옥련에게 정신적인 성장의 계기를 제공하는 대신, 고대소설들이 흔히 그렇듯이 조력자들과의 우연한 만남이라는 계기를 통해 해소될 뿐이다. 작품 속에서 작가는 가는 나라마다 우등상을 타는 옥련의 영리함과 총명함을 유별나게 강조하고 있지만, 정작 "내가 죽기가 싫어서 죽지 아니한 것도 아니요, 공부하고자 하여 이곳에 온 것도 아니라"[21]는 옥련의 대사는 작가의 그와 같은 서사적 정보들과 뚜렷이 배치된다. 실제로 작품의 서사 공간 속에서 옥련이 우등생이라거나 뛰어난 미모의 소유자라는 사실은 고대소설에서 흔히 접할 수 있는 주인공의 남다른 비범함을 부각시키는 역할 이외에는 아무런 의미 없는 서사정보이다. 일본이나 미국에서 이루어진 옥련의 공부, 다시 말해 옥련에게 제공된 근대 교육이 옥련의 삶에 별다른 영향을 미치지 않는 것으로 나타나는 반면에, 작품 속에서 반복적으로 부각되는 것은 어머니에 대한 옥련의 그리움이다. 조동일 식으로 표현한다면, 이

---

21) 『한국신소설전집』 1권, 을유문화사, 1968, 24면.

런 의미에서 『혈의루』의 표면주제가 근대적 교육의 필요성이라면, 이면 주제는 효라고 할 수 있을 것이다.

옥련과 구완서가 워싱턴에서 생활하는 장면은 아마도 환경의 변화가 옥련의 내면에 어떠한 내적 성장의 계기도 제공하지 않는다는 사실을 가장 극명하게 보여주는 부분일 것이다. 『혈의루』에서 외국유학이라는 모티프를 통해 옥련과 구완서를 일본보다 더 이국적인 미국이라는 낯선 공간에 배치시킨 것은 근대적 계몽을 지향하는 작중 의도를 보다 강렬하게 부각시키기 위한 작가의 의욕적인 시도로 보아야 할 것이다. 그런데 작가는 작품 속에서 미국생활이 그들에게 제공했음직한 문화적 충격이나 갈등 등과 같은, 이러한 의도와 관련해서 정작 중요하게 다루어져야 할 부분에 대해서는 그다지 신경을 쓰고 있지 않는 듯하다. 옥련과 구완서에게 미국이라는 낯선 공간은 잠깐 스쳐지나가는 여행자의 시선으로 포착된 신기(新奇)의 대상 이상이 아니다. 낯설고 이질적인 풍경들을 신기의 시선으로 바라보면서도 미국은 처음 도착한 순간 그들이 보여준 잠깐의 허둥거림을 제외하면, 마치 그들의 몸에 잘 맞는 옷처럼 익숙한 공간처럼 보인다. 어떤 의미에서 작품 속에서 미국을 감탄과 신기의 시선으로 바라보는 것은 작중인물이 아닌 작가 자신인 것처럼 보이기도 한다.

이처럼 『혈의루』에서 미국이라는 공간은 신기함과 익숙함이 기이하게 혼합된 양상으로 그려지는데, 그것은 아마도 그곳이 조선의 현실과 동떨어진 곳인 동시에 근대적 계몽의 이상을 표상하는 공간이라는 점과 일정한 관련이 있는 듯하다. "개화의 관점으로 바라 본 이야기 세계가 신빙성을 얻기 위해서는 현실세계에 대한 권위가 필요하다. 『혈의루』에서 그 권위의 원천으로 설정된 것이 바로 외국(미국)이다"22)라는 한 논자의 지적대로 미국이 개화라는 계몽적 명분에 신빙성을 부여하기 위해 동원된 공간이라면, 미국이 갖는 권위는 계몽주의자들이 지향하는, 그러나 조선의 현실과는 동떨어진 근대적 이상으로서의 초월적인 기표성을 갖는 공간이라는 점과 깊은 관련이 있다. 『혈의루』에서 미국을 바라보는 시선 속에 내재된 신기함과 익숙함의 혼합양상은 바로 조선의 현실과 계몽의 이상 사이에 놓인 그 초월적 거리를 반영하는 것이다. 조선의 전근대성이라는 현실의 층위에서 볼 때 미국은 낯선 신기의 대상이지만, 근대적 계몽의 이상에 사로잡힌 당시의 계몽주의자들에게 미국은 관념적으로 자기동일화된 익숙한 환상의 세계였을 것이다.

당시 조선인들이 놓인 삶의 실질, 혹은 현실적 토대와 상관없이 자가 증식해가는 계몽의 논리에 근거할 때 미국에 대한 감탄어린 신기함과 친근함이라는 모순된 시선의 혼합은 기실 전혀 모순된 것이 아니다. 마치 고대소설에서 천상계가 지상계와 분리된 초월공간인 동시에 친숙한 공간으로 나타나는 것처럼, 관념에 의해 선취된 근대에 대한 자기동일화된 환상 속에서 조선과 미국 사이에 놓인 초월적 거리는 낯선 동시에 친근한 것이었을 것이다. 이 글의 논지와는 다른 맥락에서 나온 말이기는 하지만 "신소설의 작가에게 문제를 해결해 줄 초월적 세계는 사라진 대신 외국이 생긴 것이다. (…중략…) 그것은 또 다른 초월세계가 된 것이다"23)라는 한 논자의 말 또한 고대소설과 신소설의 서사적 변별성이 그다지 큰 의미를 갖는 것이 아님을 지적하고 있다. 그러나 미국은 조선의 현실과 동떨어진 공간이기 때문에 신기하고, 근대적 이상과 일치하는 공간이기 때문에 친숙한 것이라는 계몽의 구도 속에서 현실과 이상은 서로 간의 상호소통이 단절된 별개의 공간들로 남게 된다. 신기함이란 시

---

22) 나병철, 「『혈의루』의 시간구조와 서사담론」, 『경기어문학』 8·9집, 수원대 국어국문학회, 1994, 635면.
23) 이경훈, 「신소설에 나타난 '남녀이합'에 대하여」, 『비평문학』 6호, 한국비평문학회, 1992, 174~175면.

선의 주체와 대상 간의 차이에서 발생하는 것이지만, 그 차이가 주체의 내면에 어떤 혼란을 불러오는 것은 아니다. 신기함이란 그 차이의 내부에 개입하거나 그것을 부정하고 넘어서려는 의식이라기보다 나와 낯선 대상 사이의 차이를 긍정하고 즐기는 태도와 관련된 정서적 반응이기 때문이다.

주체의 삶에 어떤 혼란도 불러오지 않는다는 점에서 신기함과 친숙함은 기실 동전의 양면과도 같은 것이다. 『혈의루』에서 미국이 옥련의 삶에 어떤 내적 성장의 계기로도 작용하고 있지 않다는 것, 다시 말해 미국 속에서도 옥련은 여전히 청일전쟁 이전의 기억에 붙박힌 조선의 여자아이로 살아갈 수 있는 것은 그녀에게 미국이라는 공간이 어머니를 만날 수 없다는 고통 이외에는 어떠한 심리적 동요나 혼란도 불러일으키지 않기 때문이다. 이 작품은 결국 옥련을 미국이라는 근대의 공간 안으로 밀어넣음과 동시에 미국을 옥련의 내면과 분리된 초월적 기표로 추상화함으로써 옥련의 삶과 미국, 더 나아가 조선의 현실과 근대적 이념 사이에서 야기될 혼란과 갈등을 소설의 공간 밖으로 밀어낼 수 있었다. 『혈의루』가 미국과 조선이라는 이질적인 서사 공간 사이에 작중인물들의 어떠한 갈등과 혼란도 배치하지 않은 것은, 이미 언급했던 대로 당시 계몽주의자들이 주창했던 근대성의 논리가 현실적 삶의 토대와 분리된 채 추상적인 이념의 층위에 머물러 있었던 시대적 현실을 그대로 반영하고 있는 것으로 볼 수 있다.

신소설이 외국유학이라는 모티프를 통해 삶의 현실과 괴리된 초월 공간을 설정하는 방식은, 고대소설과 마찬가지로 신소설의 서사공간 또한 초월적 기표가 표상하는 관념논리의 지배를 받고 있었음을 말해주는 것이다. 『혈의루』에 등장하는 구완서라는 인물은 그와 같은 관념논리에 의해 만들어진 또 하나의 흥미로운 서사적 장치이다. 작품 속에서 구완서는 위기에 빠진 옥련을 미국으로 데려다주는 조력자로서의 역할뿐만 아니라, 작가의 계몽이념을 전달하는 일종의 대변인과도 같은 역할을 맡고 있다. 작가는 구완서로 하여금 수시로 근대적 교육, 근대적 결혼, 근대적 국가관 등과 같은 근대이념을 역설하게 함으로써 자신이 이 작품을 통해 성취하고자 한 계몽적 의도를 보다 선명하게 드러내고자 한다. 그러나 근대 이념의 열렬한 주창자인 구완서에게 결정적으로 결여되어 있는 것은 바로 근대적 인간형의 핵심을 이루는 개인적 욕망의 육체성이다. 그것은 구완서의 다음 대사가 보여주는 것처럼 그가 개인의 욕망보다 민족을 상위에 놓는 당시의 전형적인 계몽이념의 틀 안에서 사고하고 있기 때문이다.

> 우리가 공부를 하여도 나라를 위하여 하고 살아도 나라를 위하여 살고 죽어도 나라를 위하여 죽는 것이 옳은 일이라. 여보게 옥련, 자네 마음이 어떠한가. 어서 시집이나 가서 세간살이나 재미있게 하면 그것이 소원인가. 자네 소원이 만일 그러할진대 우리 기왕 언약이 중하더라도 나는 그 언약보다도 더 중요한 국가를 위한다는 생각이 있으니 자네는 바삐 귀국하여 어진 남편을 구하여 하루바삐 시집가서 자네 부모의 소원대로 하게.24)

유교적인 충(忠)의 윤리를 연상시키는 이러한 민족적 대의명분 앞에서는 부모들의 간섭을 배제한 채 혼인 당사자들 간의 자유의사에 의해 결혼을 결정한다는 근대적인 자유결혼의 이념조차 부차적인 의미를 지니는 것으로 전락한다. 이처럼 작품 속에서 작중인물들의 개인적 욕망이란 집단적 명분에 의해서만 비로소 그 정당성을 부여받을 수 있는 것이 된다. 옥련이 구완서와 혼인언약을 맺게 되는 것 또한 "구씨의 권하는 말

---

24) 『한국신소설전집』 1권, 을유문화사, 1968, 36면.

을 듣고 조선부인 교육할 마음이 간절하"기 때문인 것이다. 사실 근대적인 욕망의 관점에서 보면, 구완서의 이러한 대사는 옥련을 사랑하지 않는다는 간접적인 의사표현으로 들릴 수 있겠지만, 작품 속에서 이러한 대사가 제시되는 것은 물론 옥련에 대한 구완서의 개인감정을 전달하기 위해서가 아니다. 계몽적 엄숙주의로 포장된 구완서의 말 속에는 오히려 개인감정이나 욕망의 차원을 배제하는 논리가 들어 있다. 이런 의미에서 삶의 육체성과 단절된 전형적인 폐쇄적 이념형의 인물인 구완서는 바로 작가의 계몽이념에 의해 원격조정되는 로봇 같은 존재라고 해야 할 것이다. 이에 대해 임화는 옥련과 구완서의 관계가 매우 유형화되어 있다는 지적에 이어 다음과 같은 흥미로운 견해를 제시한다.

> 그들은 남녀관계라는 측면에서 보면 아주 유형이다. 왜 그러냐 하면 젊은 남녀가 이렇게 오래 공부 이외에는 아무것도 생각지 않고 지냈다는 사실이 오히려 부자연하기 때문이다. 그들을 율(律)한 것은 사상적으로 개화사상이나 윤리적으로 구도덕이기 때문이다. 그러므로 앞으로 나가는 사상과 뒤로 끄는 윤리와의 사이에서 육체는 정지하고 있었다.[25]

육체의 부재, 다시 말해 개인적인 욕망의 부재는 신소설 속에서 드러나보이는 인물들의 욕망이 대체로 윤리적으로 양식화되어 있다는 점과 무관하지 않다. 그들을 움직이는 것은, 구완서가 내세우는 근대적 이념이든 옥련을 사로잡고 있는 봉건적 가치관이든, 여전히 지배적인 위력을 발휘하고 있는 집단적인 규범일 뿐, 개인적인 욕망이 아니다. 이런 점에서 신소설이 역설하는 근대적 계몽의 당위성에도 불구하고 정작 작품 속에 등장하는 인물들은 대부분 주체적 자율성이라는 근대적 인간형에 미달하는 인물들로 나타난다. 이것은 근대적 계몽의 논리가 지배하는 이

---

25) 임화, 『신문학사』, 한길사, 1993, 247면.

넘의 층위와 마찬가지로 작중인물들의 실질적인 삶의 공간인 풍속의 차원 또한 또 다른 이념형의 지배를 받고 있다는 사실과 긴밀한 관련이 있다. 신소설이 보여주는 이념의 층위와 풍속의 층위는 "사상적으로 개화사상이나 윤리적으로 구도덕"이라는 임화의 지적대로, 개화이념과 유교윤리 간의 어색한 공모의 관계로 연결되어 있는 것이다. 『혈의루』에서 옥련과 구완서라는 캐릭터가 보여주는 모순과 부자연스러움은 바로 그러한 공모가 빚어낸 결과이며, 보다 넓게는 신소설 전반에서 나타나는 이념과 풍속 사이의 괴리 역시 그러한 공모에 의해 빚어진 풍경이라고 할 수 있다.

신소설에서 근대적 이념과 유교적 윤리가 별다른 갈등 없이 사이좋은 공생의 관계를 유지할 수 있는 것은 신소설 작가들에게 그 두 이념들 사이에 내재된 모순을 성찰하는 근대적 의미의 자의식이 결여되어 있었기 때문이다. 그들에게 근대는 외부로부터 빌려온, 따라서 여전히 현실적 체험공간의 바깥에 놓인 하나의 절대화된 추상이었고, 그 때문에 그들은 그 두 개의 이질적인 이념들이 현실적 경험공간에서 충돌하거나 갈등하는 양상들에 대한 고민 없이 쉽사리 근대라는 이념적 당위의 논리로 달려갈 수 있었을 것이다. 요컨대 신소설이 근대라는 새로운 삶의 논리를 받아들인 것은 여전히 그들의 지배적인 경험공간을 형성하고 있는 유교윤리의 틀 안에서였던 것이다.

『혈의루』에 이어 이 작품의 속편으로 알려진 『모란봉』에서는 이러한 유교윤리의 간섭이 보다 더 직설적인 형태로 표출된다. 『모란봉』에서 미국유학까지 다녀온 옥련은 그녀의 결혼문제를 둘러싸고 벌어지는 음모로부터 철저히 소외되어 있다. 『혈의루』에서 『모란봉』으로 이어지는 서사의 흐름 속에서 옥련의 미국유학은 구완서와의 결혼약속이라는 서사적 계기를 마련한 사건이라는 점 이외에는 어떠한 의미도 지니고 있지 않은 것이다. 『모란봉』에서 자신의 의사와는 무관하게 추진되는 결혼문제에 대해 옥련은 철저하게 수동적인 태도로 일관하고 있으며, 그러한 맹목적인 수동성의 이면에는 옥련의 의식을 완강하게 사로잡고 있는 효(孝)의 윤리가 버티고 있다. 효의 윤리 앞에서 미국유학이라는 근대적 경험은 완벽하게 무력화되고 마는 것이다.

특히 이해조의 작품들에서는 이러한 유교윤리에의 강박이 더 두드러지게 나타난다. 효 못지않게 신소설 속의 인물들을 사로잡고 있는 것이 열(烈)의 윤리라고 할 수 있다면, 신소설에 등장하는 모든 여성들에게 열은 신교육의 유무와는 상관없이 목숨을 걸고 지켜야 하는 절대의 가치이다. 이런 점에서 근대적인 교육을 받은 적이 없는 『화세계』의 수정이나, 일정 정도의 신교육을 받은 『홍도화』의 태희나 크게 다르지 않다. 이처럼 신소설의 실질적인 서사를 이끄는 봉건적인 가족윤리나 여성들에게 강요된 정절의 윤리는 풍속의 차원에서 굳건히 보존된다. 그 때문에 신교육에의 요구나 개인적 연애감정의 발견 등과 같은 근대성의 이념이 풍속의 세계에 가한 일정한 영향력에도 불구하고, 그 이념이 봉건적 가치관의 근간을 뒤흔드는 위협적인 힘으로 인식되지 않을 수 있었던 것이다. 이에 대해 한 논자는 "전근대적인 절대적 가치인 유교와 대척되는 것으로서의 근대 혹은 서구화가 또다시 새로운 절대적 가치로서 자리 잡은 것이다. 따라서 유교라는 정전(canon)의 자리에 근대라는 새로운 정전이 재차 들어선다"26)라는 말로 당시 사회에서 근대라는 이념적 모델이 조선조 시대의 유교와 마찬가지로 하나의 절대적인 정전으로 받아들여졌음을 지적한다. 그러나 이 논자의 지적과는 달리 신소설에서 근대라는 정전의 도입은 근대가 유교라는 정전을 대체하는 방식이 아닌,

---

26) 김윤재, 「이인직 신소설과 『무정』을 통해서 본 근대성의 문제」, 『한국어문학연구』 8집, 한국외대 한국어문학연구회, 1997, 260면.

정전이라는 동질성의 차원에서 유교와 손을 잡는 방식으로 이루어진 것이다. 이처럼 신소설에서 근대는 풍속의 낮은 지대를 통과해가는 대신 경건하게 떠받들어야 할 정전의 제단 위에 모셔졌다. 신소설의 시대가 그것을 요구했기 때문이다. 신소설에 등장하는 인물들이 자의식의 혼란과 고통이라는 근대적 내면의식이 부재한 계몽적 순진성의 세계 안에 머물러 있을 수 있었던 것은 이러한 이유 때문이다.

5. 형식적 근대와 통속의 형식

지금까지 살펴본 대로 신소설은 근대성의 이념을, 마치 선반 위에 올려둔 신기한 장식품처럼, 삶의 실질과 거리를 둔 명분의 자리에 올려놓음으로써, 근대라는 낯설고 이질적인 문화의 충격을 봉건적인 윤리의 세계 안으로 동화시킬 수 있었다. 신소설에서 상호모순적이거나 대립적인 봉건이념과 근대이념은 마치 사이좋은 오누이처럼 서사의 진행을 돕고 있는 셈인데, 이러한 두 이념 사이에 놓인 이질성에 대한 문제의식이 작품 속에서 거의 드러나 보이지 않는다는 것은 사이좋은 오누이처럼 손잡고 있었음에도 불구하고, 두 이념이 그만큼 물과 기름처럼 서로에게 겉돌고 있었음을 의미한다.

개인에게 민족이라는 이념적 대오에 일사불란하게 발맞추어 나갈 것을 요구하는 시대의 흐름 속에서 근대라는 이질적인 문화가 개인의 삶속에서 불러일으킬 수 있는 혼란과 갈등은, 당시의 계몽주의자들이 인식했던 아니든, 계몽의 효율성을 위협하는 하나의 장애요인일 수밖에 없었을 것이다. 신채호가 소설을 국민의 나침반이라 규정지으면서 "소설이 국민을 강한 데로 인도하면 국민이 강하여지고, 국민을 약한 데로 인도

하면 국민이 약하여지며, 소설이 국민을 정대한 대로 인도하면 국민이 정대하여지며, 소설이 국민을 사특한 데로 인도하면 국민이 사특하여"[27] 진다고 말하는 것 또한 개인적 욕망이 불러올 수 있는 정신의 혼란과 타락을 경계하면서, 소설이 독자들을 민족적인 이념의 대오 안으로 끌어들이는 역할에 충실할 것을 요구하는 것이다. 신채호가 "음풍을 가르치는 것으로 주지를 삼"는다고 질타한 대상 속에는 물론 신소설도 포함되어 있었지만, 당시의 신소설 작가들 역시도 소설은 국민의 나침반이라는 계몽주의적 인식에서 멀리 벗어나 있지 않았다. 그러나 신채호가 살았던 시대가 아닌 현재의 시점에서 신소설을 읽는 방식이 여전히 작가의 현실인식이 당시의 정세를 얼마나 올바르게 읽고 있는지를 평가하거나, 작품이 시대가 요구했던 계몽의 이념을 얼마나 충실하게 반영하고 있느냐를 탐색하는 문제에 매달려 있다면, 신소설에 대한 논의 역시 소설을 국민의 나침반으로 생각했던 신채호적 계몽주의에서 크게 벗어나 있는 것으로 보기 어려울 것이다.

이 장은 신소설의 문학적, 문학사적 의미를 신소설이 담고 있는 계몽 이념의 역사적 정합성이나 윤리적 타당성의 문제와 결부지으려는, 기존의 신소설에 대한 논의들에서 빈번히 제기되어온 관점들로부터 벗어난 지점에서 신소설이 지닌 의미를 규명해보려는 의도에서 마련되었다. 신소설이 표방한 계몽이념이 그 자체로 시대적인 진취성과 당위성을 갖는 것이라고 할지라도, 소설이 그와 같은 작가의 이념만으로 구성되는 것은 아닐 것이다. 특정 시대의 사람 살아가는 이야기를 다루는 소설의 공간 안에는 작가의 이념적 태도를 넘어서는 풍속의 세계가 깊숙이 관여할 수밖에 없을 것이기 때문이다. 그렇다면 소설에서 정작 중요한 것은 시

---

27) 신채호, 『대한매일신보』, 1909년 12월 2일자.

대를 앞서가는 이념이 아니라, 이념이 그 시대의 삶과 마찰하고 갈등하는 양상들을 보다 구체적인 서사적 육체로 재현해내는 일일 것이다.

신소설이 형식적 근대에 머물 수밖에 없었던 것은 구시대의 가치와 새로운 이념 사이에서 발생하는 갈등과 마찰의 부재 때문이고, 그 역 또한 그렇다. 어떻게 보면 신소설이 문학적으로 실패할 수밖에 없었던 것 자체가, 시대의 현실에 뿌리박지 못한 계몽의 이념적 진취성이 풍속의 세계가 지닌 현실적 위력을 이기지 못한 당시의 시대 상황을 고스란히 반영하고 있는 것으로 보이기도 한다. 이런 점에서 계몽성 못지않게 신소설의 두드러진 양식적 특성을 이루는 통속성은 계몽에의 요구와 통속 세계의 위력 사이에서 어정쩡하게 양다리를 걸치고 있던 신소설의 처지를 말해주는 듯도 하다. 아니, 기실은 신소설이 풍속세계와의 갈등과 마찰이 불러올 서사적 긴장을 보여주는 대신 안이한 통속의 형식에 머무르고 말았다는 사실 자체가 신소설이 표방한 계몽이념이 풍속세계의 현실과 겉도는 것이었음을 웅변해주고 있는 것으로 보아야 할 것이다. 결국 풍속세계의 내부로 침투하지 못한 계몽에의 요구는 신소설을 추진한 주요한 동력인 동시에 신소설의 문학적 내구력을 약화시킨 주요 요인이기도 했다. 그런 의미에서 중요한 것은 신소설이 표면적으로는 계몽이념을 표방하면서도 실질적인 서사의 국면에서는 구시대의 이념을 그대로 승인하는 태도를 보여주는 양상에 대해, 계몽의 이념적 정당성을 들어 왜 그러한 낙차가 발생했냐고 비판하는 것이 아니라, 작품에서 나타나는 그러한 낙차의 양상들을 꼼꼼히 살피면서 그러한 양상이 빚어지게 된 시대적 문맥을 보다 객관적인 시각으로 검토하는 일일 것이다.

시대적 통속으로서의 계몽

1. 통속을 계몽의 후퇴로 보는 관점의 문제

앞 장에서 언급한대로 근대적인 삶의 변화를 이끌 물적 토대의 빈곤에도 불구하고 근대적인 의식변화에 대한 시대적 요구가 점차 가열되어 가는 상황에서 한국적 근대를 특징짓는 계몽주의적 강박은 신소설이라는 문학담론을 가동하는 가장 중추적인 엔진이었다. 그러나 계몽적 근대라는 신소설의 엔진은 신소설에 근대소설의 가장 초보적인 형식으로서의 근대성의 의장을 부여하면서 동시에 신소설이 근대성으로 접근하는 길을 가로막는 하나의 걸림돌로 작용하고 있다. 물적 토대와 계몽주의의 강박 사이에 놓인 괴리, 다시 말해 당시 사회구성원 대다수가 처해 있던 시대 현실과 근대적 계몽이라는 당위적 이념 사이에 놓인 현저한 시차는 신소설이 걸치고 있던 근대적 의장을 다분히 삶의 실질과 분리된 무대 위의 소품들처럼 만들어버렸기 때문이다. 장면묘사나 심리묘사 기법의 도입이라든가 소설의 허구성에 대한 인식의 출현 등, 신소설이 걸치고 있는 몇몇 근대적 의장들에도 불구하고 신소설에서 근대는 여전히 삶의 실질과 연결되지 못한 신기(新奇)한 박래품의 차원에 머무르고 있었다.

그러나 지금까지 신소설에 대한 논의의 장에서 주류를 이루어 왔던 것이 역사를 바라보는 계몽주의적인 관점을 바탕으로 작가의 계몽적 의도가 과연 올바른 역사의식에 바탕을 두고 있느냐 그렇지 않느냐의 문제를 따지는 일이었다면, 이러한 논의들에서 신소설의 개별 작가, 혹은 개별 작품들의 문학적 우열을 판단하는 기본 잣대가 되는 것은 결국 작품이 지닌 내재적 가치 이전에 작가의 역사에 대한 태도의 문제이다. 가령 동학운동이나 갑오개혁처럼 특정한 역사적 사건이 신소설의 개별 작품들에서 어떻게 다루어지는가라는 문제를 통해 작품 속에 나타난 작가의 역사인식의 문제점을 부각시킨다거나, 친일의 문제를 작품에 대한 평가의 주요한 근거로 삼는 논의들이 그 대표적인 경우라 할 것이다. "신소설은 각계각층에서 꿈틀거리고 있었던 정치적 사회적 그리고 문화·종교 활동에서의 제국주의에 대한 저항에는 외면하고 새로 유입된 문물과 제도에 대한 신기성의 유발과 무조건적인 과거에 대한 부정 등으로 일관하는 양상이 현저하다"[1]거나, "신소설 작가들은 지나치게 자주성이 없는 개화의식을 가졌었고, 서양문화수용의 태도가 그 필요성과 민족자주성에 있어서 괴리되고 상반됨을 알 수 있다"[2]라는, 혹은 "『혈의루』에서 작가는 청일전쟁을 배경으로 나타난 등장인물 중, 일본인들에 대해서는 호의적 태도 내지는 미화하려는 태도를 갖는다든지, 미국으로 유학 간

---

1) 이재선, 「신소설에 있어서의 갑오개혁」, 『새국어생활』 4권 4호, 국립국어연구원, 1996, 10면.
2) 신동욱, 「신소설과 서구문화수용」, 김열규 외 편, 『신문학과 시대의식』, 새문사, 1981, Ⅱ-64면.

구완서가 일본, 만주, 조선을 합하여 연방국가를 만들어 나라를 부강케 하고자 하는 생각을 갖는다든지 하는 것들이 그의 문학의 매판적 성격을 잘 보여주고 있다"[3]라는 구절들에서 나타나는 부정적 평가는 신소설 작가들에게 역사의식이 부재하다거나 혹은 당시의 현실에 대한 잘못된 역사관을 지니고 있다는 논자의 판단에 그 근거를 두고 있다.

위에서 인용한 신동욱이나 양문규의 평가가 모두 이인직의 『혈의루』에 대한 논의과정에서 제시된 관점이라는 점에서도 나타나는 것처럼, 신소설의 역사인식을 문제 삼는 글들에서 가장 집중적인 공략의 대상이 된 작가는 단연 이인직이다. 이처럼 이인직의 작품에 부정적인 평가가 집중되는 것은 신소설에서 이인직이 차지하는 작가적 위상과 그의 친일 행적이 맞물려 일종의 상승작용을 일으킨 결과라고 할 수 있을 것이다. 특히 이인직과 이해조에 대한 상반된 평가는 이러한 관점을 통해 얻어져서 이제는 학계의 보편적인 합의에까지 도달한 듯한 인상을 준다. 뿐만 아니라 1910년을 기점으로 신소설이 부정적인 방향으로 변질되거나 타락했다는 진단 또한 이러한 평가와 상호조응하는 과정에서 도출된 결론이라고 할 수 있는데, 이 역시 많은 논자들의 글에서 반복적으로 승인됨으로써 하나의 합의된 관점으로 자리 잡은 듯하다.

이처럼 이인직의 작품들에 대한 부정적인 평가와 더불어 1910년 이후의 신소설의 변질을 진단하는 논의의 근거가 되는 것은 작가의 계몽적 의도 속에 내포된 친일적 역사관과 신소설이 지닌 통속성의 문제이다. 전자가 작가의 계몽적 의도를 역사적 도덕성이라는 관점에서 문제 삼고 있다면, 후자의 경우에 신소설의 통속성은 시대적인 압력에 밀려 신소설의 계몽성이 후퇴한 결과라는 것이 대체적인 관점이다. 다시 말해 신소

---

3) 양문규, 「신소설에 반영된 20세기 초 개화파의 변혁주체로서의 한계」, 『인문학보』 5집, 강릉대 인문과학연구소, 1988, 41면.

설에 대한 부정적인 평가의 근거로서 한쪽에서는 신소설에서 나타나는 계몽성의 도덕적 오류가, 다른 한쪽에서는 계몽성의 부재가 문제되는 것이다. 계몽성의 도덕적 오류든 계몽의 결여태로서의 통속성이든, 결국은 올바른 역사인식에 바탕을 둔 계몽성이라는 하나의 당위론적 준거틀을 미리 상정해놓은 상태에서 신소설의 문학/문학사적 가치를 논하고 있다는 점에서 이러한 관점은 비단 신소설뿐만 아니라 기실은 오랫동안 한국문학의 지배적인 패러다임을 형성해온 문학계 일반의 계몽주의적 시각과 긴밀한 연관을 맺고 있다. 이런 점에서 계몽적 관점에 바탕을 둔 연구관행에 의해 제기된 신소설의 통속성에 대한 일련의 평가들은 좀 더 반성적으로 점검해볼 필요가 있다. 특히 계몽성과 통속성을 상호배타적인 개념으로 설정함으로써 통속성의 문제를 신소설의 쇠퇴과정을 설명하는 주요한 전거로 내세우고 있는 기존의 논의들과 달리, 계몽성 못지않게 통속성 또한 신소설 형성과정의 중요한 한 축으로 작용했다는 관점은 신소설과 계몽성, 통속성의 관계를 바라보는 보다 유연한 시각을 제공해줄 것이다.4)

---

4) 한기형이나 정선태, 권보드래, 김동식 등을 비롯해서 1990년대 이후 활발하게 이루어진 신소설에 대한 소장학자들의 연구활동은 신소설에 대한 논의의 활성화와 더불어 신소설과 관련된 자료들의 풍부한 활용과 논지 전개의 정교화를 통해 신소설에 대한 논의의 수준을 향상시키는 의미 있는 역할을 한 것으로 보인다. 이러한 소장학자들의 연구경향은 크게 두 가지 유형으로 분류할 수 있을 듯한데, 당시의 관련자료들을 토대로 신소설 및 신소설의 형성을 둘러싼 사회적·역사적 배경과 의미를 폭넓게 조감하는 방식이 그 하나라면, 다른 하나는 신소설을 통해 당시의 풍속사적 풍경들을 재구성해보는 방식이다. 전자가 신소설을 둘러싼 역사적 상황을 다분히 계몽주의라는 거시적인 이념의 틀 안에서 다루고 있다면, 후자는 이념적 잣대보다는 미시적인 풍속의 문제들에 더 많은 관심을 기울이고 있다는 점에서 신소설의 통속성이라는 문제에 대한 논의와 일정한 연관을 지닐 수 있다. 그러나 이러한 논의들에서 제기되는 풍속사적 차원의 통속성은 통속성의 문학적 의미에 대한 관심과는 다소 거리가 있다.

2. 계몽의 질적 가치를 판단하는 역사적 도덕주의의 문제

임화가 『신문학사』에서 "이인직은 단지 가장 우수한 신소설 작가일 뿐만 아니라 실로 신소설이란 양식을 창조한 사람이다"[5]라고 말한 이래, 또 김동인이 "이 「귀의성」만으로도 이 작가를 조선 근대소설 작가의 조(祖)라고 서슴지 않고 명언할 수 있다"[6]라고 다소 들뜬 어조로 격찬한 이래 오랜 기간 동안 신소설 작가로서의 이인직의 권위는 확고부동한 것이었다. 물론 이러한 권위의 상당부분은 일차적으로 최초의 신소설 작가라는 그의 문학사적 위상에 힘입은 바 크지만, 가장 뛰어난 신소설 작가라는 그의 문학적 재능에 대한 평가 또한 그의 권위에 상당한 힘을 보태왔다고 할 수 있다. 이에 비해 이해조는 이인직보다 더 오랜 기간 동안 40편에 가까운 압도적인 분량의 작품들을 생산해 내었음에도 불구하고 이인직의 그늘에 가려진 2급 작가로서의 위상을 크게 벗어나지 못해왔다. 이에 대해 최원식은 "친일적 성격이 강한"[7] 이인직과 전통적 교양과 시정성(市井性)에 바탕을 둔 이해조의 민족계몽의 논리를 대비시킴으로써 이해조에게 이인직을 능가하는 문학적 권위를 부여해준다.

이후 두 작가에 대한 이러한 대비적 관점은 신소설에 대한 논의에 새롭게 동참한 몇몇 소장학자들을 중심으로 점차 확산되어 나가게 되는데 그 대표적인 경우가 한기형의 "이인직의 계몽주의가 전대 사회에 대한 '부정'에 초점을 두고 있다면 이해조의 그것은 한국 사회의 '갱신'에 더 많은 관심을 둔다. 관념적 급진성에 근거한 이인직의 사고가 결국 대안 없는 자기 부정으로 귀결된 것과는 달리 이해조는 한국의 주체적 발전

5) 임화, 『신문학사』, 한길사, 1993, 한길사, 1993, 156면.
6) 김동인, 『한국근대소설고』, 『신한국문학전집』 48권, 어문각, 1978, 8면.
7) 최원식, 『한국근대소설사론』, 창작사, 1986, 9면.

가능성에 대한 기대를 버리지 않는다"8)와 같은 견해라고 할 수 있다. 이러한 관점에 의하면 이인직과 이해조의 작품들이 보여주는 문학적 가치 역시 그들의 작품에 나타난 계몽성의 질적 우위, 다시 말해 작가가 보여주는 역사인식이 당시 사회에 대한 평자의 역사적 상황판단에 비추어볼 때 과연 올바르냐 그렇지 않으냐라는 이념적 준거틀에 따라 결정되는 것이다.

이처럼 작가가 지닌 역사인식의 윤리성 문제를 그대로 작품의 문학적 가치판단의 문제와 연결짓는 태도에는 역사의 문제를 끊임없이 도덕적인 가치판단의 장으로 끌어들이려는 평자들 자신의 계몽주의적인 역사관이 깊숙이 개입해 있다. 역사란 하나의 기록이고, 그런 의미에서 역사라는 것 자체가 역사에 대한 다양한 견해와 관점들이 서로 부딪히고 충돌하는 담론의 장이라는 점을 감안하면, 역사에 대한 계몽주의적 관점 역시, 비록 그것이 한국사회 내부의 역사적 담론의 장에서 지배적인 위력을 발휘해왔다고 하더라도, 역사에 대한 여러 가능한 견해들 중에 하나라고 하는 것이 역사에 대한 보다 온당한 균형감각일 것이다. 그러나 대부분의 역사적 주장들은 자신의 주장이 역사를 바라보는 여러 가능한 시각들 중의 하나가 아니라 그 자체로 역사적 실체라는 믿음 위에서 발화되는 것이고, 그 믿음은 더 나아가 특정한 사회집단의 보편적 동의를 바탕으로 한 이념적 절대성으로 스스로를 무장함으로써 역사적 진리라는 도덕적 자기정당성을 확보하게 된다.

한국사회의 주류적인 역사관이라고 할 수 있을 계몽주의적 역사관에서 그러한 도덕적 자기정당성의 이념적 기초를 제공해온 것은 두말할 것도 없이 민족, 혹은 민족주의라는 절대가치이다. 이와 같은 도덕적 자

---

8) 한기형, 『한국근대소설사의 시각』, 소명출판사, 1999, 100면.

기정당성의 토대 위에서 작가의 현실인식이 평자의 계몽주의적 역사관에 부합하면 우수한 작품이고, 그렇지 않다면 문학적으로 우수한 작품으로 평가할 수 없다는, 다분히 역사주의적 결정론에 근거를 둔 신소설에 대한 논의에서도 그러한 결정론적 판단의 관건이 되는 것은 민족주의이다. 이인직에 대한 대다수의 비판적 시각 역시 "이인직의 봉건 의식이 한국의 근대 내셔널리즘으로 전화되지 못한" 것이 "이인직의 반봉건성을 공허하고 대안없는 중세부정으로 만든 것"[9]이라는 말에서도 나타나는 것처럼, 민족주의를 뚜렷한 이념적 준거틀로 설정하고 있다. 민족주의라는 절대가치는 마치 빅브라더처럼 비평적 논의의 바깥에서 신소설에 대한 결정론적 시각을 통어하는 최종심급으로 자리 잡고 있는 것이다. 따라서 이러한 관점에서 신소설에 대한 텍스트 분석은 텍스트 바깥에서 결정화된 판단을 텍스트 내부에 그대로 들씌우는 방식, 다시 말해 텍스트에 대한 분석을 거쳐 텍스트에 대한 평가가 이루어지기보다는, 텍스트 분석 자체가 그와 같은 결정화된 판단의 근거를 확보하기 위해 동원된다는 인상이 강하다. 이를테면 이인직에 대한 다음과 같은 평가도 아마 그러한 논의방식을 거쳐나온 견해가 아닐까 싶다.

> 이인직의 문제의식은 19세기 말을 살고 있는 평민들이 겪었던 고난과 사회적 불평등에서 출발하고 있지만 그 현실을 그 자체로 밀고나가지 않고 절단하여 자신의 관념적 근대관을 접목시킨다. 이인직이 제시한 근대개혁의 주체가 하나같이 생활의 실감을 잃어버린 추상적인 인물로 그려진 것은 바로 이 때문이다. 결론적으로 말한다면, 그는 한국의 근대화에 대해 현실적이고 주체적인 해결의 방법을 갖고 있지 못했던 것이다.[10]

---

9) 한기형, 『한국근대소설사의 시각』, 소명출판사, 1999, 94면.
10) 한기형, 『한국근대소설사의 시각』, 소명출판사, 1999, 93면.

　사실 '근대 개혁의 주체가 하나같이 생활의 실감을 잃어버린 추상적인 인물로 그려진 것'은 이인직의 소설에만 해당되는 문제가 아니라 신소설 전반에서 나타나는 보편적인 현상이다. 이 점에서는 이해조의 경우도 예외가 아니다. 이것은 앞서 논의한 대로 신소설이 내세운 근대적 계몽의 논리 자체가 당시의 한국사회에 '생활의 실감'과 괴리된 '추상적인' 관념의 논리로 주어졌던 사정과 긴밀한 연관이 있다. 삶의 실질과 이념적 명분 사이의 괴리는 바로 신소설의 발생론적 조건이었던 것이다. 신소설은 근대적 이념과 여전히 전근대성을 벗어나지 못한 삶의 현실 사이에서 발생하는 혼란과 갈등을 서사의 장 안으로 끌어들이는 대신에 이념과 현실이라는 이질적 층위를 서사의 안팎에 단순병치 시키는 방식으로 그러한 혼란과 갈등을 피해가고 있다. 이질적인 문화가 가져오는 혼란과 갈등이란 그러한 문화가 풍속 세계의 내면화된 삶의 장 안으로 이동했을 경우에 발생하는 정서적 반응태이다. 따라서 이인직의 소설에서 뿐만 아니라 대부분의 신소설들에서 "근대 개혁의 주체가 하나같이 생활의 실감을 잃어버린 추상적인 인물로 그려"질 수밖에 없었던 것은 신소설의 한계 이전에 근본적으로 신소설이 쓰인 시대 그 자체의 특성에서 비롯되는 것이라고 해야 할 것이다.

　그러나 신소설의 가치를 계몽성이라는 잣대와 연결지어 판단하는 논자들은 신소설의 표면에 드러난 계몽성에의 강박 이면에 놓여 있는 삶의 실질이라는 국면에 그다지 적극적인 관심을 기울이지 않는다. 이러한 논의들이 신소설에서 주목하는 것은 풍속의 세계와 긴밀하게 연관되어 있는 서사의 층위가 아니라, 작품 속에 담긴 작가의 계몽적 의도라는 관념의 층위이기 때문이다. 또한 위의 인용문의 내용 가운데 언급되는 '한국의 근대화에 대한 현실적이고 주체적인 해결의 방법'이라는 게 구체적으로 어떤 방법을 지칭하는 것인지가 모호한 상태에서, 그러한 해결의 방법을 갖고 있지 못했다는 점을 들어 이인직에 대한 비판의 근거로 삼는 것 역시 무리한 논지 설정이라는 생각이 든다. 물론 이것이 이인직의 친일적인 현실인식을 겨냥한 발언이라는 점을 감안한다 해도, 이러한 표현 자체의 문제점은 따로 지적될 필요가 있을 듯하다. 역사의 어느 시대든 그 시대에 대한 현실적이고 주체적인 '해결'의 방법이라는 게 과연 하나의 정답처럼 주어질 수 있는지도 의문일 뿐더러, 한국의 근현대사적 혼란기에 대한 역사적 논란이 끊이지 않아왔다는 점을 감안하면, 논자가 주장하는 '해결의 방식'이란 결국 역사적 해석의 영역에 속하는 문제를 역사의 보편적인 진리의 차원으로 가져가려는 발상에 근거해 있는 것으로 보이기 때문이다. 아마도 이 또한 역사의 문제를 개인적인 도덕성의 문제와 관련지어 판단하거나, 문학의 문제를 작가의 역사적 도덕성의 문제로 환원하려는 결정론적 시각에서 나온 관점이라고 보아야 할 것이다.

이처럼 "신소설 속 친일적인 요소를 적발하는 데 신경을 곤두세"우는 방향으로 흘러왔던 신소설에 대한 지배적인 논의경향에 대해 한 논자는 "그것은 문학적인 것을 정치적 사회적 개혁의 수단으로 편향되게 인식하는 경향을 자체 내에 지닌 것"으로 평가하면서, "이처럼 경색된 인식 틀로써 개화공간의 다양한 문학적 현상 전체를 무리없이 설명해내기는 어렵다. 보다 유연한 태도가 요청되는 것이다"11)라는 견해를 내놓고 있다. 또 다른 논자 또한 "역사적 현실과 문학적 현실 사이의 관계를 민족지상주의적인 획일적 원리로 설명하려는 시도는 신중을 기해야 할 것으로 본다. 과거의 역사적 사실을 오늘날 해석한다는 것은 원하든 원치 않든 하나의 선택일 뿐, 이미 그 역사의 결과를 안 사람이라고 해도 거기에 전지전능한 권위가 주어지는 것은 아니기 때문이다"12)라고 말함으로

---

11) 김윤식·정호웅, 『한국소설사』, 문학동네, 2000, 15~16면.
12) 김현, 「『혈의루』 재고찰」, 『서강어문』 10집, 서강어문학회, 1994, 193면.

써 역사에 대한 결정론적인 시각으로 문학작품을 재단하는 관점에 대한 회의적 시각을 드러내고 있다.

이와 같이 민족이라는 이름으로 설정된 하나의 당위론적 역사관을 전제로 한 신소설에 대한 일련의 평가들은 역사의 절대적인 진리치가 가능하다는 사고 아래 특정 시대의 삶이 지닌 다양한 의식의 양태들을 도덕적으로 서열화하려는 환원주의적 태도에 그 바탕을 두고 있다고 할 수 있다. 이 경우 그러한 태도를 규정짓는 것은 특정 시대의 삶 속에서 복잡한 양상으로 길항하는 다양한 의식과 관점들 사이의 역학관계를 하나의 직선적인 서열체계로 말끔하게 질서화하고자 하는 욕망일 것이다. 질서에 대한 욕망이란 결국 세계 속에 흩어져 있는 다양하고 이질적인 현상들을 자기동일화된 관점으로 분류하거나 걸러내는 장치를 통해 일견 무질서해보이는 세계를 명징하게 체계화된 하나의 틀로 설명해내려는 욕망이 아니겠는가? 그런 점에서 질서에 대한 욕망은 인간 주체에 의해 체계화된 세계의 질서를 꿈꾸는 계몽주의적인 욕망과 겹쳐 있을 것이다.

3. 계몽성과 통속성에 대한 가치서열적 이분화의 문제

신소설에 대한 논의에서 신소설 작가들이 당시의 상황에 대해 어떤 역사인식을 지니고 있었느냐에 따라 작품에 나타난 계몽적 관념의 잘잘못을 따지는 일 못지않게 주요한 논의의 대상이 되어온 것은 시대상황의 변화에 따라 작품에 나타난 계몽성의 논리가 어떻게 변질되어갔는가를 따지는 문제이다. 그러한 논의의 대표적인 예가 한일합방이 이루어진 1910년을 기점으로 신소설의 문학적 의미를 규정지으려는 관점이다. 최원식의 「『장한몽』과 위안으로서의 문학」에서 이 문제가 제기된 이후 많은 글에서 되풀이 언급되어온 이러한 관점은 1910년 이전을 "계몽사상이 내용과 형식 양면에서 본격적으로 표현되었던 애국계몽기"로, 1910년 이후를 "나라의 식민지화와 함께 애국계몽사상이 급속히 변질 소멸된"13) 시기로 규정짓는 관점에 근거하고 있다. 이러한 관점에 따르면 1910년대 이전과 이후의 신소설은 명백히 계몽성과 통속성이라는 위계적인 가치개념으로 분류된다. 다시 말해 이러한 관점에 의하면 1910년 이전의 신소설이 보여주던 "계몽성으로부터 연유한 현실장악력이 사라"14)짐으로써 1910년대 이후의 신소설은 "흥미본위의 통속물로 그 성격이 변화"15)되는 부정적인 방향으로 나아가게 된 것이다. 권영민 또한 이 시기의 변화를 가리켜 "계몽의 담론이 허무하게 무너지자, 그 대신에 신소설의 서사양식에 넘쳐나는 것은 허무나 퇴폐를 몰고오는 유희적 담론뿐이다. 신소설이라는 개화계몽시대 서사양식의 운명은 바로 그 시대의 운명처럼 타락한다"16)라고 말함으로써 이러한 관점에 동의한다.

그러나 1910년이라는 특정시기를 기점으로 신소설의 경향을 분류하는 것은, 그럴만한 역사적 타당성을 전면부인하기는 어렵더라도, 역사적 상황의 문제를 문학적 현실에 너무 작위적으로 대입하는 다분히 편의주의적인 발상이라는 인상을 씻기 어렵다. 한 논자는 1910년을 기점으로 한 이러한 변화의 원인에 대해 "이러한 변화는 1910년을 전후하여 일제가 일체의 민족운동을 말살하고 그 결과 민족운동의 주체가 망명한 데에 그 원인이 있는 것 같다"17)라고 말하고 있지만, 이미 한일합방 이전

---

13) 최원식, 『한국계몽주의문학사론』, 소명출판사, 2002, 15면.
14) 한기형, 『한국근대소설사의 시각』, 소명출판사, 1999, 135면.
15) 한기형, 『한국근대소설사의 시각』, 소명출판사, 1999, 134면.
16) 권영민, 『서사양식과 담론의 근대성』, 서울대 출판부, 1999, 227~228면.
17) 임형택·최원식, 『한국근대문학사론』, 한길사, 1988, 220면.

부터 당시 사회의 각 부문에 일제의 강압적 힘이 상당부분 침투해 있었다는 점을 감안하면 1910년을 기점으로 나라의 정세나 국민들의 정서가 확연하게 달라졌을 것이라는 가정은 이러한 논점을 떠받치는 그다지 납득할만한 근거로 보이지 않는다.[18]

물론 이인직이 『혈의루』를 발표한 1905년에 이미 일제의 침략을 위한 발판으로서 을사보호조약이라는 강제적인 조치가 취해졌다고 해도, 그것이 일제의 식민통치를 완전히 합법화한 한일합방과는 달리 어느 정도 민족구제에 대한 희망을 남겨놓고 있었다는 점에서, 1910년 이후의 사회적 분위기가 훨씬 더 절망적이었으리라는 것은 충분히 있을 수 있는 가정이기는 하다. 그러나 그 점을 감안한다고 하더라도 1910년을 전후한 2~3년 사이에 신소설의 변질이 뚜렷해진다는 식의 논의는 다소 무리한 관점이라는 인상을 준다. 이를테면 1909년에 발간된 이해조의 「원앙도」에 대해서는 대체로 긍정적인 평가를 내리면서 1911년에 발간된 같은 작가의 「구의산」, 「쌍옥적」, 「월하가인」 등에 대해서 부정적인 평가로 기우는 최원식의 관점은 1910년이라는 기점을 지나치게 의식한 결과가 아닌가라는 생각이 드는 것이다.[19] 오히려 이런 점에서 보다 설득력이 있어 보이는 것은 "미시적인 사회사적 사실은 거시적인 이념의 서사로 포착되지 않는다. 즉 흔히 볼 수 있는 '1910년대=일제의 강압적 통치=절망적인 사회분위기'와 같은 도식은 단순한 사회학주의나 민족주의적인 사고의 산물이다. '사회'의 복합성 자체가 그러한 단순도식과 무관하

---

18) 이에 대해서는 강동진, 『일제의 한국침략정책사』, 한길사, 1984, 119~142면 참조.
19) 그 자신 1910년의 기점론에 동의했던 권영민은 이후 「제국신문」에 연재된 이해조의 작품들에 대한 새로운 서지학적 정보들을 바탕으로 이해조의 작품들에 대한 논의가 부분적으로 작품의 연재시기와 단행본 발간시기 사이의 시차를 고려하지 않은 "불충분한 서지 작업에 근거하고 있기 때문에 작품에 대한 해석과 평가에서도 적지 않은 오류를 초래하고 있"다고 지적한 바 있다(권영민, 「『제국신문』에 연재된 이해조의 신소설」, 『문학사상』 1997년 8월호 참조).

다"20)와 같은 견해이다. 이런 의미에서라면 신소설에서 나타나는 삶의 실질과 이념적 명분 사이의 괴리야말로 '미시적인 사회사적 사실'과 '거시적인 이념의 서사' 사이에 존재하는 시차에 의해 생겨난 것이 아니겠는가?

뿐만 아니라 이러한 주장과 관련해서 일어나는 또 하나의 의문은 신소설이 과연 정치적 상황에 따라 1~2년 단위로 그 성격이 달라질 만큼 정치적 성향이 강한 소설들이었는가라는 점이다. 당시 계몽적 언설의 단골 메뉴였던 "남녀평등, 계급 철폐, 미신 타파, 교육 등등의 풍속개량의 구호를 떠드는 것은 정치적 성격과는 무관한 한갓 유행적인 것일 뿐이다"21)라는 지적도 있지만, 신소설의 계몽성은 기실 정치적 성격보다는 풍속교화의 논리에 훨씬 더 치우쳐 있다. 『혈의루』나 『은세계』 등에서 친일적인 논리로나마 국난에 처한 나라의 운명을 운위하던 신소설은 이후 계몽의 주관심사를 미신타파나 근대적인 결혼관 등과 같은 풍속교정의 차원으로 가져감으로써 정치의 장으로부터 스스로 후퇴하고 있는 것이다. 더군다나 이광수 등이 보여주는 것처럼, 풍속개량의 문제는 1910년 이후에도 여전히 계몽적 지식인들의 주관심 대상이었다는 점을 감안하면, 1910년을 기점으로 신소설이 점차 쇠퇴기에 접어들게 된 이유를 문명개화의 현실적 기반이 무너짐으로써 계몽성이 현저하게 후퇴하게 된 데서 찾는 논리는 그 타당성이 보다 의심스러울 수밖에 없다. 문명개화의 논리가 애초에 국난극복이라는 시대적 요청으로 제기된 것이기는 해도, 신소설에서 드러나는 풍속교화의 논리는 그 실상에 있어 정치적 상황과의 마찰을 배제하면서 문명개화를 역설하는 탈정치성을 그 특징으로 하고 있는 것이다.

---

20) 천정환, 『근대의 책읽기』, 푸른역사, 2003, 76면.
21) 김윤식·정호웅, 『한국소설사』, 문학동네, 2000, 33면.

이러한 맥락을 염두에 두면, 1910년 이전과 이후의 신소설을 계몽성과 통속성이라는 이분화된 위계구도로 확고하게 구분짓는 논리 또한 액면 그대로 수긍하기가 쉽지 않다. 물론 양 시기에 나타나는 어떤 경향의 우세까지 부정하기는 어렵더라도, 신소설의 계몽성과 통속성은 특정 시기를 기점으로 확연하게 갈라지는 성질의 문제라기보다 신소설 전반에서 나타나는 특징적 요소라고 할 수 있기 때문이다. 사실 신소설에서 계몽성과 통속성의 이분화된 구도란 신소설이 생산된 시기에 따라 변별되는 특수한 경향이기보다, 이미 언급한 것처럼 신소설 자체가 이념의 차원과 풍속의 차원 사이에 놓인 괴리를 자신의 발생론적 조건으로 끌어안은 채 출발했다는 사실과 긴밀한 연관을 맺고 있는 것으로 보인다. 그런 의미에서 1910년 이전의 신소설이 통속성으로부터 자유롭지 못한 만큼이나 1910년 이후의 신소설 또한 계몽에의 요구로부터 완전히 벗어나 있는 것은 아니다. 신소설에서 계몽성과 통속성은 상호대립적이거나 배타적인 요소라기보다는 오히려 상호보완적인 요소라는 측면이 더 강한 것이다. 이해조의 『화의 혈』 후기는 당시의 신소설 작가들이 소설의 계몽성과 흥미성에 대해 가지고 있었던 생각의 일단을 드러내보여 준다는 점에서 주목할 만하다.

> 기자왈 소설이라 하는 것은 매양 빙공착영(憑空捉影)으로 인정에 맞도록 편집하여 풍속을 교정하고 사회를 경성하는 제일 목적인 중 그와 방불한 사람과 사실이 있고 보면 애독하시는 열위 부인 신사의 진진한 자미가 일층 더 생길 것이오 그 사람이 회개하고 그 사실을 경계하는 좋은 영향도 없지 아니할지라. 고로 본 기자는 이 소설을 기록함에 스스로 그 자미와 그 영향이 있음을 바라고 또 바라노라.
>
> 『화의 혈』 후기[22]

---

22) 『한국신소설전집』 2권, 을유문화사, 1968, 232면.

이 글에서 이해조는 빙공착영이라는 말로 소설의 허구적 성격을 운위하면서 소설의 읽는 재미를 표나게 강조하고 있다. 권영민은 이에 대해 "허구적인 세계로서의 소설에서 유희성을 구현한다는 것은 그 실상이 어떠하든지 간에 소설의 비예술적 경향을 예술화의 방향으로 전환시켜 놓을 수 있는 계기를 마련해주고 있"23)다고 평가하는 반면, 김윤식은 "바로 이 순간, 정치적 성격이 두드러진 계몽주의적 소설공간은 끝났다. (…중략…) 소설을 내세운 정치적 성격, 그러니까 이념성의 압도적 우위 현상은 이 대목에 와서 흥미성 중심으로 바뀐 것이다"24)라는 다소 부정적인 견해를 제시한다. 이러한 견해 차이는 권영민이 소설의 유희성에 대한 인식을 예술적 변화의 한 단초로 이해하고 있는 반면, 김윤식은 그것을 출판 상업주의의 발로로 간주한다는 점에서 발생한다. 그러나 권영민 역시 앞서 인용한대로 신소설이 타락의 운명으로 빠져들게 된 원인을 계몽담론의 붕괴와 신소설의 유희화에서 찾고 있으며, "이해조가 '재미'를 강조함으로써 현실에 대한 인식을 바탕으로 독자를 이끌어가는 입장을 버리고 그들의 취미 기준에 맞는 작품을 쓰고자 노력했다는 것은 신소설의 통속화 과정을 말해주는 것"25)이라는 한 논자의 견해 또한 신소설의 통속화가 곧 계몽의 포기를 의미한다는 인식을 공유하고 있다.

그러나 위의 글에서 이해조가 강조하는 소설의 재미는 소설이 독자에게 부여할 '회개하고 경계하는 좋은 영향'과 하나의 고리로 연결되어 있다. 빙공착영이라는 개념조차 '풍속을 교정하고 사회를 경성하는 소설의 제일목적'이라는 계몽적 의도와 긴밀한 연관을 맺고 있는 것이다. 따라서 이해조가 생각하는 소설의 재미와 '좋은 영향'은 서로가 서로를 부정

---

23) 권영민, 『서사양식과 담론의 근대성』, 서울대 출판부, 1999, 85면.
24) 김윤식·정호웅, 『한국소설사』, 문학동네, 2000, 59면.
25) 정선태, 『심연을 탐사하는 고래의 눈』, 소명출판사, 2003, 40면.

하는 관계라기보다는 오히려 서로가 서로를 필요로 하는 관계라고 하는 편이 보다 정확한 지적일 것이다. 애초에 계몽주의자들이 소설이라는 담론양식에 주목했던 것 자체가 "대저 소설이라는 것은 사람을 감동시키기 가장 쉽고 사람에게 파고듦이 깊어서 풍속 개량과 교화정도에 관계가 매우 큰지라"[26]라는 말처럼, 당대인들의 삶과 보다 밀착된 관계 속에서 감동과 재미를 통해 사람들의 마음을 움직이는 소설의 손쉬운 접근성 때문이었던 것이다.[27] 그런 의미에서 이해조가 빙공착영이라는 말 속에 담으려고 했던 것 또한 감동과 재미를 통해 사람들에게 유익한 계몽을 주는 소설에 대한 욕망이 아니었겠는가?

4. 통속성의 발생론적 근거

당시의 현실 속에서 소설의 재미가 계몽이념의 대중적 호소력을 높인다는 시대적 요구와 긴밀한 연관을 맺고 있었다면, 신소설이 외적 상황의 변화에 따라 더 이상 실효성이 없어진 계몽주의적 태도를 버리고 부정적인 통속화의 길로 후퇴함으로써 질적 하락을 초래했다는 식으로 평가하는 것은 그다지 타당성을 인정받기 어려운 견해라고 할 수 있을 듯

---

26) 박은식, 「서사건국지 서문」, 『대한매일신보』, 1907. 임화, 『신문학사』에서 137~138면에서 재인용.

27) 물론 소설의 감동과 재미는 상호 배타적인 관계를 갖는 독서경험이라는 시각이 있을 수 있다. 감동이 독자의 세계관적 지평을 확장하는 보다 고급한 독서경험인 데 비해, 재미는 말초적이거나 표피적인 즐김이라는 저급한 독서행위를 부추긴다는 시각이 그것이다. 그러나 감동 역시 즐김이라는 과정을 거치지 않고는 불가능한 독서경험이라는 점에서 재미는 감동을 위해 반드시 요구되는 필요조건이다. 관건은 재미 자체의 문제가 아니라 저급한 재미와 고급한 재미라는 질적 차이의 문제일 것이다.

하다. 재미에 대한 강조를 곧바로 신소설의 통속화라는 부정적인 판단의 근거로 몰고가는 것 자체도 논리적 비약의 혐의가 없지 않지만, 계몽의 포기가 신소설의 통속화를 가져왔다는 견해 역시 작품에 대한 보다 면밀한 독해를 거치지 않은 일종의 결정론적 사고라는 혐의가 짙기 때문이다. 신소설이 점차 통속화의 길을 걸어갔다면 그것은 신소설이 근대화라는 추상적 구호, 혹은 명분의 논리를 작품의 서사 논리 안으로 내재화시키지 못함으로써 자기갱신력을 잃어버리게 되는 현상과 긴밀한 연관이 있을 것이다. 신소설의 계몽성이 당시 현실과의 관계에서 갖는 관념적 추상성을 말할 것도 없고, 신소설 자체가 계몽의 이념적 활력을 지속적으로 이어갈 만큼 현실상황에 안정적으로 뿌리를 내린 문학담론이 아니었던 것이다. 신소설이 지닌 계몽적 추상성은 신소설이라는 담론양식이 현실의 변화에 탄력적으로 대처할 만큼의 내구성을 지니지 못했다는 점과 긴밀한 관련이 있다.

신소설의 통속화라는 지적과 관련해서 당시의 출판시장이나 독자들의 일반적인 독서성향의 문제 또한 중요한 의미를 지닌 변수로 고려되어야 할 것이다. 김윤식의 지적대로 흥미성의 강조가 상업주의와 긴밀한 연관을 맺고 있다면, 신소설이 통속화된 이야기의 소재나 모티프들을 반복재생산하는 타성에 젖어듦으로써 소설창작의 에너지를 스스로 고갈시켜간 것은 신소설이 보다 적극적으로 자본주의의 이윤창출구조 속에 놓이게 되는 상황과 긴밀한 연관이 있을 것이기 때문이다. "1910년대의 서적광고를 보면 예외 없이 대규모 할인을 한다는 문구가 삽입되어 있는데 이러한 할인 경쟁이야말로 격화되는 서적계의 경쟁에서 살아남고자 하는 고육책이라 할 수 있다"[28]라는 말에 따르면, 당시의 출판업계는 이미 대

---

28) 한기형, 『한국근대소설사의 시각』, 소명출판사, 1999, 238면.

규모 할인이라는 출혈경쟁을 불사할 정도로 상업주의적인 경쟁구도 안에 들어가 있었던 듯하다. 여기에다 천정환의 다음과 같은 지적은 당시 독자들의 독서성향에 대한 의미있는 시사를 던져준다.

> 신소설 연구자들은 1900년대의 신소설이 1910년대에 이르러 오히려 이전 시대의 소설과 닮거나 '통속화'한다고 지적하였다. 그러나 사실상 내용면에 있어 고전소설·통속적 소설과 확연히 구별되는 '신소설'이란 문학사가가 찾아낸 예외들일 가능성이 더 많다. (…중략…) 구활자본으로 출간된 신소설과 고전소설은 그것을 소비하는 대중의 의식에서는 구별되지 않았을 가능성이 많으며, 특히 1920년대의 '신문학'에 대비해서 양자는 동일한 범주의 소설로 인식되기도 했다.[29]

이 말은 어떤 의미에서 당시 독자들의 감각에는 구소설과의 관계 속에서 신소설이 갖는 근대성이 그렇게 확연하게 구분되어 인식되지 않았다는 의미로 해석되기도 한다. 다시 말해 신소설이 표면에 내세운 근대적 계몽의 논리에도 불구하고 실질적인 서사전개 과정에서 구소설적인 요소와 통속적 요소가 혼재됨으로써, 당대인들의 현실감각에는 고전소설과 통속소설, 신소설을 가르는 장르적 변별성이 그다지 뚜렷하게 인식되지 않았을 가능성이 높았을 것이라는 것이다. 특히 1910년대에 들어 보다 본격적으로 발간되기 시작한 구활자본 소설들은 초보적인 형태로나마 자리를 잡아나가고 있던 자본주의 시장구조 하에서 신소설 작가들을 구활자본 소설들과 경쟁해야 하는 상황 속으로 몰아넣었을 것이다. 이러한 상황에서 신소설의 통속성이 보다 강화되는 양상을 보여주고 있다면, 그것은 임화의 지적대로 신소설이 "새 정신이 자기의 고유한 양식을 창조할만치 미처 성장하지 못한 시대의 문학"[30]이라는 점과 긴밀한 관련이

---

29) 천정환, 『근대의 책읽기』, 푸른역사, 2003, 68면.

있다고 할 수 있다. 이것은 신소설의 계몽성을 받쳐주는 이른바 새 정신이 당시 사람들이 지녔던 생활의 실감과 밀착되어 있지 못했을 뿐더러, 작가자신의 의식 속에서 조차 실질적인 생활감각으로 내면화된 봉건적인 가치관과 겉도는 막연한 추상적 요구에 지나지 않는 것이었기 때문이다.

당시의 계몽이념이 신소설이라는 새로운 문학담론을 필요로 했던 것이 사람들의 생활감각과 보다 밀착된 관계를 유지할 수 있다는 소설의 장르적 특성 때문이라면, 소설이 주는 재미와 감동이라는 것도 결국은 당대인들의 생활감각과 함께 울고 웃을 수 있는 소설 고유의 통속적 자질과 긴밀한 연관이 있다. 신소설이 처첩이나 시모(媤母), 혹은 시계모(媤繼母) 사이의 고부 간 갈등 등과 같은 낡은 가정소설의 면모를 크게 벗어나 있지 않은 것이나, 선인 대 악인이라는 유형화된 권선징악의 논리를 그대로 답습하고 있는 것은 그러한 유형의 이야기들이 여전히 당대인들의 현실적인 생활감각에 속하는 것이었기 때문일 것이다. 문제는 신소설 작가들이 근대적인 계몽의 논리를 그러한 이야기들 속으로 밀어넣음으로써 문학의 새로운 형식을 창조하는 대신, 그러한 이야기들 표면에 계몽이념을 어설프게 덧씌움으로써 낡은 형식 위에 새로운 정신을 슬쩍 얹어놓은 정도의 소극적인 창작에 머물렀다는 점이다. 임화의 표현대로 그것은 "낡은 형식, 즉 그전 이야기책의 형식을 그대로 보유하면서 약간의 새로운 정신을 담은 데 불과한 것"31)이며, '자기의 고유한 양식을 창조'하지 못하는 새로운 정신이란 낡은 형식의 힘에 의해 언제든 소설의 바깥으로 밀려날 수밖에 없는 것이다. 물론 신소설이 지닌 이와 같은 형식적 취약성은 신소설 작가들의 개인적인 한계 때문이라기보다, 임화의 말대로, "조선 시민계급의 유약성, 다시 말하면 새로운 시대의 사회적

---

30) 임화, 『신문학사』, 한길사, 1993, 298면.
31) 임화, 『신문학사』, 한길사, 1993, 421면.

문화적 지향을 가졌으면서도 실제에 있어 그것을 건설할 역량이 결여되었기 때문"[32]이라고 보는 것이 보다 온당할 시각일 것이다.

문학의 새로운 형식이 새로운 정신과 낡은 관습이 갈등하고 충돌하는 긴장 속에서 만들어지는 것이라면, 새로운 정신을 표방한 신소설 작가의 의식 속에서 일차적인 투쟁의 대상이 되어야 할 것은 자신이 지닌 계급적 토대 내부의 낡은 봉건성이었을 것이다. 그러나 당대의 독자들의 감각 속에서 신소설과 구소설의 경계가 모호할 수밖에 없었다면, 그것은 새로운 이념과 낡은 관습의 어색한 절충으로 일관했던 신소설이 이처럼 새로운 정신의 요구에 대처할 형식적 내구력을 확보하지 못한 상태에서 계속 구소설적인 관습에 의존하게 되는 사정과 긴밀한 연관을 맺고 있다. 이런 점에서 볼 때 신소설의 통속화를 계몽이념이 무력화될 수밖에 없었던 외적인 정세변화 탓으로 돌리는 시각은 사태를 바라보는 다분히 일면적인 시각이라는 생각을 갖게 한다. 당대 사람들의 생활공간에서 구시대의 가치관이 여전히 실질적인 위력을 행사했던 현실이 신소설의 물적 토대를 이루고 있었다면, 신소설이 추구했던 추상적 계몽이념은 봉건적인 통속의 차원을 넘어설 수 없었을 뿐만 아니라, 계몽이념의 확산을 위해 스스로 그와 같은 통속의 차원을 필요로 하기도 했던 것이다. 따라서 신소설이 점차 통속화의 길로 나아간 것은 외부적인 상황 변화 탓이라기보다 근대의 물적 토대가 빈곤한 상태에서 일종의 이념적 포즈로 자신의 실체를 주장했던 계몽의 논리가 스스로 자체의 한계를 드러내보인 양상으로 보아야 하지 않을까?

통속성이 계몽성을 밀어냄으로써 신소설의 질적 하락이 초래됐다는 논자들의 주장은 말할 것도 없이 계몽적 서사가 지닌 문학적 가치를 통

---

32) 임화, 『신문학사』, 한길사, 1993, 421면.

속적 서사보다 더 뛰어난 것으로 평가하는 시각에 바탕을 두고 있다. 그러나 논의의 방향을 보다 생산적인 쪽으로 가져가기 위해서는 통속성의 문제를 단순히 신소설의 질적 하락이라는 관점으로 비판하거나 질타하기보다는 그에 대해 보다 객관적으로 성찰하는 자세가 필요할 것으로 보인다. 어떤 의미에서 통속성의 문제는 긍·부정이라는 일도양단식의 논리로 명쾌하게 판가름날 수 있는 것도 아니고, 그 대중적인 영향력에 비추어 볼 때, 단순한 경멸이나 외면의 대상으로 간단히 밀어내버릴 수 있는 문제도 아니다. 통속성의 의미를 보다 넓게 확장시켜놓고 보면, 통속성이란 문학이 문학이라는 이름으로 존재하기 위한 불가피한 조건이라고 할 수 있기 때문이다. 사실상 대중에게 읽혀지는 모든 문학은 어떤 의미에서든 통속적인 요소들을 얼마만큼씩은 지니고 있는 것이며, 통속성이란 당대인들과 함께 울고 웃을 수 있는 문학 고유의 속성을 통해 독자들의 자발적인 공감을 이끌어내는 문학 고유의 특성인 것이다. 이해조가 『화의 혈』의 후기에서 소설의 재미를 강조한 배경도 이러한 맥락에서 이해되어야 할 것이다. 그러나 문학에 있어 이와 같은 통속성은 하나의 수단이지 그 자체로 추구해야 할 목적적 가치라고 말할 수는 없다. 통속성이 문학 전체를 지배하는 의도적 목적이 되어버릴 때 문학은 단순한 오락의 수단으로 전락해버리고 말 것이기 때문이다. 따라서 보다 근본적인 것은 문학의 통속성 자체보다는 통속성 속에 내재된 작가의 순응주의적이고 몰가치적인 태도의 문제, 다시 말해 통속성을 둘러싼 이데올로기의 문제라고 해야 할 것이다.

이런 점에서 신소설의 주인공이 대부분 여성들이고, 여성 수난의 서사가 신소설의 가장 보편적이고 대중적인 서사유형을 이루고 있다는 점은 주목해볼 만하다. 여성수난사는 이인직의 『혈의루』나 『귀의성』, 혹은 이해조의 대부분의 작품들뿐만 아니라 신소설 전체에서 가장 빈번하게 나타나는 서사적 모티프이다. 이처럼 신소설에서 여성수난의 모티프가 자주 애용되게 된 일차적인 배경은 이러한 이야기들이 "당대에 많은 독자층을 가진 친숙한 이야기틀이었"[33]을 것이라는 점에서 찾을 수 있다. 당시 대부분의 신소설 작가들은 여성수난사라는, 독자들에게 친숙한 구소설적인 이야기틀을 그대로 차용해옴으로써 보다 손쉽게 소설의 대중적 기반을 확보하고자 하였을 것이다. 신소설 작가들이 근대적인 계몽의 서사와 여성수난사를 겹쳐놓는 데에는 계몽적 차원과 통속적 차원의 결합, 다시 말해 독자들에게 친숙한 통속적 소재를 통해 풍속교화라는 계몽적 의도를 보다 효과적으로 전달하려는 또 다른 의도가 숨어있을 것이다. 그러나 여성수난의 서사는 사건의 주요무대를 가정이라는 사적인 공간으로 제한함으로써 결과적으로 정치적 상황이라는 공적 영역을 소설의 공간 바깥으로 밀어내버린다. 뿐만 아니라 계몽의 담론이 근본적으로 강한 남성성을 그 특징으로 한다는 점을 염두에 두면, 신소설이 남성인물을 주인공으로 한 남성중심의 서사 대신에 여성중심의 서사에 몰두해 있다는 것 자체가 신소설이 내세운 계몽이념의 현실적 취약성을 웅변해 주는 것으로 보이기도 한다. 이것은 당시 신소설 작가들의 의식 속에 자리 잡고 있었던 이념과 서사 사이의 공백, 다시 말해 작가들의 서사적 상상력 속에서 계몽이념이 그 이념의 주체인 남성들의 서사를 구성할 수 있을 만큼의 충분한 현실감각을 확보하지 못하고 있었다는 의미로 해석될 수 있기 때문이다.

신소설들에 등장하는 대부분의 남성인물들은 계몽이념의 단순전달자 같은 기계형 인물들로 등장하거나 외국유학이나 여행을 가는 식으로 서사의 공간 밖으로 나가버림으로써 사건들의 전개과정에서 미미한 역할

---

33) 김경애, 「신소설의 '여인 수난이야기' 연구」, 『여성문학연구』 통권 6호, 한국여성문학학회, 2001, 114면.

만을 수행하거나, 혹은 사건전개 과정에 전혀 참여하지 않는다. 이것은 신소설에서 남성적 서사의 자리가 일종의 공백상태로 머물러있음을 말해주는 것이다. 이처럼 신소설에 남성인물의 서사가 부재하다는 것은 신소설의 계몽성이 정치성을 배제한 채 가정이라는 사적 공간을 중심으로 한 풍속개량의 논리에 치중해 있었기 때문이기도 하겠지만, 동시에 신소설이 표방하는 계몽이념이 자체의 한계를 드러내는 양상으로 읽을 수도 있다. 더군다나 신소설이 내세운 근대이념에도 불구하고 여성수난사를 통해 드러나는 여성의 삶은 여성의 정절이라는, 작품 속에 등장하는 인물들의 완벽한 사회적 동의에 기초한 구시대적 관념의 층위에 자리 잡고 있다. 결국 신소설에서 여성수난사는 여성의 정절을 끝까지 보호하면서 그 정절의 대가로 행복한 결말을 보장한다는 구소설적인 이야기틀을 그대로 답습하게 되고, 그 과정에서 작품의 전체적인 서사는 근대적 계몽의 논리가 아니라 오히려 유교적인 계몽의 논리로 귀착되는 양상을 보여준다. 여성수난사라는 소재의 통속성은 소재 자체의 문제라기보다, 소재 안에 내재된 구시대적 이데올로기와 긴밀한 연관을 맺고 있는 것이다.

이처럼 근대적 이념의 표방에도 불구하고 서사의 내재적 질서 안에서 신소설은 구시대의 가치관에 대한 순응주의적 태도를 고수함으로써 낡은 도덕관념을 거의 갱신하지 못하고 있다. 따라서 신소설의 통속성은 신소설이 계몽이념을 포기함으로써 비로소 생겨난 것이 아니라, 신소설이 표방한 계몽이념이 유교적인 가치관과의 변별성을 확보해내지 못한 근본적인 취약성에서 비롯된 것이라고 보아야 할 것이다. 다시 말해 신소설의 통속성은 외적 조건의 변화에 의해 강제된 것이라기보다는, 신소설이 표방했던 대중 선도적인 계몽의 논리가 실제로는 대중추수적인 현실논리로 귀착되고 마는 신소설 내부의 모순에서 비롯된 것이다. 물론 어떤 의미에서 신소설은 계몽이념의 대중적 확산을 위해 봉건적 윤리에 바탕을 둔 당시 사람들의 통속적인 생활감각을 자신의 주요한 서사전략으로 활용할 수밖에 없었을 것이다. 이런 의미에서 통속성은 계몽성과 단순대립 관계에 놓이는 것이 아니라, 계몽성이 허구적 구호의 차원을 탈피하여 현실상황에 대한 보다 구체적이면서도 심층적인 긴장관계를 형성하는 전략적 거점으로서의 의미를 지닐 수도 있다. 이 경우 계몽성과 통속성 사이의 긴장관계는 이념과 현실 간의 갈등과 마찰을 드러내는 보다 생산적인 서사전략으로 기능하게 될 것이다.

그러나 문제는 신소설의 계몽이념이 그러한 전략적 서사를 구사할 정도로 이념과 현실 간의 관계에 대한 근대적인 자의식을 갖고 있지 못했다는 점이다. 오히려 신소설은 당시에 유행하던 계몽적 구호를 날 것 그대로 소설의 공간으로 끌고 들어옴으로써, 유행의 물결을 따라 계몽적 구호가 거리마다 흘러넘치던 시대, 따라서 시대를 선도한다는 계몽의 포즈 자체가 하나의 통속일 수밖에 없었던 시대의 산물이라고 해야 할 것이다. 이런 의미에서 신소설이 보여주는 계몽성과 통속성의 착종현상은 서구로부터 받아들인 근대적인 삶의 모델들이 당대인들의 보다 실질적인 생활감각의 영역 안으로 스며들기 이전, 뜨거운 열기와 함께 한 시대를 풍미하며 자기탐닉적이고 일시적인 유행적 구호로 소비되었던 계몽의 통속화 현상을 그대로 반영하고 있는 것으로 볼 수 있다.

5. 낡은 형식과의 투쟁

지금까지 이 장에서는 신소설의 통속성이 시대 상황에 밀린 계몽이념의 후퇴나 약화에서 비롯된 것이기보다는, 신소설의 엔진이었던 계몽이념 속에 내재된 관념과 현실의 괴리라는, 신소설의 발생론적 조건 그 자체의 근본적인 취약성에서 비롯된 것임을 밝히는 데 주력하였다. 이러한 취약성은 신소설의 통속화가 근대적인 문명개화의 논리를 끝까지 밀고나가지 못했던 작가의 계몽의지의 불철저성에서 비롯되었다는 기존의 시각과는 다른 차원에서, 근대적 계몽 논리의 불철저성으로부터 기인했다고 말할 수 있다. 다시 말해 민족계몽이라는 집단적이고 추상적인 삶의 윤리에 강박되어 있었던 당시의 계몽이념은, 구체적이고 개인적인 현실의 층위에서 이루어지는 보다 실질적인 근대성의 문제에 그다지 커다란 중요성을 부여하지 않음으로써 근대이념의 핵심을 이루는 개인성의 발견과 자각이라는 문제의식에 현저히 미달되는 양상을 보여주는 것이다.

이처럼 신소설의 통속성이 계몽이념의 후퇴가 아니라 계몽이념 자체의 모순에서 비롯되는 것이라면 통속성에 대한 논의 못지않게 신소설의 계몽성 그 자체의 이념적 한계에 대한 논의 또한 긴요할 것이다. 사실 보다 근본적인 차원에서 '계몽' 혹은 '계몽주의'라는 용어는 단순히 누가 누구를 가르치고 이끈다는 공리주의적이거나 교화적인 태도와 관련된 의미의 차원을 넘어, 삶과 세계를 바라보는 보다 근본적인 인식의 문제와 관련된 용어라고 할 수 있다. 근대적 이념의 층위에서 그것은 무엇보다 인간의 개체적 자율성에 대한 자각을 통해 개인과 사회의 새로운 관계성을 정립하려는 욕망에서 비롯된 것이라고 해야 할 것이다. 근대적 계몽의 정신은 개인의 발견이라는 근대의 프로젝트 아래에서, 집단화된 봉건적 규율의 그늘 안에 매몰된 채 살아온 인간의 수동적 존재성을 보다 주체적이고 자율적인 존재의 영역으로 끌어들이려는 의욕, 다시 말해 개인 주체의 이름으로 세계를 새롭게 질서화하려는 의욕과 긴밀하게 연결되어 있다. 그러나 신소설, 혹은 신소설에 대한 논의에서 제시되는 계몽성은 구시대의 이념적 자장을 벗어나지 못함으로써, 아니 보다 정확히는 구시대적 이념과의 마찰과 충돌로부터 벗어나 있음으로써, 개인의 발견을 통해 개인과 사회의 새로운 관계성을 정립하려는 근대적 문제의식의 수준에 이르지 못하고 있다. 그것은 근대적 계몽의 논리로 출발한 한국적 근대가 민족계몽이라는 집단적이고 거시적인 담론의 틀에 강박되어 근대적 개인의식이라는 미시적인 차원의 문제의식을 사회적 논의의 영역 바깥으로 밀어내버렸던 사정과 무관하지 않을 것이다. 따라서 개인성에 대한 자각에 기초한 근대성에 대한 보다 본격적인 인식의 출현을 위해서는 이광수의 「무정」이라는 과도기적 단계를 거쳐 '신문학'이 본격적으로 가동되기 시작하는 1920년대까지 기다려야 했다.

진정한 의미에서 새로운 시대의 문학양식을 가능케 하는 것은 기존의 삶이 지닌 내용과의 투쟁이 아니라 기존의 삶을 규정짓는 낡은 형식과의 투쟁이다. 새로운 문학이 요구하는 것은 문학의 내용을 바꾸는 것이 아니라 문학의 형식적 틀 자체를 변화시키는 것이기 때문이다. 형식의 변화에는 그만큼의 고통이 지불된다. 그것은 형식의 변화가 인간과 세계가 관계 맺는 관습의 틀 자체에 대한 보다 근본적인 반성적 성찰을 요구하기 때문이다. 신소설이 내세운 근대적 계몽의 논리 안에 결여되어 있었던 것은 바로 그 삶에 대한 반성적 성찰의 고통이었다. 그것은 신소설이 자신의 형식적 틀 내부에서 낡은 관습과 보다 치열하게 대결하지 않았음을 의미하는 것이다. 이 때문에 신소설은 필연적으로 근대 이전, 혹은 문학 이전의 문학일 수밖에 없었다. 문학의 새로운 양식의 변화는 바로 낡은 관습과의 치열한 대결을 통해 얻어지는 것이다. "양식 속에 침전되는 전통과의 대결 말고는 달리 고통을 위한 표현을 발견할 길이 예술에는 없다"[34]라는 아도르노의 말이 우리에게 더 각별한 울림을 전해주는 것은 바로 이런 의미에서이다.

---

34) T. W. 아도르노, 김유동 옮김, 『계몽의 변증법』, 문학과지성사, 2001, 198면.

제3장

신소설의 몰락

1. 신소설의 통속화를 바라보는 시각들

앞 장에서 살펴본 대로 신소설의 형성과 쇠퇴의 과정에서 계몽성과 통속성은 상호보족적인 관계보다는 상호배타적인 관계로 작용했다는 것이 지금까지의 논의들에서 발견되는 일반적인 통설이다. 계몽성과 통속성 사이의 가치서열적인 관계설정은 특히 1910년을 기점으로 신소설의 변모양상을 진단하는 논의들에서 가장 활발하게 개진된다.

그러나 근대적 계몽과 그것이 가져올 민족의 미래에 대한 전망을 결정적으로 무력화시켜버린 한일합방이 신소설의 통속화를 촉진하는 계기가 되었다는 논리에 동의한다고 해도, 그러한 변화가 갖는 의미를 해석하는 시각은 논자에 따라 다소간의 미묘한 편차를 드러내기도 한다. 이를테면 권영민의 경우, 한일합방 이후의 신소설이 "문명개화에 대한 공허한 전망마저 상실한 채 개인의 삶의 근거인 가족의 붕괴와 그 황폐화 현상을 흥미본위로 그려내는 데에 주력"함으로써 그 소설사적 운명이 소멸의 길로 접어들게 되었다는 말로 신소설의 통속화에 대한 예의 부정적인 관점을 견지하면서도, "신소설의 통속화 현상은 바로 개인적 욕망을 중심으로 하는 서사구조의 변화에 기인한 것이다. 이 같은 경향의 작품들은 대개 물질적인 것에 대한 인간의 욕구가 당대의 현실 속에서는 일반화된 세속적인 삶의 원리처럼 작용하고 있음을 과장적으로 제시하고 있다"[1]라는 언급을 통해, 소극적으로나마 신소설의 통속화를 계몽적 의욕이 쇠퇴함에 따라 신소설의 관심사가 개인적인 욕망의 세계로 이동해가는 현상으로 해석하고 있다는 점에서 주목을 끈다. 한일합방과 더불어 강화된 출판물에 대한 검열이 "비교적 경비가 적게 들고 일제의 검열로부터 자유로운 소설의 간행에 눈을 돌리게" 했다거나, 국가상실의 암울한 현실 속에서 오히려 급증하게 된 오락물에 대한 수요가 "독자들의 취향을 폭넓게 반영"[2]하는 출판물의 간행을 부추겼다는 견해 또한 신소설의 통속화와 관련해서 참고할만한 시사를 던져준다.

그러나 신소설을 "새 정신이 자기의 고유한 양식을 창조할만치 미처 성장하지 못한 시대의 문학"[3]으로 규정하면서 바로 이 점이 신소설의 통속화를 이끈 주요인이라고 말하는 임화의 견해는 필자가 판단컨대, 지금까지 신소설의 통속화 문제와 관련해서 제기된 관점들 가운데 가장 주목할만한 것이 아닌가 한다. 신소설에 대한 많은 논의들이 신소설의 통속화를 국가상실이라는 암울한 시대상황의 변화에도 불구하고 계몽에의 의지를 보다 철저하게 밀고나가지 못한 작가들의 개인적인 역량부재 탓으로 돌리는 데 비해, 임화의 견해는 그러한 논의들에서 나타나는 도덕적

---

1) 권영민, 『서사양식과 담론의 근대성』, 서울대출판부, 1999, 165면.
2) 오종호, 『개화기 소설의 대중화 과정 연구』, 대구효성가톨릭대학교 박사논문, 1999, 56~78면.
3) 임화, 『신문학사』, 한길사, 1993, 299면.

시각 이상의 관점을 보여주고 있기 때문이다. 임화의 말은 당시의 시대 상황 자체가 근대적 계몽이념에 걸맞은 새로운 문학형식을 찾아낼 능력이 없었다는 것, 다시 말해 계몽이념을 내세운 신소설 자체가 아직 계몽이념을 받아들일 준비를 갖추지 못한 시대가 낳은 미숙아였음을 지적하고 있다. 이런 의미에서 본다면 신소설의 통속화는 낡은 현실 위에 들씌워진 새로운 관념의 과부화가 불러온 예정된 결과라는 의미로 해석될 수 있다. 구체적인 상황적 맥락과 괴리된 감정의 자기탐닉적 과잉이 센티멘털리즘을 불러오는 것처럼, 시대현실과의 실질적인 상호작용에 의해 뒷받침되지 않은 채, 몇몇 지식인들의 머릿속에서 주조된 관념의 틀 안에서 마치 유행처럼 번져나가던 당시의 계몽적 열기 자체가 이미 계몽이념의 감상주의적 통속화로 나아갈 길을 열어두고 있었다.

　이와 관련해서 신소설의 통속화가 "독자들의 취향을 폭넓게 반영"하게 된 당시 출판상황의 변화와 일정한 연관이 있다거나, 통속화의 과정에서 신소설의 관심영역이 집단화된 계몽의 문제로부터 개인적인 욕망의 문제로 옮아오고 있다는 점 역시, 그 구체적인 사실성 여부에 대한 보다 면밀한 검토가 필요하기는 하겠지만, 눈여겨보아야 할 대목이다. 기실 이러한 변화의 양상들은 자본주의의 시장논리 안에서 전통적인 서사양식이 처하게 되는 보편적인 운명이라고 할 수 있을 것이기 때문이다. 더군다나 시대의 변화에 적절하게 대처할 수 있을 정도의 형식적 내구력을 지니지 못했던 신소설의 경우, 상황에 따라 구소설적인 서사양식 위에 어설프게 덧씌워져 있던 계몽적 의장을 벗어던질 수 있는 가능성은 그 형식적 특성 안에 항존해 있었다. 뿐만 아니라 신소설의 통속화가 자본주의적 시장논리에 맞춰 신소설 작가들이 독자들의 취향에 영합한 결과라고 한다면, 신소설의 몰락은 역설적이게도 신소설의 통속화가 바로 그 자본주의적 시장논리에 더 이상 적응할 수 없었음을 보여주는 것이라는 주장이 제기될 수 있다.

이런 점에서 "조중환의 등장은 이인직과 이해조의 동시퇴장을 촉진하였다"4)라는 말처럼, 조중환의 『장한몽』의 출현이 신소설의 실질적인 몰락을 가져왔다는 학계 일각의 시각은 자본주의적 시장논리 안에서 살아남기 위한 신소설의 자구책이 결국은 신소설의 몰락으로 이어지게 되는 상황과 관련하여 매우 의미심장한 시사를 던져준다. 『장한몽』의 상업적 성공은 시대의 흐름에 따라 독자대중이 요구하는 통속성의 내용 자체가 이미 변화의 단계에 들어섰음을 알려주는 하나의 징후로 해석할 수 있기 때문이다. 그러나 통속성에 대한 부정적 시각을 논의의 자명한 전제로 설정해놓은 상태에서 이루어지는 지금까지의 논의들에서 그 자체로 하나의 역사적 퍼스펙티브를 거느리고 있는 통속성에 대한 진지한 논의들을 발견하기란 쉬운 일이 아니다. 이들 대부분의 논의를 떠받치고 있는 것은 대개 문학적으로 미성숙한 신소설이 그나마 문학사적인 의미를 지닌다면, 그 의미의 근거는 바로 신소설의 계몽적 특성에 있다는 관점인 것이다.5)

사정이 이렇다 보니, 신소설의 통속성에 대한 논의들은 계몽성과의 연

---

4) 최원식, 『한국근대소설사론』, 창작사, 1986, 147면.
5) 이쯤에서 "흔히 계몽적 지식인들은 소설의 기능과 소설읽기의 사회적 효과를, 민족적 요청이나 이념적 계몽과 관련시켜 사고한다. (⋯중략⋯) 그러나 소설이 계몽의 도구가 되는 것은 매우 예외적인 경우에만 가능하다. 소설 자체가 '가벼움'과 오락성을 본연 속에 포함할 뿐만 아니라, 대중 또한 긴장된 이념적 요청을 견디기에는 언제나 '신기한 것만 좋아하고 방탕'한 경향이 있기 때문이다. (⋯중략⋯) 그들은 나라가 망하는 바로 그 순간에도 값싼 눈물과 웃음에 젖어 있을 수 있는 존재들이다. (⋯중략⋯) 물론 대중이 역사를 만들어가고 대중도 '나라'를 필요로 할 때가 있겠지만, '나라의 흥망'에 늘 비분강개하거나 해야 한다는 생각은 단지 지식인의 생각인 것이다."(천정환, 『근대의 책읽기』, 푸른역사, 2003, 82면)라는 견해를 인용해 두는 것도 나쁘지 않을 것으로 보인다. 문학작품의 의미와 가치를 민족이나 역사, 시대 등의 거시적이고 집단적인 문제틀과의 연관 속에서 파악해온 우리 문학연구의 일반화된 관행 역시 이와 같은 '지식인의 생각'과 무관하지 않을 것이다.

관 속에서 제기되는 단편적 논의들을 제외하면 그다지 주목할만한 연구 성과를 보여주지 못해왔다. 따라서 이 장에서는 신소설의 계몽성과 통속성을 이분법적으로 서열화하려는 기존의 논의에서 벗어나, 신소설의 통속화가 지닌 의미를 보다 면밀하게 고찰해보려 한다. 이를 위해서는 먼저 통속성이라는 개념, 혹은 그 개념의 역사적 배경에 대한 검토가 선행되어야 할 것이다.

2. '빙공착영'과 '재미'의 문제

계몽성과의 관계 속에서 통속성이란, 이광수의 예가 보여주듯, 그리 대립적이거나 상호배타적인 요소로 간주될 수 있는 것이 아니다.[6] 무엇보다도 '계몽소설'이라는 말 자체가 이미 계몽과 통속의 결합을 보여주고 있지 않은가? 그러나 신소설의 계몽성을 옹호하는 연구자들이 허용할 수 있는 통속성이란 어디까지나 통속성이 계몽의 요청에 부응함으로써 계몽성의 도덕적 헤게모니가 유지되는 한도 안에서일 것이다. 1910년 이전의 신소설들이 보여주는 통속성과 달리 1910년 이후의 신소설이 신

---

6) 이광수의 「문학이란 何오」에서 인용한 다음 구절은 이광수 자신 문학작품이 독자들에게 미치는 통속적 효과를 뚜렷하게 인식하고 있었음을 보여준다. "문학적 걸작은 마치 인생의 某 방면, 가령 연애라 하고 연애 중에서도 상류사회, 상류사회 중에서도 有교육자, 有교육자 중에서도 才貌 有한 자, 재모 유한자 중에서도 부모의 허락을 得키 불능한 자의 연애를 과연 여실하게, 眞인 듯하게 묘사하여 何人이 讀하여도 수긍하리만한 자를 謂함이니 여차한 자라야 비로소 심각한 흥미를 與하는 것이라"(『이광수 전집』 1권, 삼중당, 1963, 509면). 이광수는 이후 「余의 작가적 태도」라는 글에서 자신은 문사가 아니라고 강변하면서 자신의 문학활동이 논문대신으로 "독자의 鑑戒나 感奮의 材料를 삼"(『이광수 전집』 16권, 삼중당, 1963, 191면)기 위한 것이었다고 말하고 있다. 이에 따르면 주로 삼각관계의 연애구도를 기본서사로 하는 이광수의 소설들에서 통속성이란 기실 계몽의 효과를 높이기 위한 작가의 적극적인 선택이었던 셈이다.

소설의 통속화라는 혐의와 관련하여 일방적인 비판의 대상이 되는 것은
이러한 이유에서이다. 1910년대 이후 노골화되기 시작한 신소설의 통속
화를 입증하는 자료로 많은 논자들에 의해 주목받는 글은 앞서 인용한
바 있는 『화의 혈』의 후기이다.

> 기자 왈 소설이라 하는 것은 매양 빙공착영(憑空捉影)으로 인정에 맞도
> 록 편집하여 풍속을 교정하고 사회를 경성하는 것이 제일 목적인 중 그
> 와 방불한 사람과 사실이 있고 보면 애독하시는 열위부인 신사의 진진한
> 재미가 한층 더 생길 것이오.7)

이 글에서 많은 논자들의 관심을 모으는 것은 '소설이라 하는 것은 매
양 빙공착영으로 실지에 맞도록 편집하여'라는 구절과 소설의 재미에 대
해 언급한 대목이다. 이 글을 주목한 많은 논자들에게 이해조의 이러한
인식은 앞 장에서 언급한 것처럼, "이념의 압도적 우위 현상은 이 대목
에 와서 흥미성 중심으로 바뀐 것"8)이라거나, 혹은 신소설이 "현실에 대
한 인식을 바탕으로 독자를 이끌어가는 입장을 버리고 그들의 취미에
맞는 작품을 쓰고자 노력"함으로써 신소설에 있어서의 "새로운 시대정
신의 퇴조"9)현상을 입증하는 주요한 전거로 인식되어 왔다. 그러나 '빙
공착영'과 '실지에 맞도록 편집하여'라는 구절은 기실 소박한 수준에서
나마 소설의 허구성과 개연성에 대한 인식의 단초를 보여주는 것이고,
그런 의미에서 이 글은 소설의 재미에 대한 언급과 더불어 문학의 근대
성에 대한 인식을 일정 정도 반영하고 있는 것으로 보아야 할 것이다.
그러나 이해조는 같은 작품의 서문에서 자신의 소설들이 "현금의 있는

---

7) 『한국신소설전집』 2권, 을유문화사, 1968, 412면.
8) 김윤식 · 정호웅, 『한국소설사』, 문학동네, 2000, 59면.
9) 정선태, 『심연을 탐사하는 고래의 눈』, 소명출판사, 2003, 40면.

사람의 실지사적"에 바탕을 두고 있다고 주장함으로써 '빙공착영'이라는 말과 관련해서 다소간 논리상의 혼선을 빚고 있다. 이러한 혼선을 정리하자면, 자신의 소설은 실지 현실에서 가져온 소재를 작가의 허구적 상상력을 가미하여 재미있게 꾸며놓은 이야기라는 의미 정도로 풀이할 수 있겠지만, 이러한 혼선 속에 내재된 사실성과 허구성에 대한 인식의 착종현상은 이 시기까지도 사실성과 허구성 사이의 인식론적 경계가 여전히 불분명한 상태에 놓여 있었음을 말해주는 것이다.[10]

그러나 이러한 논리상의 혼선에도 불구하고, 이 글의 논지와 관련해서 우리의 주목을 끄는 것은 '현금의 실지사적'에서, '빙공착영', 소설의 '진진한 재미'로 이어지는 이해조의 언급이 통속성의 문제와 관련된 매우 의미있는 시사를 던져준다는 점이다. '현금의 실지사적'이 작가가 작품의 소재를 당면한 현실세계로부터 취해온다는 말이라면, 이것은 이해조의 소설적 관심사가 독자들과 동시대적 감각을 공유할 수 있는 세계, 말하자면 독자들이 소설을 통해 "그와 방불한 사람과 사실"을 접할 수 있는 세계에 맞춰져 있음을 천명하는 말로 해석될 수 있기 때문이다. 뿐만 아니라 그와 같은 '방불한 사람과 사실'의 세계를 통해 독자들이 느끼게 될 '진진한 재미'를 언급한 부분은, 서구에서 근대 이후의 문학이 독자들이 몸담고 있는 당대적 현실을 소설의 영역으로 끌어들임으로써 독자들의 흥미를 자극하고 소설에 대한 구매욕을 확대해간 현실을 감안

---

10) 권보드래는 "1900년대의 허구, 즉 '구허(構虛)'란 믿을 수 없는 거짓이라는 뜻에 가까웠으며, '사실(事實)'이란 실제 있었다고 하는 말을 모두 가리키는 말이었다"(권보드래, 『한국근대소설의 기원』, 소명출판사, 2000, 130면)라고 말하면서 "1910년대에 와서야 <정보>라는 의사소통 형식이 정립되고 <사실>의 가치가 확정되기에 이르렀으니, 소설이 <허구>로서 자기표명을 앞세우기 시작한 것은 이때부터의 일이었다"(『한국근대소설의 기원』, 224면)라고 하고 있다. 그러나 1910년대 이후에 소설의 허구성에 대한 인식이 나타나기 시작했지만, 작가를 '기자'로, 소설쓰기를 '창작'이 아닌 '기록'으로 인식하는 관행은 이 시기에도 여전히 잔존해 있었다.

할 때 매우 흥미로운 대목이라 아니할 수 없다.

통속성의 대표적 장르인 멜로드라마 및 멜로드라마적 상상력을 분석하는 글에서 피터 브룩스가 "소설 및 멜로드라마의 발생과 함께 우리는 '재미'라고 불리는 문학의 새로운 도덕적이고 미학적 범주 안으로 들어가게 된다"라는 말에 이어, 이러한 문학적 범주의 주요한 특성으로 "'일상의 드라마(the drama of the ordinary)'에 대한 진지한 관심"11)을 지적하는 것은 이에 대한 의미 있는 참고가 되어준다.12) 뿐만 아니라 통속성과 통속소설을 구분하면서 "통속이 당해(當該) 사회와 시대에 있어서, 누구나 모두 다 안다고 하는 많은 수량과, 그것은 으레 그럴 것이 아니냐 하는 논리를 내포하고 있는 것은, 상식의 경우와 꼭 마찬가지이다. 그렇기 때문에 통속성이란 곧 사회성이다. 대중이라는 대다수와 통하는 바닥이다"13)라고 규정짓는 안회남의 말이나, "대체로 대중예술의 체험이 '지금 그리고 이곳'이 중요한 하루살이적 성격을 보이지만 그 현재진행형인 ~ing꼴의 체험 속에 강력한 개인적 참여의 성격과 함께 개인의 자서전이라는 삶의 역사적 측면이 있음을 부정할 수 없"14)다는 지적 또한 이

---

11) Peter Brooks, *The Melodramatic Imagination*, New York : Columbia University Press, 1984, p.13.
12) 피터 브룩스에 따르면 "비극이나 희극이 아닌, 새로운 중간계층의 사적인 삶과 그 삶에 내포된 딜레마들을 진지하게 다루면서, 그럴듯함의 효과를 내기 위해 준수하는 한정된 규범들에 의존하기보다 살아있는 경험의 환상을 창조하는 '진지한 장르 genre sérieux'의 필요성"과 "일상적인 것과 숭고를 혼합하는 감성적 수사"에 대한 요구는 넓은 맥락에서 멜로드라마의 출현과 연관된 조건들이다(Brooks, p.83).
13) 안회남, 「통속소설의 이론적 검토」, 조성면 편, 『한국 근대대중소설 비평론』, 태학사, 1997, 85면. 안회남의 이러한 논의에 따르면 통속성이란 독자대중의 동시대적인 삶의 공간을 떠나서는 존립할 수 없게 된 모든 현대문학의 본질적 특성이다. 그 독자대중의 삶이 이루어지는 공간이 바로 상식의 세계이다. 이런 의미에서 '통속성'과 '통속소설'을 구분짓는 안회남의 논의는 매우 시사적이다. 그에 의하면 상식세계와의 소통을 의미하는 통속성과는 달리, 통속소설이 보여주는 것은 "상식의 저하다. 추락이다, 바꾸어 말하면 통속성의 저하요 통속성의 추락이다."
14) 박성봉, 『대중예술의 미학』, 동연, 1996, 210면.

러한 맥락에서 참조할 만하다. 요컨대 문학의 통속성이란, 신소설에 대한 가장 탁월한 연구가라 할 만한 임화가 통속소설에 대해 논하는 자리에서 "오로지 현대문학의 발전해온 도중에서 파생한 어디까지든지 현대적인 소설의 일종"이라고 말한 것처럼,[15] 근대와 더불어 생겨난 문학의 새로운 유형인 것이다. 근대소설의 관심사가 당대인들의 삶의 터전인 일상의 드라마, 혹은 개인의 서사 쪽으로 이동해간다는 것은, 조동일이 "귀족적 영웅소설을 계승하면서 귀족적 영웅소설에서 불가결한 구실을 하던 천상계를 완전히 청산한 최초의 소설은 신소설이다. 신소설이 지니는 문학사적 의의는 무엇보다도 이 점에 있다고 생각한다"[16]라고 말한 대로, 신소설이 보여주는 리얼리티의 감각이 천상계에서 현상계로 옮겨졌다는 것, 다시 말해 신소설이 더 이상 고전소설 특유의 초월적 비전을 받아들이지 않게 된 현상과도 깊은 관련이 있다.[17]

현상계적 생활감각의 전면화와 그에 대한 서사적 대응으로서의 일상의 드라마가 근대소설의 중심영역으로 떠오르게 되는 데 자본주의적인 유통구조가 결정적인 영향을 미쳤다는 것은 근대소설의 발생과정에 대한 논의에서 이제 거의 상식에 속하는 것이다. 문학이 시장에서 스스로 이윤을 창출해야 하는 상품으로 거래되게 된 상황에서 작가들은 독자들의 변화된 현실감각에 부응해야 한다는 부담 못지않게, 독자들의 흥미를 북돋을만한 새로운 서사의 세계를 제공해야 한다는 부담까지 떠안게 된다. 그에 따라 소설의 통속성, 다시 말해 독자들이 몸담고 있는 속(俗)의

---

15) 임화, 「통속소설론」, 조성면 편, 『한국 근대대중소설 비평론』, 68면.
16) 조동일, 『신소설의 문학사적 성격』, 서울대학교출판부, 1983, 113면.
17) 이런 의미에서 본다면 미신척결을 작품의 주요 주제로 내세우고 있는 「구마검」과 「홍도화」 하편에서 이해조가 샤머니즘 안에 내재한 초월의 기제들을 근대적 삶과 배치되는 허황한 것으로 규정하고, 근대적인 현실논리를 바탕으로 당대인들의 삶 속에 여전히 잔존해있던 샤머니즘을 청산하려는 태도를 보여주는 것 역시 이러한 현상의 반영으로 보아야 할 것이다.

세계와 소통하는 소설에 대한 요구는 독자들의 생활감각에 부응하는 일상의 드라마에 허구적 상상력을 가미하여 소설의 재미를 최대한 확장해야 한다는 점증하는 요구에 봉착하게 된다. 이런 점에서 '빙공착영'이란 말은 이해조가 소설의 재미를 위해 동원되는 허구적 상상력에 대한 일정한 자각을 지니고 있었음을 알려준다. 통속성에의 요구가 근대 이후에 나타나게 된 세속현실의 발견 및 새로운 소비대중의 등장과 긴밀한 관련을 맺고 있다면, 통속성에의 욕구를 작동시키는 것은 결국 근대 이후 사회가 생산해낸 새로운 욕망의 메커니즘일 것이다. 그렇다면 근대 이후 통속성의 내부에서 작동하는 욕망의 기제와 그에 반응하는 통속성의 양상들은 어떠한 모습으로 나타나고 있는가?

3. 멜로드라마적 상상력의 기원

피터 브룩스는 멜로드라마의 기원을 상징적으로든 실질적으로든 성스러움의 전통과 그것을 대표하는 제도들(교회나 왕권)의 청산과정, 그리고 강한 응집력으로 조직된 위계질서를 지닌 사회의 해체 및 그러한 사회에 기반한 문학형식들(그 대표적인 것이 비극이다)이 무력화되는 과정에서 찾고 있다. 그에 따르면 성스러움의 전통이 붕괴된 사회에서 윤리적 공동체의 새로운 대안으로 떠오르게 되는 것은 감상주의적인 선행에 대한 감각이다. 그러나 다른 한편으로 윤리의 탈성화(脫聖化)와 감상주의화는 우리를 마음의 동굴 안에 숨겨진 악마적인 힘과 대면시킴으로써 인간의 마음속에 내재된 공포의 현전(現前), 혹은 공포의 내면화라는 현상을 불러온다.18) 요컨대 멜로드라마라는 새로운 장르의 출현은 한편으로는 도덕적 감상주의를, 다른 한편으로는 인간 욕망의 적나라한 현전을 가져온

신성(神聖)사회의 붕괴와 연관되어 있다는 것이 브룩스의 대체적인 시각이다.19)

　멜로드라마가 비극의 타락이 아니라 비극적 비전의 상실에 대한 대응이라는 브룩스의 관점이 멜로드라마의 역사적 콘텍스트에 대한 논의에 바탕을 두고 있다면 『Tragedy and Melodrama』의 저자에게 비극과 멜로드라마는 특정한 시대에 귀속되지 않는 보편적 형식이며, 따라서 비극과 멜로드라마를 구분짓는 것은 시대적 차이가 아니라 문학의 질적 차이이다. 그에 따르면 비극이 강렬한 도덕적 갈등의 세계를 보여준다면, 멜로드라마의 세계를 지배하는 것은 전체성의 논리를 바탕으로 한 도덕적 단일성이다. 비극의 주인공이 운명적 아이러니와 싸우는 인간의 분열된 내면을 보여준다면, 분열과 갈등을 모르는 멜로드라마의 주인공은 외부의 적대적인 힘과 싸우면서도 내면적으로는 그 싸움의 과정에 전혀 참여하지 않는다. 다시 말해 '단일감성적 정서(monopathic emotion)'에 의해 지배되는 멜로드라마의 주인공이 보여주는 모든 활약상은 어떠한 내면적 갈등도 수반하지 않는, 외적 상황에 대한 즉각적인 반응일 뿐이라는 것이다.20) 로버트 하일만이 지적하는 비극과 멜로드라마의 이러한 차이는 기실 근대 소설과 근대 이전 소설들에서 발견되는 차이와 매우 흡사한 양상을 보여준다. 이러한 관점에 따르면 멜로드라마란 결국 문학의 근대적 형식에 미달한 장르라는 결론에 이르게 된다. 그렇다면 이러한

---

18) Peter Brooks, *The Melodramatic Imagination*, pp.15~20 참조.

19) 헨리 제임스나 발자크를 논의의 주요 대상으로 삼고 있는 브룩스의 글에서 멜로드라마적 상상력은 값싸고 진부한 멜로물과 연관된 용어이기보다는 근대문학의 미적 본질과 세계관의 변화를 이끈 대표적인 징후로 간주된다. 따라서 멜로드라마적인 요소의 등장은 근대문학의 근본적인 현상에 속하는 것이다. 그의 논의에서 멜로드라마란 값싼 문학에서 고급 문학에 이르기까지 근대문학의 전 영역에 걸쳐 폭넓게 나타나는 보편적 특성을 지칭하는 용어로 사용된다.

20) Robert B. Heilman, *Tragedy and Melodrama : Versons of Expierience*, Seattle : University of Washington Press, 1968, pp.74~131참조.

관점과 멜로드라마가 근대 이후에 등장한 새로운 문학양식이라는 관점 사이의 모순을 우리는 어떻게 이해해야 할 것인가?

두루 알려져 있다시피 개인의 욕망에 대한 자각이 생활의 전면으로 대두하기 이전의 독자들은 집단화된 이념적 질서의 한 구성원으로서만 존재의 자격을 부여받을 수 있었다. 그 세계에서 개인의 삶을 지배했던 집단화된 이념적 질서는 그 자체로 완결된 결정론적 세계의 모습을 갖추고 있었고, 그 세계의 구성원들은 그들의 개인적 선택과는 무관하게 주어진 숙명론의 그늘 안에 자신의 삶을 의탁할 수밖에 없었다. 이처럼 숙명론의 그늘 안에 갇혀 있던 사람들을 개인의 자기실현이라는 양지(陽地)의 세계로 끌어냈던 것은 두말할 필요도 없이 근대라는 찬란한 빛의 세계였다. 그러나 주체의 자율성이라는 근대성의 기치에 따라 숙명이라는 이름으로 결정화된 삶의 영역 바깥으로 걸어나온 사람들을 기다리고 있는 것은, 브룩스의 말대로 인간 욕망의 적나라한 현전이 가져온 내면화된 공포의 세계였다. 숙명론의 그늘 안에서 살아가던 중세인들의 정서적 순진성의 세계는 근대라는 거대한 기계의 엔진으로부터 지칠 줄 모르고 뿜어져나오는 욕망들의 치열한 격전지가 되어버린 것이다. 성스러운 모든 것이 세속화됨에 따라 견고한 모든 것은 공중으로 녹아내린다는 것, 다시 말해 결정론적인 세계의 질서는 이제 끊임없이 해체되고 파편화되는 불확정성의 세계 안으로 끌려들어가게 된다. 내면화된 공포란 이처럼 결정화된 질서가 제공하던 지속적인 안정과 순진성의 세계로부터 욕망들로 들끓어오르는 "끊임없는 혼란, 영원히 지속되는 불확실성과 진동"21)의 세계로 걸어나온 사람들을 사로잡을 근대적 욕망의 또 다른 이름이었다.

---

21) Marshall Berman, *All That is Solid Melts Into Air*, Penguin Books, 1988, p.95.

불확실성의 세계와 욕망들의 들끓는 투쟁이 불러오는 공포와 불안은 근대가 견고하고 안정적인 세계에 대한 향수어린 정서를 담아 전근대의 세계를 다시 호명하게 되는 주요한 심리적 기제가 된다. 근대 이후에 출현한 멜로드라마 역시 이러한 심리적 기제를 일정부분 공유하고 있다. 멜로드라마는 "대부분 전형적 인물들의 특성을 보여주는데, 그 대표적인 예가 시련에 처한 주인공들과 그들을 괴롭히는 악한들, 희극적인 조력자들이다. 많은 시련을 거친 후에 악은 징벌되고, 선은 보상을 받는 행복한 결말로 마무리된다는 점에서 멜로드라마의 시각은 관습적으로는 도덕적 인도주의적이고, 기질적으로는 낙관적이고 감상주의적이다"[22]라는 지적이나, "강렬한 정서주의의 탐닉, 도덕적 극단화와 도식화, 존재나 상황, 행위의 극단적 상태, 명백한 악한, 선에 대한 박해 및 선에 대한 최종적 보상, 부풀려지거나 과장된 표현, 어두운 운명과 서스펜스, 숨막히는 격변. 멜로드라마에 진지한 관심을 보내는 소수의 비평가들은 우리에게 자기연민의 쾌락과, 로버트 하일만이 말한 '단일감성적' 정서와의 동일시를 통해 야기된 전체성의 경험을 부여하는 그 심리적 기능에 주목한다"[23]라는 지적 등은 모두 멜로드라마의 서사적 관습이 선악의 도식화된 구도와 질서-혼란-질서로 이어지는 세계의 단일하고 안정된 질서에 대한 욕망을 그 바탕에 깔고 있음을 보여준다. 이런 점에서 인물들의 감성을 지배하는 센티멘털리즘과 더불어 멜로드라마의 또 다른 특성을 이루는 엽기성이나 극단화된 초과의 서사 또한 세계의 안정된 질서에 대한 믿음을 보다 극적으로 환기시키기 위한 서사적 장치로 이해할 수 있다. 이처럼 멜로드라마적 서사 안에 내재된 강한 복고주의적 성향

---

22) Frank Rahill, *The world of melodrama*, James L. Smith, *Melodrama*, Methuen & Co.Ltd. 1973, p.5에서 재인용.
23) Peter Brooks, *The Melodramatic Imagination*, p.12.

은 많은 경우 선악의 선명한 도덕적 질서가 붕괴되고, 삶의 미래가 극도로 불투명해져버린 세계에서 근대인들이 느끼는 내면의 혼란과 균열을 봉합하는 대중적인 위안의 기제로 작용하게 된다. 요컨대 일반적으로 근대적 삶의 무대인 개인의 세속현실과 구시대적 윤리를 하나로 결합해놓은 듯한 멜로드라마의 통속적 서사는, 붕괴된 신성의 세계가 가져온 도덕적 혼란을 선과 악에 대한 선명하고 배타적인 도식이나 선에 대한 감상주의적 자기만족감으로 대체하려는 근대의 세속화된 관습에 부응하는 것이다.

4. 신소설의 통속화를 둘러싼 배경

여전히 구시대적인 서사양식이 대중적인 영향력을 행사하고 있던 시대에 등장한 신소설은 이미 지적한대로 구시대적 서사와 외래 사상을 결합한 특이한 부조화의 양상을 빚어낸다. 많은 논자들에 의해 신소설이 본격적인 통속화로 진행되기 이전의 계몽성을 대표하는 작품들로 지목되는 『혈의루』나 『은세계』에서, 작품 속에 등장하는 인물들인 옥련과 구완서, 옥남 등이 구체적인 현실 속에서 살아 움직이는 인물들이라기보다는, 전통적 가치관이든 외래적 가치관이든 특정한 이념형 안에서 형성된 양식화된 존재들이라는 인상을 주는 것 또한 이러한 부조화의 양상과 무관하지 않다.[24]

---

24) 『은세계』에서 구한말 지배층의 학정에 시달리던 최병도의 이야기가 미국에 공부하러 갔다가 돌아오는 옥순과 옥남의 이야기보다 더 치밀하고 구체적인 서사적 실감을 제공하는 것도 이런 점과 긴밀한 연관이 있을 것이다. 최병도의 이야기가 당시 조선의 실질적인 삶의 현실에 뿌리를 두고 있다면, 옥남과 옥순의 미국행은 작가의 관념 속에서 주조된 이야기에 가깝기 때문이다. 이 작품에서 최병도의 이

특히 이들 작품의 작중인물들이 조선의 현실로부터 멀리 떨어진 외국이라는 이질적인 공간을 배경으로 등장한다는 점은 작중인물들의 입을 통해 흘러나오는 직설적인 계몽의 발언들이 그 엄숙하고 진지한 포즈에도 불구하고 작품 안에서 어떠한 서사적 실감도 제시해주지 못하고 있다는 점과 긴밀한 관련이 있다.[25] 요컨대 이들 작품에서 나타나는 계몽성이란 외국문물을 신기한 선망의 시선으로 바라보면서, 외국으로부터 건너온 장식품들로 스스로를 차별화하고자 하는 선각자연하는 인물들의 엄숙하고도 희화적인 포즈 이상의 것이 아니다.

그러나 한편으로는 신소설이 보여주는 계몽성이 당시의 생활세계와 겉도는 장식적 포즈일 수밖에 없었던 것 자체가 기실은 그 당시 사람들이 가졌던 실질적인 생활감각이었을 것이라는 추측 또한 충분히 설득력

야기에 덧붙여진 옥순과 옥남의 이야기는 기실 계몽에의 강박에 의해 작품 속에 부자연스럽게 끼어들어온 일종의 서사적 잉여처럼 보인다.

25) 『혈의루』나 『은세계』 이후의 신소설들, 이를테면 이해조의 「빈상설」(1908)이나 「모란병」(1909), 혹은 최찬식의 「안의 성」(1914)나 「금강문」(1914) 등에서 이러한 외국유학의 모티프는 계몽성의 차원에서 작품의 서사적 흐름에 적극적으로 개입하는 대신, 주로 남자 주인공들을 서사의 영역 바깥으로 도피시키는 장치로 사용된다. 『혈의루』나 『은세계』에서 나타나는 외국유학 모티프는 기실 신소설의 계몽성이 외국이라는 이질적인 공간을 작품의 배경으로 끌어들일 수밖에 없었을 만큼 조선의 현실과 분리된 추상적 관념에 지나지 않았다는 데서 기인한 불가피한 선택이라는 측면이 있다. 그러나 그 이후의 작품들에서 외국유학 모티프가 대부분 서사 내부의 갈등을 해결할 수 있는 주요 당사자에 해당하는 남성인물들을 서사의 바깥으로 내보냄으로써 서사적 갈등을 지연시키는 역할에 머물러 있다는 것은 계몽적 명분의 서사적 장악력이 상대적으로 약화된 현상으로 이해할 수 있다. 위에 열거한 작품들의 발표연대가 말해주듯, 이러한 양상에는 사실상 1910년 이전과 이후의 구분이 무의미하다(「모란병」은 단행본이 발간된 해인 1911년 작으로 알려져 있었으나, 권영민의 조사에 의하면 1909년 2월 13일자부터 제국신문에 연재되기 시작했다고 한다. 권영민, 「『제국신문』에 연재된 이해조의 신소설」, 『문학사상』 1997년 8월호, 160면). 외국유학이 아니더라도 신소설에서 서사적 갈등의 당사자인 남성인물이 납득할만한 명분 없이 서사의 공간바깥으로 빠져나가버리는 현상은 빈번히 일어나는 일이다. 대개의 경우 여성수난사를 서사의 주소재로 삼고 있는 신소설에서 당시 계몽적 담론의 주체였던 남성들의 역할은 그만큼 미미한 것으로 처리되고 있다.

이 있다. 생활세계의 내면화된 기율 안으로 스며들지 못한 채 신기성이라는 피상적인 감각의 차원에 머물러 있는 계몽의 포즈는 당시로선 시대의 첨단이었던 새로운 유행풍조의 감상적 소비라는 점에서 계몽의 통속화로 귀결될 뿐만 아니라, 결국은 생활세계의 바탕을 이루는 통속의 힘에 의해 무력화될 수밖에 없었을 것이다. 왜냐하면 소설에서 서사적 육체의 바탕을 이루는 것은 작가의 도덕적 신념 이전에 당대인들의 구체적인 생활세계와 소통하는 감각일 것이기 때문이다.

신소설이 초기단계에서부터 근대적 계몽이념에 걸맞은 서사의 리얼리티를 확보하지 못함으로써 통속화의 가능성을 끌어안고 있었다는 것은 신소설을 일관하는 서술시점 자체가 근대성의 이념을 리얼리티의 차원에서 내면화하지 못하고 있었기 때문이다. "리얼리즘이란 단순히 풍경을 그리는 것이 아니라 항상 풍경을 창출해내야만 한다. 그때까지 실재로서 존재했지만 아무도 보지 않았던 풍경을 존재시키는 것이다. 따라서 리얼리스트는 언제나 '내적 인간'인 것이다"26)라는 가라타니 고진의 말에 따르면, 리얼리즘이란 풍경 그 자체가 아닌 풍경을 바라보는 시선의 차원에서 발생하는 것이다. 시선이 곧 내면의 문제라면 풍경을 그리는 것이 아닌 풍경을 창출해내는 시선이란 없는 현실을 만들어내는 것이 아니라 있는 현실을 새롭게 발견하고 해석하는 내면의 변화를 수반하는 것이다. 따라서 '아무도 보지 않았던' 풍경이란 실제로는 '아무도 보려 하지 않았던' 풍경이다. 다시 "풍경이란 하나의 인식틀이며 일단 풍경이 생기면 곧 그 기원은 은폐된다"27)라는 가라타니 고진의 말을 빌리면, 모든 사람들은 풍경의 인위적 기원을 망각한 채, 자신이 속해 있는 풍경이라는 인

---

26) 가라타니 고진, 『일본근대문학의 기원』, 민음사, 1997, 42면.
27) 가라타니 고진, 『일본근대문학의 기원』, 민음사, 1997, 32면. 이 책에서 가라타니 고진이 펼치는 논의의 핵심을 이루는 풍경이라는 말은 미쉘 푸코의 에피스테메에 가까운 개념이라 할 수 있다.

식론적 시공간 안에서 구성되고 배치되는 리얼리티의 지배를 받게 되는 것이다. 같은 대상이라도 서로 다른 풍경 안에서 그것을 바라보는 고대인의 시선과 현대인의 시선이 같을 수는 없을 것이기 때문이다. 따라서 풍경의 창출이란 새로운 현실의 출현이라기보다는 현실을 지각하는 새로운 인식론적 퍼스텍티브, 혹은 새로운 리얼리티의 감각을 창출해낸다는 의미로 파악해야 할 것이다.

신소설에 내재된 리얼리티의 감각이 여전히 구시대적 풍경 안에 놓여 있다는 것은 신소설이 근대적 풍경을 창출해낼 내면을 지니고 있지 못했음을 의미하는 것이며, 그것은 다시 신소설의 서술시점이 여전히 근대적 삶의 핵심을 이루는 개인적 욕망의 차원이 아닌 집단적 윤리의 차원에 매개되어 있었음을 말해준다. 소재면에서 여전한 구태를 벗어나지 못하고 있는 『모란봉』이나 『치악산』, 『구의산』, 『화세계』, 『화의혈』 등의 작품들은 말할 것도 없고, 과부의 개가를 다룬 『홍도화』나 부모의 반대를 무릅쓰고 결혼을 성취하는 젊은 남녀의 이야기를 들려주는 『안의 성』과 『추월색』, 결혼한 여성의 외도를 소재로 한 『산천초목』 등, 기존의 소설에서는 보기 힘들었던 파격적이고 근대적인 소재를 시도한 작품들 역시 이와 같은 서술시점의 한계에서 크게 벗어나 있지 않다.28) 물론 『홍도화』의 태희나 『안의 성』의 정애 등이 여성에게 주어진 전통적 속박에서 벗어난 근대적 캐릭터로 설정되어 있음에도 불구하고, 정작 자신들의 운명

---

28) 그러나 이 작품들 가운데 「산천초목」에 대해서는 다소의 예외성을 인정해주어야 할 것 같다. 이 작품이 뚜장이나 극장 등과 같은, 여타의 신소설들에서 접하기 어려웠던 새로운 소재를 보여준다는 점도 그렇지만, 무엇보다 작품의 주인공인 강릉집을 자유분방한 성의식을 가진 인물로 설정한 것은, 여주인공의 정조를 지켜주는 것이 서사전개의 지상명령인 것처럼 느껴지는 여타 신소설들의 완강한 관례에 비춰볼 때 매우 이례적인 것으로 보이기 때문이다. 강릉집이 결국 뒷방지기 신세가 되었다는 사건의 결과만을 들려줄 뿐, 강릉집의 행동에 대한 별다른 도덕적 논평을 가하지 않는 작가의 태도 또한 이 작품의 예외성을 강하게 인상지우는 대목이다.

을 결정하는 사건들의 내부에서 별다른 주체적 역할을 수행하지 않고 있는 점은 여성들이 자신의 삶에 대해 소극적인 역할밖에 할 수 없었던 현실 자체의 전근대성을 반영한 것이라고 할 수 있을 것이다. 그러나 작품의 서술시점이 소재의 근대성과 그것을 둘러싼 전근대적 윤리 사이의 모순에 대한 성찰적 시야를 전혀 확보하지 못하고 있다는 것은, 이 작품들이 아직 근대적 자의식이라는 새로운 내면풍경의 창출에 이르지 못하고 있기 때문일 것이다. 요컨대 신소설의 근대성에 대한 논의에서 핵심적 사안은 신소설에 나타난 소재 자체의 근대성이 아니라 그것을 형상화하는 서술시점의 근대성인 것이다.

이러한 점에서 통속화 이후의 신소설에서 "사회적 현실의 문제보다는 작품 속의 주인공의 개인적인 운명에 관심이 집중되"29)는 양상이 나타나고 있다는 관점 또한 보다 면밀하게 검토해볼 필요가 있다. 권영민은 이에 대해, 신소설의 통속화에 대한 예의 부정적 입장을 공유하면서도, "작가들은 사회적인 측면에 지나치게 경도되어 있던 개화기 소설의 방향을 개인적인 취향의 문제로 바꿔 놓으면서 소설문학의 대중화 현상을 낳게 하였으며, 그 결과 그들 자신도 전문적으로 소설을 쓰는 작가로서의 위치를 어느 정도 확보할 수 있게 된다"라는 말로 일정부분 신소설의 통속화 속에 내재된 근대적 의미를 인정한다. 이처럼 신소설이 민족이라는 집단적 명분의 세계로부터 개인의 서사 쪽으로 관심의 방향을 선회하게 된 것이 당시 독자들의 취향을 의식한 결과라면, 그것은 신소설이 보다 본격적으로 문학의 근대적 유통구조라는 물적 토대와의 연계성을 확보하기 시작했음을 의미하는 현상으로 볼 수 있다. 따라서 신소설의 통속화는 한일합방에 의해 강제된 계몽의 무력화보다는 오히려 상업적

---

29) 권영민, 「개화기소설 작가의 사회적 성격」, 『한국학보』 19집, 1980, 92면.

유통구조 안에서 문학의 계몽성이 지닐 수밖에 없는 대중적 한계 및 계몽이념의 세속화 현상과 보다 긴밀한 연관을 맺고 것으로 보인다. 요컨대 신소설의 통속화는 신소설이 계몽이념을 방기함으로써 나타나게 된 현상이라기보다, 통속성에 대한 앞서의 논의에서처럼, 근대 이후 문학이 시장의 지배를 받기 시작하면서 나타나게 된 일반적인 변화의 한 징후로 해석하는 것이 보다 온당한 시각이라는 것이다.

그러나 신소설을 둘러싼 이와 같은 근대적인 물적 조건의 변화에도 불구하고, 신소설의 통속화 과정에서 나타나는 전근대적 서사양식으로의 회귀는 오히려 보다 더 심화되는 양상을 보여준다. 신소설의 관심이 개인적인 취향의 문제로 옮아오고 있다고 해도, 정작 작품의 서사를 이끌고 가는 동력은 여전히 개인의 욕망이 아닌, 결정화된 운명론과 효(孝), 열(烈) 등의 집단적 윤리이며, 주인공의 내면적 동기와 무관한 채 주어지는 시련 또한 운명이 부과하는 일시적인 고난에 지나지 않는 것으로 그려진다. 그렇다면 우리는 이 역시 앞서 말한 대로 '근대가 견고하고 안정적인 세계에 대한 향수어린 정서를 담아 전근대의 세계를 다시 호명하'는 통속의 형식으로 간주할 수 있는 것일까?

아마도 신소설이 집단의 운명이 아닌 개인의 삶에 초점을 맞추면서도 여전히 구시대적 윤리에서 벗어나지 못하고 있는 데에는, 자신과 동시대를 살아가는 개인들의 서사에 관심을 기울이면서도 여전히 구시대적 가치관의 자장 안에 놓여 있던 당시 독자들의 취향과, 그것을 추종하는 신소설 작가들의 현실인식의 한계가 동시에 작용했을 것이다. 신소설의 소재가 젊은 남녀가 우여곡절 끝에 결혼에 이르는 혼사모티프나 첩의 횡포, 계모, 혹은 시계모를 중심으로 전개되는 가정 내의 음모와 갈등 등, 구시대적인 통속적 소재에 집중되어 있는 것 역시 당시 독자대중의 취향에 대한 신소설 작가들 나름의 현실 판단을 반영하고 있는 것으로 볼 수 있다. 1910년대 이후 구활자본(일명 딱지본)으로 발간된 고전소설의 다양한 이본(異本)들이 불러일으킨 대중적 인기나, "근대적인 감각으로 개작되거나 현대적인 의장을 걸친" 고전소설들과 신소설이 당시의 독자들에게 별다른 구별 없이 수용되었을 것이라는 지적은, 신소설이 보여주는 구소설양식으로의 복귀가 당시의 대중적 취향을 의식한 신소설 작가들 나름대로의 상업적 감각에 그 바탕을 두고 있었음을 말해주는 것이다. 뿐만 아니라 이러한 구활자본의 인기가 "책읽기의 대중화, 근대화에 결정적인 계기를 제공했다"는 말은,[30] 계몽주의자들의 부정적인 시각에도 불구하고 대중들의 이 같은 통속적 취향이 돈을 주고 책을 사는 근대적 독서인구의 확산과 긴밀한 연관을 맺고 있었음을 의미한다.

5. 신소설의 통속화에서 몰락에 이르는 길

그렇다면 신소설의 이와 같은 통속화는 신소설의 몰락과 어떠한 상관관계가 있는가? 사실 신소설을 통독하다 보면 작품들 하나하나를 독립된 서사로 구분해내기 어려울 만큼 유사한 소재들이 지루할 정도로 반복해서 나타나고 있다는 느낌을 받게 된다. 다소 과장해서 말한다면, 각각의 신소설 작품들이 보여주는 차이란 유사한 이야기 구조에 주인공의 이름과 배경과 사건들만 조금씩 바꿔치기한 수준에 지나지 않는다고 말할 수 있을 정도이다. 오죽하면 신소설 작가 중 가장 왕성한 작품활동을 했던 이해조가 『탄금대』 후기에서 "기자가 소설을 저술함이 이미 십여재(十餘載) 광음이라. 날로 붓을 들어 수천만 언을 기록함이 실로 지리 신

---

30) 천정환, 『근대의 책읽기』, 푸른역사, 2003, 64~76면.

산함을 왕왕 견디기 어려운 때가 많"31)았다고 고백하고 있겠는가? 이러한 고백 속에 담긴 이해조의 개인적인 무력감은 기실 신소설이라는 장르 자체의 무기력에서 기인하는 것이다. 이해조는 위의 말에 이어 "아무쪼록 힘과 정신을 일층 더하여 악한 자를 징계하고 착한 자를 찬양하며", "사람의 칠정(七情)에 각측될만한 공전절후의 신소설을 저술코자"한다고 말하고 있으나, 기실은 '악한 자를 징계하고 착한 자를 찬양하는' 신소설의 서사적 도식 자체가 신소설이 자체의 장르적 한계를 넘어 보다 근대적인 서사양식으로 스스로를 갱신해나갈 수 있는 내부적 역량을 제약하고 있었던 셈이다.

신소설이 이처럼 유사한 통속적 서사의 반복재생산이라는 양상을 보여주게 되는 것은 근대성을 무조건적으로 추수해야 할 결정화된 해답의 양식으로 받아들임으로써, 신구(新舊)문화의 차이에서 발생하는 긴장을 자신의 서사 공간 바깥으로 밀어내버린 것과 무관하지 않다. 초기 신소설에서 나타나는 신구문화의 대립이 선악의 대립이라는 구시대적 서사양식의 단순한 대체물에 지나지 않는 것도 신소설의 내부에 신구문화가 부딪히면서 발생하는 당대의 구체적인 생활경험의 장(場)이 배제되어 있기 때문이다. 이런 의미에서 신소설의 통속화 과정에서 신구의 대립이 다시 선악의 대립으로 후퇴해버리는 것은 신소설이 계몽이념에 대한 추종을 독자들의 취향에 대한 추종으로 단순 대체해버린 것에 지나지 않은 것으로 보아야 할 것이다. 비판적 시야의 결여란 결국 추종의 형식으로 귀착될 수밖에 없을 것이기 때문이다.

신소설의 통속화는 이처럼 신소설의 장르적 정체성이 애초부터 질문의 양식이 아니라 해답의 양식으로 설정되었다는 점과 긴밀한 연관이

---

31)『한국신소설전집』5권, 을유문화사, 1968, 268면.

있다. 신소설이 자신의 장르적 정체성(正體性)에 대한 질문에 소극적이었다는 사실 자체가 신소설의 장르적 정체(停滯)를 불러온 근본요인이라는 것이다. 이런 점에서 신소설의 통속화를 "문학이 현실에 대하여 새로운 해석의 시각, 또는 새로운 인식의 방법을 전혀 가지지 아니하고 있었다는 사실의 표현"32)으로 인식하는 임화의 관점은 문제의 핵심에 매우 근접한 시각이라고 하지 않을 수 없다. 이때의 새로운 시각, 또는 새로운 인식의 방법이란, 가라타니 고진이 말한 새로운 풍경의 창출과 일맥상통하는 개념이라고 할 수 있다. 물론 임화 역시 신소설의 통속화에 대해 "문학이 독자를 지도하는 입장을 방기"하고 "독자를 추종하는 것"이라는 부정적인 해석을 가함으로써 계몽성을 통속성보다 우위에 놓는 일반적인 관점에 동조하고 있는 것으로 보이기는 한다. 그러나 '독자를 지도하는 입장을 방기'한다는 임화의 말을 단순히 신소설의 계몽성을 옹호하는 뜻으로만 볼 수는 없을 것이다. 임화가 통속소설을 논하는 다른 글에서 현실에 대한 분석에 바탕을 둔 '묘사'와, 상식을 그 자체로 추종하는 '서술'을 대비시키며, "오로지 상식적인 데 통속소설로서의 특징이 있는 것으로 묘사란 묘사되는 현상을 그 현상 이상으로 이해하려는 정신의 발현이고, 상식이란 현상을 그대로 사실 자체로 믿어버리려는 엄청난 긍정의식이다. 그러므로 통속소설은 묘사 대신 서술의 길을 취하는 것이며, 혹은 묘사가 서술 아래 종속된다"33)라고 말한 내용을 참조하면, '독자를 지도하는 입장'이란 단순한 계몽성을 의미하는 것이 아니라 '현상을 그 현상 이상으로 이해하려는 정신의 발현'과 연관된 것으로 해석될 수 있다.

사실 이러한 묘사와 서술의 차이는 그가 다른 글에서 언급했던 '리얼

---

32) 임화, 『신문학사』, 한길사, 1993, 299면.
33) 임화, 「통속소설론」, 조성면 편, 『한국 근대대중소설 비평론』, 81면.

리즘'과 '아이디얼리즘'의 차이와 비스듬히 겹쳐 있는데, 다소간의 논리적 모호성을 지닌 임화의 이러한 견해를 유추 정리해보면, 묘사란 상식의 세계에 대한 객관적이고 과학적인 분석의 태도를, 서술이란 주관에 근거한 상식세계의 추종을 뜻하는 것으로 해석된다.『신문학사』에서 신소설이 "조선의 소설문학사상(上)에 리얼리즘의 형식을 유치한 형식으로나마 맨처음 기여한 것"34)이라고 말하면서도 "모든 나라의 계몽문학에 있는 것과 마찬가지로 현재는 구세력이 강하여 수난을 당하지만 그 수난과 고생 끝에는 신세력의 승리와 행복이 오고, 반드시 그렇게 약속하는 '아이디얼리즘'이 신소설의 기본 색조가 되고 구조원리가 된다"35)는 말로 계몽문학 일반의 아이디얼리즘적 한계를 지적했던 임화의 논의를 상기한다면, '독자를 지도하는 입장을 방기'했다는 말이 지닌 궁극적 의미는 신소설이 아이디얼리즘적 논리로 계몽문학의 상식화된 도식을 추종하면서, 정작 리얼리즘의 근간이 되는 현실에 대한 묘사와 분석의 정신은 방기해버렸다는 뜻으로 해석될 수 있다. 따라서 이러한 논리를 따라가다 보면, '독자를 추종하는' 신소설의 통속화는 리얼리즘 정신의 결여에서 비롯된 것이고, 리얼리즘 정신의 결여는 결국 신소설의 계몽적 아이디얼리즘에서 기인한다는 결론에 이르게 된다.

임화는 신소설의 통속화가 "보다 구시대적인 제재를 취급할 때엔 구소설양식에의 복귀가 지배적이요, 보다 현대적인 제재를 취급할 때면 보다 신파적인, 보다 현대 통속소설적인 또는 탐정소설적인 경향이 명백화"되는 두 가지 방향으로 진행되었던 것으로 파악하는데, 전자가 독자들의 구시대적 취향을 추종하는 것이라면, 후자는 "새로운 시대의 독자의 흥미를 추종하는"36) 것이다. 이러한 현상은 당시 독자들의 취향이 시

---

34) 임화,『신문학사』, 한길사, 1993, 162면.
35) 임화,『신문학사』, 한길사, 1993, 163면.

대의 흐름에 따라 분화되어가는 양상을 반영하는 것으로 볼 수 있다. 그러나 『장한몽』의 출현과 함께 신소설이 사실상 쇠퇴의 길로 접어들게 되었다는 것은 통속화의 과정에서 신소설이 취했던 구소설양식으로의 복귀가 더 이상의 시대적 효력을 상실했음을 의미한다. 당시의 출판시장에서 『춘향전』이나 『심청전』 등의 고전소설이나 고전소설을 현대적으로 각색한 구활자본 독자들의 규모가 상당한 수준이었다는 조사결과를 감안하면,37) 신소설의 쇠퇴는 구소설양식에 대한 독자들의 취향이 달라졌기 때문이라기보다 그 소재나 양식면에서 신소설이 더 이상 고전소설과의 변별성을 확보할 수 없게 된 사정과 긴밀한 연관이 있을 것으로 해석된다.

1910년 이후의 신소설이 보여주는 통속성의 수준은, 이를테면 1906년에 연재를 시작한 이인직의 『귀의성』과 비교해보아도 현저히 못 미치는 구태에 머물러 있다. 기실 『귀의성』은 "이 『귀의성』만으로도 이 작가를 조선 근대소설 작가의 조(祖)라고 서슴지 않고 명언할 수 있다"38)라는 김동인의 호들갑스러운 평가가 아니더라도, 작품이 보여주는 서사적 박진감과 강동지나 김승지 등과 같은 인물설정의 근대성이라는 측면에서 신소설 가운데 가장 탁월한 통속의 세계를 펼쳐 보여주는 작품이라고 할 수 있다. 『귀의성』이 보여주는 통속의 세계는 계몽의 중압감에서 벗어날 때 신소설이 오히려 보다 역동적인 서사의 차원을 확보할 수 있었음을 보여주는 드문 사례에 해당하는 것이다. 『귀의성』이 초기의 신소설들 가운데 비교적 높은 대중적 인기를 누렸다는 점도 이 작품의 이러한 특성과 연관이 있을 것이다. 당시 비교적 많은 대중적 인기를 모았던 것으로

---

36) 임화, 『신문학사』, 한길사, 1993, 298~299면.
37) 천정환, 『근대의 책읽기』, 푸른역사, 2003, 64~76면.
38) 김동인, 『한국근대소설고』, 『신한국문학전집』 48권, 어문각, 1978, 8면.

알려져 있는 대표적인 작품들, 이를테면 이해조의 『빈상설』이나 최찬식의 『추월색』 등만 해도 『귀의성』에 비한다면, 구소설양식 특유의 결정론적 세계관의 영향이 보다 현저하게 드러나는 작품들이라고 해야 할 것이다.

그러나 『장한몽』의 출현과 이 작품이 누렸던 대중적 인기는, 그때까지 신소설이 염두에 두었던 독자들의 취향과는 질적으로 다른 독서취향의 지평이 형성되고 있었음을 말해주는 매우 의미있는 사건이라 하지 않을 수 없다. 특히 이 작품이 오자키 고요의 『금색야차(金色夜叉)』의 번안이라는 형식을 통해 외래적인 것과 조선적인 것의 특이한 혼합을 시도했다는 것은, 이 작품이 누린 대중적 인기의 의미를 밝히는 데 중요한 시사를 던져준다. 원작에 비해 내면묘사의 밀도가 떨어지는 대신 변사의 어투와 유사한 화자의 논평적 개입이 보다 빈번하게 나타난다거나, 원작과는 다른 해피엔딩의 결말을 이끌어내기 위해 부자연스러운 상황설정도 마다하지 않는 등, 신소설 특유의 구태가 여전히 남아있음에도 불구하고, 이 작품이 개인의 욕망을 압도하는 집단적 윤리의 세계가 아닌, ‘돈이냐, 사랑이냐’라는 세속적인 테마와 관련된 개인의 욕망과 선택의 문제를 서사의 기본골격으로 삼고 있다는 것은 기존의 신소설들과의 두드러진 차별성을 보여주는 지점이다. 이 작품에서는 결정화된 운명론과 집단적 윤리의 세계에 묻혀 있던 개인의 욕망과 그 욕망의 내면풍경이 보다 뚜렷하게 전경화되는 것이다. 물론 ‘돈이냐 사랑이냐’라는 양자택일의 길 가운데 이 작품이 최종적으로 어떤 서사적 결말을 선택할지가 처음부터 예정되어 있다는 점에서, 그리고 그러한 예정된 결말을 위해 우연의 개입이나 개연성을 무시한 상황설정도 불사한다는 점에서 『장한몽』 역시 결정론적 가치관의 세계에서 크게 벗어나 있다고 할 수는 없다. 『장한몽』이 보여주는 번안의 핵심이 원본의 내용을 신소설적인 감각으로 바꾸어놓은 것이라면, 아마도 거기에는 원본의 내용을 당시 조선 독자들의 눈높이에 맞추려는 번안자의 의도 못지않게 원본을 번안하는 과정에서 번안자 자신이 지녔던 근대적 감각의 한계 또한 크게 작용했을 것이다.

'돈이냐, 사랑이냐'라는 통속적 테마를 둘러싼 『장한몽』의 대중적 성공은, 작품이 이미 예정된 도덕적 결말로 귀결된다고 해도, 독자들의 생활감각이 이미 개인의 욕망과 선택이 삶의 중요한 변수로 작용하는 세계 안으로 상당히 깊숙이 들어와 있음을 말해주는 것이다. 통속화의 길을 걸으면서도 여전히 근대적 변화의 당위성을 맹목적으로 추종하던 신소설은 이제 근대적 삶의 근간인 물질적 욕망의 문제를 '돈'과 '사랑'의 대립을 통해 부정적으로 형상화하는 새로운 통속의 세계와 맞부딪히게 되고, 결국은 그 예기치 못한 암초에 떠밀려 표류하는 난파선의 운명에 처하게 된다. 더군다나 문제는 이러한 새로운 서사가 신소설 자체의 통속화 과정 가운데 출현한 것이 아니라, 외래적인 서사를 수입하는 방식으로 등장했다는 점이다. 시대의 변화에 유연하게 대처하지 못하는 토종의 서사는 결국 번안이라는 외래적인 변종의 서사에 떠밀려 서글픈 고사(枯死)의 길로 들어서게 된다. 근대적 변화라는 계몽의 기치를 내세우며 출발했던 신소설이 정작 그 근대적인 삶의 변화에 떠밀려 소멸의 길로 들어서게 된 것이다. 그러나 이것은 처음부터 근대를 시대의 흐름과 함께 변화하는 독자들의 구체적인 생활경험의 영역이 아닌 고착화된 관념의 틀 안에 가두어두었던 신소설이 도달할 수밖에 없었던 예정된 운명의 길이었다고 할 수밖에 없을 것이다.

제4장

통속화의 전개양상
—『귀의성』에서 『장한몽』까지

1. 신소설의 통속성에 대한 다층위적 논의의 필요성

신소설을 읽어나가는 것은 어떤 의미에서 근대 초창기의 우리 문학이 얼마나 누추하고 협소한 풍경 안에 놓여 있었는지를 확인하는 일이다. 신소설을 읽으면서 그 풍경과의 대면에서 오는 실망감과 자괴감에 의연해지기란 쉬운 일이 아니다. 문제는 그러한 실망감을 감추기보다, 그 실망감의 근거를 어떻게 논리화할 수 있을 것인가를 성찰해보는 일일 것이다. 필자가 보기에 신소설의 누추함을 근대적 계몽이라는 엄숙한 명분으로 가리는 것은 오히려 신소설이 지닌 누추함을 더 심화시키는 일이 아닌가 싶다. 신소설이라는 장르 자체가 그러한 명분을 감당할 수 있을 정도의 문학적 위엄을 갖추고 있지 못하기 때문이다.

근대적 계몽의 필요성을 힘주어 주장했던 초창기의 한국문학이 우물 안 개구리 식의 누추하고 협소한 풍경에 머무르고 말았던 것은 계몽에의 요구가 불러온 필요 이상의 엄숙하고 근엄한 포즈나 경직되고 획일화된 도덕적 잣대 등이 문학이 현실을 읽는 보다 유연하고 폭넓은 시야를 확보하는 데 커다란 장애요인으로 작용했기 때문일 것이다. 신소설에 대한 비평적 논의의 경우에도 이러한 사정은 마찬가지여서, 신소설의 통속화만 하더라도 통속성=나쁜 것이라는 일방적인 전제만 접할 수 있었을 뿐, 적어도 필자가 찾아본 신소설 관련 논문들에서는 통속성이 어떻게 나쁜지, 문학작품의 어떤 요소를 통속적인 것으로 규정짓는 근거는 무엇인지, 통속성은 어떠한 역사적 배경을 갖고 있는지, 신소설에서 나타나는 통속성의 구체적인 양상은 무엇인지 등에 관한 진지한 논의들을 접하기란 무척 어려운 일이었다.

신소설에서 나타나는 통속성의 전개양상에 대한 보다 실질적인 논의를 위해서는 신소설 텍스트들에 대한 내부적 논의가 매우 긴요한 과제일 수밖에 없다. 이에 따라 이 장에서는 『귀의성』에서부터 최찬식의 『추월색』을 거쳐 조중환의 『장한몽』에 이르기까지 당대의 현실에서 비교적 두드러진 대중적 인기를 모았던 작품들에 대한 정밀한 텍스트 분석을 통해 신소설의 통속적 특성이 시대의 흐름에 따라 어떠한 변화양상을 보여주었으며, 그 변화의 요인과 배경은 무엇인지를 규명하는 보다 구체적인 논의의 자리를 마련하려 한다.

지금까지 신소설이 지닌 통속적 특성은 신소설의 계몽성에 비해 그다지 활발하게 논의되어오지 못한 편이다. 많은 논자들이 신소설의 통속적 특성을 운위해 왔음에도 불구하고, 정작 텍스트에 대한 정밀한 분석을 통해 통속성의 문제에 대한 세부적 접근을 시도한 글들은 찾아보기 어려운 실정이다. 그 때문에 신소설 텍스트에서 나타나는 통속성의 구체적인 양태가 어떠하며, 신소설의 텍스트들 내부에서 그러한 양태들이 각기 어떤 차이와 변화를 보여주고 있는가라는 문제와 관련해서 주목할만한 논의의 선례를 찾아보는 일은 쉽지 않다. 1910년 이후 신소설의 통속적 특성이 보다 노골화되고, 그것이 신소설이 몰락해가는 과정과 긴밀한 연관을 맺고 있다는 주장 역시도 구체적인 텍스트 분석을 통한 납득할만한 논증의 과정을 수반하고 있는 경우를 찾기란 어려운 일이다. 주장의 강도에 비해 그것을 뒷받침할만한 논의의 성과는 미미하다고 할 수밖에 없는 것이 현재까지 신소설의 통속성 문제를 둘러싸고 이루어진 연구의 전반적인 진행상황인 것이다.

당대에 대중적 인기를 모았던 작품들을 중심으로 신소설의 통속성 문제에 접근하겠다는 것은 그 자체가 하나의 대중주수적 태도라는 혐의의 소지가 없지 않다. 대중적 인기라는 것은 텍스트의 생산 단계가 아닌 완결 이후에 나타나는 사후적 현상이기 때문이다. 그 때문에 작품에 모아진 대중적 인기가 해당 작품을 통속적이라고 판단하게 만드는 뚜렷한 근거가 된다고 단정짓기는 어렵다. 그러나 통속성에 대해 "대중이라는 대다수와 통하는 바닥이다"[1]라고 했던 안회남의 말처럼, 소설의 대중적 인기란 독자대중의 가장 세속적이고 보편적인 관심사의 반영이라는 점에서 많은 경우 소설이 지닌 통속적 효과와 긴밀한 상호연관성을 지닌다는 것 또한 그리 무리한 추측은 아닐 것이다. 뿐만 아니라 당대의 독자들에게 보다 많은 대중적 인기를 모은 작품들을 선별해서 시기별로 고찰해나가는 과정을 통해 신소설에 대한 독자들의 대중적 관심이 어떤 방향으로 이동해갔으며, 독자들의 대중적 관심에 부응해서 신소설의 통속적 특성이 어떠한 변화과정을 밟아나갔는지를 조감해 보는 것 또한 신소설의 통속성에 대한 논의의 의미 있는 계기를 마련해 줄수 있을 것이다.

이러한 기준에 의해 논의의 대상으로 선별된 작품은 이인직의 『귀의

---

1) 안회남, 「통속소설의 이론적 검토」, 조성면 편, 『한국 근대대중소설 비평론』, 태학사, 1997, 85면.

성』과 이해조의 『빈상설』, 최찬식의 『추월색』, 조일재의 『장한몽』 등이다. 1906년 10월부터 『만세보』에 연재되었던 『귀의성』과 1907년 10월부터 『제국신문』에서 연재를 시작해 1908년에 단행본으로 발행된 『빈상설』, 1912년에 발행된 『추월색』과 1913년부터 『매일신보』에 연재되었던 『장한몽』 등은 신소설의 통속성이 시간의 흐름과 함께 어떠한 양상으로 변화하고 있는지를 살펴보기 위한 논의의 적절한 근거를 제시해주리라 생각한다. 이 가운데 특히 집중적인 주목을 요하는 작품들은 신소설의 초창기와 쇠퇴기에 쓰인 『귀의성』과 『장한몽』이다. 이 두 작품은 신소설에서 나타나는 통속성의 문제가 보다 다각화된 논의의 스펙트럼을 필요로 하는 복합적인 의미의 영역을 거느리고 있음을 보여주는 사례들이라고 할 수 있기 때문이다. 이를테면 『귀의성』에서 나타나는 통속적 요소가 신소설이 지닌 계몽성의 범주를 넘어서는 지점에서 나타나는 근대적 현실인식의 징후와 연관되어 있다면, 『장한몽』은 독자들이 소설에 대해 요구하는 통속성의 내용 자체가 변화하고 있음을 보여주는 하나의 징후적 사례라는 차원에서 논의되어야 할 작품으로 보이기 때문이다. 따라서 여기서는 『귀의성』과 『장한몽』에 대한 집중적인 논의를 바탕으로 위에 언급한 네 작품을 차례로 일별해가는 과정을 통해, 1910년을 전후한 통속성의 변화를 신소설이 시대가 요구하는 계몽의 요구를 저버린 채 변질하거나 타락해가는 과정으로 파악하는 일반적인 시각과는 다른 관점에서 통속성의 문제에 접근하려 한다. 이것은 지금까지 신소설에 대한 많은 논의들을 강박해온 계몽성에 대한 집착에서 벗어날 때 신소설에서 나타나는 통속성의 문제에 대한 보다 심도 있는 접근이 가능해지리라는 판단 때문이다.

2.『귀의성』, 통속성의 근대적 성취

『귀의성』은 "신소설에 있어서『귀의성』처럼 열광적으로 애독되었던 작품은 없을뿐더러 박력 있는 필치로서 독자의 심금을 울리고 절찬을 받은 작품도 드물 것"[2]이라는 전광용의 말처럼, 신소설로서는 당시의 독자들로부터 상당한 인기를 모은 작품으로 알려져 있다.[3] 뿐만 아니라 『귀의성』은 "한국 근대소설의 원조의 영관(榮冠)은 이인직의『귀의성』에 돌아갈 밖에는 없다. (…중략…) 이『귀의성』만으로도 이 작가를 조선 근대소설 작가의 조(祖)라고 서슴지 않고 명언할 수 있다"[4]라거나 "『귀 의성』의 출현은 한국소설의 한 큰 혁명이었고 소설계에 큰 충격을 주었 다"[5]와 같은 극찬에 가까운 평가에서부터, "『귀의성』은 가족을 구성하 는 기본인 결혼의 정상적이지 못한 사실과 형태가 가족 구성원 간의 불 화와 가족의 종국적인 파탄을 가져온다는 사실을 보여줌에 있어서 신소 설로서는 보기 드물게 성공하고 있는 작품의 하나"[6]라는 평가 등에 이 르기까지, 작품의 발표 당시부터 그 문학적 성과나 근대적 성취라는 면 에서 여타 신소설 작품들보다 훨씬 뛰어난 수준에 도달해 있는 작품으 로 평가를 받아왔다.『귀의성』에 대한 이러한 평가는 신소설에 대한 것 으로서는 매우 이례적인 것이라 아니할 수 없다. 이런 점에서『귀의성』 은 신소설 가운데 독자의 인기와 평단의 인정을 동시에 누린 거의 유일 한 작품이라 할만하다.

『귀의성』에 대한 이와 같은 긍정적인 평가들은 대부분 이 작품이 다

---

2) 전광용,『신소설연구』, 새문사, 1993, 123면.
3) 「베스트셀러 60년사」,『독서신문』, 1972년 10월 29일.
4) 김동인,『한국근대소설고』,『신한국문학집』 48권, 어문각, 1978, 8면.
5) 조윤제,『국문학개설』, 동국문화사, 1955, 163면.
6) 이재선, 「『귀의성』과 가족의 문제」,『신문학과 시대의식』, 새문사, 1981, Ⅰ-16면.

른 신소설들과 구별되는 근대성을 확보하고 있다는 판단에 근거를 두고 있다. 특히 "개화사조나 신문화 운동이 작품의 주류를 이루는 데는 거의 없고 다만 일부종사의 구각을 깨뜨리는 재혼관이나 미신타파의 암유나 사건의 진전과정에서 기차, 전차, 전보, 지폐 등 현대적 문물을 이용하여 새로운 감각을 자극하는 어휘가 산견되는 점"[7]을 들어 『귀의성』의 근대적 성취를 높이 평가하는 전광용의 지적 속에는 개화사조나 신문화운동 등으로 대표되는 계몽이념으로부터 상당부분 벗어나 있다는 점과 관련지어 『귀의성』의 근대적 성취를 평가하는 내용이 담겨 있어 주목을 끈다. 전광용의 이러한 지적은 『귀의성』이 신소설이 보여준 근대적 성취의 최대치에 이를 수 있었던 것은 추상적인 계몽이념을 앞세우기보다 당시에 이미 경험의 영역 안에 들어와 있던 근대적 삶의 현상들을 작품의 소재로 끌어들이는 데 보다 적극적인 태도를 취하고 있기 때문이라는 의미를 담고 있다. 역설적이게도 『귀의성』의 문학적 성취는 이 작품이 여타의 신소설들과 달리 계몽에의 강박에서 상당부분 벗어나 있다는 점과 깊은 관련을 맺고 있는 것이다.

이 작품에는 다른 신소설 작품들이 종종 그러하듯 작중인물의 입이나 신문기사 등의 형식을 빌려 계몽의 중요성을 역설하는 내용도, 어설프게 계몽의 포즈를 취하는 인물들도 등장하지 않는다. 또한 외국유학이라는 서사적 모티프를 빌려 계몽이념을 획일적으로 복창하는 기계형 인물이나 사건의 위기 국면에서 외국유학이나 유람이라는 명목으로 서사의 현장으로부터 슬쩍 빠져버리는 도피형 인물들도 등장하지 않는다. 작중인물들의 행동을 끊임없이 계몽적, 도덕적 명분으로 포장하려 드는 신소설 특유의 이념적 강박으로부터 벗어난 지점에서 이 작품이 펼쳐 보여주고

---

7) 전광용, 『신소설연구』, 새문사, 1993, 129면.

있는 것은 작중인물들의 욕망이 적나라하게 충돌하고 대립하는 세계이
다. 인간 내면의 동물적 광기가 여과없이 펼쳐지는 세계, 혹은 엽기적으
로 과장된 초과의 상태로 치닫는 작중인물들의 욕망은 어떠한 도덕적,
계몽적 명분에 의해서도 방해받지 않는다. 욕망의 현실성이 계몽의 추상
성을 압도하는, 혹은 욕망의 도도한 질주 앞에서 어떠한 계몽적 이념도
무력화될 수밖에 없는 세계가 『귀의성』이 우리 앞에 펼쳐 보여주는 서
사의 세계인 것이다. 이 소설이 당시의 계몽주의자들에 의해 "今也에 不
然하여 彼도 불위하며 此도 불위하고, 只是牟利的 起見으로 爲妾 변호의
『귀의성』과 如한 소설을 著하야 사회상의 도덕만 파괴하며, 독자 제군을
媚倒하고, 책가 기백환으로 基下著費만 充하였도다"[8]라는 준엄한 질책의
대상이 되었던 것도 작품의 이러한 특성과 무관하지 않을 것이다.

　『귀의성』이 보여주는 계몽적이거나 도덕적 명분에 의해 여과되지 않
은 이기적인 욕망의 세계는 이 작품의 서사적 동력이 명분이 아닌 실리
의 차원에 놓여 있다는 사실과 긴밀한 연관을 맺고 있다. 명분이 집단화
된 삶의 질서에 따라 개인의 욕망을 조율하는 윤리적 가치규범에 속하
는 것이라면, 『귀의성』의 작중인물들은 철저하게 자신에게 돌아올 실질
적 이득을 계산하는 개인의 이기적 욕망에 의해 움직인다. 이들에게 명
분이란 김승지의 부인이 김승지 앞에서 자신을 투기하지 않는 현숙한
아내로 위장하듯, 혹은 자신의 아이를 다른 사람에게 맡기면서까지 거북
이의 유모 역할을 자처하는 점순이의 가장된 친절함이 그러하듯, 자신의
욕망성취를 위해 동원되는 하나의 수단일 뿐이다. 소설의 작중인물들이
명분이 아닌 실리에 의해 움직이는 세계란 그 자체로 일정한 근대성을
담보하고 있는 세계이다. 그럼에도 불구하고 『귀의성』에 등장하는 인물

---

8) 「대한매일신보」, 1908년 11월 8일자.

들을 자신있게 근대적으로 계몽된 인간형의 범주 안에 포함시키기가 망설여지는 것은 작중인물들의 내면이 여전히 근대적인 자아의식의 이전 단계에 머물러 있다는 판단 때문이다. 집단화된 명분이 개인의 삶을 지배하던 전근대적 삶의 윤리에서 벗어나 개인의 욕망과 돈이라는 물질적 동기에 따라 움직이는 근대적 유형의 인물들이 등장하고 있음에도 불구하고, 정작 근대적인 자기각성의 수준에 도달해 있는 인물들은 찾아보기 어렵다는 것, 바로 여기에 『귀의성』의 특수성이 놓여 있다.

『귀의성』은 누구나 동정을 보낼 수밖에 없는 착하고 가련한 여인을 비참한 죽음으로 몰아넣는 악인들의 모함과 그에 대한 통쾌한 복수와 응징이라는 전형적인 통속적 복수담의 형식을 따르고 있다. 이 작품에서 세상물정을 모르기 때문에 착하고, 또 그 때문에 약한 존재일 수밖에 없는 길순은 서사의 진행과정에서 아무런 역할도 수행하지 않음에도 불구하고 서사의 흐름이 그녀를 중심으로 진행되는 특이한 의미를 지닌 캐릭터라 할만하다. 길순의 존재가 악인들의 모함을 불러일으키고, 길순의 죽음이 악인들에 대한 복수를 부르는 서사의 진행과정에서 길순은 모든 서사상황에 개입해 있으면서도 정작 자신은 아무런 사건도 수행하지 않는 이 작품의 비어 있는 중심이라 할 수 있다. 길순에 의해 주도된 사건이란 두 번에 걸친 자살미수사건을 통해 자신이 처한 상황으로부터 퇴장하려는 시도가 전부이다. 서사의 중심이되 그 중심이 비어 있다는 것은, 선하고 약한 길순의 존재가 이 작품에서 악인들의 타락한 욕망에 대한 도덕적 비판과 강동지의 복수가 지닌 도덕적 당위성을 아우르는 주요한 명분제 공자로서의 역할을 맡고 있다는 점과 관련되어 있다. 아직 세속적이고 이기적인 욕망의 세계에 의해 오염되지 않은 길순은 일종의 백지(白紙)와도 같은 존재성을 지니고 있는 인물이다. 그 때문에 그녀는 작품 속에서 탐욕에 가득 찬 세속 세계의 욕망을 보다 극명하게 드러내는 일종의 배

경적 장치로 기능하고 있다고 할 수 있다. 다시 말해 자신을 둘러싼 서사
상황에 대해 완전히 무지하고 무기력한 길순은 서사진행에 영향을 주는
행위자라기보다 자신의 욕망성취를 위해 수단방법을 가리지 않는 작중인
물들의 타락한 삶을 비추는 도덕적 거울 같은 존재인 것이다. 마치 백지
위에 선명한 색채의 그림을 그려나가듯, 작가는 길순이라는 백지 위에
길순을 둘러싸고 벌어지는 타락한 욕망의 서사를 구축해나간다.

이런 의미에서 길순은 선과 악의 대립이라는 이 작품의 서사논리에서
중요한 한 축을 담당하는 존재이지만, 그와 동시에 정작 작중인물 누구
에게도 자신의 영향력을 행사할 수 없는 부재의 존재라고 할 수 있다. 작
품 속에서 길순을 죽음으로 몰아넣은 악인들을 응징하는 역할을 맡은 강
동지조차 자신의 복수를 통해 "김승지 집 재물은 재물대로 빼앗고 원수
는 원수대로 갚으려는 경영"[9]으로 명분과 실리를 함께 거머쥐려는 욕망
을 품고 있는 것으로 표현된다. 이런 점에서 도덕적 선을 표상하는 길순
이라는 존재의 무력함은 그 자체로 도덕적 명분이 개인의 실리를 좇는
욕망들 속에서 무력화되어가는 세계를 표상하는 것이라고 할 수 있다.

『귀의성』의 서사를 이끌고 가는 것은 지극히 타산적인 이해관계에 따
라 움직이는 인물들이다. 이들에게는 도덕적 명분은 말할 것도 없고 계
급적 차이조차 아무런 문제가 되지 않는다. 양반들에게 있는 돈을 모두
빼앗겨버린 경험이 있는 강동지는 자신과 이해관계가 맞아 떨어지자 다
시 양반인 김승지와 손을 잡고, 김승지 부인과 점순 역시 주종의 관계를
넘어 서로의 이해관계에 따라 결탁한다. 그러나 앞서 말한 것처럼, 개인
적 이해관계 앞에서 잔인한 살인까지 서슴지 않는 이들의 욕망에 대해
근대적 자아의 각성이나 실현과 같은 수식어를 붙여주기는 어려워 보인

---

9) 『한국신소설전집』 제1권, 을유문화사, 1968, 114면.

다. 『귀의성』의 세계를 지배하고 있는 것은 개인의 삶에 대한 근대적 자각이라기보다 근대적 교양이나 근대의 제도적 장치들에 의해 관리되지 않는 날 것 그대로의 동물적 욕망에 가까운 것처럼 보이기 때문이다.10) 예컨대 자신의 속량과 돈에 대한 욕심으로 춘천집에 대한 살해를 모의하는 점순에게서 보다 두드러지는 것은 중세적 신분질서에서 벗어나려는 근대적 자각보다 자신의 욕망을 위해 수단방법을 가리지 않는 욕망의 추악함이다. 그 추악한 욕망의 한가운데 근대세계를 지배하는 돈의 힘이 자리 잡고 있다. 한마디로 자의식 부재형의 인물들이라 할 수 있을 『귀의성』의 작중인물들은 근대적 자아의식에 도달하기도 전에, 개인의 행복찾기가 곧바로 돈을 향한 추악한 탐욕으로 전이되는 근대세계의 현실 앞에 적나라하게 노출되어 있다. 작가는 작품의 서술과정에서 수시로 돈에 대한 욕심이 작중인물들이 보여주는 행동의 주요 동기임을 환기시키고 있는 것이다. 이런 점에서 『귀의성』에 등장하는 인물들은 근대적으로 각성된 인물들이라기보다 작가에 의해 근대적으로 해석된 인물들에 가깝다고 할 수 있다.11) 『귀의성』이 보여주는 진정한 근대적 성취는 인

10) 이와 관련하여 주목할 것은 『귀의성』에 기차나 전차, 전보 등의 근대적 문물들이 등장하는 것과는 달리, 경찰이나 감옥, 재판소 등과 같은 근대적 형벌제도가 전혀 등장하지 않는다는 점이다. 길순의 죽음에 대한 강동지의 복수가 형벌의 제도적인 장치들에 의해서가 아니라 철저하게 강동지의 개인적인 분노의 차원에서 이루어 진다는 점은 작품에 등장하는 인물들의 욕망이 아직까지 근대적 제도에 의해 관리되는 단계 이전에 놓여 있음을 보여준다.

11) 물론 이러한 근대적 해석은 순전한 작가의식의 소산이라기보다 "당시의 사회형편이 전래해 오던 가내노예제가 폐지되고 있는 시대이며, 또한 천민들이 신분의 구속을 벗어나서 자본을 축적하여 신흥 시민으로 성장하려던 시대"(임화, 『신문학사』, 한길사, 1993, 186면)라는 당시의 현실 변화를 반영하고 있을 것이다. 그러나 『귀의성』을 전후로 거의 비슷한 시기에 쓰여졌던 『혈의루』나 『은세계』 등에서 나타나는 근대에 대한 낙관적이고 계몽적인 의식이나 『치악산』이 보여주는 서사의 전근대성에 비추어볼 때, 『귀의성』이 보여주는 작가의 근대적 현실에 대한 통찰은 놀라운 바가 있다(『혈의루』는 『귀의성』과 같은 해인 1906년에 『만세보』에 연재되고, 『은세계』는 1908년에 발표되었다). 『귀의성』에서 나타난 근대의식이 왜 이후

물들 자체의 근대성이 아니라 그들을 형상화하는 서사 논리의 근대성에 있는 것이다.

『귀의성』의 근대적 성취는 또한 작품 속에서 제시되는 작가적 논평이나 해설이 계몽적이거나 도덕적인 명분의 논리가 아니라 작중인물들이 보여주는 욕망이나 행동의 내적 동기, 혹은 사건의 전개를 뒷받침하는 현실적 근거제시에 집중되어 있다는 점과도 긴밀한 관련이 있다. 물론 "여우같은 점순이", "욕심덩어리로 생긴 강동지" 혹은 "못나고 빙충맞은" 김승지 등과 같이 작가가 작중인물에 대해 직접적인 도덕적 논평을 가하는 부분이 없지 않지만, 작가의 서술은 기본적으로 작중상황에 도덕적으로 개입하기보다 인물들의 행동을 일정한 거리를 두고 바라보는 태도에서 크게 벗어나지 않는다. 특히『귀의성』에는 작가적 해설의 형태로 "본래 강동지는 궁통한 사람이"라거나 "본래 강동지는 계집과 자식에게 범같이 사납던 사람이다" 등과 같이 사태의 전말을 요약하는 '본래~' 식의 어투가 빈번히 나타나는데, 이 역시 작가의 도덕적 논평에 속하기보다는 서사의 진행과정에서 인물의 행동이나 사건의 개연성을 높이기 위해 당시의 일반화된 통념이나 관습에 기대어 행위나 사건의 근거를 급조해내는 방식이라 할 수 있다.

『귀의성』이 종종 서사의 흐름에 따라 그때그때 작가적 해설을 급조해내는 식의 긴밀하지 못한 서사적 짜임새를 보여주고 있다거나 여전히 '더라'체의 전근대적 어투에서 벗어나지 못하고 있음에도 불구하고, 작중인물들의 생생한 성격 창조나 사건 전개의 사실적 실감을 전달하는 데 성공하고 있다는 것은 이 작품이 지닌 근대성뿐만 아니라 통속성과도 긴밀한 관련이 있다. 피터 브룩스의 말대로 "'일상의 드라마(the drama

의 신소설들에게로 옮겨가지 못한 채 일회적인 것으로 그치고 말았는지는 한번쯤 생각해보아야 할 문제인 듯하다.

of the ordinary)'에 대한 진지한 관심"과 더불어 "'재미'라고 불리는 문학의 새로운 도덕적이고 미학적 범주 안으로 들어가게 된"12) 것이 근대 이후의 소설 및 멜로드라마의 등장과 깊은 관련이 있다면, 『귀의성』의 세계는 일상의 현실을 배경으로 한 인물들의 세속적 욕망의 드라마를 통해 당시 독자들의 현실감각에 부응할만한 통속적 재미를 불러일으키는 근대적 서사의 한 모델을 제시하고 있다고 할 수 있다. 『귀의성』이 서사적 실감을 강화하기 위해 종종 사용하는 엽기적으로 과장된 표현들 또한 "강렬한 정서주의의 탐닉, 도덕적 극단화와 도식화, 존재나 상황, 행위의 극단적 상태, 명백한 악한, 선에 대한 박해 및 선에 대한 최종적 보상, 부풀려지거나 과장된 표현"13) 등과 같은 근대의 멜로드라마적 특성과 부합한다. 『귀의성』의 통속성이 지니는 진정한 의미는 독자들의 일상적 감각과 유리된 계몽의 포즈를 통해 계몽을 하나의 시대적 통속으로 만들어버리는 여타의 신소설들보다 이 작품이 독자들의 경험적 현실에 훨씬 더 밀착해 있다는 데 있다. 『귀의성』의 통속성은 이 작품이 근대성을 계몽이라는 관념적 명분의 차원이 아닌 매우 구체적이고 현실적인 풍속의 변화와 관련된 문제로 받아들이고 있다는 데서 비롯된다. 계몽의 강박을 벗어던지니 풍속의 세계에서 이미 일어나고 있었던 변화의 징후들이 보다 선명하게 포착되는 것이다. 『귀의성』의 통속성은 여타의 신소설에서는 찾아보기 어려운 당대현실에 대한 생생하고도 박진감 넘치는 서술에 바탕을 두고 있으며, 이런 점에서 『귀의성』의 통속성은 신소설의 한계나 타락을 보여주는 것이 아니라 오히려 신소설이 이룬 주요한 한 성취로 평가되어야 할 것이다.

---

12) Peter Brooks, *The Melodramatic Imagination*, New York : Columbia University Press, 1984, p.13

13) Peter Brooks, *The Melodramatic Imagination*, New York : Columbia University Press, 1984, p.12.

　물론 『귀의성』의 기본적 서사 구도는, 이 작품이 "이데올로기적으로는 권선징악인 구소설의 면모를 가지고 있"14)다는 임화의 지적처럼, 여전히 선악이라는 도덕적 이분법에 기초해 있다. 그러나 정작 작품 속에서 이러한 선악의 이분법은 그다지 절대적인 영향력을 행사하지 못하고 있다. 우선 이 작품은 김승지 부인이나 점순의 간악한 욕망이 나름대로의 현실적 동기를 지닌 것임을 보여준다. "김승지의 부인은 양반 남성만을 위해 만들어진 '축첩제도'와 '일부종사'라는 악법의 희생자로 볼 수 있다"거나15) 심지어는 점순이 "이 작품에서 적극적이고 자기 운명을 개척하는 가장 진취적인 인물로 형상화되어 있다"16)는 해석이 제기되는 것은 바로 이러한 이유 때문이다. 이 소설이 "김승지로 대표되는 이미 사멸화되어가고 있는 봉건적 질서를 하나의 안타고니스트로 하고, 그 질서로부터 해방되고자 하는 김승지 부인, 강동지 그리고 점순으로 대표되는 반봉건적이고 근대적인 인간형들을 프로타고니스트로 하는 구조"17)를 취하고 있다는 지적 역시 『귀의성』에 등장하는 인물들의 욕망이 지닌 현실적 동기에 근거한 해석이라고 할 수 있을 것이다.

　그러나 작품 속에서 작가가 작중인물들이 지닌 욕망의 현실적 동기를 적극적으로 드러내보이는 것과 작가가 그들의 욕망에 동의하고 있는 것은 별개의 문제다. 그 욕망의 현실적인 동기가 어떻든 사악한 인물들에 대한 단호한 응징은 『귀의성』이 보여주는 일관된 태도인 것이다. 물론 그 응징의 근거는 선악이라는 도덕적 이분법의 논리에서 비롯된 것이지만, 그러한 응징의 논리가 구시대적 이데올로기라는 이유로 배척되어야

---

14)　임화, 『신문학사』, 한길사, 1993, 187면.
15)　김영택·최종순, 「이인직 소설 『귀의성』의 담론 특성」, 『어문학연구』 8집, 목원대 어문학연구소, 1996, 41면.
16)　신동욱, 「신소설과 서구문화수용」, 『신문학과 시대의식』, 새문사, 1981, Ⅱ-75면.
17)　김명인, 「『귀의성』과 한 친일개화파의 세계인식」, 『한국학연구』 9집, 1998, 48면.

한다면 그것은 악인들에 대한 처벌을 바라는 독자들의 통속적 감각에도 현저히 배치될 뿐만 아니라, 작중인물들의 욕망이 근대적이라는 점을 내세워 그들의 악행까지 추인해버리는 기괴한 결과를 낳게 될 것이다. 이것은 결국 근대성을 작중인물들의 모든 행동을 합리화하는 또 하나의 절대적 명분으로 간주함으로써, 앞서 인용한 논자들의 경우처럼 길순을 죽음으로 몰아넣는 악인들이 진취적인 인물이라거나 봉건적 질서로부터 해방되고자 하는 인물이라는 식의 지나치게 근대편향적인 과잉해석으로 나아가게 된다.

『귀의성』에서 악인들에 대한 응징을 표방한 강동지의 복수극은 이 작품이 지닌 통속성의 핵심적 부분에 해당한다. 서사적 갈등과 긴장이 악의 패배와 선의 승리라는 구도로 작품의 내부에서 정리되고 해결되는 과정은 대중소설의 전형적인 서사구도에 속하는 것이다. 그러나『귀의성』에서 악에 대한 응징을 담당한 강동지가 고대소설에 등장하는 영웅들처럼 남다른 육체적 힘을 소유한 인물이기는 해도, 도덕적 선을 대변하는 영웅으로 등장하고 있는 것은 아니다. 그 역시 나름의 현실적 이해타산에 따라 움직이는 세속인일 뿐이라는 점에서 다른 인물들과 크게 다르지 않은 것이다. 악인들에 대한 그의 복수 또한 악인들에 대한 순수한 도덕적 응징이라기보다는, 악에 대한 응징이라는 명분과 실리를 동시에 챙기려는 욕망에 바탕을 두고 있다는 점에서 일정한 근대성을 담보하고 있다.『귀의성』은 소재의 전근대성이나 발상의 신파성이라는 비판을 피해가기 어려운 측면을 지니고 있음에도 불구하고, 선악이라는 낡은 도식이 세속화된 욕망의 논리 앞에 무력화되는 지점, 혹은 선악의 도덕적 구도로 명쾌하게 가늠되지 않는 근대적 현실의 일단을 그려내고 있다는 점에서 신소설이 보여준 근대적 성취뿐만 아니라 문학적 성취의 최대치에 해당하는 작품으로 평가할 수 있다.

3. 『빈상설』과 『추월색』, 봉건과 근대의 갈등 없는 공존

『귀의성』이 구시대적 명분으로부터 벗어난 생생한 욕망의 드라마라는 차원에서 작중인물들의 삶을 그려나가는 특유의 통속적 활력을 보여주고 있는 데 비해, 그 이후의 신소설들은 구소설에서 빌려온 유사한 소재나 서사적 관행을 동어반복하는 구태의연한 통속성의 수준을 크게 벗어나지 못하고 있다. 뿐만 아니라 1910년 이전에 쓰인 이해조의 『빈상설』, 『모란병』 등과, 1910년 이후에 쓰인 같은 작가의 『구의산』, 『화세계』, 『화의혈』 등의 작품들이 보여주듯, 1910년 이전과 이후에 쓰인 신소설들이 통속성의 정도나 그 질적 수준이라는 면에서 보여주는 변별성이란 극히 미미한 수준에 불과하다. 『빈상설』은 간악한 첩의 모함에 의해 집 바깥으로 내쫓긴 이씨 부인이 온갖 고난과 시련을 거친 후 다시 옛질서의 세계로 되돌아오는 이야기이며, 이것은 질서－혼란－질서라는 서사 구도의 바탕 위에서 악인으로 인해 상실된 질서를 주인공과 그를 돕는 조력자들의 활약을 통해 되찾아오는 옛이야기의 관행을 그대로 차용한 것이다. 그 과정에서 신분의 차이를 넘어선 승학과 옥희의 결혼이나, 이 씨부인의 남편인 서정길의 외국유학 등을 통해 근대적인 계몽의 이슈들이 끼어들어온다고 해도, 그것은 잃어버린 구질서를 되찾는 과정에서 동원되는 사소한 일화들에 불과하다. 본처와 첩 사이의 명백한 선악의 구도는 말할 것도 없거니와, 본처를 내쫓은 철없던 서정길이 외국유학을 통해 새로운 사람으로 거듭나 본처와 재결합하게 된다는 설정 또한 구시대적 질서의 회복을 위한 서사적 장치에 지나지 않는다. 따라서 당시의 독자들에게 『빈상설』이 안겨준 통속적 재미는 근대적 이념에도 불구하고 풍속의 세계에서 여전히 지배적인 위력을 행사하고 있던 구시대적 관념의 틀 안에서 옛이야기를 소비하던 독자들의 대중적 취향을 크게 벗어나지 않는 것이었다.

이처럼 서사의 기본적인 발상을 구시대적 명분에 의탁하는 신소설의 통속적 경향은 1908년에 출간된 이인직의 『치악산』 상편의 경우도 마찬가지이다. 같은 작가에 의해 쓰인 작품임에도 불구하고, 불과 2년 전에 발표된 『귀의성』과 비교할 때 이 작품의 통속성이 현저하게 구시대적인 서사적 발상에 의거해 있다는 점도 기이한 대목이다. 이처럼 1910년 이전과 이후를 막론하고, 온갖 고난과 죽음을 무릅쓰고 정절을 지키는 여인과 그녀를 돕는 충비들, 주인공이 위기에 처한 순간마다 출현하는 조력자들, 모든 오해와 시련 뒤에 맞는 해피엔딩으로 엮어지는 이야기는 거의 모든 신소설에서 나타나는 전형적인 서사패턴이라고 할 수 있다. 작중인물에 의해 근대적 계몽의 당위성이 역설되거나 신문이나 여학생, 근대적 형량제도, 근대적 연애 등과 같은 새로운 문물들이 작품의 소재로 도입되는 경우에도, 이러한 요소들은 작품의 서사진행에 의미있는 영향을 미치기보다는 서사의 들러리로 동원되는 계몽의 단편적인 포즈에 머무른 채 종내에는 서사 전체의 흐름을 관장하는 구시대적인 가치관 안으로 흡수되어버리고 만다.

양적인 차원에서 볼 때 신소설 최대의 작가라고 해야 할 이해조의 소설들은, 『귀의성』이나 『은세계』 등을 통해 양반계급에 대한 비판의 시각을 드러내 보였던 이인직과는 달리, 양반계급의 도덕적이고 계급적인 위상을 훼손하지 않는 방식으로 근대적 이념이나 문물을 이식하려 한다는 점에서 대부분의 신소설 작가들과 유사한 태도를 보여준다. 같은 양반이라도 『귀의성』에 등장하는 김승지나 김승지 부인에 대한 서술이 신랄하고 역동적인 풍자성을 지니고 있는 반면, 이해조의 소설들에 등장하는 양반들은 생동감이 결여된 양식화된 서술의 차원을 크게 벗어나 있지 않은 것도 이 때문일 것이다. 또한 이해조의 소설에서는 강동지와 강동지 부인이 실랑이를 벌이는 『귀의성』의 첫 장면과 같이, 체면과 엄숙한 포즈를 벗어던진 작중인물들의 세속적 욕망을 적나라하게 드러내보이는 박진감 넘치는 서사적 활기도 찾아보기 어렵다.

대체로 신소설에서 상층계급에 속하는 인물들에 대한 서술은 서사적 생동감이 결여되어 있는 반면, 하층 인물들에 대한 서술은 상대적으로 보다 사실적인 생동감과 박진감을 느끼게 하는 경우가 많은데, 이것은 양식화된 행동이나 규범화된 이념에 얽매인 양반계층에 비해 하층인물들이 자신의 욕망표현에 더 직설적인 현실상황을 반영하는 것일 것이다. 이해조의 소설들이 현실을 바라보는 양반계급 특유의 양식화된 관념의 틀에서 쉽사리 벗어나지 못하고 있는 것은 "이해조 자신에게 절충적인 작가 이상의 작가가 될 소인이 결여되어 있었다"[18]는 임화의 적절한 지적처럼, 이해조가 양반이라는 자신의 계급적 위상 속에 내면화된 구시대의 이데올로기와 근대적 계몽에 대한 관념 사이의 모순을 갈등과 충돌의 대상으로 인식한 것이 아니라 절충가능한 것으로 인식하는 소박하고 피상적인 시야를 벗어나지 못했기 때문일 것이다. 이해조의 소설들이 지닌 구태의연한 통속적 자질은 마치 구시대적 서사 위에 근대적 장식물을 걸치듯 양자(兩者) 사이의 갈등 없는 절충을 시도했던 현실인식의 피상성에서 비롯되는 것이다.

최찬식의 작품들에도 이러한 비판은 그대로 적용된다. 최찬식의 『추월색』은 "오늘날 가장 많이 팔리는 이야기 책, 즉 『춘향전』, 『심청전』, 『조웅전』, 『홍길동전』, 『유충렬전』, 『강상루』, 『옥루몽』, 『구운몽』, 『추풍감별곡』, 『추월색』"[19]과 같은 구절이 말해주듯 당시에 12판까지 간행되었을 정도로 큰 인기를 누린 작품으로 알려져 있다. 채만식의 『태평천

---

18) 임화, 『신문학사』, 한길사, 1993, 293면.
19) 김기진, 「대중소설론」, 홍정선 편, 『김팔봉 문학전집 1』, 문학과지성사, 1988, 134면.

하』에도 『추월색』을 애독하는 인물이 등장할 만큼 당시 이 작품이 누린 인기를 상당했던 듯하다. 그러나 『추월색』이 이처럼 높은 인기를 누릴 수 있었던 것은 이 책이 당시의 독자들에게 『옥루몽』이나 『유충렬전』 등과 유사한 이야기책의 수준에서 소비되었다는 점과 긴밀한 관련이 있다. 마음에 둔 남자를 위해 정절을 지키는 여인과, 헤어진 후 온갖 우여곡절을 겪다가 극적으로 해후한 뒤 행복하게 잘 살았다는 선남선녀의 이야기는 당시 독자들의 도덕적 기대치와 통속적 관심에 부합하는 재자가인의 사랑을 담고 있다. 더군다나 이 소설은 마음에 둔 남자를 위해 일부종사하는 여인이라는 구시대적인 소재에다, 동경의 우에노 공원을 배경으로 한 첫 장면의 이국적 정취와 정임과 영창의 유학생활, 그리고 두 사람이 극적인 해후를 거쳐 마침내 신식 결혼식을 올리고 신혼여행을 떠난다는 설정 등을 통해 당시 독자들의 호기심을 자극하는 새로운 문물들을 덧입힘으로써 독자들의 통속적 흥미를 배가한다. 물론 정임이 부모들의 명을 거부하고 영창에 대한 사랑을 지키기 위해 일본으로 도망간다든가, 영창을 위해 일부종사하는 것이 단순히 여성에게 강제된 도덕률에 의한 것이라기보다 어린 시절을 함께 했던 영창에 대한 정임의 개인적인 그리움에 근거해 있다는 점에서 이들의 결합이 지닌 일정한 근대성을 가늠해볼 수도 있다.

　이 작품에서 특히 흥미로운 것은, "정혼하였던 것을 거리껴서 딸의 일평생을 그릇하지 아니할"[20] 생각으로 정임을 영창이 아닌 다른 남자와 결혼시키려는 부모와, 부모의 그와 같은 명을 거스르고 집을 나간 자신의 불효에 대해 어린 시절 부모가 정해준 짝이기 때문에 영창을 위해 일부종사하겠다는 주장으로 스스로를 변호하는 정임의 대립이 유교적인

---

20) 『한국신소설전집』 제4권, 을유문화사, 1968, 38면.

관념과 근대적 관념 간의 미묘한 착종을 보여주고 있다는 점이다. 비록 일부종사라는 봉건적 윤리를 내세우고 있기는 하지만, 부모의 명령에 반해 스스로 집을 뛰쳐나온 정임의 행동은 분명 봉건의 명분을 내세운 근대적 자아의식의 표현이라고 할 수 있다. 그러나 비록 부모의 선택을 딸에게 일방적으로 강요하는 봉건적인 결혼제도를 벗어나 있는 것은 아니지만, 딸의 행복을 위해 한번 맺은 정혼의 약속을 파기하는 부모의 행동 또한 일정한 근대성을 담지하고 있다고 봐야 할 것이다. 이처럼 정임과 정임의 부모 양측의 대결구도에는 봉건과 근대의 양상들이 다소 복잡하게 뒤얽혀 있다.

그러나 『추월색』은 봉건과 근대 사이의 이러한 미묘한 착종을 서사 전개상의 의미 있는 갈등과 긴장의 국면으로 끌고가기보다는 고진감래형의 안이한 통속적 이야기로 주저앉아버리고 만다. 이런 점에서 정임과 영창의 유학생활이란 고진감래의 서사를 장식하는 하나의 이국적 배경에 불과하다. 특히 정임과 영창이 신식 결혼식을 올리는 자리에서 한 참석자가 정임을 열녀로 극찬하는 연설을 하는 것은 새로운 문물과 구시대적 이데올로기라는 이질적인 두 세계가 어설프게 공존하는 매우 희극적인 장면을 연출한다. 봉건과 근대가 갈등 없이 공존할 수 있다는 낙관적 믿음 속에서 이 작품 역시 다른 신소설들과 마찬가지로 처음부터 해피엔딩이 예견되는 예정된 서사의 수순을 밟아나가는 것이다.

관념과 현실이, 혹은 봉건과 근대가 아무런 갈등과 충돌 없이 조화롭게 공존할 수 있다는 신소설 특유의 순진한 믿음만큼 신소설이라는 장르 자체의 전근대성을 말해주는 것은 없다. 체화된 계몽이 아니라 모방된 계몽은, 마치 몸에도 맞지 않는 어른의 옷을 입고 거리를 활보하는 어린 아이처럼, 혹은 상투 머리에 양복을 걸친 어른의 모습처럼 어설프기 짝이 없는 소설의 세계를 펼쳐 보인다. 세계와의 갈등을 경험하지 않은, 그래서 여전히 주관적 순진성의 세계에 머물러 있을 수 있는 계몽 이전의 미성숙한 정신은 그대로 이념과 현실, 봉건과 근대 사이의 갈등과 충돌을 구체적인 경험적 현실로 받아들이지 못하는 신소설의 세계에 대응된다. 재래식 서사에 근대적 문물이라는 양념으로 맛을 낸 신소설의 통속성이 위치하고 있는 것은 바로 이 지점이다. 계몽이념 자체가 당시의 경험적 현실 속에 뿌리내리지 못한 하나의 관념적 포즈일 수밖에 없었던 시대에 계몽이념의 충실한 반영인가 계몽이념의 타락인가라는 평가기준으로는 신소설이 지닌 통속성의 문제에 대한 균형 잡힌 시야를 확보하기 어렵다고 말하는 것은 바로 이러한 이유 때문이다.

4. 『장한몽』, 변종 신소설의 한계

작품이 발표될 당시 『장한몽』이 누렸던 대중적 인기는 새삼스레 거론할 필요도 없을 정도로 많은 글에서 언급되고 있다. 뿐만 아니라 이수일과 심순애의 이야기는 영화나 연극 등의 다양한 장르들로 수용되면서 오랫동안 사람들 사이에서 회자되는 보편적이고 대중적인 이야기로서의 지위를 누려왔다. 최원식은 "당시 크게 유행했던 신소설과 구소설을 압도하고 신문학 최초의 베스트셀러가 되었으니, 『장한몽』의 출현으로 신소설시대는 실질적으로 끝나고 말았던 것"21)이라고 말함으로써 『장한몽』을 신소설의 쇠퇴를 앞당기는 데 결정적인 역할을 한 작품으로 평가한다. 실제로 1913년 2월 5일 『매일신보』를 통해 이인직의 마지막 작품인 『모란봉』의 연재가 시작되었으나 별다른 주목을 받지 못한 채 연재가

---

21) 최원식, 「『장한몽』과 위안으로서의 문학」, 최원식·임형택 편, 『한국근대문학사론』, 한길사, 1988, 254면.

중단되어 버리고, 그 뒤를 이어 연재되기 시작된 『장한몽』은 그와 대조적으로 독자들의 열광적인 환영을 받았다는 사실은 최원식의 이러한 평가를 뒷받침한다.22)

오자키 고요의 『금색야차』의 번안소설로, 작품의 기본적인 소재와 발상을 외국소설로부터 빌려와 한국적인 스타일로 각색한 『장한몽』은 번안이라는 형식을 통해 신소설의 한계를 넘어서면서 동시에 신소설의 장르적 한계를 고스란히 드러내는 일종의 변종 신소설이라고 할만하다. 신소설에서 1920년대의 신문학으로 이어지는 한국 근대문학사의 전개과정에서 마치 돌연변이처럼 돌출해 나온 이 국적불명의 소설만큼 당시의 신소설이 새로운 시대 변화에 대응하는 소설적 갱신을 보여주는 데 얼마나 무능한 장르였던가를 말해주는 것은 없다. 당시의 신소설들이 『춘향전』이나 『옥루몽』 등의 구소설들과 구분되지 않을 정도로 앞다투어 지루한 구태를 반복하고 있던 상황에서, 비록 밖에서 빌려온 것일망정 화려한 양장차림으로 대중들 앞에 그 모습을 드러낸 『장한몽』의 출현은 분명 독자들의 호기심을 자극하는 새로운 경험으로 다가왔을 것이다. 더군다나 "『장한몽』을 번안함에 있어 가장 중요한 내 의견은 첫째 사건에 나오는 배경 등을 순 조선 냄새가 할 것, 둘째 인물의 이름도 조선 사람 이름으로 개작할 것, 셋째 플로트를 과히 상하지 않을 정도로 문체와 회화를 자유롭게 할 것"23)을 염두에 두었다는 조일재의 말대로, 조선 독자들의 대중적인 감각에 부합하도록 개작된 이 화사한 양장차림의 신소설은 근대적 삶과 문물에 대한 당시 독자들의 호기심을 충족시켜주었을

---

22) 『혈의루』가 최초의 신소설이고, 『혈의루』의 속편격인 『모란봉』은 『장한몽』에 밀리면서 실질적인 의미에서 신소설의 종말을 고했던 작품이며, 『귀의성』은 신소설의 최고 경지를 보여주는 작품이라는 점에서 이인직은 여러 모로 신소설과 그 운명을 같이 한 매우 특이하고도 흥미로운 존재라고 할 수 있다.

23) 조일재, 「飜譯回顧」, 『삼천리』, 1934. 9.

뿐만 아니라, 원작에 대한 과감한 변형을 통해 독자들의 기대치에 걸맞은 도덕적 충족감까지 제공해주었을 것이다. 결국 당시의 독자들 사이에서『장한몽』이 누린 폭발적 인기는 독자들의 감각적 눈높이에 맞춰,『금색야차』가 지닌 일정한 근대성과 신소설 특유의 구시대적 정서를 결합한 새로운 변종의 서사를 만들어낸 조일재의 의도가 매우 시의적절한 것이었음을 입증한다. 이런 점에서 대중소설의 특성에 대한 카웰티의 다음과 같은 지적은 여러모로 시사적이다.

> ① 대중문학은 기존의 가치와 입장을 확인하는 방향으로 자신의 세계를 전개하며, 종래의 관습적인 세계관에 동조함으로써 사회의 질서와 윤리에 대한 지배적 동의를 확인한다. ② 대중문학은 한편으로는 사회의 구성집단들 간의 상충되는 이해관계와 다른 한편으로는 개인 내부의 가치관의 혼돈에서 비롯되는 긴장과 갈등에 가상의 해결을 제공해 준다. ③ 대중문학은 일상의 삶에서 대부분의 독자들에게 금지되어온 영역을 통제된 방식으로나마 조심스럽게 답사할 수 있는 기회를 가상의 세계를 통해 제공한다. 인물들의 대리행위를 통해 독자들은 문화적 갈등을 최소한으로 줄이면서 최대한의 호기심을 충족시킨다.[24]

위의 인용문에서『장한몽』이 대중적인 인기를 모으게 된 정서적 근거를 찾는다면, 그것은 근대라는 새로운 삶의 질서에 대한 매혹과 불안이라는 말로 요약될 수 있을 것이다. 작품 속에서 심순애가 다이아몬드에 매혹당하는 것처럼,『장한몽』은 독자들에게 다이아몬드로 표상되는 매혹적인 근대적 부의 세계를 간접체험하게 함으로써 새로운 세계에 대한 호기심을 자극함과 동시에, 다이아몬드에 대한 욕망이 심순애를 극심한 좌절과 절망의 나락으로 몰아가는 과정을 통해 자신이 놓인 낡은 현실

---

24) John G. Cawelti, *Adventure, Mystery and Romance*, The Univ. of Chicago Press, 1976, pp.35~36.

과 자신을 매혹하는 새로운 삶의 이미지 사이의 극심한 차이에서 독자들이 느끼는 불안과 불만을 위로하며, 마침내는 충분한 절망의 나락을 건너온, 그 때문에 독자들이 이미 용서할 준비가 되어 있던 심순애가 이수일과 결합하는 예정된 결말로 독자들의 관습화된 기대치에 부응함으로써 그들을 안심시킨다. 결국 『장한몽』은 당시의 독자들에게 근대라는 매혹적이지만 낯설고 이질적인 문화가 불러일으키는 가치관의 혼란에 대한 가상의 해결책을 제시함으로써 낡은 세계의 질서를 보다 공고히 하는 역할을 하는 것이다.

사실 『장한몽』이 번안소설이라는 점과 당시 사회에서 『장한몽』이 누린 대중적 인기는 이 작품에 대한 논의를 매우 곤혹스러운 것으로 만든다. 『장한몽』이 보여주는 근대성의 원천이 원작에 있기 때문에 원작의 영향을 배제한 채 이루어지는 논의란 『장한몽』의 근대적 성과에 대한 근거없는 과장을 수반할 수밖에 없다. 결국 원작으로부터 가져온 부분을 뺀 『장한몽』의 독자적인 영역은 번안자에 의해 원작이 개작되거나 변형된 부분일 터인데, 이러한 개작과 변형의 내용이 기존 신소설의 수준과 그다지 변별되지 않는다는 점을 고려하면 『장한몽』의 지닌 텍스트로서의 의의란 실로 보잘것없는 수준에 머무르고 만다. 『장한몽』이 신소설의 한계를 넘어설 수 있었던 것이 번안이라는 변종의 형식 때문이었다면, 이 작품이 신소설의 한계를 고스란히 보여줄 수밖에 없는 것 또한 같은 이유 때문이다. 따라서 이 작품이 "번안이라는 계기를 통해 신소설의 한계를 정면으로 돌파함으로써 근대소설로 접근해가는 결정적인 통로를 마련했"[25]다는 한 논자의 지적은 다분히 과장된 평가라는 측면이 없지

---

25) 박진영, 「"이수일과 심순애 이야기"의 대중문예적 성격과 계보」, 224면. 이 외에도 원작의 영향이나 원작과의 관련성에 대한 구체적인 언급이나 고려 없이 작품이 지닌 근대적 면모들을 평가하는 것은 『장한몽』에 대한 논의들에서 심심치 않게 눈에 띄는 현상이다.

않다. 최원식에 의하면 일본의 소설가 구니기다 돗포는 고요의 작품에 대해 '양장문학'이라고 평한 바 있다는데, 이 말이 최원식의 해석대로 "고요의 문학이 근본에 있어서 봉건적이라는 야유"26)를 담고 있는 것이라면,『장한몽』은 '신소설의 한계를 정면으로 돌파'하는 대신, 작품의 중후반부로 갈수록 원작에 대한 개작과 각색의 정도가 두드러지는 것에서 알 수 있듯, 일본의 양장문학 위에 다시 한복을 겹쳐 있는 어색한 퇴행을 연출하고 있기 때문이다. 그럼에도 불구하고『장한몽』이 논의될 만한 가치가 있다면, 그것은 이 작품이 당시 독자들 사이에서 누린 유례없는 대중적 인기, 다시 말해 "이 작품에 내재해 있는 의식의 지향점은 조중환의 작가의식에서 비롯된 것이 아니라『금색야차』의 그것을 그대로 옮긴 것이지만, 그 수용계층인 일반 독자들의 의식수준과 특이한 접점을 공유하고 있었다는 사실"27) 때문이다. 따라서 이 작품에 대한 논의는 텍스트와 독자의 대중적 의식이 만나는 그 특이한 접점을 탐색하는 것에서부터 시작되어야 할 것이다.

『금색야차』가 그 근본에 있어 봉건적이라는 것은 이 작품이 '돈이냐, 사랑이냐'라는 통속적 테마를 바탕으로 하고 있다는 점뿐만 아니라, 그러한 테마에 접근하는 매우 도덕적인 태도에서도 드러난다. 작품을 쓰면서 작가가 염두에 두었던 "황금의 세력은 단지 순간적인 것에 지나지 않"지만, "사랑은 영구불변하게 인생을 점유한다"28)는 메시지는 간이치(貫一)라는 남자주인공의 이름이 그러하듯 일관되게 작중인물들의 말이나 행동을 통해 표현된다. 자신의 잘못된 선택 때문에 괴로워하는 마야와

---

26) 임형택·최원식,『한국근대문학사론』, 한길사, 1988, 247면.
27) 권영민,「일재 조중환의 번안소설들」,『신문학과 시대의식』, Ⅰ-120면.
28)「금색야차상중하편합평」,『藝文』, 1902. 8. 한광수,「尾崎紅葉의『金色夜叉』, 그리고 小栗風葉의『金色夜叉終篇』과 조중환의『장한몽』－원작에서 이탈한 문학적 상상력」,『일어일문학연구』 42집, 2002. 8, 126면에서 재인용.

그 때문에 분노하는 간이치를 둘러싼 돈과 사랑의 대립은 물질적 유혹과 영구불변한 가치라는, 근대적 욕망과 보수적 윤리 사이의 대립을 표상한다. 특히 이 작품에서 마야의 결혼 후 고리대금업자라는 악마적인 형상으로 변모하는 간이치는 에밀리 브론테의 『폭풍의 언덕』에서 캐더린의 결혼 후 돈의 악마적인 화신으로 변모하는 히스클리프를 연상시키는 측면이 없지 않다. 그럼에도 불구하고 『폭풍의 언덕』이 문명화되기를 거부하는 워더링 하이츠의 몰락을 통해 서서히 자본주의 문명에 의해 잠식되어가는 세계의 모습을 보여주고 있다면, 『금색야차』는 후회로 몸부림치며 간이치에게 간절한 사랑을 호소하는 마야를 통해 사랑이라는 영구불변한 가치가 야차로 표현되는 황금의 세계에 대해 확실한 판정승을 거두는 세계를 보여줌으로서 독자들의 도덕적 기대치를 충족시킨다. 마야와 간이치 사이의 균열이 여전히 해소되지 않은 채로 남아 있다고 하더라도, 마야에 대한 간이치의 도덕적 승리는 작품 안에서 이미 완료된 상태인 것이다.

『금색야차』가 악마적인 힘으로 자신의 지배력을 확장해가는 근대적 현실에 대한 냉엄한 통찰 이전에 현실에 대한 도덕적 관념의 승리를 작품 서술의 자명한 명제로 설정하고 있다는 것은, "자본주의의 상승기에 있어서 (…중략…) 작자는 다만 전근대적인 도의를 앞세워나가는 이외에 어떻게 해야 할 바를 모르는 것 같다"[29]는 한 일본 연구자의 지적처럼, '돈'으로 표상되는 근대의 현실과 '사랑'으로 표상되는 보수적 가치관을 선악의 윤리적 대립의 국면으로 몰고가는 이 작품의 완고한 계몽주의적 관점을 반영하는 것이다. 뿐만 아니라 다이아몬드의 유혹보다는 그 유혹에 넘어가버린 마야의 허영심을 마야가 처하게 되는 불행의 근원으로

---

29) 山本健吉, 「'金色夜叉'による反時代的小說論」, 『群像』, 1951. 6, 44~45면. 신근재, 『한국근대문학의 비교연구』, 일조각, 1995, 78면에서 재인용.

몰고 가는 『금색야차』의 시각은, 다이아몬드로 유혹하는 현실의 힘이 아무리 강력하더라도 개인이 자신의 도덕적 견고함만 유지한다면 얼마든지 극복 가능한 것이라는 주장을 담고 있다. 문제는 이러한 보수적 관점이 새로운 가치관과의 갈등이나 긴장을 포기한 채 기존의 도덕적 가치관을 안이하게 추수하는 통속의 세계로 나아갈 수 있는 길은 항상 열려 있다는 점이다.

돈과 사랑의 대립이라는 문제에 대해 『금색야차』가 제시하는 해결책이 보수적이고 안이한 것임에도 불구하고 이 작품이 개인의 진정한 행복찾기와 그것을 좌절시키는 자본주의의 물적 토대 사이의 대립이라는 근대적 문제의식의 바탕 위에 서 있는 것만은 분명하다. 더군다나 이 작품은 근대적 서사의 새로운 문법인 정교한 심리묘사를 주요한 서술전략으로 채택함으로써, 그러한 대립의 양상을 개인의 욕망과 그 욕망의 좌절이 불러오는 내면의 균열과 갈등이라는 개인의 심리적 현실을 바탕으로 서술해나간다. 작중인물들에 대한 서술이 보여주는 압도적인 내면성은 이 작품이 지닌 근대성의 핵심적 부분이다. 이와 마찬가지로 『장한몽』이 보여주는 근대적 감각도 작품 속의 사건들이 불러일으키는 인물들의 내면적 반응이 두드러지게 전경화되어 있다는 점과 깊은 관련이 있다. 이전의 신소설들에서는 인물들의 내면에 대한 서술이 매우 소극적일 뿐더러 간혹 제시되는 인물들의 내면적 반응 또한 사회의 도덕적 통념에 따른 양식화된 반응이라는 차원을 크게 벗어나지 않았다. 그러나 자신에 대한 심순애의 사랑을 확신하지 못해 불안해하는 이수일과 자신의 잘못된 선택 앞에서 극심한 심리적 균열을 겪는 심순애의 혼란스러운 내면은 당시의 독자들에게 매우 실감나는 심리적 현실로 다가왔을 것이고, 그 때문에 독자들은 이수일과 심순애의 이야기를 옛날이야기를 듣는 재미와는 다른 차원의 현실감으로 받아들일 수 있었을 것이다. 『장한몽』의 독자들은 더 이상 주어진 운명에 따라 예정된 삶의 길을 걸어가야 했던 중세인들이 아니라 이미 삶의 매순간마다 선택의 상황에 직면하면서 점증하는 갈등과 불안으로 내면의 혼란을 겪는 근대적 삶 속에 진입해 있었던 것이다. 뿐만 아니라 그러한 내면적 갈등의 한가운데 돈이 불러일으키는 근대적 욕망과 오랫동안 독자들의 삶을 지배해온 재래적 가치관의 충돌에서 비롯되는 혼란이 자리 잡고 있다면, '돈이냐 사랑이냐'라는 문제는 이미 당시 독자들의 경험적 현실에 걸맞은 통속적 주제로서의 위상을 확보하고 있었다고 해야 할 것이다.30)

　그러나 『장한몽』이 독자들의 경험적 현실에 부합하는 세계를 그려내고 있다는 점만이 이 작품이 당시에 누린 폭발적인 인기의 비결은 아닐 것이다. 또 하나의 중요한 요인은 『장한몽』이 독자들의 의식을 지배해온 기존의 가치관의 손을 들어줌으로써 새로운 가치관의 도도한 물결 앞에서 독자들이 느끼는 혼란을 해소하는 방식에 있다. 이런 점에서 『장한몽』은 『금색야차』보다 한발 더 나간다. 『금색야차』가 간이치의 도덕적 승리에도 불구하고 마야와 간이치 사이의 균열을 작품 속에 그대로 남겨두고 있다면, 『장한몽』은 심순애가 5년간의 결혼생활에도 불구하고 육체적 순결을 잃지 않는다는 비현실적인 상황설정을 감수하면서까지 김수일과 심순애 사이의 균열을 메워버리는 것이다.31) 마침내 모든 혼란은 평정되고 잃어버린 질서는 회복된다. 이런 점에서 "『장한몽』은 궁극

---

30) 돈을 둘러싼 마찰이 당시 조선인들에게도 일상의 주요한 경험적 현실로 자리 잡고 있었음은 예컨대 "고리대금에 얽힌 사건을 부지기수였다. 예컨대, 시가 100원짜리 토지·가옥을 저당물로 잡으면서 그 시가의 3분의 1이나 4분의 1 정도로 견적하고 (…중략…)" 등의 구절을 통해서도 짐작할 수 있다(손정목, 「개항기 한국거류일본인의 직업과 賣買業·고리대금업」, 신근재, 『한국근대문학의 비교연구』, 일조각, 1995, 65면에서 재인용).
31) 아마도 이러한 비현실적 상황설정이 동원된 것은 당시 독자들의 가치기준으로 볼 때 심순애의 육체적 훼손은 두 사람의 결합불가능을 의미하는 것이었기 때문일 것이다.

적으로 돈을 물리치고 진정한 사랑을 되찾는 '사랑회복'의 서사가 아니다. 그것은 차라리 '질서회복'의 서사라고 할 수 있다"[32]는 한 논자의 지적은 문제의 핵심을 적확하게 통찰한다. 질서회복의 순간 독자들은 도덕적 카타르시스를 느끼고 자신의 믿음이 옳았음을 확인하는 안도의 한숨을 내쉬면서 책장을 덮을 수 있게 되는 것이다. 근대적인 욕망 앞에서 혼란과 갈등을 겪는 인물들을 전경화하는 것으로 시작된 『장한몽』의 세계는 그 혼란이 불러오는 긴장의 강도를 유지하지 못한 채 서서히 신소설의 세계로 퇴각하다가 마침내는 "그러한 것이 가위 이 세상을 지내갈 때의 타락이라 하는 것이지. 그런 생각을 다시 할 까닭은 없소. 우리가 이제는 일장춘몽을 늦게 깨달았으니, 이후로는 세상에서 공익사업에 힘을 쓰도록 합시다"[33]라는, 기존의 신소설을 접해온 독자들에게는 너무나 낯익고 상투적인 이수일의 계몽적 대사로 막을 내린다. 근대 세계에서 독자들이 느끼는 갈등과 혼란은 이로써 언젠가는 깨어날 한바탕의 길고 한스러운 꿈이 되어버리는 것이다.

5. 신소설의 쇠퇴

통속성이란 말 그대로 독자들이 몸담고 있는 풍속의 세계와 통하는

---

32) 김경연, 「『장한몽(長恨夢)』의 대중성 고찰」, 『문창어문논집』 제40집, 2003, 167면. 이 외에 『장한몽』이 삼각관계형의 서사구도에서 혼사장애형의 서사로 복귀한다는 지적 또한 흥미롭다(서영채, 『『무정』 연구』, 서울대학교 대학원 석사논문, 1992 ; 김미향, 「애정갈등형 소설의 구조와 그 의미」, 『한국문학논총』 제25집, 1999). 『장한몽』은 근대적인 삼각관계형의 인물구도가 불러일으키는 인물들의 내면적 갈등을 이수일과 심순애의 결합을 방해하는 해소되어야 할 장애물로 만들어버림으로써 전근대적인 서사의 자리로 후퇴한다.
33) 『한국신소설전집』 제9권, 을유문화사, 1968, 299면.

성질, 다시 말해 독자들의 세속적 관심사를 반영하고 그들의 보편적 가치관에 부응하는 성향을 의미하는 것이다. ‘성스러운 모든 것은 세속화된다’는 말대로, 중세의 삶을 지배했던 성스러운 가치가 붕괴되고 세속현실을 무대로 펼쳐지는 개인의 욕망이 특권적 지위를 부여받게 된 근대세계에서 통속성은 분명 근대의 출현과 더불어 나타난 문화의 새로운 현상이라고 할 수 있다. 그런 의미에서 세속현실을 배경으로 한 근대 이후의 모든 소설은 어떤 형태로건 통속의 성질을 나누어가지고 있다고 말할 수 있을 것이다. 그럼에도 불구하고 통속성이 논란의 대상이 되는 것은, 대부분의 경우 그것이 기존의 관습을 추수하고 독자들의 대중적 관심사에 편승하는 안이한 순응주의적 태도에서 크게 벗어나 있지 않기 때문이다. 이것은 때때로 통속적 서사가 세속현실에 대한 일정한 비판의 포즈를 취하는 경우에도 마찬가지이다. 그 때문에 통속적 소설들은 세속현실의 발견이라는 근대적 요소를 반영하면서도 여전히 낡은 도덕적 가치관을 답습하는, 다시 말해 몸은 세속현실에 두되, 머리는 낡은 관념의 세계를 벗어나지 못하는 윤리적 보수성을 지니게 되는 것이다.

신소설을 읽던 시대의 독자들이 몸담고 있던 세속현실은 구시대의 삶 속으로 점차 새로운 삶의 변화들이 육박해 들어오던 시대였다. 처첩갈등이나 고부갈등에 얽힌 이야기들이 여전히 독자들의 세속적 흥미를 자아내던 시대였으나 동시에 새로운 문물들의 유입이 호기심의 단계를 거쳐 점차 갈등과 혼란의 경험으로 다가오기 시작하던 시대이기도 했다. 이런 현실을 배경으로 한 신소설의 통속적 경향은 『빈상설』의 경우처럼 낡은 소재를 낡은 관념으로 서술해나간 경우와, 『추월색』의 경우처럼 새로운 문물이 자아내는 신기하고 이국적인 색채로 낡은 관념의 세계를 윤색하고 있는 경우, 혹은 『귀의성』처럼 전근대적 소재를 새로운 관념으로 서술해나간 경우와 『장한몽』처럼 근대적 소재와 서술방식을 차용해오면서도 여전히 낡은 관념의 영향을 벗어나지 못한 경우로 나누어볼 수 있을 것이다. 이 가운데 가장 혁신적인 작품은 두말할 것도 없이 낡은 소재에 대한 새로운 해석을 통해 나름대로의 기민함으로 당시 점증해가고 있던 근대적 욕망의 징후들을 포착해내고 있는 『귀의성』이다.

그러나 계몽의 이념을 욕망의 논리로 대체함으로써 신소설이 보여줄 수 있는 장르적 가능성의 절정에 도달했던 『귀의성』의 활기 있는 통속의 세계는 이후의 신소설들에로 이어지지 못한 채, 계몽이념과 구시대적 윤리 사이에서 길을 잃게 된다. 이처럼 신소설이라는 장르 안에서 『귀의성』의 서사적 활력이 지속적으로 유지되지 못했던 것은, 앞에서 언급했던 것처럼 신소설의 태동을 이끌었던 계몽의 관념이 부과한 획일적이고 결정화된 현실인식이 신소설의 장르적 유연성과 자기갱신력을 현저히 제약하는 요소로 작용했기 때문일 것이다. 『귀의성』이 현실세계에서 이미 진행되고 있던 근대적인 변화의 징후를 포착하는 시대적 선구성을 보여주었다면, 계몽의 당위성이라는 우물 안에 갇혀 정작 현실의 변화를 읽는데 맹안(盲眼)이었던 대다수의 신소설들은 결국 정형화된 관념 속에서 주조된 서사적 모티프들을 반복재생산하는 지루하고 무기력한 동어반복의 세계로 흘러가게 된다. 한편으로는 근대적 계몽이념으로 구시대의 미망에 빠져 있는 독자를 선도한다는 명분을 내걸고, 다른 한편으로는 독자들의 구시대적인 정서에 호소하는 대중추수적인 통속의 세계에서 서사적 자양분을 공급받으려던 신소설은 결과적으로 신시대와 구시대 모두로부터 외면 받는 시대의 퇴물로 전락해버리고 마는 것이다. 이로써 『귀의성』에서 『장한몽』에 이르는 시간이란 『귀의성』에서 문학적 정점에 도달했던 신소설이 서서히 쇠퇴의 길로 나아가는 과정에 다름 아니었던 셈이다.

제 2 부

근대소설에 나타난 계몽의 패러다임
이광수의 경우

계몽의 다양한 층위들

1. 교화적 계몽성이라는 논의의 범주에 대한 의문

근대문학사 이후 지금까지 서로 엇갈리고 상반된 논의들을 불러일으키면서 단일 작품으로서 『무정』만큼 지속적이고 다양한 논의의 대상이 되어온 작품은 한국문학사에서 달리 그 예를 찾기 어려울 것이다. 그러나 다른 한편으로 지금까지의 많은 논의들이 『무정』에 대해 쉽사리 해소되지 않는 고정관념들이나 몇 가지 정형화된 논의의 전제들을 의문없이 확산시키거나 최소한 답습함으로써 『무정』에 대한 어떤 편향된 관점을 정착시켜온 점 또한 부정하기 어려울 것이다. 그 대표적인 것 가운데 하나가 『무정』=계몽적 서사라는 논의의 기본적인 전제하에 작품에 접근하는 태도라고 할 수 있는데, 이 경우 『무정』의 계몽적 특성은 대부분 문학의 교화(敎化)적 기능과 관련된 범주로 제한되어 있는 것을 볼 수 있다. 물론 『무정』에 관한 논의에서 이러한 논의의 전제들이 지닌 타당성

자체를 부정할 수는 없을 것이다. 그러나 명시적이든 암묵적이든『무정』
의 계몽성을 교화적 계몽성과 동일시하는 태도는『무정』속에 내재된
계몽성의 다양한 층위에 대한 논의를 일정하게 제한할 가능성이 있는
것 또한 사실이다. 따라서 교화적 계몽성이라는 논의의 범주를 배제하지
않으면서도, 그와 같은 논의의 범주로 수렴되지 않는 계몽성의 내재적인
양상을 살피는 것은『무정』에 나타난 계몽성과 근대성 사이의 상관관계
라는 문제에 접근하는 또 다른 논의의 계기를 제공할 수 있을 것이다.

　『무정』에 대한 논의에서 계몽성의 문제는 지금까지 가장 많은 논자들
의 관심이 집중되어온 지점이라고 할 수 있다. 김윤식은『무정』의 계몽
적 특성을 작가와 독자 사이의 문제로서 뿐만 아니라 작중인물과 인물
사이의 사제관계적인 특성과 연관지어 해석하면서 "이 사제관계의 압도
적 확실성이야말로 무정이 갖추고 있는 시대적 진취성이자 작품 구성의
원리이며 또한 그 이상의 것이다"[1]라고 말한다. 이에 따르면 계몽적 특
성은『무정』의 문학사적 가치뿐만 아니라 문학적 가치를 규정짓는 결정
적인 요소에 해당하는 것이다. 정희모는『무정』의 계몽적 특성을『무정』
이 교훈적 양식을 탈피해서 개인의 내면적 갈등에 대한 충실한 형상화
라는 근대적 형식으로 나아감으로써 얻게 된 문학의 자율성이라는 문제
와 연결시킨다. 다시 말해『무정』을 비롯한 이광수의 문학은 교화적 기
능을 강조한 전대의 문학적 전통에서 벗어남으로써 오히려 "이런 문학
의 자율성, 주체성을 밑바탕으로 문학이 가진 계몽적 도구의 역할을 강
조할"[2] 수 있었다는 것이다. 이와 달리 손정수는 1910년대의 이광수의
문학을 다루는 자리에서 당시 그의 문학관이 "자율적 문학의 형태를 띠
고 나타난다고 하더라도, 그것이 궁극적으로는 민족의 계몽이라는 또 다

---

1) 김윤식·정호웅,『한국소설사』, 문학동네, 2000, 75면.
2) 정희모,「이광수의 초기사상과 문학론」,『문학과의식』1995년 8월호, 258면.

른 실천적 과제와 미분리 상태에 놓여 있"[3]었다고 말하면서 그의 문학관이 "문학이라는 양식으로 구체화"되지는 못했음을 지적하고 있다. 두 사람의 관점을 대충 정리해보면, 문학의 근대적 자율성이『무정』이 지향한 계몽적 도구로서의 문학의 역할을 강화시켜주었다는 것이 정희모의 입장인 반면, 손정수는 계몽성이『무정』의 근대적 성취에 일정한 걸림돌 역할을 했다는 입장인 셈이다.

많은 논자들이 동의하는 바대로, 계몽성과 민족성, 문학적 자율성, 혹은 근대성과 그 각각의 상호관련양상은, 그에 대한 관점이 어떠한 것이든『무정』의 문학적 의미를 밝히는 데 필수적인 쟁점들이라고 할 수 있다. 이것은 개인적 차원의 근대성과 민족적 차원의 근대성의 결합이라는 시대적 요구 속에서『무정』이 택한 문학적 진로의 문제와 겹쳐지는 것일 터인데, 이에 대한 구체적인 논의는 잠시 후로 미루기로 하겠다. 다만 정희모의 경우, 계몽적 도구로서의 문학의 역할과 문학의 자율성이라는 서로 모순되거나 대립적인 층위의 문제들이 그렇게 아무런 갈등 없이 하나로 묶여질 수 있는지에 대해 일단 의문을 제기하고 넘어가야 할 듯하다.

이형식이라는 캐릭터에 대한 논의 또한 김동인이「춘원연구」에서 이형식에 대한 신랄한 비판을 가한 이후, 인상비평의 수준에서부터 보다 심층적인 인물분석에 이르기까지 상반된 여러 관점들로 분화되는 양상을 보여준다. "흔들리기 쉽고 줏대가 없는 주인공 이형식"[4]이라는 김동인의 비판에 대해 김우종은 줏대가 없다는 것도 하나의 성격적 특성이라면서 이형식이 보여주는 그 줏대없음의 성격적 일관성이야말로 오히려『무정』이 보여준 캐릭터 설정의 의미있는 성과라고 평가하는가 하

---

3) 손정수,「1910년대 이광수의 문학론과 작품의 관련양상에 대한 고찰」,『한국학보』 85호, 1996, 63면.
4) 김동인,「춘원연구」,『김동인전집』6권, 삼중당, 1976, 88면.

면,5) 어떤 평자들은 이형식의 캐릭터 설정의 실패가 계몽소설『무정』의 실패로 이어진다면서 이형식의 주인공으로서의 자격여부에 심각한 회의를 표명하고, 그에 대해 '영채 주인공론'을 내세우기도 한다.6) 그러나 작중인물들에 대한 이와 같은 논의들은 대부분 작중인물들을『무정』이라는 허구적 텍스트의 내재적 구성원리 속에서가 아니라, 인물들을 텍스트로부터 떼어내어 마치 살아있는 인물을 품평하는 듯한 태도로 접근한다는 느낌이 없지 않다. 심지어 이형식과 이광수가 동일인물이라고 선언한 김동인 이후, 많은 논자들이 이형식과 작가 자신을 동일시하는 태도를 보여온 것도 사실이다. 그러나『무정』의 인물들이 텍스트 바깥이 아닌 텍스트 안의 인물이라면 작품 분석에서 중요하게 다루어져야 할 것은 작가가 자신이 창조해낸 인물들에 대해서 취하는 거리의 문제일 것이다. 그 거리의 문제는 이 글에서 시도될, 서술미학의 차원에서『무정』의 근대성과 계몽성의 상관관계를 따져나가는 작업과도 긴밀하게 연관되어 있는 문제이다.

2.『무정』이 지닌 계몽성의 다양한 차원들

1) 교화적 계몽성의 세 차원

『무정』을 계몽적 서사의 범주에서 접근할 때, 지금까지 논의의 대상으로 다루어져온 계몽성의 차원은 대략 ① 문학적 언술방식으로서의 계

---

5) 김우종,『한국현대소설사』, 성문각, 1978, 85~88면.
6) '영채 주인공론'과 관련된 글들로는 강요열,「『무정』재고」(『고려대 어문논집』 23호, 1982)와 윤용식(「현대소설의 고전소설 계승문제－「채봉별감곡」,『무정』을 중심으로」,『한국방송통신대 논문집』 8호, 1988) 등이 있다.

몽성, ② 이념적 태도로서의 계몽성, ③ 서사의 구조적 특성으로서의 계몽성으로 정리할 수 있을 것이다. 첫번째는 『무정』에 대한 논의에서 가장 빈번히 지적되는 것 가운데 하나로 문학의 공리적 기능을 바탕으로 이루어지는 독자에 대한 교화적 언술의 차원이다. 『무정』에 대한 부정적 판단의 가장 일반적인 유형을 이루는 "주제과잉의 설교조 소설"[7]이나 "너무 어색한 작가개입과 그 설교가 작품의 흠이 된다"[8]는 지적은 대부분 이러한 차원에서 제기되는 문제들이라고 할 수 있다. 이 경우 계몽성은 소설의 형식미학적 차원에서 『무정』의 문학적 실패를 가늠하는 결정적인 잣대가 된다.

　이러한 계몽성과 표리관계를 이루는 계몽성의 두 번째 차원은 이광수 문학의 근간을 이루는 시대적 요구나 논리 그 자체에 내재되어 있는 것이다. 다시 말해 그것은 『무정』의 출현을 가능케 한 하나의 시대적 당위, 혹은 사상적 명제로서의 계몽성에 해당하는 것이다. 서구적 근대문명이 유입해 들어오는 시기에 봉건적인 체제에서 근대적인 체제로의 삶의 변화라는 시대적 과제는, 근대적 삶의 근간을 이루는 물적 토대의 형성 이전에, 소수의 엘리트 그룹에 속하는 특정 지식인 집단에 의해 주도되는 사회운동이나 교육운동의 양상으로 수용되었다. 많은 평자들에 의해 지적된 것처럼, 광범위한 민족적 프로젝트로서의 의식의 개조라는 계몽적 명제는 당시의 시대적 요구인 동시에 이광수 스스로가 끊임없이 강조한 문학활동의 중요한 이념적 모토이기도 했다. 이러한 이념적 모토가 『무정』이 지닌 계몽성의 내포를 이루는 것이라면, 흔히 '설교조'라고 지칭되는 『무정』의 교화적 언술형태는 그것의 외연에 해당하는 것이라

---

7) 조동일, 『한국문학통사 4』, 지식산업사, 1989, 440면.
8) 김붕구, 「신문학 초기의 계몽사상과 근대적 자아」, 『한국인과 문학사상』, 일조각, 1964, 88면.

고 할 수 있을 것이다. 그러나 문학적 이념의 계몽성과 문학적 언술의 계몽성 사이의 관계가 모든 문학작품에서 그렇게 단선적이고 직접적인 방식으로 표출되는 것이라고는 말할 수 없다. 왜냐하면 그 둘 사이에는 근대적 문학이념으로서의 자율성의 문제가 개입할 수밖에 없기 때문이다. 직접적인 계몽적, 교화적 수단으로서의 문학의 기능이란 오히려 근대 이전의 문학의 존재방식에 속하는 것이다. 자율성의 지평 위에서 계몽성이란 문학이 스스로를 수단이나 도구의 지위로 강등시키는 것이 아니라 모든 수단, 혹은 도구적 지위로부터의 독립성을 지향할 때 실현되는 것이라고 할 수 있다. 만약『무정』이 이념에 대한 도구적 수단으로서의 교화적 언술방식을 지향했다면 그것은 작가의 소설적 역량의 문제 이전에 문학적 근대성의 미달이라는 차원에서 논의되어야 할 문제라고 할 수 있을 것이다.

이 두 가지 계몽성의 차원이 오랜 기간『무정』에 대한 논의의 주종을 이루는 것이었다면,『무정』이 지닌 계몽성의 세 번째 차원으로 덧붙여진 것이 김윤식에 의해 지적된 작중인물들의 사제관계적 특성이다. 김윤식에 의해 "『무정』의 기념비적인 이슈"이면서 "『무정』이 가진 힘 중의 힘"9)이라는 극찬을 얻고 있는 이 사제관계적 특성은 앞의 두 차원의 계몽성이 서사구조의 차원으로 수용된 결과라고 할 수 있을 것이다. 작중인물들 사이의 관계를 규정짓는 계몽적 서사구도는 아마도 민족교육의 열정으로 충만하던 당시의 시대적 현실의 반영이자 이광수 자신의 문학적 이념의 실천을 위한 필연적인 선택이었을 것이다. 김윤식이 이러한 사제관계적 특성을 "상승적 계층의 가능한 최대치의 이데올로기를 문학적 장치, 즉 감각적 명징성으로 드러낼 수 있는"10) 방식으로 파악한 것

---

9) 김윤식,『한국근대문학사상사』, 한길사, 1984, 52면.
10) 김윤식,『한국근대문학사상사』, 한길사, 1984, 41면.

도 이러한 맥락에서라고 할 수 있다. 김윤식의 논의에 따르면, 작중인물들의 사제적 구도가 지닌 압도적인 힘과 시대적 진취성은 이광수와 이형식이 상승계층의 이데올로기를 대변하는 예외적 개인이라는 점에 놓여 있다. 골드만의 이론에서 따온 예외적 개인이라는 개념을 이광수와 이형식에게 적용하면서 김윤식이 언급하는 상승계층과 몰락계층은 교육의 유무와 관련된 것이라기보다는 당시 교육받은 계층의 존재방식과 관련된 개념이다. 다시 말해 교육은 받았지만 허무주의적인 세계관에 빠져 있는 계층과, 식민지 통치하에서나마 나름대로 교육에 대한 열정과 재능을 가지고 진취적인 삶을 살아가는 계층이 바로 그것이며, "전자는 매우 위험하고도 난처한 존재여서 통치자에게는 고민거리이기에 몰락계층이며 저능하고 고상하지 못한 직업에나마 종사하는 계층은 상승계층으로 볼 수가 있다"11)라는 것이다. 물론 김윤식은 이광수의 논리를 토대로 상승계층과 몰락계층을 이러한 방식으로 규정지으면서 당시의 상황과 관련해서 이러한 논리가 결국은 식민지의 통치이념에 부응하는 것일 수 있음을 인정하지만, 그에 대해 "이천만 동포와 더불어 이 땅에서 살아가지 않으면 안된다는 관점에 선다면 타협론이야말로 시대적 진취성이 아니면 안된다"12)라는 결론을 내림으로써 궁극적으로는 이광수의 관점을 옹호하는 방향으로 나아간다.

『무정』에서 이와 같은 사제적 관계구도가 단순히 작중인물들이 가르치고 배우는 관계로 묶여 있다는 피상적인 의미가 아니라, 김윤식의 주장대로 보다 심층적인 단계에서 다가올 역사의 방향성을 주도하는 당시의 주류적인 계몽이념과 연결되어 있는 것이라면, 『무정』에서 그와 같은 계몽이념의 문학적 성취 여부는 인물들 간의 사제관계를 주도하는 이형

---

11) 김윤식, 『한국근대문학사상사』, 한길사, 1984, 43면.
12) 김윤식, 『한국근대문학사상사』, 한길사, 1984, 44면.

식의 캐릭터 설정의 문제와 불가분의 관계에 놓여 있는 것이라고 할 수 있다. 이형식을 '예외적 개인'으로 규정함으로써 그에게 사제관계를 이끄는 중심인물로서의 이론적 거점과 사상적 무게를 부여한 김윤식과는 달리, 지금까지의 많은 논의에서 이형식에 대한 평가는 부정적인 방향으로 이루어져 온 것이 사실이다. 물론 이형식이 보여주는 감성과 이성의 불일치나 관념과 삶 사이의 괴리라는 불안정한 성격적 특성이 '과도기적 인간상'이라는 인물의 시대적 한계에서 비롯된 것이며, 그와 관련해서 "이형식의 정신적 양면성은 의식이 불투명한 작가의 실수가 아니라 서로 상반되는 가치가 공존하는 정신적 이중 구조의 산물이요, 그것은 작가의 확고한 의도에 의해서 이루어졌다는"13) 주장이나, "가치의 명료성이 확연하게 이루어지지 않은 채로 막연하게나마 사회에의 적응을 인정하고 또 이를 이루어가야 하는 과도기의 감정구조를 잘 반영하고 있는 인간상"14)이라는 등의 평가가 제기되어 있기는 하다. 김윤식이 이형식의 성격적 특성을 순진성, 혹은 소년적 단순성과 진취성의 결합으로 해석하면서(김윤식은 이 순진성이 『무정』을 휘황하게 빛내고 있다고 말한다) '상승계층의 있을 수 있는 의식의 최대치'를 포착한 작가의 능력과 연관짓는 것도 이형식이라는 부박하고 불안정한 캐릭터가 민족적 계몽이라는 시대적 요구와 결합할 수 있었던 당시의 시대 상황을 염두에 둔 것이라고 생각할 수 있을 것이다.

그러나 이형식을 당시의 과도기적 상황과 연관된 사실주의적 인간형으로 이해하려는 시각에도 불구하고, 그에게 부과된 민족적 계몽의 주체로서의 역할은 여전히 이형식의 성격적 특성과 겉도는 과도한 소설적 외장(外裝)인 것은 분명하다. 김윤식이 대상에 대한 즉자적인 반응과 자

---

13) 송하춘, 「『무정』의 현대소설사적 의의」, 『고려대인문논집』 28집, 1983, 6~7면.
14) 이재선, 『한국현대소설사』, 홍성사, 1979, 212면.

기반성 능력의 결여로 특징지어지는 이형식에게 예외적 개인이라는 특권화된 지위를 부여한 것은 이런 점에서 골드만 이론의 왜곡된 적용이라는 혐의가 짙다. 『숨은 신』에서 골드만이 예외적 개인으로서의 작가를 "자신과 자신이 속한 사회계급이 지향하는 것에 대한 완전히 종합적이고 일관된 관점에 도달하거나 접근할 수 있는 사람"15)이라고 규정하면서, 이들은 자신의 상상적 구도를 통해서 그들이 표현하려 하는 사회집단의 본질에 대해 가능한 최대치의 인식에 이를 수 있다고 말한 것은 사실이지만, 이러한 예외적 개인이라는 개념이 김윤식이 말한 바, 역사의 발전방향을 주도해나갈 긍정적이고 주류적인 가치를 대변하는 상승계층의 인식과 연결되어 있다는 것은 골드만의 논지에 대한 명백한 왜곡이라고 할 수밖에 없다. 골드만은 오히려 문학의 역사를 통해서 나타나는 예외적 개인의 문제를 "인간을— 혹은 더 정확하게 어떤 특수하고 예외적인 개인 —을 인간적이면서 성스러운 세계와 분리시키는 메꾸어질 수 없는 틈"16)에 대한 비극적 인식의 범주와 연관 지으면서, "역사 속에 놓인 인간에게는 어떤 가능한 미래도 존재하지 않으며, 그의 위대함은 단지 그의 삶을 하나의 본보기적 운명으로 변화시켜줄 고통과 죽음을 자발적이고 의식적으로 받아들이는 태도 속에 있다"17)라고 말한다. 골드만이 말하는 예외적 개인이란 "가치의 어떠한 토대도 부재하며 또 그 부재를 극복할 수 있는 어떠한 가능성도 부재한"18) 세계, 즉 진정한 가치

---

15) Lucien Goldmann, *The Hidden God*, trans. Philip Thody, Lodon : Routledge and Kegan & Paul, 1977, p.17.

16) Lucien Goldmann, *The Hidden God*, trans. Philip Thody, Lodon : Routledge and Kegan & Paul, 1977, 44면.

17) Lucien Goldmann, *The Hidden God*, trans. Philip Thody, Lodon : Routledge and Kegan & Paul, 1977, 81면.

18) Lucien Goldmann, *Towards a Sociology of the Novel*, trans. Alan Sheridan, London : Tavistock Publications, 1978, p.32.

의 타락이나 부재와 관련된 비극적 세계관의 문제와 깊이 연결되어 있다. 근대의 주요한 인물유형을 이루는 이러한 예외적 개인, 혹은 문제적 개인은, 근대 이후 "많은 작가들은 인간적 관심사의 진정한 대표자로서, 그리고 그들 사회의 주요한 특성들을 이해하는(동시에 비판하는) 기준으로 주변인(marginal man)을 끌어들인다"[19]라는 말에서 나타나는 주변인적인 삶의 위상과 밀접한 연관을 맺고 있는 것이다.

『무정』을 사제적인 인물구도의 차원에서 분석하는 것은 『무정』이 지닌 계몽성의 차원에 대한 보다 진전된 논의임이 분명하지만, 그러나 그러한 분석 역시 근본적으로는 『무정』을 교화적인 계몽성의 범주와 연관지어 바라보는 기존의 해석적 관행을 크게 벗어나 있는 것은 아니다. 김윤식의 분석은 『무정』의 계몽성이 단순히 작가개입에 의한 교화적 언술이라는 표층적인 차원의 문제가 아니라 작품의 구조적 속성에 해당되는 것이며, 그러한 구조적 속성이 당시 사회에서 상승기류를 타고 있었던 새로운 인간관계의 유형과 구조적인 상동성을 보여준다는 점을 들어 『무정』의 선구적 업적을 높이 치하한다. 그러나 김윤식의 논의는 실상 계몽이라는 시대적 당위론을 『무정』의 미학적 본질의 문제로 치환함으로써 계몽의 이념에 대한 물신화된 관점을 강화하고 이광수가 자신의 논설문에서 피력한 논리를 소설미학의 차원에서 정당화하는 결과를 빚고 만다. 계몽성의 구조적 차원에 대한 김윤식의 논의 뒤에 도사리고 있는 것은 여전히 『무정』을 가르치고 배우는 교화적 기능으로서의 계몽성의 범주와 동일시하는 시각이었던 것이다.[20]

---

19) Leo Lowenthal, *Literature and the Image of Man*, Boston : The Beacon Press, 1957, p.40.

20) 이러한 사제적 인물관계에 대해 "주인공의 일방적인 연설로만 행해지던 개화사상의 토로가 『무정』에서 비로소 작품의 한 구조로 정착되는 것"(김종철, 「『무정』의 계보」, 『서울대 先淸語文』 16 · 17 합병호, 1988, 806면)이라고 말하면서 『무정』으

2) 계몽성의 또 다른 차원―칸트적 의미의 계몽성

그러나 『무정』에서 나타나는 계몽성의 범주는 이와 같은 교화적인 서사의 차원에 한정되어 있는 것은 아니다. 이 글에서 문제삼게 될 계몽성의 네 번째 차원은 "계몽이란 우리가 마땅히 스스로 책임져야 할 미성년 상태로부터 벗어나는 것이다"[21]라는 칸트의 저 유명한 명제와 관련된 것이다. 다시 말해 보다 근본적인 단계에서 『무정』이 지닌 계몽성은 작중인물들이 미성년 단계로부터 성년의 단계로 나아가는 과정을 따라가는 서사의 내면화된 흐름과 밀접한 연관을 맺고 있다는 것이 이 글의 기본적인 관점인 것이다. 이런 의미에서 교화적 계몽성은 그 과정에서 동원되는 언술적, 혹은 서사구조적 외피에 해당하는 것이라고 말할 수 있다. 그러나 『무정』의 경우 교화적 계몽성을 향한 작가의 욕망은 빈번하게 작품의 내적 흐름 속에 개입해서 내재적 차원의 계몽성을 보다 표층화된 계몽적 담론의 양상으로 뒤바꾸는, 그럼으로써 그 두 차원의 계몽성이 어정쩡하게 공서하는 양상을 빚어내고 있다.[22]

로 하여금 고전소설과 신소설을 일거에 뛰어넘게 하는 결정적인 요소로 평가하는 시각도 있지만, 주인공에 의해 주도되는 교화적 언술의 대상이 소설 밖의 독자에서 소설 안의 작중인물에게로 옮겨갔다는 것, 다시 말해 작품의 계몽성이 작가―독자의 관계에서 작품 속 인물들 간의 내재화된 관계구도로 옮아갔다고 해서 소설의 교화적 구조 자체가 근본적인 변화를 겪는다고 말할 수는 없을 듯싶다.

21) 엠마누엘 칸트, 「계몽이란 무엇인가에 대한 답변」, 『칸트의 역사철학』, 이한구 편역, 서광사, 1992, 13면.

22) 이러한 양상은 일차적으로 작가의 문학에 대한 근본적인 태도의 문제에서 비롯되는 것이라고 할 수 있다. 이광수가 스스로 文士로 불리기를 거부하면서 자신의 문학활동을 일종의 餘技라고 말하는 것이나, "내가 소설을 쓰는 究意의 動機는 내가 신문기자가 되는 究意의 동기, 교사가 되는 究意의 동기, 내가 하는 모든 作爲의 究意의 동기와 일치하는 것이니, 그것은 곧 '조선과 조선민족을 위하는 봉사―의무의 이행'이다"(『이광수 전집』 제16권, 삼중당, 1963, 195면)라는 구절에서처럼, 민족계몽의 도구로서의 문학의 역할을 끊임없이 강조하고 있는 것은 근대성에 대한 이광수의 인식이 민족적 교화라는 단일 코드로 수렴되는 매우 단선적이고 편협한 사고에 근거하고 있음을 잘 보여준다.

사실 칸트에게 계몽 이전과 이후를 가르는 기준은 이성적 사유의 자율성이라는 개념이다. 칸트가 말한 "다른 사람의 지도 없이는 자신의 지성을 사용할 수 없는"23) 미성년의 상태란 '이성의 공적인 사용능력'이 부재한 상태를 의미하는 것인데, "이성의 공적인 사용만이 인류에게 계몽을 가져올 수 있다"24)라는 말에서 이성의 공적인 사용이란 "그들은 권위에 종속되어 있고, 자신들을 이끌어주기 위해 생긴 규칙에 무조건 복종해야 한다. 그들이 이러한 규칙에 의문을 불러일으키기 시작하자마자 그들은 곧바로 철학에 관여하게 된다"25)라는 뜻에서의 비판적 이성의 사용을 의미하는 것이다. 이것은 사회체제가 개인에게 부여한 역할과 의무를 거부하지 않으면서, 동시에 그 사회체제에 복종하지 않는 정신의 자유를 지향하는 태도와 관련되어 있다. 푸코는 이것의 의미를 "칸트는 계몽을 인류가 어떠한 권위에도 복종하지 않고 자신의 이성을 사용할 수 있는 순간으로 묘사합니다. 비판이 필요한 것은 바로 이 순간입니다. 왜냐하면 비판의 역할은 무엇을 알 수 있는지, 무엇을 행해야 하는지, 무엇을 바라야 하는지를 결정하기 위해서 이성을 정당하게 사용할 수 있는 조건을 정의하는 것이기 때문입니다"26)라는 말로 정리한다. 푸코에 의하면 계몽이라는 개념을 이러한 차원으로 받아들일 때, "우리를 계몽과 연결하는 실마리(는) 교조적인 요소들에 충실하려고 애쓰는 것이 아니라 어떤 태도— 그러니까 우리가 속한 역사적 시대에 대해 끝없이 비판하려는 철학적 에토스를 영원히 재활성화하는 것",27) 그럼으로써

---

23) 엠마누엘 칸트, 「계몽이란 무엇인가에 대한 답변」, 『칸트의 역사철학』, 이한구 편역, 서광사, 1992, 13면.
24) 엠마누엘 칸트, 「계몽이란 무엇인가에 대한 답변」, 『칸트의 역사철학』, 이한구 편역, 서광사, 1992, 15면.
25) 피터 게이, 『계몽주의의 기원』, 주명철 역, 민음사, 1998, 197~198면.
26) 푸코, 「계몽이란 무엇인가」, 『모더니티란 무엇인가』, 김성기 외, 민음사, 1994, 347~348면.

자아의 자율적인 주체형성에 참여하는 것이다. 여기에서 계몽개념의 근간을 이루는 것은 "마침내 '인간'이 유일한 척도이다"28)라는 근대성의 핵심명제이다. "인간은 보편적 이성을 통해서 사고의 자율성을 보장받으며, 양도할 수 없는 권리를 가진 자신을 세계의 중심으로 만들며… 주체의 자율성의 확립은 이제까지 주체가 종속되어 있었던 기존의 전통과 권위로부터의 해방으로 이어진다"29)라는 말에서 자율적 주체의 확립은 근대적 계몽의 핵심과제에 속하는 것이다. 칸트가 말한 미성년 상태라는 개념은 결국 이와 같은 자율적인 주체의 단계에 이르지 못한 인간의 내적 상태를 의미하는 것이라고 할 수 있다.

칸트적 의미의 계몽성의 범주에서 바라볼 때, 『무정』의 기본적인 서사구조는 형식과 영채, 선형을 중심으로 한 작중인물들의 정신적 성장기, 다시 말해 미성숙하고 의존적인 정신의 단계에서 벗어나 자립적이고 주체적인 정신적 성숙의 단계로 나아가는 과정이라고 할 수 있다. 이 작품에서 정신의 미성년 단계에서 성년단계로의 정신적 성장이라는 서사적 모티프는 집단이념에 종속된 봉건적 인간형에서 벗어난 근대적 주체의 형성이라는 보다 근본적인 계몽의 과제와 맞물려 있는 것이다. 그러나 작품 속에서 그 같은 계몽의 과제가 얼마만한 문학적 성취를 일구어내고 있는가에 대한 평가는 작품의 미학적 특성을 좀 더 세부적으로 분석해나가는 과정을 통해 밝혀져야 할 문제일 것이다.

---

27) 푸코, 「계몽이란 무엇인가」, 『모더니티란 무엇인가』, 민음사, 1994, 356면.
28) David M. Levin, The Philisopher's Gaze : Modernity in the Shadows of Enlightenment, Berkeley : Univ. of California Press, 1999, p.410.
29) 임정택, 「계몽의 현대성」, 『모더니티란 무엇인가』, 민음사, 1994, 58면.

3. 계몽성과 근대성의 서술미학적 특성

『무정』을 개인의 자아의식의 성장이라는 내재적인 계몽성의 차원과 관련지어 논할 때 가장 중요하게 고려되어야 할 것은 작가가 작중인물들에 대해 취하는 시점, 혹은 거리의 문제라고 할 수 있다. 이광수가 자신의 작품에 등장하는 인물들이 무위(無爲), 무기력하다는 항간의 비판적 시각을 언급하면서, 이형식 등의 인물들은 "당시 제라고 하던 지식계급 조선청년들의 모형으로 그린 것이요, 결코 작자의 理想하는 인물로 그린 것이 아니"30)라고 말하는 것처럼, 『무정』에서 작중인물들을 그려나가는 작가의 태도는 기실 많은 논자들, 그 중에서도 특히 작가와 이형식을 동일시하는 논자들에 의해 이해되고 있는 것처럼, 전폭적인 지지나 관찰의 거리를 배제한 감정이입적 태도로 일관되어 있는 것은 아니다. 늘 성공적인 것은 아니지만, 『무정』에서 작가는 나름대로 작중인물들에 대한 관찰의 거리를 조율하면서 그들의 마음속에서 일어나는 내적인 움직임에 대한 객관적인 서술의 차원을 유지하려는 노력을 보여준다. 그 가장 대표적인 예가 작중인물들의 독백적 언술이나 '생각하다'라는 동사의 빈번한 활용이다. '생각하다'라는 직접적인 언표로 제시되는 경우가 아니라도 『무정』에서 '생각하다'라는 동사를 전제로 하는 작중인물들의 의식 내부의 움직임은 인물 형상화의 중요한 기제로 활용된다. 이를테면 "형식은 자기의 눈에서 무슨 껍질 하나이 벗겨졌거니 하였다"31)와 같이, 인용이 무의미할 정도로 작품 속에서 빈번히 사용되고 있는 '하였다'라는 동사 역시 '생각하였다'의 축약된 표현에 다름아니다.32) 『무정』에서 이

---

30) 『이광수 전집』 제16권, 삼중당, 1963, 193~194면.
31) 『이광수 전집』 제1권, 삼중당, 1963, 74면. 앞으로 『무정』에 대한 인용은 이 책에 의거하며, 인용 면수는 본문 중에 괄호 표기한다.
32) 『무정』에서 작중인물의 생각을 따라가는 서술방식은 작품의 서사정보를 제시하는

처럼 '하였다'나 '생각하였다'라는 동사를 거느린 내적 독백체의 표현은 대개의 경우 우스펜스키가 말한 '서술된 독백'의 범주에 해당하는 것이라고 할 수 있다. 방금 인용한 구절에서 형식의 생각은 '자기'라는 표현이 말해주듯 형식 자신의 언표를 통해서가 아니라, 그의 생각을 관찰하는 작가의 언표로 전이되어 제시되고 있다. 이처럼 작중인물들의 생각을 작가의 서술적 개입에 의해 매개된 형태로 제시하는 방식은 "인물들의 개인적인 방법 — 이것은 그 자신의 직접화법 속에서 매개되지 않고 나타나는데 — 은 종종 서술된 독백 속의 작가에 의해 제거되며, 그리고 작가 자신의 화법 양식에 의해 대체된다. 그것은 마치 작가가 여기서 특정 인물의 화법을 재가공하는 편집자의 기능을 수행한 것인 양 보인다"33) 라는 '서술된 독백'의 특성과 정확하게 일치하는 것이다. 그러나 이 경우 작가의 편집자적 기능은 작중인물에 의해 행해진 언술의 형식적 측면보다 그 내용전달에 집중하는 것일 뿐으로, 그 자체로 대상에 대한 객관적인 서술의 범주를 벗어나는 것은 아니다. 『무정』에서 이와 같은 '서술된 독백'이 작중인물의 형상화와 관련해서 가장 박진감을 얻고 있는 것은 의식의 미성숙 단계를 벗어나지 못한 인물들의 생각을 따라가는 부분들에서이다.

그러나 형식은 자기의 인격을 믿고 지식을 믿는다. 자기의 인격의 힘이 족히 선형의 마음을 후리리라 한다. 선형은 아직 어린애다. 자기의 말동무가 되지 못한다. 선형은 아직 자기의 인격을 알아 줄만한 정도가 되지

주요한 장치로도 활용된다. 그 극단적인 경우가 영채가 형식을 찾아온 첫날, "벌써 십여년 전이다"(17면)라는 말로 박진사와 영채, 형식 사이에 얽힌 과거사를 작가의 전지적 요약기법으로 길게 서술한 후, 다음 장에서 "형식은 번개같이 이러한 생각을 하다가"(19면)라는 말로 그 내용을 받는 부분이다. 작가의 전지적 요약에 의해 제공된 서사적 정보가 곧바로 작중인물의 회상내용으로 전이되는 것이다.
33) 보리스 우스펜스키, 『소설구성의 시학』, 김경수 옮김, 현대소설사, 1992, 82면.

못한다. 이것이 고통이다. 왜 내게는 여자가 취할 만한 용모와 풍채가 없으며, 세상이 부러워하는 재산과 지위와 명예가 없는고 하여본다(246면).

더욱 무서운 생각이 난다. 실로 아직 선형은 자기가 형식을 사랑하는가 않는가를 생각하여 본 적이 없다. 자기에게는 그런 것을 생각할 권리가 있는 줄도 몰랐다. 자기는 이미 형식의 아내다. 그러면 형식을 섬기는 것이 자기의 의무일 것이다. 아무쪼록 형식이가 정답게 되도록 힘은 썼으나, 정답게 아니 되면 어찌하겠다 하는 생각은 꿈에도 한 일이 없었다(250면).

앞의 인용문은 선형의 냉정한 태도에 대한 형식의 고민을 서술하고 있는 부분이고, 뒤의 것은 자신을 사랑하느냐는 형식의 물음에 대한 선형의 심리적 반응을 서술하는 부분이다. 이 두 구절에서 작가는 엄격한 관찰적 시점을 견지하면서 작중인물들의 의식 내부로 침투하여 그들의 심리적 혼란을 실감나게 형상화한다. 특히 이 작품에서 스스로 지식과 인격을 갖추고 시대를 앞서가는 선각자라는 자부심에 들떠 있는 형식이 선형과의 결혼을 매개로 한 세속적 욕망 앞에서 여지없이 동요하는 모습에 대한 서술은 작가가 「문학이란 何오」에서 소설에 대해 말한 바, "인생의 一方向, 혹은 작자의 상상내의 세계를 여실하게 描出하여 일체의 판단, 즉 美·醜, 快·不快의 판단을 一히 독자의 의사에 任하는 것"34)이라는 관점에 가장 부합하는 대목이라고 할 수 있을 것이다.35)

---

34) 『이광수 전집』 제1권, 삼중당, 1963, 514면.
35) 개인적인 욕망의 세계와 관련해서 『무정』이 성취한 근대성의 의미를 누구보다 꼼꼼하게 분석해내고 있는 서영채는 선형에 대한 형식의 욕망이 "그 자체로서 사악하고 비속한 것이 아닐뿐더러, 오히려 인간의 아름다운 본성인 것으로 묘사되고 있다"(서영채, 『무정연구』, 서울대 석사논문, 1992, 29면)라고 말한다. 그러나 작품 속에서 작가가 형식의 세속적 욕망을 긍정적 시선으로 바라보고 있다고 말하기는 어려울 것 같다. 긍정이나 부정 모두 형식의 욕망에 대한 작가의 판단적 개입을 전제하는 것인데, 이 경우 작가가 취하는 서술적 거리는 나름대로의 중립성을 유

내적 독백과 더불어 『무정』이 보여준 가장 득의의 성과 가운데 하나인 묘사적 기법의 적극적 활용 역시 가능한 한 작가의 논평적 개입을 배제하고 사실주의적 기법에 충실하려 한 의도가 돋보이는 대목들이라고 해야 할 것이다. 이러한 근대적 소설기법을 통해 『무정』은 집단화된 도덕적 명분론의 그늘 속에 묻혀 있던 고전소설적 인간형에 개체화되고 미시적인 내면의 세계를 부여하고, 그들을 보다 현실적이고 세속적인 욕망의 세계 속으로 끌어냄으로써 근대성에 걸맞은 인간형으로 탈바꿈시키는 것이다. 이로써 형식은 "영웅은 캐릭터가 된다"36)라는 제라파의 명쾌한 명제처럼, 고전소설 속의 영웅이 아닌, 근대적 캐릭터로서의 자신의 모습을 드러내는 것이다. 이때의 캐릭터란 물론 집단화된 도덕적 표상 (character as morality)이 아닌 개별화된 성격적 표상으로서의 캐릭터(character as personality)이다.37) 결국 『무정』이 성취한 근대성의 핵심은 작중인물에게 세속적 현실 속에서 갈등하는 욕망과 내면의 세계를 되돌려주는 동시에 내적 독백이나 묘사적 서술 등을 통해 그것을 보다 사실주의적 기법으로 형상화하는 최초의 선례를 제시했다는 점에 있을 것이다.

그러나 『무정』의 이와 같은 근대적 성취는 교화적 욕망을 제어하지 못하는 작가의 서술적 개입에 의해 수시로 균열의 위기에 직면한다. 특히 소설의 중후반부로 갈수록 두드러지게 나타나는 작가의 서술적 개입은 점차 작중인물들에 대한 화자 논평의 차원을 넘어 독자를 향한 직접적인 언술의 형태로 나아간다. 작품의 진행과정에서 묘사적 서술의 비중이 점차 약화되는 것도 이와 무관하지 않을 것이다. 내적 독백체의 경우

지하고 있는 것처럼 보이기 때문이다. 오히려 앞서 인용한 구절의 경우, 형식을 바라보는 작가의 시선 속에는 경미한 풍자의 기미마저 감도는 듯하다.

36) Michel Zeraffa, *Fictions : The novel and Social Reality*, trans. Catherine Burns & Tom Burns, Penguin Books, 1976, p.81.

37) Ian Watt, *The Rise of the Novel*, Penguin Books, 1981, p.209.

에도 작중화자의 순수한 독백적 언술보다는 작중인물의 언술과 화자의 논평이 뒤섞이거나 겹쳐지면서 작중인물과 작가의 시점이 혼재된 형태로 제시되는 부분들이 작품 전체에서 압도적인 비중을 차지하게 된다. 물론 이와 같은 경우에도 작중인물들에 대한 작가의 논평적 개입은 거리조절에 따른 미묘한 이중적 양상을 지니고 있다.

> 그는 항상 말하기를 우리 조선 사람의 살아날 유일의 길은, 우리 조선 사람으로 하여금 세계에서 가장 문명한 모든 민족 — 즉, 일본 민족만한 문명 정도에 달함에 있다 하고, 이러함에는 우리나라에 크게 공부하는 사람이 많이 생겨야 한다 하였다. 그러므로 그가 생각하기를, 이런 줄을 자각한 자기의 책임은 아무쪼록 책을 많이 공부하여 완전히 세계의 문명을 이해하고 이를 조선 사람에게 선전함에 있다 하였다. 그가 책에 돈을 아끼지 아니하고 재주 있는 학생을 극히 사랑하며 힘있는 대로 그네를 도와주려 함도 실로 이를 위함이다(65면).

> 형식은 자기가 조선에 있어서는 가장 진보한 사상을 가진 선각자로 자신한다. 그래서 겸손한 듯한 그의 속에는 조선 사회에 대한 자랑과 교만이 있다(181면).

두 인용문은 형식의 선각자연하는 생각에 대해 각기 다른 논평을 첨부하고 있다. 전자의 경우, 이광수의 논설문의 내용을 그대로 옮겨온 듯한 형식의 생각이 화자의 긍정적인 논평과 더불어 제시되는 데 비해, 후자에서 형식의 생각과 화자의 논평 사이에는 일정한 거리감이 내재해 있다. 이처럼 형식에 대한 작가의 이중적 태도는 형식의 미숙하고 유아적인 가치관 혼란상태를 객관적인 관찰의 대상으로 바라보면서도 동시에 필요에 따라 수시로 형식을 작가의 계몽적 언설의 대리자로 활용하는 방식으로 나타난다. 이를테면 "선형과 나와 약혼한다는 말만 들어도

기뻤다. 영채가 마침 죽은 것이 다행이다 하는 생각까지 난다. 게다가 미국 유학? 형식의 마음이 아니 끌리고 어찌하랴. 사랑하던 미인과 일생에 원하던 서양 유학! (…중략…) 형식의 마음속에는 내게 큰 복이 돌아왔구나 하는 소리가 아니 발할 수가 없다. 형식이가 괴로운 듯이 숙이고 앉았는 그 얼굴에는 자세히 보면 단정코 참을 수 없는 기쁨이 빛이 있을 것이다"(인용자 강조, 198면)와 같은 구절에서 선형과의 약혼이 가져다 줄 세속적 타산에 들떠 있는 형식을 바라보는 작가의 시선은, 마지막 문장에서 두드러지게 나타나는 것처럼 명백한 거리감을 유지하고 있다. 이 뿐만 아니라 작가는 "지금 형식은 이럴까 저럴까 어떻게 대답하여야 좋을 줄을 모른다. 누가 곁에서 자기를 대신하여 대답해 주는 이가 있었으면 좋겠다 한다"(198면)나, "형식은 우선의 말대로 하리라 하였다. 제 생각대로 한다는 것보다 우선의 말대로 한다는 것이 더 마음에 흡족한 듯하였다"(201면) 등의 표현을 통해 세속적이고 감각적인 욕망 앞에서 갈팡질팡하면서, '다른 사람의 지도 없이는 자신의 지성을 사용할 수 없는' 형식의 정신적 미성숙을 예리하게 지적해낸다. 더 나아가 작가는 작품의 전반부에서 "형식은 저 스스로 깬「사람」으로 자처하거니와, 그 역시 아직 인생의 불세례를 받지 못한 사람이다. 지금 이 방에 모여 앉은 세사람, 청년 남녀가 장차 어떠한 길을 지내어「사람」이 될는고"(73면)라는 등의 직접적 언술을 통해 이 소설이 앞으로 작중인물들이 '깬 사람'이 되어가는 과정, 다시 말해 근대적 자아각성에 이르는 과정을 따라가게 될 것임을 암시한다.

그러나 형식이 선형과의 결혼을 통해 세속적인 욕망을 성취해나가는 과정과 겹쳐 있는 개인의 근대적 자아각성이라는 계몽의 과제는 작가가 그 위에 민족구제라는 보다 압도적인 계몽의 무게를 부과함으로써 여지없이 휘청거리는 모습을 보여준다. 『무정』의 서사를 추동하는 실질적인 에너지는 개인의 세속적 욕망추구라는 현실적 동기에서 비롯되는 것이지만, 그 현실적이고 개인적인 동기가 욕망성취의 단계에 이르게 되는 것은 민족이라는 추상화된 집단적 층위와의 결합을 통해서이다. '교육'이라는 교화적 계몽성의 논리를 바탕으로 한 이와 같은 압도적인 민족 계몽의 이념 속에서 작중인물에 대한 관찰적 거리두기라는 사실주의적 서술기법은 현저히 무력화되며, 더불어 형식이 보여주던 정신적 미성숙은 근대적 자아각성이라는 정신적 성장의 완성태로서 작가에 의해 추인된 민족적 선구자라는 휘광 아래 씻은듯이 해소되어버린다. 이로써 형식이 선형과의 결혼에 이르는 과정에서 겪는 심리적 갈등은 그가 지닌 세속적 욕망과 민족의 선각자라는 의식 사이의 모순에 대한 각성이 아니라, 그 양자의 결합을 더욱 공고히 하는 방향으로 귀결되는 것이다.

이처럼 계몽의 실현과 욕망의 실현이 하나로 겹쳐 있는 세계란 기실 개인의 현실적 삶의 동기가 집단화된 이념체계와 분리되어 있지 않았던 전근대성의 세계와 그리 먼 거리에 놓여 있는 것이 아니다. 근대적 자기 각성의 문제가 개인의 삶을 억압하는 집단화된 가치체계와의 마찰을 전제로 한 것일 때, 『무정』에서의 작중인물들의 근대적 자아각성이란 궁극적으로 구시대의 전통적 가치체계를 부정하면서도 그것을 민족 계몽이라는 또 다른 절대화된 집단적 가치체계로 대체한 자리에서 이루어지는 것이고, 이 경우 개인의 욕망과 새로운 집단 이념 사이의 관계는 여전히 미분화된 상태를 넘어서지 못하게 되는 것이다. 우리가 『무정』에서 개인과 세계의 대립에서 오는 어떠한 내적인 억압의 징후도 발견할 수 없는 것은 그 때문이다. 억압에 대한 인식이 없기 때문에 욕망 또한 욕망으로 인식되지 않는다. 다시 말해 욕망에 대한 자의식이 형성되지 않는 것이다. 형식의 정신적 미숙성, 혹은 순진성은 바로 그의 내면이 자의식이라는 근대적 체험의 영역 바깥에 놓여 있다는 데서 비롯된다. 그에게 근대는 절대적인 추종의 명분이었지 그가 살아내야 할 욕망과 갈등의 실질적인 삶의 현장이 아니었기 때문이다. 형식이 자신이 지닌 세속적 욕망과 선각자 의식 사이의 논리적 모순에 대해 그토록 무신경할 수 있는 것은 아마도 그 때문일 것이다.

사실 계몽의 이념과 욕망의 논리 사이의 경계선을 끊임없이 왕복운동하는『무정』의 세계는 과도기적 인간형의 형상화와 교화적 계몽성의 실현이라는 소설안팎의 과제를 한꺼번에 끌어안으려는 과정에서 발생한 근대 초기 문학의 어쩔 수 없는 시대적 한계에서 비롯된 것으로 보아야 할 것이다. 그러나 형식이 지닌 세속적 욕망에 덧씌워진 민족의 계몽이라는 작가의 욕망은『무정』으로 하여금 계속해서 근대와 전근대 사이의 어중간한 지점을 배회하게 한다. 작가가 의도한 교화적 계몽성의 내용이 근대성 지향이라는 이데올로기를 내포하는 것임에도 불구하고, 그것이 소설의 내부로 침투해들어오는 방식은 근대적 의미의 문학의 자율성에 대한 심각한 훼손을 동반한 것이었다. 더군다나 근대적 의미의 문학적 자율성이란 근대소설의 대표적 인물유형인 '문제적 개인(problematic individual)'이라는 개념 속에 담긴 의미가 말해주듯, 문학의 비판적 태도의 강화와 밀접한 연관을 지니고 있다. 칸트적 의미의 계몽성 역시, 앞에서 말한 것처럼 이성의 비판적인 사용능력과 연관된 개념이다. 여기에서 주체의 자율성이란 비판적 사유의 자율성과 동궤의 개념인 것이다. 그러나 개인의 삶과 집단화된 가치체계와의 자기동일시를 요구하는 교화적 계몽의 논리 속에서는 진정한 의미에서 칸트적 차원의 내재적인 계몽의 토양이 형성될 수 없다. 계몽에의 신념이 개인의 비판적 자율성을 대체해버리기 때문이다.『무정』이 보여주는 개체적이고 미시적인 인간의 내면은 분명 근대의 영역에 속하는 것이지만, 그 내면의 세계가 발딛고 선 지점은 근대성이 삶의 보편적인 원리로 내면화되어 있는 세계라기보다는 아직까지 추상화된 이념적 지향으로 관여하고 있는 세계이다.38) 『무정』의 근대성이 계몽성이라는 제한된 틀을 벗어날 수 없었던 것은 이념형으로서의 근대성의 논리가 끊임없이 현실태로서의 삶에 대한 인식을 제약하고 있기 때문이다. 민족의 근대화라는 절대화된 계몽의 이념 속에서 식민지적 근대라는 현실태로서의 사회적 모순은 봉인되고 사회는 민족의 선각자에 의해 주도될 계몽의 수동적인 대상으로 추상화되어버린다. 개인성에 대한 자각과 개인의 세속적 욕망추구라는 근대성의 논리가 자기정당성을 확보하는 자리는 결국 집단의 이념을 대표하는 민족의 선각자라는 반근대적인 영웅적 표상 안에서인 것이다.

4. 남는 아쉬움

이 장에서 필자는 『무정』에서 나타나는 계몽성의 의미를 다양한 각도에서 살펴봄으로써 거칠게나마 『무정』의 계몽성과 근대성에 대한 보다 면밀한 접근을 시도해보려 노력하였다. 그 과정에서 필자는 『무정』에 대해 애증이 교차하는 착잡한 심정을 느낄 수밖에 없었는데, 그것은 어떤 의미에서 이광수 자신에 대한 애증과 겹쳐지는 것이기도 하다. 『무정』이 민족적 교화의 논리와의 어정쩡한 타협없이, 작가 자신의 말대로 "여명기의 신진지식계급 남녀들의 고민을 여실하게 描出하여 일체의 판단, 즉 美·醜, 快·不快의 판단을 一히 독자의 의사에 任하는" 태도를 좀 더 일관되게 밀고 나갔다면 『무정』은 한국문학사에서 명실상부한 근대소설

---

38) 이를테면 영채의 근대적 각성이 삶 자체에서 비롯되는 내적인 변화의 계기를 통해서보다, 근대적 삶의 변방이라 할 수밖에 없는, 도시로부터 멀리 떨어진 시골에서 병욱의 교육에 의해 한달 정도의 기간 동안 속성으로 이루어진다는 것도 이념형으로서의 근대성에 매달리는 작가의 태도를 반영하는 부분이라 해야 할 것이다.

의 미학적 전범에 훨씬 더 가깝게 다가설 수 있었을 것이다.[39) 선각자 콤플렉스와 세속적인 애정문제 사이에서 어설프게 양다리를 걸치고 있는 형식에 대해서도 작품의 도입부에서 도드라졌던 작가의 엄정한 거리 두기의 자세가 지속적으로 유지되었더라면 하는 아쉬움이 남는다. 그러나 작가는 그 이질적인 욕망들 사이에서 갈등을 겪는 형식에 대해 객관적 서술의 일관성을 유지하는 대신 그에게 민족적 선각자라는 과도한 의장을 둘러씌움으로써 그 양자 사이의 모순을 단칼에 봉합해버린다. 그리고『무정』에서 보여준 그와 같은 단선적인 봉합의 논리 이면에서,『무정』이후의 이광수의 삶과 문학은 계속 그 내부에 자기모순의 한계를 끌어안은 채로 흘러갈 수밖에 없었던 것이다.

---

39) 그러나 "내가『무정』을 쓸 때 의도로 한 것은 그 시대의 조선청년의 이상과 고민을 그리고, 아울러 조선 청년의 진로에 한 암시를 주자는 것이었다. 이를테면 일종의 민족주의, 자유주의 이데올로기를 가지고 쓴 것이다"(『이광수 전집』제8권, 삼중당, 1963, 452면)라는「多難한 半生의 道程」속의 한 구절은, 비록 그것이 회상에 의한 심리적 왜곡의 가능성을 안고 있을지라도,『무정』의 작의(作意)가 애초부터 이와 같은 미학적 기대와 어긋나는 지점에 놓여 있었음을 보여주고 있다.

반계몽 소설로서의 『무정』

1. 주제와 형상화 사이의 갭

『무정』에 대한 지금까지의 논의는 "이광수의 장편 『무정』은 기념비적
인 성격을 띤 작품이다. 우리 소설사에서도 그러하지만 작가에 있어서도
그러하다. 작가의 내적 발전상의 과제와 소설이 안고 있는 이념이 행복
한 결합을 이루고 있었기 때문이다"[1]라고 말하면서 『무정』의 성과를
"새로운 이념성과 흥미성의 창출"로 규정짓는 극찬에 가까운 평가에서
부터, "저열한 흥미를 노린 통속소설이면서 주제과잉의 설교조 소설이라
는 양면성을 가졌"[2]다는 극단적인 폄하에 이르기까지 팽팽하게 대립되
는 평가들을 양 꼭지점으로 하면서 다양한 스펙트럼으로 분화되는 양상
을 보여준다. 이것은 문학사적인 측면에서나 문학적인 측면에서 『무정』

---

1) 김윤식·정호웅, 『한국소설사』, 문학동네, 2000, 69면.
2) 조동일, 『한국문학통사 4』, 지식산업사, 1989, 440면.

이 그만큼 첨예한 문제적 성격을 지닌 작품이기 때문일 것이다. 이처럼
『무정』과 관련된 다양한 논의의 쟁점들 가운데 가장 민감한 논란의 대
상이 되어온 것은 『무정』이 과연 한국 최초의 근대소설이라는 문학사적
평가에 값할 만큼의 근대적인 면모를 갖추고 있는가라는 문제이다. 소설
의 기법이나 문체, 혹은 캐릭터 설정 등에서 나타나는 근대적 요소와,
고전소설, 혹은 신소설과의 관련성 문제가 『무정』의 근대성의 문제와 관
련해서 주로 거론되어온 논의의 쟁점들이지만, 최근에 와서는 일종의 풍
속사적인 접근방식으로 『무정』의 시공간적 배경 속에 내재된 근대적 삶
의 징후들을 고찰함으로써 『무정』의 근대성을 부각시키려는 새로운 시
도도 이루어지고 있다.3)

　　그러나 『무정』에 대한 전반적인 논의의 경향을 살펴보면, 최근 십여
년간 발표된 일련의 논문들을 제외하고는 이광수가 자신의 논설문에서
피력했던 계몽이념의 간섭으로부터 벗어나 작품 자체에 대한 정밀한 분
석을 보여주는 연구들이 그다지 활발하게 진행되어 왔다고 하기는 어려
울 듯하다. 작품에 대한 정밀한 분석을 시도하는 경우에도 "『무정』은 독
립된 작품이 아니라, 다른 여러 논설의 연장선상에 있고, 그 논설의 구
조와 작품 속의 구조 중, 시대적 진취성의 측면에서 마주보는 관계에 있
다"4)라고 말하면서 계몽이념과의 연계선상에서 작품의 문학적 가치를
평가하려는 태도가 『무정』에 대한 연구의 대세를 이루어왔다고 볼 수
있다. 이런 점에서는 『무정』에 대한 극찬에 가까운 평가뿐만 아니라, 그
에 대한 부정적인 폄하의 경우에도 『무정』에 나타난 계몽적 특성에 논
의의 초점을 맞추는 방식에서 크게 벗어나 있는 것은 아니다. 이처럼 문
학작품에 대한 논의가 작가가 표방한 이념이나 작중의도라는 작품 외적

---

3) 이경훈, 「『무정』의 패션」, 『민족문학사연구』 18호, 민족문학사학회, 2001.
4) 김윤식, 『한국근대문학사상사』, 한길사, 1984, 44면.

인 간섭현상을 벗어나지 못할 때, 작품은 작가가 표방한 이념의 틀 안으로 귀속되어버리고, 작품에 대한 문학적 평가는 긍정적인 입장을 취하든 부정적인 입장을 취하든 궁극적으로는 "내가 『무정』, 『개척자』를 쓴 것이나, 『재생』, 『혁명가의 아내』를 쓴 것이나 문학적 작품을 쓴다는 의식으로 썼다는 것보다는 대개가 논문 대신으로"5) 썼다는 작가의 의도를 작품분석의 기본적인 전제로 받아들이는 결과로 나아가고 만다.

그러나 천이두의 지적대로 "춘원에 있어서의 선진적인 근대사상과 낡은 문학 여기(餘技)사상 사이의 갭은 구체적인 작품의 조건 안에서는 주제와 형상화 사이의 갭으로 나타난다"6)고 할 때, 우리의 관심을 모으는 것은 『무정』에서 '작가의 이념적 태도와 작품 자체의 서사논리 사이의 갭'이 어떻게 나타나고 있는가를 작품에 대한 보다 정밀한 내재적 분석을 통해서 추적해보는 일이다. 이런 점에서 2000년대를 전후하여 계몽성이라는 일률적인 잣대로 『무정』에 접근하려는 논의의 틀을 벗어나, 작품 자체가 지닌 구조적 특성이나 서사논리의 문제에 대해 보다 심도 있고 탄력적으로 대응하는 연구논문들이 제출되기 시작하고 있다는 것은 특별히 주목할만한 현상이 아닐 수 없다.7) 이처럼 작가의 계몽적 의도와는 별개의 차원에서 작품이 보여주는 서사 논리 그 자체로부터 논의의 단서를 이끌어내려는 작업은, 보다 심층적인 차원에서 『무정』 속에

---

5) 『이광수 전집』 제16권, 삼중당, 1963, 19면.
6) 천이두, 「근대와 전근대의 이율배반」, 『이광수 연구·하』, 동국대학교 한국문학연구소 편, 태학사, 1984, 369면.
7) 최근에 발표된 논문 중 주목할만한 것으로는 김명인, 「『무정』에 관하여」, 『인하어문연구』 5집, 인하대학교 인하어문연구회, 2001 ; 이윤재, 「이인직 신소설과 『무정』을 통해 본 근대성의 문제」, 『한국어문학연구』 8집, 한국외국어대학교, 1997 ; 이철호, 「『무정』과 낭만적 자아」, 『한국문학연구』 23집, 동국대 한국문학연구소, 2000 ; 남상권, 「『무정』에 나타난 현실관 연구」, 「한민족어문학」 34집, 한민족어문학회, 1999 ; 남상권, 「『무정』의 <기녀담> 수용과 후일담 소설의 성격」, 『어문학』 74집, 한국어문학회 2001, 등이 있다.

내포된 근대성과 계몽성의 의미를 따져나가는 작업과 매우 긴밀하게 연결되어 있다. 이 장에서는 근대성과 계몽성을 표방한 『무정』의 서사적 상황이 실제로는 그 두 요소와 계속해서 여러 형태의 모순과 불협화음을 빚어내고 있는 양상들을 살펴봄으로써 작품의 서사 자체가 어떻게 작가의 계몽적 의도를 배반하고 있는가를 작품 자체에 대한 면밀한 분석을 통해 구명해보고자 한다.

2. 연애 없는 연애소설

『무정』은 봉건적인 의식의 그늘을 탈피하지 못했거나 이제 막 근대적인 인식의 지평 위에 올라선 인물들이 정신의 미성숙 단계에서 성숙의 단계로 나아가는 의식의 성장과정을 서사전개의 기본축으로 하고 있다. 작품 속에서 작중인물들의 입을 통해서나 작가 자신에 의해 봉건의식에 사로잡혀 있는 인물로 제시되는 영채는 말할 것도 없고, 이른바 신문명의 세례를 받은 것으로 되어 있는 형식이나 선형 또한 작가가 생각하는 근대적 인간형에 부합하는 인물로 제시되는 것은 아니다. "형식은 저 스스로 깬 '사람'으로 자처하거니와, 그 역시 아직 인생의 불세례를 받지 못한 사람이다. 지금 이 방에 모여 앉은 세 사람, 청년 남녀가 장차 어떠한 길을 지내어 '사람'이 될는고"(73면)라는 작가의 논평이나, "자기는 아직도 어린아이다. 마침 어른 없는 사회에 처하였으므로 스스로 어른인 체하던 것인 줄을 깨달으매 스스로 부끄러운 생각이 난다"(291면)라는 형식의 각성은 이 작품의 근본의도가 근대적 개인의식의 성장이라는 계몽의 과제를 부각시키는 데 있음을 보여준다. 이때 작품 속의 인물들을 근대적 각성으로 유도하는 매개로 제시되는 것이 의식의 계몽을 실현하기 위한 수단으로서의 교화적 계몽의 논리, 즉 교육이고, 작가에 의해 가장 시급하고 절대적인 시대적 과제로 강조되는 그 교육의 근본적인 명분을 제공하는 것은 두말할 것도 없이 근대적 개인주의와 민족주의이다. 연애, 혹은 결혼이라는 테마를 매개로 제시되는 개인의 행복추구의 논리와 집단주의적 성격을 지닌 민족적 소명의식의 강조는『무정』을 통해 작가가 실현하고자 했던 계몽적 욕망의 양대축이다. 그 때문에『무정』을 계몽소설로 읽든 연애소설로 읽든 그것은 모두 작가의 계몽적 의도라는 논의의 전제를 수락한 바탕 위에서 이루어질 수밖에 없는 것이다.

김우종은『무정』을 민족적 계몽이라는 범주에서 바라보는 시각이 대세를 이루던 시기에 "춘원은 민족의식을 주창하였으면서도 한편으로는 연애소설의 대가였다. 그의 최초의 장편인 이『무정』도 연애소설이다"[8]라고 말함으로써『무정』을 연애소설로 규정짓는 새로운 시각을 제시했다. 그러나『무정』이 연애소설인 이유에 대한 구체적인 논의 없이, "이 작품의 주제는 대개 민족주의로서 대표되는 듯이 설명되고 있지만 작가의 궁극적 목적이 거기 있는 것이 사실이라도 일차적으로 추구한 주제는 결혼과 연애문제다"[9]라는 정도의 피상적인 근거만으로 제기된 이러한 주장은 이광수가『무정』의 저작의도라고 밝힌 "새로운 연애문제, 새로운 결혼문제를 통해서 여명기의 신진 지식계급 남녀들의 고민을 그리려 했다"[10]는 말의 동어반복 이상의 의미를 갖고 있다고 하기 어렵다. 실제로 연애소설이라는 관점에서『무정』에 접근하려 할 때 가장 먼저 부딪히게 되는 난점은 작품 속에서 '연애'라는, 다시 말해 이광수가『무정』의 집필시기를 전후해서 자신의 논설문을 통해 강도 높게 주장한

---

8) 김우종,『한국현대소설사』, 성문각, 1978, 75면.
9) 김우종,『한국현대소설사』, 성문각, 1978, 75~76면.
10)『이광수 전집』제16권, 삼중당, 1963, 310면.

"혼인의 근본조건"11)으로서의 연애라는 이름에 걸맞은 인물들 간의 관계나 행위를 거의 찾아볼 수 없다는 점이다. 여기에서 인간과 인간 사이에 이루어지는 관계맺음의 한 특수한 양상으로서의 연애가 사랑이라는 감정의 주체로서의 개인성의 발견과 긴밀한 연관을 맺고 있음은 새삼 주목해볼 가치가 있다.12) 연애는 사랑의 실현을 향한 개인주체들의 욕망이 매우 역동적으로 길항하는 영역이며, 집단화된 윤리에 매몰되어 있던 감정과 욕망의 주체로서의 개인성에 대한 근대적 자각이 보다 첨예하게 예각화되는 지점이기도 하다. 이광수가 봉건적 유습의 척결을 주장하는 과정에서 연애의 문제를 들고나온 것도 "자유연애론은 자유 연애 그 자체로써의 '情的발육'보다 오히려 그것을 통한 자아 각성의 시대적 합리를 고양하고자 한 것이다"13)라는 지적처럼, 연애의 발견이 근대적 개인성에 대한 자각과 동일한 문제의식의 범주 안에 놓이는 것이기 때문이다. "연애의 근거는 남녀 상호의 개성의 이해와 존경과, 따라서 상호 간에 일어나는 열렬한 引力的 애정에 있다 하오"14)라는 말은, "대저 혼인은 성년된 남녀의 자의로 할 계약행위외다"15)라는 말과 더불어, 이광수가 개인의 자유로운 선택과 평등의 원칙을 바탕으로 한 연애의 근대적 성격을 명확히 인식하고 있었음을 보여준다. "혼인 없는 연애는 상상할 수 있으나, 연애 없는 혼인은 상상할 수 없는 것"16)이라는 말은 이광수

---

11) 『이광수 전집』 제17권, 삼중당, 1962, 55면.
12) 연애라는 사회적 코드가 근대적인 개인의식의 성장과 맺고 있는 관계에 대해서는 Niklas Luhmann, *Love as Passion*, trans. Jeremy Gaines and Doris L. Jones, Cambridge : Harvard Univ. Press, 1986, pp.97~108을 참조할 것.
13) 김춘섭, 「이광수의 초기소설」, 『한국현대소설 연구』, 서종택 · 정덕준 엮음, 새문사, 1990, 49면.
14) 『이광수 전집』 제17권, 삼중당, 1962, 56면.
15) 『이광수 전집』 제17권, 삼중당, 1962, 141면.
16) 『이광수 전집』 제17권, 삼중당, 1962, 55면.

에게 그와 같은 근대성의 요구가 얼마나 절박한 것으로 인식되고 있었
는지를 보여주는 한 수사적 표현에 지나지 않는다.

이광수가 자신의 논설문에서 주장한 결혼의 필수적인 전제조건으로서
의 연애는 『무정』의 작중인물들이 '깬 사람'이 되어가는 과정의 주요한
서사적 장치로 동원된다. 그러나 『무정』에서 영채─형식─선형을 잇는
작중인물들의 관계구도 어디에서도 우리는 개인의 자발적인 선택에 의
해 이루어지는 연애의 징후를 발견할 수 없다. 영채야 작품 속에서 봉건
적 여인상을 대표하는 인물로 내세워지고 있으니 그렇다 치더라도, 이른
바 신교육을 받았다는 선형 역시 "아내 되어서는 지아비를 사랑하라 하
였고, 부모께서는 자기더러 이형식의 아내가 되어라 하였으니 자기는 불
가불 형식을 사랑하여야 한다는 생각"(295면)으로 형식과의 결혼을 받아
들이는 수동적인 여성으로 그려진다는 점에서, 작가에 의해 봉건적 여인
상으로 설정되어 있는 영채와 그리 먼 거리에 있는 인물이 아니다.17)

선형에 대한 형식의 심리 또한 이광수가 역설한 이상적인 연애의 단
계에 근접해 있다고 보기 어렵다. 형식이 선형에게 느끼는 연애감정은
배우자를 선택하기 위한 심리적 전제조건이 아니라, 타인에 의해 선택된
결혼을 합리화하고 결혼과 관련된 세속적 욕망을 정당화하기 위한 사후
(事後)적 명분으로서의 성격이 강하다. 다시 말해 선형에 대한 형식의 연
애감정은 사랑하니까 결혼한다는 개인감정의 차원보다는, 결혼하기로
했으니까 사랑해야 한다는 상황논리의 지배를 더 강하게 받고 있는 것
이다. 선형에 대한 형식의 사랑은 독자들이 그러한 감정을 실감할 수 있

---

17) 이런 점에서 "형식과 영채의 사랑 그리고 형식과 선형의 사랑 사이에는 '짐지워진
사랑 / 스스로 택한 사랑'이란 차이"(김열규, 「이광수 담화의 문법─담화론적 접근
을 위한 한 시도」, 『춘원 이광수 문학연구』, 연세대학교 국학연구원 편, 국학자료
원, 1994, 107면)가 존재한다고 말하는 것은 작품에 대한 다소 도식적이고 안이한
해석으로 보인다.

는 사건이나 행위들을 통해서가 아니라 대부분 자신이 선형을 사랑한다고 믿는 형식의 생각이나 말을 통해서 제시된다. 뿐만 아니라 형식이 선형을 사랑한다고 말할 때에도 독자들은 두 사람의 관계를 둘러싸고 있는 서사의 구체적인 진행과정 속에서 그 말의 진실성을 실감하기 어렵다. 형식이 선형에 대한 사랑을 강조하는 것은 무엇보다도 그것이 자신의 욕망추구에 대한 도덕적 명분 확보에 중요한 발판이 되기 때문이다. 따라서 작품의 진행과정에서 느닷없이 돌출해나오는 "형식은 선형이 없이는 못산다. (…중략…) 만일 선형이가 자기를 버린다 하면 자기는 칼로 선형과 자기를 죽일 것이라 한다"(247면)라는 형식의 과도한 비장함도 그런 문맥에서 이해되어야 할 것이다.

그런데 여기에서 흥미로운 것은 선형과 형식의 결혼 과정을 그려나가는 작가의 서술태도이다. 김장로의 집에서 선형과 형식의 결혼이 결정되는 장면이나, 결혼과 관련된 선형과 형식의 반응을 서술해나가는 과정에서 작가는 대체로 일정한 관찰적 거리두기의 자세를 견지하는 모습을 보여준다. 선형과 형식의 허황되고 변덕스런 심리변화의 추이를 내적 독백의 형식을 통해 그대로 옮겨오는 듯한 서술방식이나, "형식의 사랑은 실로 낡은 시대, 자각(自覺)없는 시대에서 새 시대, 자각 있는 시대로 옮아가려는 과도기(過渡期)의 청년(조선청년)이 흔히 가지는 사랑이다"(273면) 등과 같은 작가의 논평은 『무정』에서 작가가 그리고자 했던 것이 근대의 이상적인 연애상이 아니었음을 말해준다. 오히려 신식과 구식이 어설프게 뒤섞여 있는 당시의 과도기적 결혼풍속도와 근대적인 연애의 수준에 미달하는 젊은 청춘남녀의 미숙한 결혼담을 통해 근대적인 연애의 필요성을 계몽하려 했던 것이 작가의 실질적인 의도였을 것이다. 이런 의미에서 『무정』은 젊은 남녀의 연애담을 그린 '연애소설'이 아니라 연애를 해야 한다는 주장 위에 소설의 옷을 입힌 '연애계몽소설'이라고 해야할 것이다.『무정』이 추구했던 주제가 '결혼과 연애문제'라면, 작품 속에서 이러한 주제가 자리 잡고 있는 것은 작중인물들의 현실이 아닌 작가적 관념의 차원이었다.

뿐만 아니라『무정』에서 선형을 사랑한다고 말하는 형식을 통해 제시되는 연애라는 계몽적 이상에의 요구는 연애의 문제가 세속적인 욕망추구의 효과적인 수단으로 활용되는 서사내적 논리와 모순관계에 놓여 있다. 그 모순은 형식의 세속적 욕망이 남녀 간의 순수한 사랑의 결합이라는 이상화된 계몽적 연애상을 배반하면서, 동시에 그것을 추구하는 모순을 보여준다는 데 있다. 도덕적 동기보다 세속적이고 현실적인 동기가 개인의 삶을 지배하는 세계는 분명 근대성의 세계이다. 형식의 근대성은 그의 현실적 욕망추구로부터 비롯되는 것이지만, 그 현실적 욕망추구가 끊임없이 그것을 정당화해줄 도덕적이고 계몽적인 명분을 필요로 한다는 점에서『무정』의 근대성과 계몽성은 공생과 대립이라는 미묘한 착종관계에 놓여 있다. 욕망과 명분 사이에서 형식이 보여주는 절묘한 의식의 곡예는 궁극적으로 근대적 연애에 대한 작가의 계몽적 요구를 하나의 허구화된 이상(理想)으로 만들어버리는 것이다.

3. 계몽의 희화화

이처럼 계몽성의 논리 위에서『무정』에 접근할 때, 우리는 작품의 곳곳에서 작가의 계몽적 의도를 배반하는 여러 모순된 국면들과 맞부딪치게 된다. 이런 의미에서 "동일한 구절 내에서의 서술의 모순이라는 이광수의 문장의 버릇"18)이라는 혐의는『무정』에도 고스란히 적용될 수 있는 것이다.『무정』을 읽으면서 우리가 접하게 되는 일차적인 모순은 작가의 관찰적 시선의 대상인 동시에 작가의 계몽적 언술의 대리인이기도 한 이형식의 자기모순에 가득찬 미숙하고 치기어린 캐릭터 설정의 문제이다. 이형식의 모순된 캐릭터 설정은 작가의 이중적 서술태도라는 보다 근본적인 모순에서 비롯되는 것인데, 만약 이 작품이 사실주의적인 객관적 서술의 논리에 충실한 작품이었다면, 이형식은 그런대로 정신적 미숙성을 탈피하지 못했으면서도 시대적 선구자라는 자기도취에 빠진 과도기적 인간형의 한 희화화된 전형으로서의 의미를 지닐 수 있었을 것이고, 그에 따라『무정』역시 문학적으로 보다 명실상부한 근대소설의 반열에 올라설 수 있었을 것이다. 그러나 계몽이라는 시대적 당면과제와 그에 대한 작가의 과도한 욕망은 사실주의적 희화화 대신에 계몽적 엄숙주의 쪽으로 소설의 방향을 설정함으로써, 작품 속의 상황과 인물에 대한 객관적 거리두기라는 서술의 일관성을 견지하지 못한 채, 이형식의 세속적 캐릭터에 작가의 계몽적 언술을 실어나르는 과부하된 역할을 얹어버리고 만다. 그 결과 나타나게 된 것이 이형식이라는 희화적인 캐릭터이고, 이것은 곧바로 형식에게 들씌워진 계몽적 역할의 희화화로 연결된다. 작가에 의해 의도된 계몽적 엄숙주의가 결국은 계몽에 대한 희화화로 나아가게 되는 것은『무정』이 지닌 가장 치명적인 모순 가운데 하나이다.

이처럼 작가의 의도와 그 소설적 결과, 아니 보다 정확하게 말한다면 작가의 논평 내용(작가의 논평이 종종 이형식의 내면적 시점을 통해 발화되는 경우를 포함해서)과 작가의 관찰적 시선에 의해 제시되는 서사적 상황 사이의 모순에 의해 발생하는 계몽의 희화화는 이형식을 계몽적 인간형으로 내세우는 이면에서『무정』이 실질적으로는 형식의 세속적인 신분상승담

---

18) 정명환, 「이광수의 계몽사상」, 『한국작가와 지성』, 김붕구 외, 문학과지성사, 1978, 27면.

이라는 서사의 줄기를 따라가고 있다는 사실과도 긴밀한 연관을 맺고 있
다. 『무정』이 내세우는 연애나 신문명의 수용, 민족의 구원과 같은 계몽
의 과제는 기실 형식의 신분상승담을 작중인물들의 근대적 자아로의 거
듭남이라는 계몽의 기획과 연결 지으면서 선각자를 자처하는 형식의 세
속적 욕망에 대외적인 명분을 제공해주는 역할을 하고 있다.

> 그러므로 자기가 선형을 사랑하는 것은 자기에게 대해서는 극히 뜻이
> 깊고 거룩한 일이요, 자기의 동포에게 대하여서는 큰 정신적 혁명으로
> 생각한다. 그러므로 형식의 사랑에 대한 태도는 종교적으로 진실하고 경
> 건한 것이었다. 사랑을 인생의 전체라고까지는 생각하지 않는다고 하더
> 라도 사랑에 대한 태도로 족히 인생에 대한 태도를 결정할 수 있다고 믿
> 는다(291면).

죽은 줄 알았던 영채를 만나고 선형 곁으로 와서 또다시 영채와 선형
을 놓고 동요하는 형식의 상념을 서술하는 이 부분에서, 영채에게 죄의
식을 느끼면서도 결코 선형과 함께 미국 유학을 갈 수 있는 기회를 놓치
고 싶지 않은 형식을 사로잡고 있는 것은 어떤 식으로든 선형을 선택하
기 위한 명분을 확보하려는 자기합리화의 욕망이다. 그 과정에서 "자기
는 아직도 어린아이다"라는 자기각성이 일어나고, "네나 내나 다 어린애
이므로 멀리멀리 문명한 나라로 배우러 간다"(292면)는 쾌도난마의 해결
책이 제시되는 것이다. 이와 같은 쾌도난마의 명분을 스스로에게 제시한
후 "아까 슬픔을 잊어버리고 혼자 빙그레 웃으며 잠이"(292면) 드는 형식
에게는 영채냐 선형이냐라는 세속적 갈등이 갑자기 조국애라는 큰 문제
로 이동하는 논리적 비약에 대한 어떠한 자의식도 존재하지 않는다.

여기에서 우리는 형식의 상념을 서술하는 작가의 관찰적 거리두기의
태도를 통해 형식의 생각이 곧 작가 자신의 생각이 아니라는 사실을 다

시 한번 상기할 필요가 있다. 작가는 수시로 '형식은 생각한다', '형식은 믿는다' 등의 어법을 통해서 자신이 단지 형식의 생각을 전달하는 역할을 하고 있을 뿐이라는 태도를 취하고 있는 것이다. 그럼에도 불구하고 우리는 이와 같은 관찰적인 서술들 속에서 작가의 시점과 형식의 시점이 미묘하게 뒤섞이는 현상을 목격하게 된다. 이를테면 위의 인용문에서 작가는 형식이 선형에 대한 자신의 사랑을 "극히 뜻이 깊고 거룩"하다거나 동포에 대한 "큰 정신적 혁명으로"까지 생각한다는 내용을 전한 후, "그러므로 형식의 사랑에 대한 태도는 종교적으로 진실하고 경건한 것이었다"라는 작가적 논평을 가함으로써 그의 생각이 허황된 것이 아니라 진실하고 정당한 것임을 입증해준다.

이처럼 『무정』에서 형식의 생각들 사이로 끼어들어오는 형식과 작가 시점 사이의 미묘한 착종현상은 단순한 서술상의 문제일 뿐만 아니라, 형식의 생각이 이광수가 자신의 논설문에서 피력한 내용과 겹쳐진다거나, 그의 생각이 작품의 서사 상황 속에서 작가와 작중인물들에 의해 그 타당성을 인정받게 되는 방식으로 나타나기도 한다. 이를테면 선진문명을 배우러 미국으로 간다는 명분으로 영채 대신 선형과 결혼하려는 자신의 선택을 합리화하려는 형식에 대해 작가는 "형식의 생각에 자기와 선형과 또 병욱과 영채와 그밖에 누군지 모르나 잘 배우려 하는 사람 몇십 명, 몇 백 명이 조선에 돌아오면 조선은 하루 이틀 동안에 갑자기 새 조선이 될 듯이 생각한다"(292면)라고 서술하면서, '형식의 생각에 ~ 될 듯이 생각한다'라는 표현을 통해 형식의 생각을 그대로 옮겨오는 듯한 거리두기의 어법을 취하고 있지만, 작품의 후일담에서는 형식의 그 턱없는 낙관주의가 옳았음을 증명해주는 식이다.

4. 삼각관계의 환경적 요건과 영채의 근대성

우리는 여기에서 선형－형식－영채로 구성된 『무정』의 삼각관계가 단순한 서사내적 인물관계의 차원을 넘어 당시의 시대적 상황의 문제를 반영하고 있다는 견해에 주목해볼 필요가 있다.[19] "이들의 삼각관계는 개성적이라기보다는 다분히 환경적이다"[20]라는 말이나 형식과 선형의 결합이 "두 사람 사이의 연애감정의 문제가 아니라 오히려 시대적 요구에 상응하는 행위로써 이해되어야"[21] 한다는 논리는 이 세 사람이 개인의 자격 이전에 그들이 속해 있는 집단논리의 한 표상으로 삼각관계에 참여하고 있다는 점, 다시 말해 『무정』의 삼각관계는 개인적 욕망과 욕망이 충돌하는 자리가 아닌 시대의 집단적 이념과 이념이 맞부딪히는 자리라는 점을 지적하고 있다. 이런 차원에서 형식과 선형의 결합은 식민지적 근대체제하에서 막강한 부를 축적하며 새로운 지배계층으로 떠오른 김장로와 근대적 교육이라는 시대적 요구를 담당한 또 다른 신흥세력인 형식 사이의 결합을 의미하며, 이것은 결국 근대의 물질적 부를 담당한 세력과 근대의 계몽적 명분을 담당한 세력 사이의 결합이라고 할 수 있을 것이다. 따라서 구시대의 이념을 표상하면서 형식과 선형의 결혼에 결정적 장애요소로 등장했던 영채의 자살은 이와 같은 서사논리

---

19) 몇몇 논문에서 형식의 결혼문제를 둘러싼 『무정』의 갈등구조를 놓고 삼각관계냐 혼사장애냐라는 논란이 제기된 바 있으나, 고전소설의 혼사장애가 권선징악의 서사구조에 의거한 도덕적 장애의 성격을 지니고 있다면, 『무정』의 애정갈등은 작중인물들의 욕망성취 과정에서 발생하는 심리적 장애의 성격을 지니고 있다는 점에서 삼각관계의 유형에 더 가깝다고 해야 할 것이다. 『무정』의 갈등구조는 『무정』이 구시대적인 권선징악의 도덕 논리를 넘어선 만큼의 근대성을 확보하고 있는 것이다.
20) 김명인, 「『무정』에 관하여」, 『인하어문연구』 5집, 88면.
21) 송하춘, 「『무정』의 현대소설사적 의의」, 『고려대인문논집』 28집, 1983, 13면.

상 필연적인 것이며, 영채가 다시 그들의 세계로 복귀하기 위해서는 그녀를 근대적 인간형으로 탈바꿈시켜줄 병욱이라는 급조된 조력자의 역할이 필요할 수밖에 없었다.

　이와 같은 환경논리의 차원에서 본다면『무정』의 삼각관계를 구성하는 세 사람 모두 욕망추구의 주체로서의 근대적인 개인의식의 수준에 미달해 있는 인물들이다. 욕망추구에 대한 어떤 의지도 드러내보이지 않는 선형은 말할 것도 없고, 선형을 매개로 한 형식의 욕망추구과정 또한 형식 자신의 주체적인 역할보다는 밖으로부터 주어지는 환경적 요인에 전적으로 의존해 있다. 가정교사로 일해 달라는 김장로의 부탁(욕망의 발생) – 영채의 등장(위기) – 겁탈당한 영채의 자살(해결) – 김장로의 주선에 의한 결혼 약속(욕망의 성취) – 영채의 재등장(위기) – 삼랑진 홍수(해결)에 이르는 형식의 욕망추구과정에서 욕망의 발생과 성취, 위기와 그 위기의 해결에 이르는 전과정이 형식의 주체적인 결단보다는 사건의 결절지점에서 우연히, 그러나 시의적절하게 작용하는 외부적인 힘에 의해 추진되고 있는 것이다. 이 과정에서 형식이 담당한 역할은 그와 같은 외부적인 환경변화에 심리적으로 동요하는 모습을 보여주면서, 동시에 자신의 심리적 동요를 해소할 계몽적 명분을 주조해내는 것이다. 이처럼 세속적 욕망추구의 과정에서 형식의 능동성이 발휘되는 지점은 욕망의 차원이 아닌 명분의 차원이다. 이런 의미에서 이성과 감정의 불일치라는 형식의 모순된 성격은 근본적으로『무정』이 안고 있는 욕망과 명분의 불일치, 다시 말해 근대성과 계몽성의 공존과 대립이라는『무정』의 착종된 서사논리의 차원에서 파생되는 것으로 보아야 할 것이다.

　명분이 아닌 욕망의 차원에서 본다면,『무정』의 삼각관계를 구성하고 있는 세 사람 가운데 자신의 욕망실현에 가장 주체적인 인물은 오히려 구시대의 이념을 대표한다고 말해지는 영채라고 해야 할 것이다. 영채를 봉건적 여성상으로 부각시키려는 작가의 의도는 작품의 전편을 통해서, "영채의 아버지가 영채의 어렸을 때에 가르친 열녀전과 내측과 소학은 과연 영채의 일생을 지배한 것이다"(80면)라는 작가논평이나 작중인물들 자신의 말을 통해 지속적으로 유지되고 있지만, 그럼에도 불구하고 우리 는 작품의 다른 한쪽에서 "몸이 팔려 기생 노릇 한 지가 이미 육칠 년에 여러 남자의 청구도 많이 받았건마는 아직 한 번도 몸을 허한 적이 없음 은 어렸을 적 소학 열녀전을 배운 까닭도 되거니와, 마음속에 형식을 잊 지 못한 것이 가장 큰 까닭이었다"(24~25면)라는 다소 모순된 작가논평 을 접하게 된다.

　이 지점에서 우리는 "부모의 명령 때문에 하는 의리적 행동에 과연 이런 크나큰 순정이 생길 수 있을까?"22)라는 김동인의 의문을 떠올리지 않을 수 없는데, 아마도 작가 또한 작품 서술과정에서 형식에 대한 영채 의 마음을 단순한 봉건의식의 발로로만 규정짓는 데 일정한 한계를 느 꼈을 수도 있다. 김동인은 "영채의 형식에게 가진 바 감정을 '사랑'이라 고 밖에는 볼 수가 없다. 사랑을 하기에 부모의 명령도 자연히 복종하고 싶었을 것이고, 사랑을 하기에 그를 위하여 정절을 지켜왔을 것이고, 사 랑을 하기에 자기의 정절이 더럽혀진 뒤에는 죽기로 결심을 하였을 것 이다"23)라고 말하고 있거니와, 영채가 자신에게 닥쳐오는 온갖 유혹에 도 불구하고 끝까지 형식에 대한 정절을 지키려고 애쓰는 것에는 단순 히 아버지의 명이기 때문에 따른다는 관념 이상의 보다 능동적인 욕망 의 계기들이 작용하고 있음이 분명하다. 무엇보다 영채에게 형식은 장래 의 남편감이라는 관념 이전에 그녀의 삶 속에서 가장 행복했을 시절인 유년기를 함께 했던 존재였으며, 따라서 형식과 함께 했던 유년기의 기

---

22) 김동인, 「춘원연구」, 『김동인전집』 6권, 삼중당, 1976, 91면.
23) 김동인, 「춘원연구」, 『김동인전집』 6권, 삼중당, 1976, 91면.

억은 아버지의 죽음 이후 가족들이 뿔뿔이 흩어지는 극심한 시련과 고난의 세월을 살아가야 했던 영채에게 그 무엇보다도 간절한 그리움의 대상이었을 것이다. 뿐만 아니라 "칠 년간 악인들 사이에서 부대껴오던 영채의 생각에는 형식같이 착한 사람은 얼굴이며 풍채며 말하는 것이 온통 보통 사람과 다르리라 하였다"(94면)라는 구절은, 장래의 남편감으로 믿고 있던 형식이 영채의 마음속에서 자신을 불행한 처지에서 구해줄 비범한 구원자의 이미지로 자리 잡고 있었음을 보여준다. 이런 의미에서 형식은 영채에게 김동인이 말한 사랑의 차원까지는 아니더라도, 자신이 처한 비참한 현실에서 벗어나고 싶은 욕망을 투사하는 '백마 탄 왕자' 쯤의 이미지로 각인되어 있었음이 분명하다.

이처럼 행복했던 유년기에 대한 그리움과 미래에 대한 희망이 투영된 대상으로서의 형식은 영채에게 단순히 아버지의 명이라는 봉건적 기율의 차원을 넘어서 있는 존재일 수밖에 없다. 이런 의미에서 정절에 대한 영채의 완고한 집착 또한 봉건적 윤리에 대한 맹목적 추수 이전에, 형식을 매개로 한 영채의 개인적이고 현실적인 욕망실현의지라는 일정한 근대성의 계기를 내포하고 있다고 해야 할 것이다.[24] 여전히 영채의 봉건성이라는 논의의 전제를 고수하고 있기는 하지만 영채의 자살에는 "신

---

[24] 영채가 정절의 관념을 자발적인 방식으로 내면화하는 태도는 그녀가 월향을 자기 삶의 이상적인 모델로 받아들이는 데서도 나타난다. 영채에게 정절은 여성의 정절이 목숨보다 중요한 가치로 여겨지던 시대에 기생신분에서 벗어나 그녀가 꿈꾸는 세계로 나아가기 위한 욕망성취의 중요한 현실적 수단이었을 것이다. 더군다나 영채의 욕망성취가 형식이라는 남성적 매개에 의존할 수밖에 없었다는 점에서 영채의 봉건적 정조관념은 영채 자신의 관념의 한계가 아닌, 그녀를 둘러싸고 있는 욕망성취의 현실적 토대 그 자체로부터 기인하는 것이다. 이런 의미에서 영채뿐만 아니라 근대적 연애를 주장하는 형식 또한 여성의 정절을 요구하는 봉건적 관념으로부터 결코 자유롭지 못한 인물이다. 형식 대신에 영채의 구원자로 급조된 병욱이 정절의 요구에 구애받지 않을 같은 여성이라는 점은 이런 의미에서 매우 시사적이다.

분적으로 전락해버린 배척받는 기생으로서의 패배감과 구원의 대응물로 믿어왔던 이형식의 무력성과 소극성에 의해서 아내와 어머니로서의 신분적인 상승에의 기대가 무화되는 데에도 적지 않은 요인이 있는 것이다"[25]라고 말하는 한 논자의 지적은 이런 점에서 주목할 만하다.[26]

5. 욕망과 명분의 자기동일화된 세계

『무정』의 삼각관계적 인물구도 속에는 이처럼 작중인물들의 근대적 개인의식의 성장, 그들의 세속적 신분상승, 계몽에 대한 시대적 소명의식이라는 서사의 계기들이 하나로 뒤섞여 있다. 『무정』의 서사적 모순은 『무정』이 개인의 자기각성이라는 근대적 요구와 결혼을 매개로 한 세속적 신분상승이라는 통속적 요구, 교육에 의한 민족의 구원이라는 계몽적 요구 사이의 무리한 결합을 시도하고 있다는 사실에서 비롯되는 것이다. "애정성취와 신분상승 모티브는 고소설에서부터 현대소설에 이르기까지 끊임없이 생산되어 왔다"[27]라는 말처럼, 기실 애정 성취가 신분상승으로 이어지는 이야기는 시대를 막론하고 애용되어온 통속적 서사의 한

---

25) 이재선, 『한국현대소설사』, 홍성사, 1979, 208면.
26) 여기에서 영채의 봉건성을 그녀가 속해 있는 세계의 집단적 이념을 표상하는 것으로 받아들인다고 해도 영채=봉건성이라는 등식은 마찬가지의 논리적 모순을 내포한다. 『무정』의 삼각관계가 지닌 내포적 의미를 김장로-형식-박진사라는 관계도식으로 규정할 때, 김장로와 박진사의 대립은 근대와 봉건의 대립이기보다, 식민체제하의 타협적이고 현실적인 근대와 선구적이고 이상화된 자생적 근대의 대립으로 해석되어야 할 것이다. 범박하게 말하면, 상승과 몰락으로 갈라지는 김장로와 박진사의 운명은 근대세계와 봉건세계의 운명이라기보다, 시대적 흐름에 편승한 현실논리로서의 근대와 시대를 앞서간 관념논리로서의 근대라는 차이에서 발생하는 것이다. 이런 의미에서 형식과 선형의 결합은 식민지적 근대에 대한 작가의 타협적 인식을 반영하는 것으로 보아야 할 것이다.
27) 남상권, 「『무정』의 <기녀담> 수용과 후일담 소설의 성격」, 『어문학』 74집, 220면.

대표적인 유형이라고 할 수 있다. "『무정』의 화두는 돈과 명예를 업은 출세냐 은인의 딸에 대한 의리냐 하는 물음이 된다"[28]라는 한 논자의 글에서 지적되는 입신출세냐 대의명분이냐라는 갈등구조 역시 서사내부의 통속적 긴장을 고조시키는 소설의 범시대적인 화두라고 말할 수 있다. 명분이 욕망을 압도하는 전근대의 세계뿐만 아니라, 욕망이라는 내적 동기에 따라 움직이는 근대세계 또한 자신의 욕망성취를 위해 끊임없이 도덕적 명분을 동원한다. 고전적 서사와 근대적 서사를 가르는 근본적인 차이는, 입신출세와 대의명분이 하나의 축으로 움직이는 고전소설과는 달리, 근대 이후의 소설들은 그 양자 사이의 화해할 수 없는 틈, 혹은 괴리를 부각시킴으로써 근대적 욕망이 지닌 자기기만성에 대한 반성적인 자의식을 드러내 보인다는 점이다. 이를테면 우리의 고전소설에서 '충'과 '효', '열'이라는 집단화된 도덕적 명분은 주인공의 입신출세 과정에서 의문의 여지없이 절대화된 내면적 기율로 작용하며, 주인공 개인의 입신출세와 그가 속한 집단의 대의명분 사이에는 어떤 갈등도 존재하지 않는다. 주인공의 입신출세 과정은 바로 집단화된 대의명분의 정당성을 실현해나가는 과정이며, 이 과정에서 명분의 실현은 욕망의 실현과 완벽하게 겹쳐 있기 때문이다.

이에 비해 도덕적 가치관의 혼란과 타락한 욕망의 추구 사이에서 개인이 겪는 내면의 균열과 갈등을 통해 집단화된 명분과 개인의 욕망이 어긋나고 분열하는 양상들을 그려나가는 근대소설에서 입신출세와 대의명분은 적대적 경쟁관계거나 자기기만적인 공모관계에 놓일 수밖에 없다. 특히 그와 같은 욕망과 명분 사이의 훼손된 관계를 성찰하는 자의식적 시선은 고전소설과 근대소설을 가르는 주요한 기준이 된다. 고전소설

---

28) 남상권, 「『무정』에 나타난 현실관 연구」, 『한민족어문학』 34집, 234면.

에서는 사회구성원들의 삶을 지배하는 집단화된 가치가 서사내적 상황
뿐만 아니라 그것을 바라보는 화자의 시선까지 지배하고 있는 반면, 서
사적 상황과 그것을 바라보는 화자의 시선 사이에 놓인 자의식적 거리
는 근대소설에서 나타나는 형상화의 가장 보편적인 원리이다. 소설가의
자의식이란 가장 전형적인 근대적 체험의 산물인 것이다.

『무정』의 근대성은 출세와 의리 사이에서 갈등하는 형식의 심리를 세
밀하게 형상화하는 지점에 자리 잡고 있다.『무정』이전의 어떤 소설도
작중인물의 내면심리를 이처럼 미시적이고 일상화된 수준에서 세밀하게
그려낸 적이 없었다. 이런 차원에서『무정』의 근대성은 가히 압도적인
것이다. 그러나『무정』은 근대적 계몽이라는 또 다른 도덕적 명분을 통
해서 그 갈등의 장으로부터 빠져나온다. 다시 말해 의리라는 구시대의
도덕적 명분을 개인과 민족의 근대적 계몽이라는 새로운 도덕적 명분으
로 대체함으로써 욕망과 명분 사이의 벌어진 틈을 메워버리는 것이다.
여기에서 개인과 민족의 근대적 계몽은 그것이 새로운 시대의 요구에서
비롯된 것이라고 할지라도, 유교적 세계관 속에서의 충·효·열의 논리
가 그런 것처럼, 작중인물과 화자의 시선을 지배하는 절대화된 대의명분
의 자리에 놓여 있는 것이다. 이러한 차원에서 형식의 세속적 입신출세
의 과정은 새로운 시대가 추구하는 집단윤리로서의 근대적 대의명분의
정당성을 입증해나가는 과정과 겹쳐 있으며, 여기에서 욕망의 실현은 명
분의 실현과 따로 분리되지 않는다. 물론 민족이라는 집단적 명분의 힘
을 빌어 자신의 세속적 욕망을 정당화하려는 형식의 태도는 그 자체로
매우 자기기만적인 것이다. 그러나『무정』에서 형식의 이러한 자기기만
성은 계몽적 명분이 지닌 압도적인 정당성의 논리에 떠밀려 그다지 큰
문제로 인식되지 않는다.『무정』에서 형식이 의지하는 계몽적 명분을 정
당화하는 논리는 형식 자신이 아닌 바로 작가로부터 나오는 것이기 때

문이다. 앞서 말한 것처럼, 작가가 형식에 대해 어느 정도의 객관적인 서술태도를 보여주고 있음에도 불구하고, 필요에 따라 수시로 형식을 자신의 계몽적 언술의 대리인으로 내세우는 상황에서는 형식이 보여주는 욕망과 명분의 불일치에 대한 작가의 보다 엄정한 자의식적 서술태도를 기대하기 어렵다. 개인적인 욕망의 문제와 집단화된 명분논리 사이의 내적 모순은 형식의 내면에 자의식적 혼란을 가져오는 대신 계속해서 욕망과 명분의 자기동일화된 세계를 지탱해주는 계몽의 안전지대로 흡수되어버리는 것이다.

형식이 전근대의 영웅적 인물형으로부터 벗어난 반영웅적 근대인으로서의 면모를 갖추고 있음에도 불구하고, 『무정』에 대해 "귀족적 영웅소설에서 흔히 나타나고 신소설에서 재확인된 영웅의 일생을 그대로 되풀이한 것이다"[29]라든가, "『무정』을 이형식 중심으로 보면, 고아 이형식이 박진사의 구원을 받고, 또 고난을 겪다가 동경 유학을 했으며, 귀국해서 경성학교 선생노릇을 하다 벽에 부닥치자 김장로의 도움으로 유학을 떠나는 것 등은 전형적인 영웅소설의 일대기이다"[30]와 같은 해석이 제기되는 것 역시 그와 같은 맥락에서 이해할 수 있다.[31] 여기에서 특히 홍

---

29) 조동일, 『한국문학통사 4』, 지식산업사, 1989, 437면.
30) 김종철, 「『무정』의 계보」, 『서울대 先淸語文』 16·17 합병호, 1988, 805면.
31) 물론 이에 대해서는 개인적 욕망의 대상인 선형과 의무감의 대상인 영채 사이에서의 형식의 갈등을 전통과 근대, 혹은 당위와 욕망의 대결로 규정지으면서 "이러한 대결이 형식의 심리적 갈등을 통해 텍스트 표면으로 형상화될 때, 형식의 인물 설정에 투영되어 있는 영웅소설의 문법도 의미를 상실한다. 영웅소설의 주인공들은 지력과 용력의 영웅일 뿐 아니라 동시에 윤리적 영웅이기 때문이다. 그러므로 욕망과 당위 사이에서 갈등을 거듭하는 형식은 결코 영웅일 수 없으며, 동시에 『무정』은 영웅소설의 문법과 결별하게 되는 것이다"(서영채, 「『무정』과 소설적 근대성」, 『문학사상』, 1992년 2월호, 98면)라는 상반된 해석도 제기되어 있다. 그러나 윤리적 당위와 개인적 욕망 사이에서의 형식의 갈등이 민족의 계몽이라는 보다 강력한 윤리적 당위의 설정을 통해 해소된다는 것은 『무정』에서 작중인물들의 욕망성취 과정이 여전히 구시대적인 명분논리의 제약 아래 놓여있음을 보여주는 것

미로운 것은, 서서히 봉건사회의 해체조짐이 일어나기 시작하던 조선조 후기 한글소설의 전형적인 영웅소설의 유형들을 분석하는 과정에서 박일용이 지적한 영웅소설의 일반적 유형이 『무정』과 매우 흡사한 서사구조를 지니고 있다는 점이다. 참고삼아 그 일부분을 인용해보면 다음과 같다.

> 부모대까지의 몰락, 즉 그 원인 및 과정이 드러나지 않는 (…중략…) 몰락의 결과 (영웅소설의) 주인공들은 최하층의 유랑인으로 전전하다가 우연히 원조자 helper를 만나서 정착생활을 하게 된다. 그러나 그 정착 공간내에서 갈등으로 그곳을 떠나게 되고, 또다시 전전하다가 보다 큰 힘을 가진 원조자를 만나 이제는 완전히 공부할 조건을 구비하여 공부를 하며, 과거에 급제하게 되고 급기야 최고의 영화를 누리게 된다. 이같은 과정의 전개는 주인공 자신의 능동적인 노력과 힘을 통해서 이루어지는 것이 아니다. 그것은 운명적으로 만난 원조자를 통해 이루어지는 것으로 여기서 주인공은 수동적으로 자신의 처지를 상승시켜나갈 따름이다.[32]

이러한 분석을 받아들인다면, 『무정』과 영웅소설은 매우 유사한 구조적 속성을 공유하고 있는 셈이다. 여기에서 이와 같은 유형의 영웅소설과 『무정』을 가르는 것은 전자의 서사구조가 외적인 사건 위주로 진행되는 반면, 후자에서는 인물들의 내면심리를 따라가는 서사의 내재적인 국면이 작품 전체의 중심축을 이루고 있다는 점 정도일 것이다.

이다.
33) 박일용, 「영웅소설 유형 변이의 사회적 의미」, 『근대문학의 형성과정』, 한국고전문학연구회 편, 문학과지성사, 1983, 194~195면.

6. 세속적 욕망의 변형태로서의 민족주의

이제 우리는『무정』에서 연애의 문제와 더불어 계몽적 욕망의 또 다른 한 축을 이루는 민족주의의 논리가 형식의 세속적인 욕망추구의 과정과 어떻게 결합되고 있는지를 살펴야 할 단계에 이르렀다. "조선인을 구제한다는 하나의 목적 아래 모든 인물들을 흡수해버리"33)는『무정』의 계몽적 명분에 의한 갈등해결 방식이 지닌 문제점은 이미 많은 논자들에 의해 지적된 바 있다. 요컨대『무정』은 삼랑진 홍수라는 자연재해의 힘을 빌어 형식이 선각자적 위상으로 도약할 수 있는 발판을 마련해줌과 동시에, 형식, 영채, 선형 사이의 갈등을 급작스럽게 해소시켜버리는 것이다. 형식을 어린애라고 생각하던 우선조차도 민족주의적 명분 위에 우뚝 올라선 형식 앞에서 자신의 과오를 뉘우치고 새사람이 되겠다고 다짐하게 된다. 형식이 세 처녀 앞에서 교육을 외치는 장면을 지켜보면서 작가는 앞으로 생물학을 전공하겠다는 형식에 대해 "생물학이 무엇인지도 모르면서 새문명을 건설하겠다고 자담하는 그네의 신세도 불쌍하고 그네를 믿는 시대도 불쌍하다"(314면)라는 논평을 슬쩍 끼워넣고 있지만, 형식을 감동의 눈빛으로 바라보는 세 처녀와 우선의 뉘우침, 그리고 형식을 구심점으로 한 해피엔딩의 대단원은 최후의 승리자 형식의 위상을 옹벽처럼 받쳐주고 있다.

이처럼『무정』이 결혼문제로 인해 발생한 개인적 갈등들을 민족주의라는 강력한 집단적 구심점으로 통합하는 방식은 당시의 지식인들에게 개인적 차원의 근대성에 대한 요구가 민족적 차원의 근대성에 대한 요구와 하나로 결합되어 있었다는 사실과 긴밀한 관련을 맺고 있다. 또한

---

33) 권보드래,『한국 근대소설의 기원』, 소명출판사, 2000, 37면.

한국과 동아시아에서 "근대성 수용의 필연성은 위기에 봉착한 당시 지배 체제의 존속을 위해 모색된 것"[34]이라는 말처럼, 선진적 문명과 후진적 전통이라는 이분법 속에서 당시의 엘리트 집단에게 근대화의 논리는, 민족적 체제유지라는 시급한 현실적 요구에 의해 추동된 것이었을 뿐 아니라, 근대성이라는 선진이념을 선점함으로써 확보되는 그들 자신의 계급권력을 공고히 하는 데도 매우 긴요한 과제였다. 근대성이라는 외래의 이념은 흐트러진 민족의 힘을 결집한다는 계몽의 명분을 권력의 새로운 코드로 내세운 당대 엘리트 계급의 확고한 계급적 기반으로 자리 잡게 된 것이다. 『무정』이 우리에게 보여주는 것은 이처럼 민족의 근대적 계몽이라는 이념적 명분과 새로운 기득권층으로 부상하려는 당대 엘리트 그룹의 세속적 욕망 사이에 놓인 끈끈한 공모관계이다.

사실 서구에서 이루어진 민족주의와 관련된 대부분의 논의들은 하나의 상상적 공동체로서의 민족, 혹은 민족주의라는 개념이 근대체제 이후에 나타난 "특수한 종류의 문화적 조형물"[35]이라는 관점 위에서 출발한다. 이러한 관점 위에서 볼 때, 근대문명에 의해 추동된 하나의 정치적 프로그램으로서의 민족, 혹은 민족주의의 등장은 "모든 개인들이 공동체적 소속감으로부터 그들의 아이덴티티를 이끌어내는"[36] 강력한 집단적 구심점에 대한 요구 및 대중들의 정서를 개발하고 그들에게 사회적이고 심리적인 안정성을 부여하는데 있어서의 민족주의의 도구적 효용성에 대한 믿음과 긴밀히 연결되어 있다.[37] 한국에서의 '민족' 개념의 형성

---

34) 장성만, 「개화기의 한국사회와 근대성의 형성」, 『모더니티란 무엇인가』, 김성기 외, 민음사, 1994, 292면.
35) Benedict Anderson, 「민족주의의 기원과 전파」, 윤형숙 옮김, 나남, 1993, 19면.
36) Liah Greenfeld, *Nationalism : five roads to modernity*, Cambridge : Harvard Univ. Press, 1992, p.8.
37) Anthony D. Smith, *Nationalism and Modernism*, London : Routledge, 1998, p.125.

또한 "일제의 침략이 강화되어 <대한>이란 국가 자체의 존립이 위태로 워지자 <대한>의 국가체제가 없어지더라도 구심점 역할을 할 수 있는 <민족> 개념이 보다 널리 유포되"38)게 된 상황, 다시 말해 근대초기의 혼란상황을 극복하고 민족의 자강(自强)을 도모할 강력한 집단적 구심점 에 대한 지식인들의 현실적 요구와 긴밀하게 연결되어 있었다. 이광수가 형식의 입을 통해 주장한 교육을 통한 민족구제의 논리 또한 민족의 자 강이라는 민족주의적 대의명분과 손잡고 있었음은 물론이다.

그러나 『무정』의 화해로운 대단원을 이끌어내는 민족주의의 논리가 작가의 민족적 열등의식과 식민지 현실에 대한 역사의식 부재를 바탕으 로 한 피상적이고 시혜적인 성격을 지닌 것임은 이미 많은 논자들에 의 해 지적되어온 사항이다. 서구나 일본이라는 선진 문명국가를 민족적 아 이덴티티의 이념적 준거로 수용한 이광수의 민족계몽의 프로젝트가 작 중인물들의 세속적 신분상승이라는 물질적 보상의 논리와 결합하게 되 는 것도 이광수가 주장한 계몽이념의 시혜적 피상성과 무관하지 않은 것으로 보인다. 서사의 최종단계에서 민족교육의 필요성을 외치는 형식 과 선형의 결합은 식민지 근대라는 체제 안에서의 세속적 부(富)와 명분 의 결합을 의미한다. 다시 말해 형식이 주장하는 민족구제의 논리는 그 가 김장로의 부(富)를 발판으로 식민지 체제 내의 지배 계급으로 편입되 기 위한 주요한 이념적 명분으로 활용되는 것이다. 이처럼 세속적 욕망 의 변형태로서의 민족주의, 다시 말해 민족구제의 논리가 식민체제가 부 여하는 최상의 신분적, 물질적 보상이라는 논리와 결합하는 방식 속에서 형식이 서있는 지점은 체제와 대립하는 자리라기보다, 오히려 체제를 승 인하는 자리이다. 형식은 자신에게 닥쳐오는 시련 앞에서 "끊임없이 주

---

38) 정성만, 「개화기의 한국사회와 근대성의 형성」, 『모더니티란 무엇인가』, 민음사, 1994, 29면.

저하고 망설이면서 하찮거나 비열한, 혹은 소심하고 무기력한 모습으로
대처하는"[39] 인물이라는 점에서는 반영웅적이지만, 개인의 운명을 통해
체제내부의 지배적인 이념체계의 정당성을 구현하는 인물로 설정되어
있다는 점에서는 영웅적이다. 이와 같이 『무정』에서 나타나는 근대성과
계몽성의 착종된 서사논리가 결과적으로 작가가 내세우는 계몽이념의
정당성을 지속적으로 허구화시키고 있다는 의미에서, 『무정』은 계몽소
설이라기보다는 차라리 반계몽소설에 가깝다고 해야 할 것이다.

7. 체제승인의 서사

　앞에서 말한 대로 『무정』은 근대적 개인의식의 성장과정을 다룬 일종
의 성장소설이라는 의미를 지니고 있다. 그러나 해피엔딩의 대단원으로
나아가는 과정에서 『무정』이 보여주는 것은 정신적으로 미성숙 상태에 있
는 작중인물들의 낭만적인 주관성이 보다 폐쇄적으로 고착되어가는 양상
이다. 이런 점에서 『무정』은 낭만적인 주관성의 세계 속에 갇혀 있던 주인
공의 내면이 타락하고 냉혹한 현실 속에서 환상의 깨어짐(disillumisionment)
이라는 고통스러운 내적 체험을 거쳐 정신적 성숙의 단계로 나아간다는
근대소설의 보편적인 성장의 서사와는 정반대의 방향으로 가버린다. 우
리는 이 지점에서 "작중화자에 의해 재현된, 세계를 인식하는 객관적이
고 '사실주의적인' 인식을 통해서만 개인적 캐릭터는 그 자신의 한정된
주관성의 세계를 극복하고 사회적 승인과 상대적 정합성의 퍼스펙티브
로 구성된 성숙의 단계에 이르게 된다"[40]라는 말의 의미를 되새겨볼 필

---

39) 한용환, 『소설학사전』, 고려원, 1992, 313면.
40) Pericles Lewis, *Modernism, Nationalism and the Novel*, London : Cambridge Univ. Press,

요가 있다. 여기에서『무정』이 지닌 본질적인 문제는 '사실주의적 인식'이라는 상대적 퍼스펙티브를 통해 자신의 한정된 주관성의 세계를 객관화시킬 수 없었던 형식보다, 형식의 그와 같은 캐릭터를 사실주의적 재현의 차원에서 객관화시키지 못한 작품의 서술형식 자체에서 찾아야 할 것이다. 형식의 미성숙한 주관성의 세계를 계몽이라는 명분으로 감싸안음으로써『무정』은 형식미학적 차원에서 소설의 근대성 확보에 주요한 바탕을 제공했던 객관적이고 사실주의적인 서술의 장으로부터 스스로 후퇴해버리고 마는 것이다.

　『무정』의 세계 속에는 개인의 정체성의 혼란이나 자아분열을 불러일으키는 어떠한 적대적인 삶의 기제도 존재하지 않는다. 완전한 주관성의 세계에 매몰되어 있는 선형은 말할 것도 없고, 형식 또한 자신의 협소한 주관성의 세계를 위협하는 어떠한 적대세력에도 노출되지 않는다. 배학감이나 김현수와 같은 얼치기 개화인들은 형식의 주관적 세계인식에 내적 균열을 가져오는 적대세력이기보다는 오히려 그의 자기동일화된 주관성의 세계를 보다 강화시켜주는 인물들일 뿐이다. 작중인물들 중에서 적대적인 외부 환경에 의한 주관적 환상의 균열을 가장 강렬하게 체험하는 인물은 오히려 봉건적 여인상으로 제시되는 영채이다. 그러나 영채 또한 영채에 대한 근대적 교육의 임무를 띠고『무정』속에 급파된 병욱에 의해 근대적 인간으로의 거듭남으로써 기생신분으로부터 벗어나 그녀가 원하던 신분상승의 꿈을 이룬다. 모든 심리적 갈등은 해소되고, 모든 시련은 세속적 성공에 의해 보상받는다. 그들이 몸담고 있는 사회는 그들에게 결코 그들의 주관성의 세계를 교란시키고 자기분열의 혼란을 가져오는 적대적인 힘으로 인식되지 않는다. 오히려 사회는 그들이 계도

2000, p.42.

하고 이끌어야 할 "미련해보이고 무감각해보이는"(310면) 구원의 대상일 뿐이다. 개인과 사회 사이의 어떠한 내적인 틈도 존재하지 않는 이런 세계에서 개인과 세계의 대립이라는 근대소설의 문법이 들어설 자리를 찾는 것은 불가능해 보인다. 사회는 작중인물들의 주관적 믿음과 대립하는 위협적이거나 적대적인 세계가 아니라, 교육을 통해 얼마든지 개조하고 변화시킬 수 있다는 주관적 환상의 울타리 안에 놓여 있는 세계인 것이다.[41] 이처럼 주관성의 세계를 무너뜨리는 어떠한 사회적 외풍으로부터도 벗어난 자리에서, 계몽이라는 절대화된 명분의 온실 속에 갈등 없이 몸담그고 있는 『무정』의 세계를 바라보며 "별이 빛나는 하늘이 갈 수 있는 모든 길들의 지도인 시대 ― 별빛이 그 길을 밝혀주는 시대는 얼마나 행복한가"[42]라는 루카치의 저 유명한 구절이 떠올리는 건 너무 지나친 연상일까?

---

41) 아마도 이것은 한기형에 의해 신소설의 특징적인 창작방법으로 지적된 "이상의 가상적 선취"(한기형, 「신소설의 양식적 특질」, 『대동문화연구』 3집, 성균관대학교, 1998, 168면)라는 특성을 『무정』 또한 일정 정도 공유하고 있기 때문일 것이다. 『무정』이 지닌 주관성의 세계는 이상화된 시대적 당위의 논리가 현실적인 상황논리를 앞서가는 지점에서 나타나는 것이다.

42) G. Lukacs, *The Theory of the Novel*, trans. Anna Bostock, The MIT Press, 1978, p.29.

제7장

사랑, 혹은 계몽의 프로젝트

—이광수의 『유정』 및 기타

1. 사랑과 계몽의 상관관계

이광수의 문학에서 '사랑'이라는 것이 갖는 의미는 매우 특별하다. 민족의 근대적 계몽을 역설했던 이광수의 초기 저술활동에서 근대적인 결혼제도를 둘러싼 청춘남녀의 새로운 관계설정을 주장하는 글들이 다수 포함되어 있는 것은 이광수의 민족계몽의 프로젝트에서 사랑과 연애의 문제가 지닌 의미의 비중을 짐작케 한다. 옛조선의 전통을, 시급히 폐기해버려야 할 낡고 고루한 미망에서 벗어나지 못하는 노인들의 세계에 비유하면서 젊고 혈기왕성한 청년들을 조선의 새 주인으로 영접하고자 했던 이광수에게, 청년기의 가장 흥미롭고 보편적인 관심사 중의 하나일 결혼과 연애의 문제는 민족이라는 추상적 층위의 계몽에 비해 생활세계와 밀착된 개인의 보다 절실하고 현실적인 욕망의 문제라는 점에서, 젊은 남녀의 의식개조를 위한 계몽의 보다 효율적이고 전략적인 품목들

중 하나로 여겨졌을 것이다. 이광수가 자신의 첫 장편소설인 『무정』에
대해 "새로운 연애문제, 새로운 결혼문제를 통해서 여명기의 신진 지식
계급 남녀들의 고민을 그리려 했다"라는 저작의도를 밝히고 있는 것도,
이광수가 연애문제나 결혼문제를 당시 근대적 변화의 중추세력으로 떠
오르고 있던 젊은 세대를 향한 계몽적 접근의 주요한 통로로 생각하고
있었음을 말해준다. 『무정』뿐만 아니라 이후의 다른 소설들에서도 연애
와 사랑의 문제는 이광수의 소설을 추동하는 주요한 서사적 모티프로
자리 잡는다.

　이광수의 소설들이 젊은 남녀들을 주인공으로 하여, 삼각관계를 기본
적인 인물구도로 설정한 연애담을 즐겨 그리고 있다는 것은 "문학적 傑
作은 마치 인생의 某 방면, 가령 연애라 하고 연애 중에도 상류사회, 상
류사회 중에도 有교육자, 有교육자 중에도 才貌 有한 자, 才貌 有한 자중
에도 부모의 허락을 得키 不能한 者의 연애를 과연 여실하게, 眞인 듯하
게 묘사하여 何人이 讀하여도 수긍하리 만한 者를 위함이니 如此한 者라
야 비로소 심각한 흥미를 與하는 것이라"1)라는 그의 말처럼, 독자들의
흥미를 염두에 둔 통속적 발상에서 비롯된 것이라고 할 수 있을 것이다.
"나는 일찍 文士로 자처하기를 즐겨한 일이 없었다. (…중략…) 문학적
작품을 쓴다는 의식으로 썼다는 것보다는 대개 논문 대신으로 (…중
략…) 이를테면 이 정치 아래서 자유로 동포에게 통정할 수 없는 심회의
일부분을 말하는 방편으로 소설의 붓을 든 것이다. 그러므로 소설을 쓰
는 것은 나의 一餘技다. 나는 지금도 문사는 아니다"2)라는 그의 말은 이
광수의 문학에서 문학의 통속적 흥미에 대한 요구가 제기되게 된 배경
을 짐작케 한다. 자신에게 문학이란 독립된 예술행위이기에 앞서 논설문

---

1) 『이광수 전집』 제1권, 삼중당, 1963, 509면.
2) 『이광수 전집』 제10권, 삼중당, 1972, 480면.

의 내용을 대중들에게 전파하기 위한 수단에 지나지 않는 것이라는 고백은 이광수 문학의 통속적 연애담이 기실 계몽의 효율성을 높이기 위한 그 자신의 의도적 선택이었음을 말해주고 있기 때문이다. 독립된 예술행위로서의 문학의 가치를 주장했던 문학활동 초기의 입장과 현저히 배치되는 이러한 고백 속에서 우리가 다시 한 번 확인하게 되는 것은 문학과 계몽을 연관짓는 이광수의 끈질긴 집념이다.

이처럼 문학이 계몽적 욕망의 영향 아래 놓여 있는 상황에서는 이광수의 소설들이 들려주는 연애담 또한 강한 목적의식적 성향을 지닐 수밖에 없을 것이다. 연애가 계몽을 위한 것이라면, 연애담을 통해 작가가 지향하는 것 또한 단순한 통속적 흥미를 넘어 작가적 욕망의 보다 더 근원적인 지점을 향해 있을 것이기 때문이다. 따라서 이광수의 소설들이 사랑이나 연애의 문제를 바라보는 시각에는 어떤 작가적 욕망의 기제가 작동하고 있는가?, 이광수의 작품에서 지속적으로 다루어지고 있는 사랑, 혹은 연애의 문제는 그가 주장했던 근대적 계몽이라는 문제와 관련해서 어떤 의미를 갖는가?, 또 이광수의 각 작품들에서 나타나는 연애담들 사이에는 어떤 차이점과 공통점이 내재해 있는가? 등의 의문들은 이광수 문학에 접근하는 의미있는 실마리가 되어 줄 수 있을 것이다.

사랑이나 연애의 문제가 이광수 문학의 중심적인 이슈를 이루고 있음에도 불구하고 민족계몽이나 친일이라는 관점으로 이광수의 문학을 논의하는 방식에 오랫동안 익숙해져왔던 탓인지 이러한 문제와 관련된 학문적·비평적 관심이 제기되기 시작한 것은 그다지 오래전의 일이 아니다. 최근 몇 년 사이 소장학자들을 중심으로 풍속사적인 관점에서 근대 초창기의 연애담론들을 연구하려는 논의가 붐을 타기 시작하면서 이광수 문학에 대한 이러한 논의들 또한 점차 활기를 떠어가고 있는 형편인 것이다. 그러나 사랑이나 연애의 문제와 관련해서 이광수의 문학을 논의할 수 있는 가능성은 아직도 많은 부분이 미답의 영역으로 남아 있다. 사랑이나 연애의 문제를 이광수의 개별 작품들에 대한 세부적인 텍스트 분석과 연결짓는 작업은 아직도 더 많은 논의의 성과들이 축적되어야 할 연구과제라고 생각된다. 이 장에서는 이광수의 『유정』에 대한 논의와 더불어 그의 문학세계에서 나타나는 사랑과 계몽의 상관관계를 보다 면밀하게 분석해보려 한다. 『유정』은 사랑을 소재로 한 이광수의 작품들 중 그 문학적 성과의 탁월성을 인정받는 대표적인 작품들 가운데 하나로서, 이광수의 다른 어느 작품들보다도 사랑과 애욕이라는 주제를 매우 첨예하면서도 적극적인 관점으로 형상화하고 있는 작품이라고 판단되기 때문이다.

2. 정(情)과 정(正)과 정(精)의 세계

낡은 세대의 결혼관습에서 벗어나 새로운 세대의 연애관을 역설하는 이광수의 논리는 이른바 '情의 발육'을 주장하는 그의 '정육(情育)론'과 긴밀한 연관을 맺고 있다. 이광수가 「문학이란 何오」에서 근대문학을 이전 시대의 문학과 구분지어주는 가장 중요한 요소로 거론했던 情은 집단적 규범을 표상하는 도덕관념의 틀 안에 갇혀 있던 인간의 삶이 보다 실체적이고 세속적인 희로애락이 펼쳐지는 현실세계로 공간이동하는 근대문학의 변화를 예민하게 간파하고 있었음을 보여준다. "文學者라 하면 人에게 某 사물에 관한 지식을 敎하는 자가 아니요, 人으로 하여금 美感과 快感을 發케 할만한 書籍을 作하는 자이니"[3]라는 구절은 情을 미감

---

3) 『이광수 전집』 제1권, 삼중당, 1963, 508면.

및 쾌감이라는 정서적 반응과 연관지움으로써 문학이 인간의 감성세계에 관여하는 것임을 분명히 한다.

그러나 '情의 발견'이라는 말로 요약되는 이광수의 근대문학론은 근대적 이성(logos)과 배치되는 요소로서의 정(pathos)이라는 개념과 관련된 근대문학의 자율성에 대한 이해에까지는 미치지 못하고 있다. 이 때 근대문학의 자율성이란 문학이 인간의 마음속에서 생성되는 정념의 표현을 넘어 인간의 이성에 특권화된 지위를 부여한 근대의 이성중심주의적 세계관에 대한 저항담론으로서의 자기정체성에 대한 자각에 이른 상태를 일컫는 말이다. 이와 달리 이광수가 말한 "情의 요구를 만족케 하"는 문학이란 이성의 패권화된 힘에 맞서 情의 해방을 추구하는 세계가 아니라, "문학을 讀하여 쾌락을 享하는 중 不識不知間에 품성을 도야하고 지식을 계발하게 되는"4) 세계이다. 이광수의 근대문학론에서 情이란 그 자체의 목적적 가치로 인식되기보다, 문학이 추구해야 할 품성의 도야와 지식의 계발이라는 상위 가치의 수행을 돕는 수단 정도로 인식되고 있다는 혐의가 짙은 것이다. 「今日 我韓靑年과 情育」의 한 구절인 "情育을 其勉하라. 情育을 其勉하라. 情은 諸義務의 원동력이 되며 각 활동의 본거지니라. 人으로 하여금 자동적으로 孝하며, 悌하며, 忠하며, 信하며, 愛케 할지이다"5)에서 이광수가 情의 발육에 대한 강도 높은 주장을 펼치는 것 또한 情이 개개인의 마음속에서 인간의 당위적이고 보편적인 윤리를 자발적으로 내면화하는 매우 효율적인 수단이라는 점과 연관되어 있는 듯이 보인다. 이광수가 "人의 心은 知·情·意 三者로 작용"되며, "일찍 知와 意의 노예에 불과하던 者가 知와 동등한 권력을 得하여"6)라고 말할 때도, 이

---

4)『이광수 전집』제1권, 삼중당, 1963, 511면.
5)『이광수 전집』제1권, 삼중당, 1963, 475면.
6)『이광수 전집』제1권, 삼중당, 1963, 508면.

광수가 내세우는 주장의 핵심은 지(知)·의(意)로부터의 情의 해방이 아니라 지(知)와 의(意)의 영역을 연성화함으로써 대중적 접근성을 높이는 수단으로서의 情의 개념이라고 할 수 있다. 논설문이 문학을 필요로 하는 것, 더 나아가 이광수의 문학이 통속성을 필요로 하는 것은 이 지점에서이다. 이와 관련해서 「문학이란 何오」의 다음 구절은 특히 흥미롭다.

> 소설이라 함은 인생의 一方面을 正하게, 精하게(인용자 강조) 묘사하여 독자의 眼前에 작자의 상상내에 在한 세계를 여실하게, 歷歷하게 전개하여 독자로 하여금 其 세계내에 在하여 實見하는 듯하는 感을 起케 하는 者를 위함이니, 논문은 작자의 상상내의 세계를 작자의 름으로 번역하여 간접으로 독자에게 전하는 것이로되, 소설은 작자의 상상내의 세계를 충실하게 寫眞하여 독자로 하여금 직접으로 其世界를 대하게 하는 것이라.[7]

소설과 논문의 차이를 말하면서 소설에서 사실주의적 묘사가 갖는 의미와 효과를 역설하고 있는 이 구절에서 먼저 우리의 주목을 끄는 것은 '正하게, 精하게'라는 부분이다. '精하게'가 독자들에게 실견(實見)의 느낌을 주는 사실주의적 묘사의 기법을 지칭하는 것이라면, '正하게'란 그 묘사된 세계의 윤리적 타당성을 가리키는 표현일 것이다. 이런 점에서 이광수의 근대문학이론은 情과 精과 正을 잇는 세 개의 꼭지점으로 구성되어 있다고 할 수 있다. 근대문학이 情의 요구를 통해 문학과 인간의 정서적 소통을 추구하는 것이라면, 精은 그것을 독자들이 보다 생생하고 실감나게 체험할 수 있게 하는 근대적 창작방법론에 해당하는 것이다. 情과 精의 두 개념은 문학의 근대적 변화에 부합하는 요소로서 문학에 대한 이광수의 근대적 이해가 보여준 핵심적인 성과라고 할 수 있다. 문

---

7) 『이광수 전집』 제1권, 삼중당, 1963, 513면.

제는 이광수가 精보다 앞세우고 있는 正의 의미이다. 문학에 대한 근대적 인식에도 불구하고, 正이란 말 속에는 결국 문학의 계몽적 역할에 대한 이광수의 높은 기대치가 반영되어 있는 것이 아니겠는가? '正하게, 精하게'라는 말로써 근대소설의 사실주의적 기법을 도덕의 범주와 겹쳐 놓는 이 대목에서 우리가 다시 한 번 확인하게 되는 것은 이광수의 근대문학론을 특징짓는 情과 正의 단단한 연결고리이다.[8) 따라서 문학의 교화적 기능이라는 차원에서 볼 때 소설과 논문의 차이는 미미한 것이다. 논문이 正의 세계를 간접적인 관념의 언술로 전하는 것이라면 소설은 직접적인 실견의 상황으로 그려 보여준다는 것 정도이다. 그 미미한 차이를 가져오는 것은 물론 이광수가 근대문학의 요소로 힘주어 강조하고 있는 情과 精이다.

正이라는 대의명분이 여전히 情과 精의 세계를 무겁게 짓누르고 있음에도 불구하고, 이광수에게 情의 개념이 개인의 내면을 통해 바라본 세계의 모습이라는 근대문학의 핵심적 요소와 연관되어 있음을 지적하는 것은 중요하다. 情이란 인간의 내면세계에서 일어나는 현상들을 일컫는 말이고, 근대문학에서의 내면의 발견이 개인의 발견을 전제하고 있음은 주지의 일이다. 개인의 삶을 지배하는 집단화된 숙명론의 그늘에서 벗어

---

8) 이광수가 근대문학의 주요특질로 情과 精을 내세우고 있음에도 불구하고, 문학의 윤리성을 내재한 正을 그보다 상위의 개념으로 설정해놓고 있음은 다음과 같은 인용문을 통해서도 짐작해볼 수 있다. 이광수는 「문학이란 何오」에서 "某種 特定한 道德을 鼓吹하기 위하여, 又는 勸善懲惡의 效果를 待하기 爲하여 文學을 作하지 말고, 一切의 道德規矩準繩을 不用하고 實在한 思想과 感情과 生活을 如實하게 萬人의 眼前에 再現케 하라 함이라"라고 말하면서 도덕적 요구로부터 벗어난 精의 필요성을 강조하고 있지만, 뒤이어 "善良한 文學은 비록 道德을 鼓吹하려는 意思는 無하되, 自然히 一種 深大한 敎訓을 垂하는 者라, 文學을 讀하여 快樂을 享하는 中 不知不識間에 品性을 陶冶하고 知能을 啓發하게 되는 것이라"라고 말함으로써, 문학의 여실한 재현(精)이 불러일으키는 쾌락(情)이 궁극적으로 품성의 도야라는 도덕성의 실현(正)을 위한 것임을 명백히 하고 있다(『이광수 전집』 제1권, 삼중당, 1963, 510~511면).

나 자기 삶의 주체로서의 개인의 위상이 확립되면서 개인의 고유한 내면세계가 세계를 바라보는 근대문학의 주요한 창(窓)으로 떠오르게 된 것이다. 그렇다면 사랑과 연애의 감정이란 인간의 가장 내밀한 세계 안에서 일어나는 가장 고양된 情적 활동이 아니겠는가? 풍속세계에서 일어난 가장 두드러진 근대적 변화 가운데 하나가 개인이 결혼할 배우자를 스스로 선택할 권리를 주장하게 된 사건이라고 한다면, 사랑과 연애의 감정이야말로 욕망의 주체로서의 개인의 위상이 가장 흥미롭게 발현되는 지점이라고 해야 할 것이다. 다시 말해 연애란 사랑이라는 감정의 주체로서의 개인의 발견, 혹은 개인성의 자각이라는 조건이 전제되지 않으면 불가능한 일인 것이다.9) 이광수가 자신의 소설에서 사랑과 연애의 문제를 반복해서 다루고 있는 것은 문학의 통속적 흥미에 대한 요구뿐만 아니라 아마도 그것이 당시 정치적 상황과의 마찰을 피하면서 情의 관념에 부합하는 문학의 근대적 계몽이라는 과제를 수행하기에 가장 효과적인 전략이라고 생각했기 때문일 것이다.

이처럼 이광수에게 情이란 인간의 내면세계라는 새로운 드라마의 장을 열어준 근대문학의 주요한 터전이었으며, 사랑과 연애는 그 내면세계에서 일어나는 가장 드라마틱한 문학의 소재였다. 그런 점에서 한국문학은 신소설의 인물들이 보여주던 양식화된 내면을 벗어나 이광수에 와서야 비로소 엄밀한 의미의 사실주의적인 내면의 발견에 이르기 시작했다고 할 수 있다. 그러나 이광수가 발견한 情의 세계는 끊임없이 계몽적 이성에로 수렴되는 관념적 근대의 터전이었다. 근대에 관한 한 이광수에게 이념적 당위는 가깝고 생활세계의 현실은 여전히 멀었다. 근대가 가져다 줄 새로운 세계의 질서에 대한 믿음에 가려 봉건과 근대가 맞부딪

---

9) 연애라는 사회적 코드가 근대적인 개인의식의 성장과 맺고 있는 관계에 대해서는 Niklas Luhmann, *Love as Passion*, pp.97~108을 참조할 것.

히는 지점에서 발생하는 생활세계의 혼란은 이광수의 소설에서 그다지 중요한 문제로 인식되지 못했다. 이광수에게 더 중요했던 것은 생활세계의 현실보다 자신의 도덕적 신념을 펼쳐 보여줄 공간으로서의 문학이었을 것이다. 사랑이나 연애의 문제 또한 그러한 도덕적 신념의 틀을 벗어나지 못했다.

3. 문명적 사랑과 비문명적 사랑

이광수는 「婚姻에 대한 管見」에서 결혼의 필수적인 전제조건으로 "當者 상호 간의 연애"를 들고 있다. 이 글에서 이광수는 "연애의 근거는 남녀 상호의 개성의 이해와 존경과, 따라서 상호 간에 일어나는 열렬한 引力的 애정"[10]이라고 말하며, 교육받은 남녀가 추구해야 할 문명적 연애로 용모의 미와 같은 표면적 미보다 "個性의 美, 즉 그의 정신의 美에 황홀"한 연애, "肉的 요구"보다 "靈的 만족"을 추구하는 연애를 권장하고 있다. 이광수의 이러한 연애관은 연애를 남녀 상호 간의 개성에 대한 존중으로 파악하고 인력적(引力的) 애정의 양 주체인 남녀의 평등한 지위를 역설하고 있다는 점에서 상당히 진보적인 수준을 보여주고 있다. 그러나 이광수의 연애관을 특징짓는 핵심적 내용 가운데 특별한 주목을 요하는 것은 그가 연애의 감정적 쾌감 못지않게 이지(理知)적 만족을 강조하고 있다는 점이다. 심지어 그는 "理知적 분자가 많으면 많을수록 그 (연애의―인용자) 행복은 더욱 깊어지고 더욱 固定性이 있지요"[11]라고 말하고 있다. 이러한 논리에 따르면 이광수가 말하는 비문명적 연애와 문

10) 『이광수 전집』 제10권, 삼중당, 1972, 43면.
11) 『이광수 전집』 제10권, 삼중당, 1972, 42면.

명적 연애의 차이란 결국 육체적 쾌락을 동반한 情의 만족보다 그러한 정의 요구를 스스로 통제할 수 있는 이지적 능력의 유무에 따라 결정되는 것이다.

이상적인 연애란 이지적 만족을 수반한 정, 더 나아가 이지적 힘의 통제하에 놓인 정의 만족을 추구하는 것이라는 이광수의 주장은 사랑이나 연애의 문제에 대해 당시의 시대가 수용할 수 있는 정서적 한계치를 염두에 둔 발언일 수 있다. 이광수는 "혼인 없는 연애는 상상할 수 있으나, 연애 없는 혼인은 상상할 수 없는 것이외다"[12]라고 말할 정도로 결혼의 필수적 전제조건으로 연애의 중요성을 강조하고 있으면서도 "靈과 靈이 서로 포옹하여 飽和한 만족에 達한 후에 비로소 肉으로까지 合하여 연애가 이에 완성되는 것이니, 이것이 즉 혼인이외다"[13]라는 말처럼, 혼인 이전의 연애란 영과 영의 결합에 머무는 것임을 분명히 하고 있는 것이다.

이광수의 소설 속 인물들이 보여주는 독특한 연애의 방식은 이처럼 연애를 통해 육의 만족보다 영의 만족을 추구해야 한다는 주장과 긴밀한 연관이 있다. 이를테면 이광수의 초기소설인 「윤광호」나 「어린 벗에게」 등에 등장하는 사랑은 우연한 계기에 의해 점화되자마자 순식간에 불타올라 주인공들의 영혼을 격렬하게 사로잡아버리는 저항할 수 없는 열정으로 표현된다. 그런데 기이한 것은 이 작품들이 목숨까지 가져가버릴 만큼의 열정으로 뜨겁게 불타오르는 주인공들의 사랑을 서술하고 있음에도 불구하고 그 사랑의 내용이란 기실 빈곤하기 짝이 없다는 점이다. 「윤광호」에서 윤광호가 P에게 사로잡히게 되는 것은 "광호의 全정신은 不識不知間에 P에게로 옮았다"[14]라는 말로 간단하게 언급될 뿐이

---

12) 『이광수 전집』 제10권, 삼중당, 1972, 43면.
13) 『이광수 전집』 제10권, 삼중당, 1972, 44면.
14) 『이광수 전집』 제8권, 삼중당, 1972, 98면.

며, 「어린 벗에게」의 주인공 또한 단 한 번의 만남으로 첫눈에 반한 여자에 대한 "광란파도"15)와 같은 사랑에 빠져버린다. 이러한 이들의 사랑에서 정작 배제되어 있는 것은 사랑의 대상이 되는 인물의 실체이다. 「윤광호」의 경우는 사랑의 대상이 주인공의 사랑을 알지 못하고, 「어린 벗에게」의 주인공은 "나는 결코 그대를 만나 보기를 요구 아니하리이다. 도리어 만나 보지 아니하기를 요구하리다"16)라는 식으로 스스로 사랑의 대상을 멀리하는 듯한 태도를 취한다. 일생에 한번도 사랑다운 사랑을 받아본 적이 없다고 생각하는 이들에게 사랑의 대상은 "그는 누구나 하나를 안아야 하겠고 누구나 하나에게 안겨야 하겠다"17)라는 말대로, 누군가를 열렬히 사랑하는 마음의 상태를 갈망하는 이들의 열정을 점화시키는 찰나적 계기로만 존재할 뿐, 사랑의 서사를 가능케 하는 지속적인 관계의 틀 안으로 진입하지 못하는 것이다. 이런 점에서 이들이 진정으로 원하는 것은 사랑의 대상이 아니라 사랑이라는 감정 그 자체인 것처럼 보이기도 한다. 주인공의 마음속에서 달아오르는 사랑의 열정은 강도 높게 서술되고 있는 반면, 정작 사랑의 열정을 불러오는 서사적 내용물은 앙상하기 짝이 없는 세계, 그것이 이광수가 주장하는 영적 만족을 추구하는 연애의 세계이다.

사랑의 대상이 부재할 뿐만 아니라, 심지어는 사랑 자체가 그 대상과의 관계를 필요로 하지 않는다는 것은 이광수의 소설이 생활세계가 배제된 하나의 추상적 당위로서의 사랑이라는 관념에만 몰입해 있다는 느낌을 불러온다. "1910년대에 쓰인 '연애'는 '관계'보다는 '감정'을 가리키는 경우가 더 많았으며, '관계'를 의미할 때에도 관계의 '형식'보다는

---

15) 『이광수 전집』 제8권, 삼중당, 1972, 76면.
16) 『이광수 전집』 제8권, 삼중당, 1972, 77면.
17) 『이광수 전집』 제8권, 삼중당, 1972, 98면.

관계를 형성하는 '감정'쪽에 더 비중이 두어져 있었다"[18]라는 한 논자의 말은 연애의 서사대신 연애의 감정만이 강조되는 이러한 현상이 비단 이광수의 초기 소설들뿐만 아니라 연애와 관련된 담론들에서 나타나는 당시의 일반적인 현상이었음을 말해준다. 연애가 관계가 아닌 감정의 상태로만 제시된다는 것, 그것은 그의 소설에서 연애가 그 감정의 격렬함에도 불구하고 연애의 서사를 구성할만한 현실적 토대를 지니고 있지 못함을 의미한다. 이광수의 작품 속 인물들에게 연애, 혹은 사랑은 관계의 형식보다는 차라리 자기계발의 수단으로 비춰지는 측면이 강하다. 사랑 자체는 영혼을 사로잡는 강렬한 감정의 격랑으로 물신화되는 반면, 정작 그 사랑의 내부는 텅 비어 있는 상태란 어떤 의미에서 근대적 의미의 연애가 아직 계몽의 추상화된 관념상의 요구로만 존재했을 뿐, 생활세계에서 실감되는 실체적인 삶의 현상으로 정착되지 못한 근대의 초기적 현상을 반영하는 것이라고 할 수 있다. 당시의 생활세계에서 연애란 개개인의 삶 속에 내면화된 풍속의 차원이 아닌, 바깥으로부터 유입된 낯설고 이질적인 동시에 매혹적이고 신기(新奇)한 박래품의 차원에 놓여 있었던 것이다. 따라서 당시의 생활세계에 의해 뒷받침되지 않은 이광수 소설 속의 연애는 서사가 부재한 관념적 포즈의 수준에 머물 수밖에 없었을 것이다.

그러나 다른 한편으로 연애와 관련된 근대 초기의 담론들이 이처럼 '관계'가 아니라 '감정'에 비중을 둘 수밖에 없었던 것은 결혼의 전제조건으로 연애를 역설하면서도 연애에 수반되는 육체적 욕망은 배제하려는 요구가 끈질기게 당시의 연애담론을 간섭하고 있었기 때문으로도 볼 수 있다. 「어린 벗에게」의 주인공이 자신을 사로잡은 사랑의 열병을

---

18) 김지영, 『근대문학 형성기 '연애' 표상 연구』, 고려대 박사학위논문, 2005, 26면.

호소하면서도 "나는 그를 사랑함이요 — 더구나 누이와 같이 사랑함이
요 — 또 그에게서 그와 같이 사랑을 받으려 함"19)이라는 식으로 자신의
사랑을 누이와 오라비 간의 사랑으로 규정지으려 하는 것 역시 그러한
간섭의 결과일 것이다. 그러나 누이와 오라비 간의 사랑이라는 자기규정
은 "나는 벌써 혼인한 몸이라 다른 여자를 사랑함이 죄가 아닐까, 내 심
중에서는 혹은 죄라 하고 혹은 죄가 아니라 자연이라 하나이다"20)라는
말과 묘한 상호충돌을 불러일으킨다. 사랑을 죄를 뛰어넘는 자연의 본능
으로 보는 시각은 "그러므로 吾人은 결코 이 본능 — 사랑의 본능을 억
제하지 아니할 뿐더러 이를 自然한(즉 正當한) 방면으로 계발시켜 인생의
완전한 發現을 期할 것이로소이다"21)라고 말하고 있는 이 작품 속의 또
다른 대목에서 보다 적극적인 표현을 얻고 있다. 그러나 사랑의 본능을
인간의 제도적 금기를 뛰어넘는 자연의 현상으로 파악하면서 인생의 완
전한 발현을 위해 이러한 자연의 본능에 따를 것을 다짐하는 위의 대목
은 「혼인에 대한 관견」의 다음 구절과 또 한 번의 상호충돌을 일으킨다.

> 더구나 문명한 인류에 在하여는 자기네는 전혀 자연의 지배를 아니 받
> 는다 할이만큼 자기네의 의지와 판단을 존중하는 것이외다. 그러므로, 兩
> 性의 결합에도 他동물과 같이 다만 행복만 목적하지 아니하고 조물주의
> 목적인 生殖까지도 자기의 목적이라고 의식할 줄을 알지요.22)

이러한 구절들을 종합하면, 사랑은 자연의 본능이지만, 동시에 자연의
본능을 억제하는 문명화된 의지와 판단의 산물이기도 하다는 것이 이광

---

19) 『이광수 전집』 제8권, 삼중당, 1972, 78면.
20) 『이광수 전집』 제8권, 삼중당, 1972, 77면.
21) 『이광수 전집』 제8권, 삼중당, 1972, 72면.
22) 『이광수 전집』 제10권, 삼중당, 1972, 42면.

수의 연애론의 골자인 듯하다. 말하자면 사랑의 영적 요구도 자연의 것
이요, 육적 요구도 자연의 것이지만, 영적 만족은 인생의 완전한 발현을
위해 무한히 고양되어야 할 것이나, 육적 요구는 문명화된 연애와 배치
되는 것이므로 개인의 의지로 억제하고 통제되어야 할 대상이라는 것이
다. 자연의 요구와 문명의 요구가 애매하게 착종되어 있는 이광수의 연
애관에는, 사랑의 열병으로 죽음에 이르는「윤광호」의 주인공이나, 좌절
된 사랑을 끌어안고 방랑하는「어린 벗에게」의 주인공이 보여주듯, "타
자와의 감정적인 연루가 너무도 강렬히 스며들어서 그 사람 또는 그 두
사람으로 하여금 자기의 통상적 책무를 무시하게 만"23)든다는 의미에서
의 열정적 사랑과, "낭만적 사랑의 애착 속에서는 숭고한 사랑의 요소들
이 성적인 열정의 요소들을 지배하는 경향이 있다"24)는 의미에서의 낭
만적 사랑이 모호하게 겹치는 지점들이 있다. 그러나 열정적 사랑이, 그
것이 갖는 일상의 의무로부터의 일탈적 성향으로 인해 "대부분의 문화
에서 결혼의 골칫거리로 여겨져"25) 왔음에 비해, 낭만적 사랑은 "어떤
정신적 커뮤니케이션, 즉 부족한 부분을 메워주는 성격을 띠는 영혼의
만남을 가정"26)한다는 점에서 이광수가 역설하는 문명화된 연애는 낭만
적 사랑의 유형에 밀착되어 있다. 자연의 요구로부터 출발하면서도 문명
의 요구에로 귀속되는, 혹은 한편으로 情의 만족을 주장하면서도 다른
한편으로 情이 이성에 의해 통제되어야 할 계몽의 대상으로 귀결되는
이광수의 연애관은 순결하고 영원한 사랑이라는 관습화된 이미지를 통
해, 열정적 사랑이라는 파괴적인 정열이 지닌 제도와의 마찰을 "결혼을
위해 거치는 거의 규정되어 있는 조건"27)으로서의 낭만적 사랑으로 길

---

23) 앤서니 기든스,『현대사회의 성・사랑・에로티시즘』, 배은경 외 역, 새물결, 2003, 76면.
24) 앤서니 기든스,『현대사회의 성・사랑・에로티시즘』, 배은경 외 역, 새물결, 2003, 79면.
25) 앤서니 기든스,『현대사회의 성・사랑・에로티시즘』, 배은경 외 역, 새물결, 2003, 76면.
26) 앤서니 기든스,『현대사회의 성・사랑・에로티시즘』, 배은경 외 역, 새물결, 2003, 85면.

들이고 순화하는 지점에 놓여 있다. 한정된 시간 동안 강렬한 에로틱한 욕망으로 불타올랐다 사그라지는 열정적 사랑과 달리, 일생에 단 한 번뿐인 사랑의 지속성과 영원성이라는 낭만적 사랑의 이상은 사랑에 기반을 둔 결혼이라는 근대의 이상적인 결혼관과 동전의 양면을 이루고 있다. 그런 점에서 낭만적 사랑이 일부일처제라는 결혼제도의 안정화와 영속화라는 사회적 요구에 충실히 복무하는 것이라면, 이광수의 연애관 또한 근대적 이성이 요구하는 제도화된 사랑의 요구를 충실히 따르는 것이다.

4. 주체의 도덕적 자기완성으로서의 낭만적 사랑

낭만적 사랑이 그 내부에 개인의 내밀하고도 사적인 사랑의 열정을 결혼이라는 제도화된 삶의 울타리 안으로 흡수하고 통제하는 교묘한 메커니즘들을 수반하고 있다면, 『유정』은 결혼제도와 마찰을 빚거나 결혼제도 안으로 흡수되지 못하는 사랑을 보여주고 있다는 점에서 외형상 낭만적 사랑이 추구하는 일반적인 사랑의 유형과 배치되는 지점에 놓여 있다고 할 수 있다. 그럼에도 불구하고 『유정』에서 서술되고 있는 사랑의 근본바탕을 이루는 것은 자기 존재의 결여를 메워주는 대상으로서의 사랑의 추구, 다시 말해 타자를 통해 자기정체성의 발견에 이르려는 낭만적 사랑의 욕구라고 할 수 있다. "자아발견의 기나긴 여정을 시작하려는 욕구는 로맨스의 모습으로 의식의 표면에 떠오른다"[28]는 살스비의 말처럼, 이 작품은 사랑이라는 감정의 고양상태, 혹은 사랑하는 대상을

---

27) 재크린 살스비, 『낭만적 사랑과 사회』, 박찬길 역, 민음사, 1985, 18면.
28) 재크린 살스비, 『낭만적 사랑과 사회』, 박찬길 역, 민음사, 1985, 24면.

향한 열렬한 사랑의 감정을 토로하는 형식을 통해 자기존재의 도덕적 정당성을 추구하려는 주인공의 영적 사랑의 여정을 그리고 있는 작품이라고 할 수 있기 때문이다. 이광수에게 "연애라는 감정의 계몽(이) 하나의 주체로서 인간을 정신적으로 성장시키는 중요한 관건이었다"[29]면, 『유정』의 주인공을 사로잡고 있는 사랑 역시 정신의 도덕적 완성을 갈망하는 영혼의 고양된 에너지에 다름 아닌 것이다.

『유정』은 이광수 자신 "만일 내 작품 중에 후세에 끼쳐질 만한 것이 있다면 이 『有情』과 「가실」이라고, 그 亦 외람한 말이나 외국어로 번역될 것이 있다면 그는 亦 『有情』이라고 생각해요"[30]라고 토로하고 있을 뿐만 아니라, 평자들로부터도 이광수의 다른 작품에 비해 문학적 가치가 뛰어난 작품으로 비교적 호의어린 평가를 받아왔다. 이것은 아마도 이 작품이 계몽적 목적성을 표나게 드러내고 있지 않다는 점과 무관하지 않을 것이다. 특히 『유정』이 계몽문학의 폐해로부터 상대적으로 벗어나 있다는 평가는 이 작품의 독특한 서술방식에 힘입은 바 크다. 서술기법에 관한 한 이 작품은 이광수의 어떤 작품들보다 진일보한 성과를 보여주고 있는 것이다. 근대적 문체의 거의 완벽한 구사와 액자형 서술구조를 통한 시점의 변화 및 일기, 편지 등의 다양한 서사적 장치를 동원함으로써 『유정』은 근대적인 소설형식에 대한 이광수의 뚜렷한 인식의 진전을 보여주는 작품으로 볼 수 있다. N과 최석과 남정임의 내면적 서술을 병치하는 다층위적인 서술시점뿐만 아니라 개인의 내면을 토로하는 극히 사적인 서술형식으로서의 일기와 편지라는 서사적 장치의 도입은 이 소설이 '나'라는 개인주체의 내면에 기반한 고백의 형식이라는 근대소설의 미학적 특성을 적극적으로 수용한 결과라고 할 수 있을 것이기

---

29) 김지영, 「계몽적 연애의 탄생」, 『語文論集』 제49집, 민족어문학회, 2004, 379면.
30) 『이광수 전집』 제10권, 삼중당, 1972, 524면.

때문이다. 이 작품의 형식적 특성이 보여주는 이러한 두드러진 내면적 특질은『유정』이야말로 이광수가 근대문학의 조건으로 거론한 "정의 분자를 포함한 문장"이라는 말에 가장 부합하는 작품이라는 평가를 가능케 한다.

더군다나 인물들이 움직이고 있는 상황 바깥으로부터 주어진 계몽의 동기가 인물들의 내면세계를 강제하는 여타의 계몽소설들과 달리, 인물이 놓여 있는 상황과 그 안에서 겪는 인물들의 내적 갈등을 잇는 연결고리가 상당한 개연성과 리얼리티를 갖추고 있다는 것은『유정』이 지닌 또 다른 강점이다. 그 중에서도 최석이 자신을 향한 남정임의 사랑을 알게 된 후 부정(父情)과 사랑이라는 감정 사이에서 마음의 갈등을 겪으면서 서서히 남정임에게 빠져들게 되는 과정은 다음 구절에서처럼 상당한 심리적 디테일을 수반하고 있다.

> 정임이 삼지창을 들다가 도로 놓으며 고개를 숙이는 모양이 내 눈에 띄었소. 아, 과연 정임은 미인이로구나 하는 생각이 번개같이 내 몸에 찌르르 하고 돌았소. 내 아내가 작별 선물로 지어준 진달래꽃빛 나는 양복과 틀어올린 검은 머리는 정임을 갑자기 더 미인을 만든 것 같았소. 그 투명한 살이 전깃불에 비친 양은 참 아름다웠고 가벼운 비단 양복이 그리는 몸의 선, 그리고 고개를 푹 수그린 양은 말할 수 없이 아름다웠소. 나는 처음 이렇게 아름다운 정임을 발견하였소.31)

또한『유정』은 결혼제도가 요구하는 사회적 금기와 사랑이라는 가장 사적이면서도 근대적인 정의 욕구가 충돌하는 지점에서 발생하는 내면의 갈등을 사건 당사자의 내적 고백을 통해 정교하게 형상화함으로써,

---

31)『이광수 전집』제4권, 삼중당, 1972, 22면. 앞으로『유정』의 인용면수는 본문 안에 괄호 표기한다.

당시의 사회가 요구하는 근대적 계몽이념에 따라 개인의 욕망을 조율하려는 성향이 강했던 이광수의 다른 소설들에 비해, 개인의 욕망과 사회제도 사이의 대립이라는 근대소설적 형식에 매우 근접해 있는 양상을 보여준다. 바이칼 호수행에서 죽음으로 이어지는 주인공의 행적을 따라가며 제도적 억압과 그것에서 비롯된 주인공의 극심한 내면적 고통을 그리고 있는 이 작품은 사회적 가치와 대립하는 개인의 욕망이 결국 개인의 몰락으로 이어지는 과정을 그리고 있는 작품으로 볼 수 있는 것이다.

그러나 좀 더 깊이 들여다보면 『유정』은 표층적인 수준에서 드러나는 이러한 특성들보다 더 복합적인 논의의 수준을 함축하고 있다. 보다 근본적인 단계에서 볼 때 최석이 자신의 내면에서 격렬한 싸움을 벌이고 있는 대상은, 그를 '에로교장'이라는 추문의 대상으로 전락시킴으로써 그로 하여금 바이칼행을 선택하게 한 아내와 세상이 아니라, 바로 그의 내면에서 끊임없이 불타오르는 남정임을 향한 그의 격정적인 사랑 그 자체이다. 최석은 N에게 보낸 편지에서, 자신의 편지가 "남정임과 나와의 관계를 분명히 하"고, "세상에 남아 있을 정임의 누명을 씻는 데 한 도움이나 될까 하고"(17면) 보내는 것이라고 말하고 있다. 여기에서 정임의 누명을 씻기 위해서라는 최석의 말 속에 담긴 진짜 속내는 바로 그 자신의 누명을 씻어내는 일일 것이다. 말하자면 이 편지는 최석이 세상을 향해 그 자신의 결백을 밝히기 위한 목적으로 보내진 것이다. 편지를 받은 N 또한 "양심의 뿌리가 바늘끝만치만 붙어 있는 이면 반드시 지금 여기 옮겨 베끼는 두 사람의 편지 사연을 보고는 다시 두 사람의 시비를 하지 못하리라고, 반드시 동정의 눈물을 흘리고야 말리라고"(16면) 말한다. 그런데도 정작 자신의 결백을 주장하는 최석의 편지 내용은 기이하게도 시시때때로 쏟아져 나오는 남정임을 향한 그의 격렬한 사랑의 감정과, 최석을 향해 그에 못지않은 사랑의 감정을 토로하는 남정임의 일기로 이루어져 있다. 두 사람이 서로를 향한 열정적인 사랑을 고백하는 글이 동시에 두 사람 사이의 결백을 증명하는 증거가 된다는 모순은 사랑의 영적인 욕구와 육적인 욕구를 분리시켜 사고했던 이광수의 독특한 연애관에서 비롯되는 것이다. 두 사람 사이의 영의 사랑이 아무리 강렬해도 육의 사랑을 교환하지 않았다면 그 사랑은 결백하다는 것, 더 나아가 영의 사랑이 격렬하면 할수록 그 사랑은 더 순수해진다는 기이한 논리가 최석의 사랑법 안에 내재되어 있는 것이다.

한 논자의 말대로 『유정』이 "식민지 사회의 이기심을 표현할 뿐인 여론과 투쟁하는 이야기"32)라면, 최석은 자신과 남정임 사이의 영적인 사랑을 고백함으로써 자신의 결백을 호소하는 방식으로 자신을 추문의 주인공으로 만든 세상의 여론과 맞선다. 다시 말해 최석이 자신의 도덕적 결백을 통해 맞서고자 하는 것은 결혼제도가 규정한 사회적 금기가 아니라 자신과 남정임의 관계에 대한 세상의 오해인 것이다. 앞서 인용한 "靈과 靈이 서로 포옹하여 飽和한 만족에 달한 후에 비로소 肉으로까지 합하여 연애가 이에 완성되는 것이니, 이것이 즉 혼인이외다"라는 이광수의 연애관에 따르면, 육의 합일에 이르지 않은 영과 영의 사랑이란 혼인의 단계에까지 이르지 않은 것이므로, 결혼의 금기를 위반하는 사랑이 아니기 때문이다. 최석이 바이칼 호숫가에서 고국을 탈출하여 결혼에 이르게 된 R부부의 이야기를 들은 후 "R부처의 생활에 대해 일종의 불만과 환멸을 느"끼며, "내가 정임을 여기나 시베리아나 어떤 곳으로 불러다가 만일 R과 같은 흉내를 낸다 하면, 하고 생각해보고는 나는 진저리를 쳤소. 나는 내 머릿속에 다시 그러한 생각이 한 조각이라도 들어올 것을 두려워하였소"(67면)라는 식의 격한 반응을 보이는 것은 남정임과

---

32) 이경훈, 「인체 실험과 성전」, 『東方學志』 제117집, 연세대학교 국학연구원, 2002, 211면.

자신의 결합이 자신에 대한 세상의 오해를 추인하는 결과를 가져올 뿐 아니라 궁극적으로 결혼제도가 규정한 사회적 금기를 부정하는 일이 될 수밖에 없을 것이기 때문이다.

이런 점에서 최석이 남정임과의 결합 대신 바이칼행을 택한 것은 "조선에서 쫓겨나갈 프로그램"(41면)이라는 그의 말처럼, 그들의 관계에 대해 "갖은 험구와 갖은 모욕을 가하"(15면)는 세상을 피해 자신의 결백을 증명할 장소를 찾아가는 행위로 볼 수 있다. 그러나 이 소설에서 문명의 세계로부터 멀리 떨어진 시베리아의 원시적인 자연 풍광은 최석에게 남정임과의 사랑이 불러일으킨 세상의 오해를 넘어서 남정임에 대한 사랑 그 자체를 초극하기 위한 내적인 투쟁의 장소로서의 의미를 지닌다. 최석의 마음에서 끓어오르는 사랑의 초극을 향한 열망은 작품 속에서 다음과 같이 표현되고 있다.

> 가자, 끝없는 사막으로 한없이 가자, 가다가 내 기운이 진하는 자리에 나는 내 손으로 모래를 파고 그 속에 내 몸을 묻고 죽어버리자, 살아서 다시 볼 수 없는 정임의 「이데아」를 안고 이 깨끗한 광야에서 죽어버리자(56면).

자기 내부의 통제되지 않는 사랑의 열정을 초극하려는 최석의 열망 속에서 정임은 마침내 정임의 이데아로 대체된다. 시베리아의 원시적 자연풍광은 정임을 향한 최석의 열정을 이데아를 향한 초극의 의지로 승화시킬 깨끗한 죽음의 장소가 되는 것이다. 최석은 끊임없이 정임을 향한 격렬한 사랑을 고백하면서도 그에 못지않은 강도로 그 사랑을 초극하려는 자신의 의지를 불태운다. "지위, 명성, 습관, 시대사조 등등으로 일생에 눌리고 눌렸던 내 자아의 일부분이 혁명을 일으킨 것이요? 한번도 자유로 권세를 누려보지 못한 본능과 감정들이 내 생명이 끝나기 전에 한번 날뛰어보려는 것이요? (…중략…) 그러나, 형! 나는 도저히 이 혁명을 용인할 수가 없소. 나는 죽기까지 버티기로 결정을 하였소. 내 속에서 두 세력이 싸우다가 싸우다가 승부가 결정이 나지 못한다면 나는 승부의 결정을 기다리지 아니하고 살기를 그만두려오"(68면)라는 최석의 말은 죽음까지 각오할 정도로 강렬한 파괴력을 지닌 최석의 내적 투쟁이 본능과 감정들이 일으킨 격렬한 혁명과 그것을 억누르려는 이지적 욕구 사이의 싸움임을 말해준다. '본능과 감정들'에서 비롯된 격렬한 혁명은 "그렇다 하면 이것이 참된 나인가. 이것이 하느님이 지어주신 대로의 나인가. 가슴에 타오르는 애욕의 불길 ─ 이 불길이 곧 내 영혼의 불길인가?"(85면)라는 구절이 가리키는 것처럼, 최석의 마음에서 불타오르는 애욕의 불길에 다름 아니다. 그 애욕의 불길은 최석에 의해 "정의 불길이요, 정의 광풍이요, 정의 물결이요"라거나 "형! 그 이상야릇한 짐승들이 여태껏, 사십 년간을 어느 구석에 숨어 있었소?"(68면)라는 말들로 표현된다. "그는 통제 불가능한 자기 내부의 자연과 싸움을 벌이고 있는 중"[33]라는 말처럼, 최석의 이성은 그에 의해 '이상야릇한 짐승들'로 명명된 자기 내부의 자연이 불러일으킨 혁명과 처절한 내면의 사투를 벌이고 있는 것이다.

그렇다면 최석은 왜 이토록 처절하게 죽음을 각오한 애욕과의 사투를 벌이고 있는가? 아니 이광수는 왜 최석을 그토록 처절한 애욕과의 사투 속으로 몰아넣는가? 사랑하는 여인에 대한 애욕의 열망이 그토록 처절하게 부정되어야 할 죄악이기 때문인가? 아마도 그것은 최석의 이러한 투쟁이 바로 이광수가 말한 문명화된 사랑을 실현하는 방식이기 때문이며, 결혼제도의 사회적 금기를 위반하지 않으면서 숭고한 사랑의 이름으

---

33) 서영채, 『사랑의 문법』, 만음사, 2004, 105면.

로 남정임에 대한 최석의 열정을 정당화하는 방식이기 때문일 것이다. 최석은 그의 도덕성을 추락시킴으로써 그를 주체의 위기 속으로 몰아넣은 세상의 추문과 맞서기 위해 스스로 도덕적 영웅이 되는 길을 선택한다. 시베리아의 원시적 자연 속에서 문명의 이름으로 자기 안의 자연과 싸우는 최석의 내적 투쟁은 어떤 점에서 자연에 대한 이성의 통제를 통해 주체의 도덕적 자기완성에 이르려는 근대문명의 계몽적 프로젝트를 닮아 있다. "나는 예수의 광야에서의 유혹을 생각한다. 천하를 주마하는 유혹을 생각한다. 나는 싯달타 태자가 왕궁을 버리고 나온 것을 생각하고, 또 스토아 철학자의 의지력을 생각하였다"(84면)라는 구절은 최석이 갈망하는 주체의 도덕적 완성의 수준을 짐작케 한다. 사랑을 통해 육체의 욕망을 넘어서는 그 정신의 도덕적 자기완성의 끝에 최석의 죽음이 놓여 있다. 시베리아의 깨끗한 자연풍광 속에서 이루어진 최석의 죽음은 세상의 오해와 추방이 불러온 개인의 비극적 죽음이 아니라 육의 사랑에 대해 영의 사랑이 거둔 승리, 즉 비문명적 사랑에 대한 문명적 사랑의 승리이며, 본능과 감정에 대한 이성의 승리, 즉 자연에 대한 문명의 승리인 동시에 주체의 도덕적 승리를 표상하는 사건이다. 이때 시베리아의 원시적 자연은 최석이 자신의 죽음을 통해 근대적 주체의 승리를 실현하는 공간이 된다. 최석은 자신의 말대로 "모든 반란을 진정한 개선의 군주로 죽"(69면)는 것이다. 이로써 최석은 자기 내부의 자연을 정복한 고뇌에 찬, 장렬한 죽음의 형식을 통해 시베리아의 자연 속에 근대적 주체로 우뚝 서게 된다. 최석을 경멸하던 순임의 급작스러운 태도변화와 "제 어머니와 저는 (아버지의—인용자) 그 거룩하신 정신을 몰라보고 오해하였습니다"(77면)라는 순임의 편지는 세상의 오해를 향해 거둔 최석의 도덕적 승리를 입증한다.

정임을 향한 애욕을 초극하려는 최석의 내적 투쟁을 통해 세상의 오해와 맞서게 하는 것이 최석의 결백을 증명하기 위한 이 작품의 도덕적 전략이라면, 『유정』이 후반으로 갈수록 정임을 향한 최석의 애욕의 강도를 높여가는 것 또한 그 초극의 극적 효과를 높이기 위한 서술전략이라고 할 수 있을 것이다. 애욕의 불길이 뜨거울수록 초극을 향한 의지의 도덕적 자기정당성도 강렬해질 것이기 때문이다. 그러나 기이하게도 점점 그 강도를 높여가는 최석의 애욕 안에 정작 정임이 들어설 자리는 없다. 최석에게 "절대 위력을 가진" 것은 정임이 아니라 "정임의 일루젼"(84면)이다. 이 작품이 로맨스의 형식을 통해 '자아발견의 기나긴 여정을 시작하려는' 최석의 욕망을 그리고 있다면, 그 고통스러운 자아발견의 여정에서 정임의 존재는 일루젼이나 이데아와 같은 관념의 자리로 승화되는 동시에 배제된다. 정임의 존재는 그 로맨스의 동등한 주체가 아니라 최석의 도덕적 자기완성을 보조하는 서사적 장치에 지나지 않는다. 정임은 부재, 혹은 공백의 형식을 통해서만 최석의 내적 투쟁의 드라마에 동참할 자격을 부여받게 되는 것이다. 이와 관련해서 낭만적 사랑의 역설 속에서 사랑의 경험과 환상, 즐거움은 "거리두기를 통해 고양된"다는 것, 그리하여 "거리는 즉각적인 쾌락의 추구에 의해 상실되어버릴지도 모를 사랑과 자기반영적인 욕망의 통합을 가능케 한다. 그리하여 사랑의 무게중심은 희망과 욕망의 성취에서 그것과의 거리로 옮겨가며, 그 결과 사랑에 빠져드는 것 못지않게 그것을 두려워하는 태도가 나타나게 된다"[34]는 루만의 말은 매우 의미있는 시사를 던져준다. 이에 따르면 낭만적 사랑의 거리두기는 사랑의 열정 속에서 자신을 보존하려는 자아의 욕망과 깊은 관련을 맺고 있다. 최석에게 정임은 자아의 욕망을 위해 꼭 필요한 존재인 동시에 그 욕망의 성취를 위해 끊임없이 배제되

---

34) Niklas Luhmann, *Love as Passion*, trans. Jeremy Gaines and Doris L. Jones, Cambridge : Harvard Univ. Press, 1986, 136면.

어야 할 존재이다. 그에게 필요한 것은 정임의 일루젼이지 정임 그 자체가 아닌 것이다. 이런 점에서 "낭만주의에 의해 설정된 통합(상대에 대한 사랑과 자기반영적 욕망의 통합－인용자)은, 비록 먼저 사랑하고 남자로 하여금 사랑하게 하는 역할을 하는 사람이 여성일지라도(정확히는 그 이유 때문에) 결국은 남성의 경험 영역 안에 놓여 있다. 그리하여 사랑한다는 것의 사회적 성격은 '자기확신에 기반한 자아형성의 고양된 기회'라는 관점으로 이해되어왔다"[35]는 말은 최석의 사랑에도 그대로 적용될 수 있는 지적이라 아니할 수 없다.[36]

5. 계몽의 완성을 위한 공간

『유정』에서 바이칼 호수와 시베리아는 조선을 떠난 최석의 낭만주의적 탈출의 공간인 동시에 최석의 사랑고백에서부터 시작된 이야기가 애욕과의 격렬한 내적 투쟁을 통해 자아의 완성에 이르는 계몽주의적 과제가 펼쳐지는 공간이기도 하다. 최석은 자신의 결백을 입증하기 위해 순수자연의 공간으로 탈출하지만, 자아의 완성이라는 계몽의 과제를 끌

---

35) Niklas Luhmann, *Love as Passion*, trans. Jeremy Gaines and Doris L. Jones, Cambridge : Harvard Univ. Press, 1986, 136면.

36) 루만의 이 말은 "낭만적 사랑은 본질적으로 여성화된 사랑"(기든스, 83면)이라는 말, 혹은 낭만적 사랑이 주로 사랑에 대한 여성들의 욕망과 관련해서 설명되어왔다는 점과 배치되는 것처럼 보이기도 한다. 그러나 우리는 낭만적 사랑에 참여하는 남녀 간의 차이에 대해 생각하지 않을 수 없다. "낭만적 사랑에 대한 여성들의 꿈은 너무나 자주 완강한 가정적 종속으로 이어지고 말았"(기든스, 109면)던 여성들의 경우 낭만적 사랑이 남성의존적인 심리적 성향의 지배를 많이 받는 반면, 가정적 종속으로부터 상대적으로 자유로운 남성들의 경우는 사랑이 불러일으키는 감정의 고양상태 속에서 사랑과 자기반영(self-reflection)적인 욕망의 통합을 지향하는 태도가 더 두드러지는 양상을 보여준다고 할 수 있다.

어안고 다시 문명세계로 되돌아온다. 이런 점에서 "낭만적 사랑은 불완전한 개인을 완전한 전체로 만들어주는 어떤 것"이라는 관념을 수반하며, "낭만적 사랑은 비극으로 끝날 수도 있고 위반을 통해 성장하는 것일 수도 있지만, 그러나 또한 승리, 즉 세상을 살아가는 처방과 타협을 이뤄내는 것이기도 하다"[37]는 기든스의 말은 이광수가 지향하는 사랑과 연애의 이상적인 모델에 정확히 들어맞는 것이기도 하다. 최석의 사랑은 세상을 위반하는 사랑이 아니라, 세상의 오해를 풀고 세상과의 타협을 이끌어내는 과정을 통해 종국적으로는 개인이 세상에 대해서 거둔 도덕적 승리의 한 형식이 되는 것이다.

탈출과 계몽의 기획이 겹쳐지는 이 공간은 또한 최석과 정임, 아내 사이에 얽힌 욕망의 충돌을 상당한 개연성과 리얼리티에 입각해서 펼쳐나가던 현실의 이야기가 최석의 내적 독백을 중심으로 한 관념의 세계로 옮겨가는 공간이기도 하다. 조선의 현실을 벗어난 시베리아의 새하얀 설원이라는 공간적 배경 속에서 정임의 일루젼을 대상으로 한 최석의 내적 발화가 점점 그 강도를 높여가는 것과 반비례해서 최석과 정임 사이의 사랑의 서사는 점차 증발되거나 실종되어버리는 양상이 벌어지는 것이다. 시베리아라는 순수자연의 공간 속에서 최석이 싸우고 있는 것은 사랑의 실체가 아니라 사랑의 일루젼, 즉 환영이다. 최석의 내적 발화가 계몽적인 양상을 띠어갈수록 작품 속에서 서사의 자리는 텅 비워져간다는 것, 혹은 최석의 자기완성이라는 계몽의 프로젝트가 조선이라는 현실 공간을 벗어나 시베리아라는 이국적 풍광을 배경으로 한 순수관념의 세계 속에서 펼쳐지고 있다는 것만큼 이광수가 의도한 계몽의 기획이 지닌 관념적 한계를 뚜렷하게 보여주는 사건은 없다. 아니, 최석을 시베리

---

37) 앤서니 기든스, 『현대사회의 성·사랑·에로티시즘』, 배은경 외 역, 새물결, 2003, 86면.

아로 탈출시키는 공간적 설정 자체가 이광수 스스로 조선의 현실은 아직까지 그와 같은 숭고한 계몽의 과제를 실현하기에 적당치 않은 공간이라고 생각했기 때문인지도 모른다. 이광수에게 조선은 계몽되어야 할 수동적 대상이지 계몽의 과제를 능동적으로 실천할 수 있는 공간은 아니었을 테니 말이다. 실제로 시베리아라는 순백의 설원 속에서 결백한 죽음의 형식으로 계몽의 과제를 완성하고 귀환한 최석에 대해 그의 아내와 순임은 마침내 그에 대한 오해를 풀고 최석을 거룩한 성자로 우러르는 계몽적 감화에 이르게 되지 않는가? 작품의 표면적인 수준에서 작가의 계몽적 목적의식이 표나게 드러나지는 않는다고 해도, N이 독자들에게 전하는 최석의 편지와 일기 등으로 이루어진 『유정』의 세계는 이런 의미에서 근대적 계몽의 과제 속으로 뛰어든 최석의 내적 투쟁이 펼쳐지는 자리인 동시에 최석의 행적을 통해 조선의 현실을 계몽하려는 작가의 욕망이 펼쳐지는 자리이기도 했다.

이광수의 장편소설과 작가적 욕망의 문제

1. 나르시스의 거울

이광수는 「余의 作家的 態度」란 글에서 스스로를 문사가 아니라고 밝히고 있음에도 불구하고 당대의 어느 작가보다도 꾸준하고 지속적인 창작에의 열정을 보여주었던 작가이다. 스스로 자신의 소설 쓰는 일을 논술 대신으로 하는 여기(餘技)라고 폄하하면서도 그가 소설 쓰는 일을 멈추지 않았던 일차적인 이유는, 아마도 계몽이념의 전달과 파급 효과라는 측면에서 논술문의 대중적 취약성을 보완하는 소설 장르의 뛰어난 대중적 접근성을 높이 샀기 때문이었을 것이다. 그러나 이광수의 소설들을 통독하다 보면, 그에게 소설 쓰는 일이란 그가 대외적으로 내세웠던 계몽적 의욕의 산물 이전에 자신의 내면에 잠재된 어떤 불안과 갈등을 해소하려는 보다 근원적인 욕망의 산물이 아니었을까 하는 생각이 든다. 소설을 통해 독자들을 계도하는 순수한 계몽에의 의지라는 맥락만으로는 그가 자신은 소설가가 아니라고 말하면서도 소설 쓰는 일에 그토록 매달렸던 심리적 모순의 실체가 잘 가늠이 되지 않기 때문이다. 이광수가 스스로를 문사가 아니라고 말하는 것은 그가 근대적 예술장르로서의 문학을 소개하는 일에 누구보다 선구적인 역할을 수행했음에도 불구하고, 그의 의식이 관념세계와 생활세계를 엄격하게 분리하면서 소설을 패관잡기로 몰아붙였던 유교적인 관념의 자장으로부터 완전히 벗어나 있는 것은 아니었음을 보여준다. 그러나 논술문과 소설에 차등화된 지위를 부여하는 듯한 이광수의 태도 내부에 관념세계와 생활세계의 도덕적 가치를 서열화하려는 의식이 자리 잡고 있었다고 할지라도, 그는 소설 쓰기를 통해서 끊임없이 관념세계의 언어를 생활세계의 언어로 옮겨 적으려는 시도를 게을리 하지 않았다. 이것은 이광수의 내면에 논술문의 언어만으로는 담아낼 수 없었던 생활세계에 대한 깊은 정서적 갈증이 있었음을 짐작케 하는 대목이다.

이광수에게 소설이란 계몽이념의 효과적인 전파를 위해서는 독자들의 보다 실감나는 희로애락의 현장 속으로 파고들어가야 한다는 목표 이상의 의미를 지니는 공간이다. 어떤 의미에서 독자들에 대한 계몽적 교화에의 신념 못지않게 이광수의 소설쓰기를 향한 열정을 지탱해준 것은 독자들이 속한 세속현실과 그 자신의 도덕적 위상을 차별화하면서 자신의 도덕적 우월성을 독자들로부터 인정받으려는 욕망이었다는 시각도 가능하다. 이광수의 소설들을 읽다 보면 작중인물들을 통해 독자들에게 자신의 도덕적 능력과 의지를 현시하려는 듯한 작가의 욕망이 곳곳에서 감지되기 때문이다. 어쩌면 이광수의 소설들은 계몽의 대상인 독자들을 위한 소설이 아니라 계몽의 주체인 작가 자신을 위한 소설이 아니었을까라는 생각마저 들 정도다. 이런 의미에서 이광수가 소설쓰기를 통해 필요로 했던 것은 자신의 계몽이념에 따라 개조해야 할 독자뿐만이 아니라, 그의 삶을 지배했던 계몽 이념의 도덕적 순결성이라는 그 자신의 나르시시즘적 이미지를 지켜봐주고 인정해줄 독자들의 존재였는지도 모른다. 세속적 욕망에 대한 강한 거부감에도 불구하고 그 역시 자신을 둘러싼 세속 현실의 유혹으로부터 자유로울 수 없었을 것이기에, 그에게는 세속의 유혹에 맞서는 그 자신의 도덕적 자기실현의 의지와 능력을 고무하고 우러러보아줄 누군가의 시선이 더 절실하게 필요했을 것이라는 것. 아마도 이것이 계몽성과 통속성의 결합이라는 이광수 소설의 문법이 형성되는 보다 심층적인 작가의 심리적 배경이 아니었을까? 이광수가 자신의 소설 속에서 되풀이 호명하는 생활세계는 물론 작가의 계몽적 개입을 절실히 필요로 하는 도덕의 타락이 만연한 공간이다. 그는 자신의 소설에서 도덕적으로 이상화된 관념세계와 도덕적 계몽의 대상인 생활세계를 대립시키는 선악의 이분법적 서사구도를 바탕으로 생활세계의 타락과 도덕적 갱생이라는 주제를 반복재생산 한다. 따라서 이광수의 소설들이 호명하는 생활세계의 타락한 현실은 도덕적 자기정당성을 향한 작가의 욕망을 비추는 어두운 나르시스의 거울이라고 할 수 있다.

이광수가 한국적 근대의 모순을 상징적으로 보여주는 매우 문제적인 작가라는 말은 기존 연구자들이 그에 대해 기울여온 관심과 연구물들의 압도적인 양을 생각하면 새삼스러운 지적일 수밖에 없다. 그러나 필자가 조사한 바에 따르면, 『무정』에 과도하게 편중된 지금까지의 논의들에 비해 이광수의 여타 장편소설들에 대한 논의는, 『재생』이나 『사랑』 등의 몇몇 작품들에 대한 소수의 논의를 제외하면, 웬일인지 지나치게 한적하다는 생각이 들 정도로 논의의 성과가 빈곤한 편이다. 『무정』 이후 1920년대에서 1930년대에 이르는 시기 동안에 발표된 일련의 장편소설들에서 작가의 계몽의식이 작품 속에 어떻게 투영되어 있으며, 그것이 이광수의 작가로서의 문학적 성취에 어떤 영향을 미치고 있는지를 작품들 자체에 대한 분석을 바탕으로 전개해나간 글들이 매우 드문 것이다. 뿐만 아니라 그 소수의 글들조차 대개는 이 시기에 발표된 장편소설들 가운데 한두 작품이나 역사소설 등의 한정된 영역으로 논의의 범주를 제한하거나, 작품에 나타난 기독교의 영향이나 생명의식, 애정관과 교육관 등과 같은 특정한 논제들에 치중하는 양상을 보인다.[1] 요컨대 텍스트 외적인 요소나 텍스트에 나타난 특정한 요소를 부각시키는 방식이 아닌, 텍스트 그 자체에 대한 내재적인 분석을 통해 이광수 장편소설들의 문학적 성과와 계몽의식의 상관관계에 대한 본격적인 논의를 시도하고 있는 글들은 의외로 찾아보기 어려운 것이다. 이처럼 이광수의 장편소설들을 다룬 논의들은 양적으로 빈약할 뿐 아니라 질적인 면에서도 작품의 표면에 드러난 서사의 국면들에 대한 피상적인 논의의 차원을 벗어나, 서사의 각 국면들을 맥락화하는 작품의 구조적 의미나 작품 이면에 놓인 작가적 욕망에 대한 심도있는 논의에는 이르지 못하고 있는 것으로 판단된다. 이 글은『개척자』,『재생』,『유정』,『흙』,『애욕의 피안』,『그 여자의 일생』,『사랑』,『사랑의 다각형』등, 주로 1920년대에서 1930년대에 이르는 당대의 현실을 배경으로 쓰인 이광수의 장편소설들에 대한 분석을 통해 이광수의 문학 속에서 계몽이라는 대외적 명분 뒤에 가려져 있는 작가적 욕망의 실체에 좀 더 가까이 접근해보려는 의도로 마련되었다. 이광수의 장편소설들에서 제시되는 표면적 메시지가 아닌 그 이면이 메시지에 좀 더 주의 깊은 관심을 기울임으로써 서구 근대문학의 유입에 누구보다도 발 빠르게 대응했던 그의 문학이 결국 근대문학의 실패로 귀결될 수밖에 없었던 사정의 일단을 살펴보려는 것이다.

---

1) 필자가 조사한 바로는 역사소설을 제외한 이광수의 장편소설들 전반을 본격적인 논의의 대상으로 삼고 있는 글로는 최주한의『제국 권력에의 야망과 반감 사이에서』(소명출판사, 2005)가 거의 유일한 듯하다.

2. 도덕적 명분으로서의 사랑

이광수의 장편소설들은 근대라는 관념적 이상과 당대의 현실 사이에 놓인 괴리를 그의 글들에서 빈번히 나타나는 특유의 시각적 현실인식을 통해 봉합하거나, 혹은 그의 삶을 지배했던 특유의 도덕적 강박을 통해 초극하고자 했던 작가적 욕망과 한계가 고스란히 드러나는 공간이다. 이광수의 장편소설들에 대한 기존의 연구에서 "유혹과 초월",[2] 혹은 "의무와 욕망 사이의 양자택일의 문제"[3]라는 관점으로 해석되기도 하는 관념과 현실의 완강한 이분법적 대립은 결국 이광수가 "五네의 眼中에 暎來하는 人事現象을 如實하게 描寫하라"[4]는 주문과 함께 근대문학의 특징으로 내세웠던 '정(情)'과, 계몽이념의 도덕적 정당성을 표상하는 '의(意)' 사이의 대립으로 볼 수 있다. 이런 의미에서 이광수에게 문학이란 '정'과 '의'가 끊임없이 길항하면서 세력다툼을 벌이는 공간이다. 물론 그 결과는 매번 '의'의 승리로 귀결되는 것이었지만, '의'의 승리라는 결말에 이르기 위해 이광수는 끊임없이 '정의 분자'를 품은 세속현실에서 벌어지는 당대적 삶의 디테일들을 세밀하게 부조해내는 일에 상당한 공을 들인다. 특히 그의 장편소설의 기본 골격을 이루는, 미모와 재능이 출중한데다 신식교육을 받은 젊은 선남선녀들의 연애문제라는 소재 자체가 젊은 세대에게 폭넓은 감흥을 줄 수 있는 가장 대표적인 '정의 분자'를 품은 소재인데다, 『재생』이나 『그 여자의 일생』 등과 같은 작품에서처럼, 미모의 젊은 여인이 도덕적 자제력을 잃고 타락한 애욕의 길로 빠져드는 모습에 대한 실감나는 묘사는 상당한 박진감과 통속적 흥미를

---

2) 이형진, 「이광수 소설의 '유혹'과 '초월'」, 『문학사상』 통권 411호, 2007. 1, 43면.
3) 최주한, 『제국 권력에의 야망과 반감 사이에서』, 소명출판, 2005, 4면.
4) 『이광수 전집』 제1권, 삼중당, 1972, 549면.

불러일으킨다. 이것은 이광수가 타락한 현실의 사실주의적 디테일을 재현하는 데 있어 상당한 작가적 역량을 지니고 있었음을 말해준다.

그러나 이러한 사실주의적 감각에도 불구하고 이광수의 소설들이 현실에 대한 피상적 재현과 어느 소설에서든 모범답안처럼 강요되는 정형화된 계몽의 논리를 결합한 진부한 동어반복의 수준을 벗어나지 못하는 것은 그의 사실주의적 감각 속에 현실의 이면을 파고드는 구조화된 시각이 현저히 결여되어 있었기 때문이다. 일찍이 그를 '시각형 지식인'이라고 명명했던 한 논자의 말대로,[5] 이광수의 사실주의적 감각은 현실의 표면에 드러난 현상들만을 수집할 뿐, 그 현상들 속에서 작동하는 시스템의 논리에는 대체로 무감각하거나, 무관심한 편이다. 같은 글 속에 서로 모순된 내용들이 아무렇지도 않게 서술되는 것은 이광수의 글에서 그리 새삼스러운 일도 아니거니와, 그의 소설 속 인물들이 그들의 개인적인 욕망과 관념적인 대의명분 사이의 괴리를 인식하지 못한 채, 그 둘 사이의 모순과 불일치에 무감각한 매우 주관적이고 맹목적인 직선형의 사고의 소유자들로 나타나는 것 또한 현실에 대한 작가 자신의 구조화된 시야의 결여와 깊은 관련이 있다. 이를테면 『개척자』의 성순은 계속해서 "자기는 민을 안다, 존경한다, 애착한다, 일생을 같이 하고 싶다"라는 자신의 개인적 욕망과 "우리는 우선 구시대를 깨뜨려야 하고 깨뜨리려면 깨뜨리는 사람이 있어야 하고", "우리가 그 첫사람이 되어야 할 것"[6]이라는 명분을 혼동한다. 그녀를 자살이라는 극단적인 선택으로 이끄는 것이 민에 대한 그녀의 좌절된 사랑인지, 스스로 그 첫사람이 되어야 한다는 단호한 명분인지 불분명할 정도다. 『재생』의 봉구 또한 순영

---

5) 김붕구, 「신문학 초기의 계몽사상과 근대적 자아」, 『한국인과 문학사상』, 일조각, 1964, 56면.
6) 『이광수 전집』 제1권, 삼중당, 1972, 261면.

에 대한 사랑과 "조선을 사랑하는 한 의무"7)를 혼동한다. 순영에 대한 사랑을 호소하는 봉구의 지나치게 엄숙하고 비장한 포즈 위에는 순영에 대한 사랑이라는 사적인 욕망을 민족의 구제, 더 나아가 인류의 구제라는 명분과 겹쳐놓으려는 그의 과도한 도덕적 욕망의 무게가 얹어져 있다.

이광수의 소설에서 사랑은 욕망의 문제가 아니라 도덕의 문제이다. 그의 작중인물들은 도덕이라는 명분의 탈을 동원하지 않고는 그 누구도 사랑하지 못한다. 『개척자』의 성순이나 『재생』의 봉구뿐만 아니라, 『재생』의 순영이나 『그 여자의 일생』의 금봉, 『흙』의 허숭, 『애욕의 피안』의 혜련, 『사랑』의 순옥, 『사랑의 다각형』의 귀남 등도 이런 점에서 예외가 아니다. 『재생』에서 봉구에 대한 순영의 사랑이나 『사랑』에서 안빈에 대한 순옥의 사랑, 『그 여자의 일생』에서 임학재에 대한 금봉의 사랑, 『사랑의 다각형』에서 은교에 대한 귀남의 사랑 등, 그의 작품에서 그려지는 여성의 사랑은 한결같이 상대 남성의 도저한 인격에 대한 도덕적 감화라는 형식을 취하고 있다. 또한 『흙』에서 정선에 대한 허숭의 헌신적인 사랑은 그녀를 도덕적으로 교화하리라는 신념과 구분되지 않는다. 이광수는 이처럼 끊임없이 사랑으로부터 욕망을 제거하고 사랑을 도덕의 차원으로 승화, 아니 무화시킨다. 청년 세대의 가장 열렬하고 보편적인 관심사에 속하는 사랑은, 바로 그 때문에 이광수가 소설쓰기를 통해 성취하고자 하는 새로운 세대에 대한 도덕적 교화의 가장 효과적인 수단이라고 할 수 있다. 그러나 사랑은 욕망을 통제하고 억압하는 이성과는 다른 방식으로 작동하는 인간 내면의 보다 자율적인 감정과 욕망의 영역에 속하는 것이다. 이런 점에서, 도덕적 이성의 명령에 따라 작동하는 이광수식의 사랑은 사랑 그 자체보다 사랑이라는 이름을 빌린

---

7) 『이광수 전집』 제2권, 삼중당, 1972, 24면. 이후 『재생』에 대한 인용은 본문에 전집 권수와 면수로 괄호 표기한다.

도덕적 의무, 혹은 사랑의 이름으로 사랑의 실체를 부정하는 도덕적 명분에 가깝다.

3. 감정의 과잉과 서사적 리얼리티의 부재

사랑이 지닌 감정과 욕망의 자율성을 부정하고, 정형화된 도덕적 당위의 논리를 소설의 전면에 내세우면서 이광수의 사랑 이야기들이 지닌 서사적 육체성은 현저히 빈곤해진다. 이광수는 줄기차게 젊은 남녀의 사랑을 작품의 소재로 취하고 있지만, 그의 소설들 속에서 우리가 발견하게 되는 것은 사랑이라는 이름으로 행해지는 감정의 과잉된 포즈, 서사 상황과 도덕관념 사이의 논리적 비약과 모순, 납득할만한 근거를 수반하지 않는 인물들의 돌연한 감정이나 태도의 변화 등으로 나타나는 서사적 리얼리티의 부재현상이다. 이러한 리얼리티의 부재는 이광수의 소설에서 감정의 과잉이 대부분 계몽이나 도덕적 신념의 과잉과 동전의 양면을 이루고 있다는 점과 깊은 관련이 있다. 자신의 도덕적 명분과 어긋나는 정선과의 결혼을 "농촌 사업은 정선이 하고 하지. 정선이야말로 훌륭한 동지요, 동료가 될 수 있는 짝이 아닌가. 아아, 모든 문제는 해결되었다"8)라는 생각으로 합리화하는 『흙』의 허숭이나, "순영이가 그처럼 사랑하는 한국을 내가 아니 사랑할 수 있을까? 내가 한국을 위하여 이까짓 감옥의 고초를 받는 따위는 어떠랴! 살이 찢기고 뼈가 부서지고 목숨이 가루가 된들 무엇이 아까우랴!"(2 : 24)라고 생각하는 『재생』의 봉구처럼, 수시로 여성에 대한 자신의 사적인 감정을 조선 동포에 대한 사랑이

---

8)『이광수 전집』제3권, 삼중당, 1972, 46면. 이후『흙』에 대한 인용은 본문에 전집권수와 면수로 괄호 표기한다.

라는 공적인 문제로 확대하는 논리적 비약을 보여주는 남성인물들뿐만 아니라, 세속적인 물욕에 이끌리면서도 조국과 민족을 위해 헌신하는 고귀한 남성의 이미지에 매혹되는 순영과 금봉 등은 모두 세속적 욕망을 넘어서는 사랑의 숭고함에 대한 과장된 감정적 반응을 보여준다. 뿐만 아니라 『사랑의 다각형』에서 은교가 보여주는 은희에 대한 헌신적인 사랑이나 『사랑』의 석순옥이 안빈에게 바치는 사랑, 혹은 허영이 순옥에게 바치는 사랑 또한 통상적인 리얼리티의 감각을 넘어서는 과잉된 정서적 반응을 수반하고 있다. 특히 『애욕의 피안』에서 혜련이나 그녀가 흠모하는 강선생이 지닌, 어떠한 육체적 욕망이나 세속적 유혹에도 흔들리지 않으려는 불굴의 의지는 이광수의 인물들이 보여주는 도덕적 과장의 가장 극단적인 예에 속할 것이다.

이처럼 이광수의 장편소설들에서 종종 나타나는 감정의 과장된 포즈, 전후맥락의 연결이 부자연스러운 논리의 비약과 모순, 도덕(선)과 욕망(악)의 극단화된 이분법적 대립구도, 도덕적으로 타락한 인물들의 돌연한 개심(改心)으로 마무리되는 결말구조 등은 멜로드라마의 특징으로 거론되는 "강렬한 정서주의의 탐닉, 도덕적 극단화와 도식화, (…중략…) 부풀려지고 과장된 표현"9) 등의 특징들을 일정부분 내포하고 있다. 그러나 감정의 과잉과 도덕적 엄숙이 한데 버무려진 이광수 소설의 통속적 자질들은 소설의 대중성을 확보함으로써 계몽의 효과를 높인다는 의미 이전에 이광수의 소설이 지닌 계몽 논리의 이념적 한계와 긴밀한 관련을 맺고 있는 것으로 보인다. 사랑보다 사랑에 대한 의무가 강조되는, 혹은 사랑의 육체성이 아닌 사랑에 대한 계몽적 관념으로 달아오르는 연애란 내용 없는 형식적 포즈로서의 근대, 다시 말해 근대의 현실적 토대가 부

---

9) Peter Brooks, *The Melodramatic Imagination*, New York : Columbia University Press, 1984, p.12.

실한 상황에서 근대의 이념적 포즈만으로 근대적 이상을 실현하고자 했던 당시 계몽담론의 특성과 정확히 일치한다. 이런 점에서 이광수 소설의 작중인물들이 보여주는 사랑에 대한 과잉된 감정적 포즈는 대중 앞에서 계몽적 열변을 토하며 자신의 열변에 스스로 도취되던 계몽기 청년 지식인들 특유의 감격벽을 닮아 있다.

그러나 현실에 뿌리내리지 못한 관념의 자기과잉은 결국 현실이라는 검증시스템 앞에서 스스로의 한계를 드러내고 만다. 이를테면 이광수의 장편소설들 대부분이 사랑하는 청춘남녀의 이야기를 들려주고 있음에도 불구하고, 그리고 그들을 통해 낭만적 사랑의 숭고함을 끊임없이 역설하고 있음에도 불구하고, 정작 그의 작품에는 자발적인 연애의 과정을 거쳐 결혼에 이르는 사랑의 성취를 보여주는 커플들이 전혀 등장하지 않는다.10) 『개척자』의 성순, 『재생』의 순영, 『사랑』의 순옥, 『그 여자의 일생』의 금봉, 『애욕의 피안』의 혜련 등은 모두 자살하거나 사랑하지도 않는 남자와의 결혼 등으로 인해 불행해지는 인물들이다. 또한 『흙』의 허숭－정선 커플뿐만 아니라, 자유연애의 기치를 내세운 『무정』의 형식－선형 커플의 결혼 또한 자유연애가 아닌, 여자측 부모의 주선에 의해 이루어진다. 물론 이것은 "남녀 상호의 개성의 이해와 존경과, 따라서 상호간에 일어나는 열렬한 인력적 애정"11)과 함께 연애에서 결혼으로 이어지는 변치않는 사랑의 지속성과 순결성이라는 낭만적 사랑의 이상을 강

10) "낭만적 사랑은 불완전한 개인을 완전한 전체로 만들어주는 어떤 것"(Niklas Luhmann, *Love as Passion*, trans. Jeremy Gaines and Doris L. Jones, Cambridge : Harvard Univ. Press, 1986, p.136)이라는 점과 "결혼을 위해 거치는 거의 규정되어 있는 조건"(재크린 살스비, 『낭만적 사랑과 사회』, 박찬길 역, 민음사, 1985, 18면)이라는 낭만적 사랑에 대한 정의 안에는 한 남자와의 순결하고 영원한 사랑이라는 관념과 결혼을 낭만적 사랑의 궁극적인 완성으로 보는 관념이 겹쳐 있다. 낭만적 사랑 속에서 일생에 단 한 번뿐인 운명적인 사랑이라는 사랑의 이상화된 가치는 결혼이라는 제도적 가치와 결합된다.
11) 『이광수 전집』 제10권, 삼중당, 1972, 43면.

조하던 이광수의 근대적 연애관이, 근대성의 미달과 도덕의 타락으로 특징지어지는 당시의 현실 속에서 끌어안을 수밖에 없었던 어쩔 수 없는 한계라는 측면이 있을 것이다. 이상과 현실은 늘 서로 어긋나는 관계일 수밖에 없으므로, 근대 이후 대부분의 소설들이 그렇듯이 사랑에 관한 이광수의 도덕적 이상 또한 현실에 접목되는 과정에서 실패와 좌절의 형식으로 나타날 수밖에 없었을 것이기 때문이다.

그러나 결혼이라는 제도적 틀 안으로 흡수되지 않는 연애란 기실 연애의 가장 강렬하면서도 본질적인 형식이라는 점에서, 이광수가 들려주는 연애담에서 정작 문제가 되는 것은 연애의 실패가 아니라 연애의 부재이다. 타의에 의해 결혼에 이르는 『흙』의 허숭이나 『무정』의 형식은 말할 것도 없고, 『그 여자의 일생』이나 『재생』에서 순영과 금봉의 세속적 욕망으로 인해 좌절되고 마는 그녀들의 임학재와 봉구에 대한 사랑 또한 사랑의 감정을 뒷받침하는 서사적 개연성이라는 측면에서 납득하기 어려운 면을 지니고 있다. 금봉과 순영은 임학재나 봉구에 대한 그녀들의 열렬한 애정 토로에도 불구하고 결국은 돈을 좇아 별다른 내면의 갈등 없이 다른 남자와 결혼해버리는 태도를 보여주고 있는데, 그와 같은 그녀들의 태도 속에는 그녀들이 토로하고 작가가 추인하는 그 열렬한 사랑의 진정성을 의심케 하는 리얼리티의 모순이 내재해 있다. 이를테면 3·1운동 당시 봉구와 함께 만세운동에 참여하면서 그에 대한 별다른 연애감정을 느끼지 못했던 순영은 어쩌다가 "불현듯 봉구를 그리워하는 생각이 간절"(2 : 86)해지는 것 이외에는 그를 거의 잊어버리고 지내다가, 감옥에서 나온 봉구의 여러 차례에 걸친 열렬한 편지에 감화되어 그를 만날 생각을 하게 된다. 다음 장면은 봉구와의 재회를 승낙하는 순영의 마음을 표현한 대목이다.

> 순영도 봉구를 만나볼 마음이 퍽 간절하게 되었다. 그저 보고 싶기도 하고 그의 천진한 사랑도 받아 보고 싶기도 하고 될 수만 있으면 겨울옷 장만할 돈도 좀 얻고 싶었다(2 : 69).

이 구절에서 나타나는 대로라면 이때까지만 해도 봉구에 대한 순영의 마음은 작가가 말하는 간절함보다는 오히려 장난기를 동반한 가벼운 호기심의 차원을 크게 벗어나지 않았던 것으로 보인다. 그러나 석왕사에서의 이삼 일 동안 순영의 마음은 급격히 봉구에게로 기울어져 "내 일생, 죽는 날까지 당신을 사랑하고 당신 곁에 있을 게요"라고 말하며, "눈에서 눈물이 뚝뚝 떨어"질(2 : 84) 지경이 된다. 심지어 "좌수 무명지를 이빨로 물어서 살 한 점을 떼어내고 거기서 흐르는 피로 삼팔수건에 '영원불변' 넉자를 써놓"(2 : 78)을 정도의 과장된 행위도 마다하지 않던 순영은 그러나 석왕사에서 돌아온 지 한 달이 못되어 백윤희와 결혼한다. 짧은 기간 동안에 이루어지는 순영의 이러한 급격한 감정의 변화는 개연성이라는 측면에서 납득하기 어려운 점이 없지 않지만, 그런대로 아직 정신적으로 미성숙한 어린 여성이 두 남자 사이에서 방황하는 내면의 혼란을 실감나게 전달해주는 측면이 있다. 그러나 작가는 "순영은 일생에 봉구밖에는 사랑하여 본 남자가 없었다. 얼마나 내심으로는 봉구를 그리워했던고. 더구나 석왕사에서 봉구의 참된 사랑을 접할 때에 얼마나 그에게 안겨서 일생을 마치고 싶다고 원하였던고"(2 : 164)라며 봉구에 대한 순영의 사랑이 한때의 일시적인 감정이 아닌 그녀의 평생을 지배하는 영원한 사랑이라고 말하고 있다. 마치 서사적 리얼리티의 차원에서 독자들의 의심을 살만한 순영의 행위를 작가가 나서서 변호해주는 모습이다. 이쯤 되면 순영이 봉구에 대해 취하는 감정의 과장된 포즈보다 그에 대한 작가의 과장된 해석이 더 흥미로울 수밖에 없다.

서사적 리얼리티와 작가적 논평의 불일치는 『재생』뿐만 아니라 이광수 소설의 전반적인 특징이라고 할만큼 자주 발견되는 현상이다. 이광수의 작품에서 작중 인물들이 보여주는 사랑의 과장된 포즈와 그 포즈와 연관된 서사적 상황 사이에 존재하는 리얼리티의 공백은 이광수 소설의 연애담이 앞에서 누차 확인했던 바 연애가 아니라 연애에의 관념적 욕구나 강박의 수준에 머물러 있음을 말해준다. 연애의 서사가 현실적 개연성에 근거한 감정의 논리가 아니라 허황되고 자기충족적인 관념의 논리에 따라 작동되고 있기 때문에 사랑의 포즈든 사랑과 연관된 고뇌의 포즈든 손쉽게 과장되고 또 그만큼 손쉽게 휘발되어버리는 것이다. 사실 휘발성 강한 감정의 과잉과 내면적 갈등의 부재는 조국과 민족, 인류 등과 같은 거창한 대상을 호명하는 것으로 자신에게 닥쳐온 갈등과 위기를 손쉽게 해결해버리는 이광수 소설의 작중인물들이 지닌 보편적 특질이기도 하다. 그의 소설에서 갈등의 유발에서 해결에 이르는 서사의 진행속도가 지나치게 속전속결의 양상으로 처리된다는 이상을 주는 것도 이와 무관하지 않을 것이다.

4. 욕망의 리얼리티와 관념의 리얼리티

그렇다면 우리는 이 지점에서 이광수가 자신의 소설을 통해 끊임없이 사랑을 개인의 욕망이 아닌, 도덕적 의무의 문제로 부각시키고 싶어 하는 욕구의 이면에는 단순히 독자들에 대한 도덕적 교화의 필요성이라는 차원을 넘어서는 작가의 어떤 절박한 욕망이 자리 잡고 있는 것은 아닐까라는 의문을 제기해볼 수 있겠다. 기실 근대 이후의 소설들은 개인의 감정적 자율성에 부응하는 사랑의 문제를 제도화된 도덕이나 이성적 금기와 대립하는 소설의 소재로 즐겨 활용해왔다. 이러한 현실을 감안하면, 이광수의 소설들이 보여주는 사랑이라는 관념에 대한 도덕주의적 강박은 이성적 규범과 사회적 금기를 통해 개인의 감정적 자율성을 통제하고 개인의 욕망을 사회적이거나 도덕적인 관리의 대상으로 다루는 제도의 요구를 강화하는 측면을 지니고 있다는 점에서 근대소설의 일반적인 문법과 어긋나는 지점에 서 있다고 할 수 있다. 이런 점에서 사랑의 감정보다 사랑의 의무를 상위가치에 놓는 이광수의 사랑관은 차라리 사랑의 본질 그 자체를 부정하는 논리에 가깝다.

일반적으로 소설에서 사랑이라는 감정의 리얼리티를 구성하는 것은 욕망으로서의 사랑이지 의무로서의 사랑이 아니다. 따라서 그의 작품 속에 등장하는 커플들은 연애의 성취는 말할 것도 없고 연애 그 자체에도 도달하지 못한다. 그들의 연애가 좌절될 수밖에 없는 것은 그들을 둘러싼 현실의 한계 때문이 아니라 그들의 연애 자체가 지닌 관념적 한계 때문이다. 그들이 사랑한다고 믿고 있는 것은 사랑의 현실적 대상이 아니라 그들의 관념 속에서 설정된 사랑이라는 이름의 추상적 가치와 그것을 둘러싸고 있는 숭고한 아우라이기 때문이다. 아니, 보다 정확히 말하면 작품 속에서 작중인물들의 외부뿐만 아니라 이미 그들의 내부에까지 침투해 있는 타락한 욕망의 현실과 극명한 대비를 이루는 사랑의 숭고한 아우라에 진정으로 매혹되어 있는 것은 작중인물들이 아니라 실은 작가 자신이라고 말해야 할 것이다. 이광수가 자신의 소설 속에서 사랑을 거듭 호명하고 있거나 그 사랑의 배경으로 민족이나 인류와 같은 거창한 관념들을 거듭 동원하고 있는 것, 더 나아가 그가 그토록 사랑에 대한 도덕주의적 강박에 사로잡힐 수밖에 없었던 것은 그에게 사랑이 욕망의 차원을 넘어 그가 그토록 갈망했던 도덕적 인격의 완성으로 나아가는 숭고성의 한 표상으로 인식되고 있기 때문이다. 이광수가 갈망했던 것은 자신의 도덕적 완성이라는 추상적 관념이었고, 소설 속에서 펼쳐지는 사랑 이야기는 그 관념을 대중적으로 실체화하는 수단이었다. 따라서 이광수의 소설 속에 등장하는 인물들은 그 자신의 욕망을 살아가는 인물들이 아니라 작가의 욕망을 투영하는 존재들이며, 서사를 구성하는 것 또한 그들의 욕망의 리얼리티가 아니라 작가 자신의 관념의 리얼리티라고 할 수 있을 것이다. 그렇다면 이광수의 소설 공간 뒤에 숨어 있는 그 관념의 리얼리티는 과연 무엇일까?

무릇 모든 강박 뒤에는 어떤 불안이 은폐되어 있다. 이광수의 소설들이 보여주는 과장된 도덕적 포즈 또한 일종의 강박의 형태를 띤다는 점에서 그 이면에 작가의 내면으로부터 스며나오는 어떤 불안의 그림자를 감추고 있는지도 모른다. 우리가 가장 손쉽게 짐작해볼 수 있는 그 불안의 정체는 일차적으로 계몽의 도덕적 권위를 무력화하는 현실의 변화 앞에서 작가가 느끼는 위기감이다. 『무정』이 근대적 인간으로 성장해나가는 작중인물들의 모습을 흐뭇한 시선으로 바라보면서 민족개조의 강력한 동력으로서의 근대적 계몽의 당위성에 대한 낙관적 전망에 부풀어 있었던 반면, 『재생』 이후 이광수 소설의 전면에 등장하는 것은 현실의 유혹과 압력 앞에서 흔들리며 타락해가는 인물들이다. 작가가 『무정』을 쓰게 된 동기에 대해 "새로운 연애문제, 새로운 결혼문제를 통해서 여명기의 신진 지식계급 남녀들의 고민을 그리려 했다"[12]라고 말하는 반면, 『재생』에 대해서는 "지금 내 눈 앞에는 벌거벗은 조선의 강산이 보이고, 그 속에서 울고 웃는 조선 사람들이 보이고, 그 중에 조선의 운명을 맡았다는 젊은 남녀가 보인다. 그들은 혹은 사랑의 혹은 황금의, 혹은 명예의, 혹은 이상의 불길 속에서 웃고 눈물을 흘리고 통곡하고 미워하고

---

12) 『이광수 전집』 제10권, 삼중당, 1972, 521면.

시기하고 죽이고 죽고 한다. 이러한 속에서 새 조선의 새 생명이 아프게, 쓰리게, 그러나 쉬임없이 돋아 오른다"13)라고 말하고 있는 것 또한 『무정』에서 『재생』에 이르는 기간 동안 작가의 현실인식에 상당한 변화가 있었음을 암시한다. 『무정』을 쓰게 된 동기 속에 새로운 시대의 주인공인 청년들에 대한 작가의 들뜬 기대감이 반영되어 있다면, 『재생』을 쓸 당시의 작가의 현실인식 속에는 조선의 현실에 대한 비관의 그림자가 짙게 드리워져 있는 것이다. 위의 인용문의 마지막 문장에서 작가가 "새 조선의 새 생명"을 운운하며 '재생'의 필요성을 애써 강조하는 것 자체가 이와 같은 비관적 현실인식의 반영일 것이다.14)

계몽의 명분을 무력화하며 막강한 위력을 행사하는 물질적 욕망의 세계 속에서 작가가 느끼는 위기감은 그의 소설에서 도덕적 엄숙주의와 순결성의 포즈를 한층 강화하는 양상으로 나타난다. 이와 더불어 『무정』에서는 작가가 이형식을 자신의 계몽적 대리인으로 내세우면서도 종종 그에 대해 일종의 풍자적 거리감을 유지하는 태도를 취했던 데 비해, 『재생』 이후의 장편소설들에서는 자신의 도덕적 이념을 대변하는 인물들을 전폭적으로 지지할 뿐만 아니라, 타락한 현실과 극명하게 대비되는 그들의 도덕적 인격을 정당화하기 위해 상당한 공을 들이고 있다는 느낌을

---

13) 『이광수 전집』 제10권, 삼중당, 1972, 505면.

14) 『무정』(1917)과 『재생』(1924)이 신문에 연재됐던 시기 사이에 일어났던 3·1운동과 그 이후의 변화된 상황이 이광수의 이러한 현실인식 변화의 중요한 변수가 되었겠지만, 아마도 작가의 이러한 인식변화에는 이 기간 동안 작가가 겪었던 개인적인 시련 또한 적지 않은 영향을 미쳤을 것이다. 상해로부터의 귀국에 이어진 허영숙과의 결혼과 관련된 세간의 불미스러운 소문들, 1922년에 「민족개조론」이 발표된 이후 그에게 가해졌던 세간의 온갖 협박과 비난들이, "세인의 비난이 극심했고 또 이광수의 유약한 성격을 감안해 보면, 그의 고민은 심각했을 것이다"(강현구, 『재생』 연구, 『어문논집』 제27집, 고려대 국어국문학 연구회, 1990, 258면)라는 말처럼, 가장 조선을 사랑하는 민족의 선각자로 자처하던 이광수에게 당시 현실에 대한 깊은 실망감과 환멸을 안겨주었으리라는 것은 충분히 짐작가능한 일이다.

준다.『재생』의 봉구나『유정』의 최석,『사랑』의 안빈,『흙』의 허숭,『애욕의 피안』의 혜련과 강선생 등은 모두 도덕적 엄숙주의나 도덕적 인격의 완성을 향한 강렬한 욕망이라는 점에서 작가 자신의 분신이라고 할 특징들을 공유하고 있는데, 작가적 욕망의 대리인이라는 그들의 역할에 걸맞게 이러한 인물들을 서술하는 작가의 태도는 어떠한 비판적 거리도 개입하지 않는 전폭적인 긍정과 옹호로 일관되어 있다. 이를테면 봉구는 순영의 배신에도 불구하고 끝까지 그녀에 대한 사랑의 절개를 지키면서 그 사랑을 민족과 인류에 대한 사랑으로 승화시키는 인물로, 최석은 자기 내부의 애욕에의 욕망과 싸우는 불굴의 투사로, 안빈은 석순옥이 꿈꾸는 가장 완벽한 도덕적 인격자로, 허숭은 동포에 대한 사랑으로 모든 난관을 헤쳐나가는 농촌 계몽에의 전사로, 혜련과 강선생은 모든 세속의 현실을 거부한 채 스스로 죽음을 선택하는 도덕적 의지와 순결성의 완벽한 표상으로 등장하는 것이다. 이들은 모두 작가가 추구하는 이념의 순결성을 사수하는 도덕적 영웅의 자질을 공유하고 있다.

5. 계몽의 실패

생활세계와 관념세계를 넘나드는 이광수 소설의 기본적인 서사구조는, 마치 질서−혼란−질서라는 고전소설의 서사구조를 연상시키듯, 관념에서 현실을 거쳐 다시 관념으로 복귀하는 양상으로 이루어져 있다. 예를 들어 순결하고 도덕적인 열망으로 가득찼던 인물이 사랑의 배신이나 누군가의 음모, 그 자신의 물질적 욕망 등에 의해 타락한 현실 속에 휩쓸리게 되고, 타락한 욕망의 세계로부터 벗어나려는 인물이 자살을 하거나 출가하는 것으로 작품이 마무리되는『재생』이나『그 여자의 일생』

등이 그렇고, 농촌계몽의 사명감에 불타던 허숭이 계속된 현실적 난관과 시련에 맞서 싸우다 모든 난관이 해소되는 해피엔딩에 이르는『흙』이나, 안빈을 열렬히 숭배하는 순옥이 허영과의 관계에서 비롯된 온갖 시련을 거쳐 희생적 사랑의 숭고함을 깨닫게 되는『사랑』또한, 그러한 결말에 이르기까지 작가가 옹호하는 도덕적 질서를 훼손하고 혼란에 빠뜨리는 세속현실을 소설의 전면에 배치하는 방식으로 도덕성 회복의 당위성을 강조한다. 소설의 배경을 이루는 세속의 공간에서 일어나는 여러 사건들과 그 사건들이 불러일으키는 통속적 재미는 독자들로 하여금 작품이 제시하는 도덕적 메시지를 별다른 저항없이 받아들이게 한다. 말하자면 이광수의 소설에서 생활세계에서 일어나는 세속의 이야기들은 독자들에게 관념이라는 쓴 알약을 삼키게 하기 위한 일종의 서사적 당의정의 역할을 하는 셈이다.

그러나 이광수의 소설에서 타락해가는 생활세계에 대한 핍진한 묘사를 통해 타락한 현실의 도덕성 회복을 향한 강한 메시지를 전달하려는 작가의 의욕은 의욕의 강도가 높아질수록 그 효과는 점점 더 궁색해지는 느낌을 준다. 도덕적 강박의 강도가 높아갈수록, 그것은 역설적으로 타락한 현실 속에서 좌초해가는 계몽의 권능과 그에 대한 작가의 증대되어가는 위기의식을 반영하고 있는 듯이 보이기 때문이다. 레일 위를 달리는 기차의 우렁찬 바퀴소리로 표상되던『무정』에서의 계몽적 낙관주의 대신에,『재생』이후의 소설들에서 종종 비관의 어두운 그림자가 느껴지는 것도 이와 무관하지 않을 것이다. 그러나 도덕적 당위의 세계를 사수하려는 작가의 안간힘은 현실세계의 위력 앞에서 대부분 현실감이 떨어지는 인물들의 과장된 도덕적 포즈나 앙상하고 공허한 관념의 허장성세로 귀결되고 만다. 생활세계에 대한 서술이 전해주는 사실주의적 실감에 비해 작가가 내세우는 관념의 논리는 매우 공허하고 옹색하다는 느낌을 주는 것이다.

이광수 소설의 표면적 메시지는 생활세계에 대한 관념의 도덕적 승리를 말하고 있지만, 정작 작품의 서사적 리얼리티를 구성하는 것은 관념의 논리를 압도하는 생활세계의 힘이다. 특히 이러한 양상은 인물들에 대한 서술에서 보다 두드러지게 나타난다. 이를테면 순영이나 금봉, 혹은 『애욕의 피안』에 등장하는 문임처럼, 세속적 욕망을 좇아 타락해가는 인물들에 대한 묘사가 나름대로의 사실주의적 핍진성을 보여주고 있는 데 비해, 봉구나, 임학재, 혜련이나 강선생 등과 같이 타락한 현실의 반대편에서 작가의 도덕적 명령을 수행하는 인물들의 경우에는 리얼리티가 현저히 떨어지는, 도식적이고 정형화된 서술의 양상을 보이고 있는 것이다. 작품 속에서 어떠한 세속적 욕망과 감정의 지배도 받지 않는 민족의 지도자로서 모든 사람들의 존경을 받는 인물로 설정되어 있지만, 기실은 『그 여자의 일생』에 등장하는 인물들 중 가장 비현실적인 인물이라 할 수 있을 임학재나, 죄악으로 넘쳐나는 더러운 세상을 떠나 마치 무균실의 세상을 향해가듯 깨끗하고 거룩한 세상을 꿈꾸며 자살하는 혜련과 강선생, 혹은 순영의 배신 이후 "살아나야 하겠다. 낡은 세상을 고쳐서 새 세상을 만들어야 하겠다. 불타와 예수와 그 밖의 모든 성인 성도들이 뿌릴 씨를 거둘 때가 왔다. 거둘 사람을 기다린다. 그 사람은 내다. 내라야만 한다"(2 : 156)라고 외치는 봉구 등은 모두 현실감 없는 관념의 로봇이거나 과장된 영웅심리에 도취된 과대망상적 인물들이라고 할 수밖에 없을 것이다.

작가가 '질서―혼란―질서'라는 고전소설의 도식을 빌어 현실의 혼란을 도덕적 질서로 환원시키기 위해 안간힘을 쓴다고 해도, 현실을 개조하려는 의욕과 사명감에 넘치던 계몽의 담론이 오히려 현실세계 앞에서 무력하게 허물어지는 상황은, 작가의 계몽적 의도에 균열을 일으키며 작품의 도처에서 그 얼굴을 내밀고 있다. 계몽의 실패는 우선『재생』의 순영이나『그 여자의 일생』의 금봉,『흙』의 정선 등 세속적 물욕이나 애욕 앞에 무력하게 허물어지는 인물들이 모두 당시로서는 최상의 신교육을 받은 인물들이라는 점과 관련이 있다. 순영과 금봉은 당시 서양으로부터 유입된 기독교 교육을 통해 정결하고 거룩한 삶의 가치를 학습 받았지만, 타락한 현실의 유혹 앞에서 그 교육의 효과는 한줌의 모래알처럼 흩어져버리고 만다. 그렇다면 이들과 달리 작가가 내세우는 계몽 이념의 충실한 대변자인 봉구나 임학재, 안빈, 허숭, 혜련 등과 같은 인물들은 어떤가? 그들은 작가의 관념을 대변하는 그들의 '말'을 통해서가 아니라 그들 자신의 '삶'을 통해 작가의 의도를 독자들에게 설득력 있게 전달해줄만한 소설적 리얼리티를 갖추고 있는 인물들인가? 물론 그 대답은 '아니오'이다. 마치 현실의 지반을 벗어나 관념의 허공 위에 떠 있는 듯한 이 도저한 도덕적 영웅들은 그들의 존재 자체로 작가가 그들을 통해 드러내고자 했던 계몽관념의 현실적 취약성을 웅변해주고 있는 듯하다. 이들을 통해 나타나는 과장된 도덕적 엄숙주의와 리얼리즘의 취약함이야말로 세속의 현실 속에 뿌리내리지 못한 채 겉도는, 혹은 욕망의 현실적 위력과 대적할 힘을 상실한 관념의 한계를 여실히 보여주고 있는 것이 아니겠는가?

이광수의 소설에서 돈과 애욕의 세계,『재생』의 한 구절을 빌리면, "소화기의 생식기의 세상"(2 : 178) 속에서 타락해버린 인물들이 대개 자살이나 출가와 같이 현실과 절연하는 방식으로 세속의 욕망이라는 악의 세계로부터 벗어나게 된다는 점 또한 계몽이념의 한계라는 문제와 무관하지 않아 보인다. 특히『재생』의 순영,『사랑의 다각형』의 은희,『개척자』의 성순,『유정』의 최석,『애욕의 피안』의 혜련과 강선생 등과 같이, 그들 자신의 것이든 그들을 둘러싼 현실의 것이든 극복할 수 없는 욕망의 곤경에 빠져 있는 인물들이 자신의 목숨을 끊음으로써 타락한 현실과 도덕적 이상 사이의 극적인 반전을 도모하는 것은 이광수의 소설에서 매우 빈번하게 나타나는 결말처리방식이다. 자살은 아니지만『그 여자의 일생』의 금봉이 타락한 삶의 극점에서 지금까지의 삶을 모두 버리고 산 속 깊은 절로 들어가는 것 또한 세속 현실과의 단절이라는 점에서 자살과 유사한 의미를 지니는 사건이라고 할 수 있다. 물론 자살의 동기는 각 인물들마다 다르다. 성순의 자살이 세속적 결혼을 강요하는 가족의 요구에 맞서 자신의 사랑을 지키기 위해서라는 명분을 지니고 있다면, 최석의 자살은 세상의 오해에 맞서 자신의 도덕적 결백을 보여주기 위한 영웅적 죽음이라는 의미를 지닌다. 성순과 최석의 자살이 자신의 도덕적 정당성을 사수하기 위한 죽음이라면, 순영과 은희의 자살은 봉구와 은교가 그녀들에게 바친 충직하고 헌신적인 사랑을 배신하고 돈과 애욕의 세계에 빠져든 자신의 잘못을 뉘우치기 위한 죽음이다. 다시 말해 성순과 최석의 자살이 그들의 도덕적 명분에 의한 죽음이라면 순영과 은희의 자살은 그들의 도덕적 과오에 의한 죽음인 셈이다. 명분에 의한 것이든 과오에 의한 것이든 이들의 자살은 이들이 현실과의 관계 속에서 겪는 개인적 고통과 좌절에 의해 발생하는 것이라는 점에서 현실을 기반으로 한 일정한 경험적 근거를 지니고 있다.

그러나『애욕의 피안』에 등장하는 혜련과 강선생의 자살은, 그들이 보여주는 자살에의 결연한 의지를 뒷받침할만한 경험적 근거가 뚜렷하게 드러나 보이지 않는다는 점에서 매우 특이하고 기괴하기까지 한 죽음이다. 혜련이 놓여 있는 현실은, 교회의 장로임에도 불구하고 자신의 친구인 문임을 탐하는 늙은 아버지와, 남편에 대한 극심한 불신과 질투에 사로잡혀 있는 병든 어머니, 혜련을 짝사랑하는 은주를 유혹하면서도 결국 돈을 미끼로 접근해오는 혜련 아버지와의 결혼을 승낙하는 문임

등, 이광수 장편소설의 주무대인 예의 돈과 애욕을 향한 욕망으로 더럽혀진 세상이다. 혜련은 자신을 둘러싸고 있는 사람들을 "영혼을 잃어버리고 욕심과 미움과 아첨으로만 뭉쳐진 고깃덩어리와 같이"15) 바라보며, 심지어 자신에게 간절하고 순수한 사랑을 호소하며 접근해오는 임준상에 대해서도 "준상은 땀 냄새 나는 고깃덩어리로 밖에 보이지 아니하였다. 그의 입술이 제 입 가까이 왔던 것을 생각하면 진저리 날 것 같았고 그의 팔과 손이 만지던 등과 허리와 어깨를 소독약으로 씻어버리고 싶도록 근질근질하였다"(4 : 154)라고 할 정도로 격한 반응을 보인다. 이러한 격한 반응은 급기야 "젊은 내외가 어린애를 데리고 가는 모양 — 그것은 인생의 아름다운 그림이라 하지마는 혜련에게는 그것이 아주 동물적이어서 불쾌하게 보였다. 육체를 목표로 하는 결합이라는 것은 생각만 해도 혜련에게는 짐승 냄새가 코를 찌르는 것 같았다"(4 : 201)라고 할 만큼 육체적 욕망 그 자체에 대한 극단적인 결벽증으로 나타난다. 혜련에게 세상은 선택적인 거부의 대상이 아니라 전면적인 거부의 대상이다. 따라서 그녀의 자살이란 "혜련은 어디까지나 동물적인 몸과 영적인 마음과를 갈라서 생각하고 싶었다. 그래서 저것을 죽이고 이것만을 살리고 싶었다"(4 : 225)라는 구절처럼, 육체를 죽이고 정신을 살리는 일, 다시 말해 그녀 스스로 자신의 육체적 근거를 세상으로부터 완전히 거두어가는 행위라고 할 수 있다.

그녀가 자신의 관념 속에서 주조해낸 깨끗하고 거룩한 세상은 육체성이 철저히 배제된 세상이므로 그녀의 자살은 현실적인 삶의 근거 자체를 깡그리 부정하는 그녀의 관념이 빚어낸 필연적 결과이다. 그녀가 흠모하는 강선생 또한 "우리는 영혼을 위하여서 육체를 이기지 아니하면

---

15) 『이광수 전집』 제4권, 삼중당, 1972, 155면. 이후 『애욕의 피안』에 대한 인용은 본문에 전집권수와 면수로 괄호 표기한다.

아니된다"(4 : 209)라고 말하며, "소중한 혼을 그르치지"(4 : 227) 않기 위해 스스로의 의지로 "터져나오려는 숨을 이를 악물고 들이삼"(4 : 234)키며 자신의 숨을 끊어버리는 기괴한 죽음의 방식을 선택한다. 궁극적으로 이들의 자살은 이들을 둘러싸고 있는 특정한 경험적 현실보다 더 근원적인 지점, 바로 인간이 육체를 가진 존재라는 사실에서 비롯되는 것이다. 돈과 애욕으로 점철된 세상이 인간의 육체에서 비롯되는 것이므로 육체를 제거함으로써 자기 존재의 순결성을 사수하고 타락한 세상의 죄를 대속한다는 거룩한 관념이 작가가 혜련에게 자살이라는 극단적 선택을 부과하게 된 의도였을 것이다. 이 작품은 철저하게 이상화된 도덕률에 의한 현실의 전면적 거부라는 점에서 이광수의 도덕적 이상주의가 도달한 관념적 세계인식의 한 극단을 보여주는 동시에 현실적 리얼리티를 배제한 관념에서 유발된 도덕적 결벽증의 한 극단화된 사례를 보여주는 것이기도 하다. 이 작품을 통해 작가가 실현하려 했던 계몽적 의도는 현실과 도덕적 이상의 극단적 대립을 통해 현실의 추악한 단면을 보다 극명하게 드러내려는 것이었겠지만, 나타난 결과는 거꾸로 현실과의 관계를 깡그리 거부하는 도덕관념의 병적인 기괴함이었던 것이다.

이광수의 소설들이 주인공의 자살로 작품의 결말을 처리하는 방식을 자주 활용하는 것은 그들의 죽음이 타락한 세상을 향해 경종을 울리고, 도덕적 혼란에 빠진 세상의 질서를 제자리로 돌리려는 계몽적 의도를 실현하는 상징적 의미를 지니는 사건이기 때문이다. 타락한 세상을 단죄하고 계몽이념의 도덕적 정당성을 재확인하기 위한 방법으로 주인공의 자살이라는 극적인 사건을 활용하는 것은 독자들에게도 상당한 충격효과를 줄 수 있다. 특히 타락한 세계에 휩쓸려 도덕적 파탄에 이른 인물들의 자살은 타락한 욕망의 필연적인 결과로서의 죽음, 다시 말해 그들이 자신의 삶을 구원할 수 있는 유일한 방법은 죽음을 통해 스스로의 과오를 속죄하는 방법밖에 없다는 작가의 메시지를 담고 있다. 그러나 이광수의 소설들이 주인공의 자살로 모든 서사적 갈등을 일거에 해결하는 방식을 즐겨 활용하고 있다는 것은 그의 소설들이 보여주는 계몽이념의 한계라는 문제와 관련해서 특별히 주목해 볼 만한 대목이다.

사실 이광수의 소설에서 주인공의 자살은, 그것이 자신의 도덕적 명분을 사수하기 위한 것이든 자신의 과오를 속죄하기 위한 것이든, 현실에 대한 관념의 승리를 확증하는 가장 손쉬운 해결책이라고 봐야 할 것이다. 생활세계와 관념세계의 대립에 의해 생겨난 작품 속의 모든 갈등들은 주인공의 자살을 통해 현실의 패배와 관념의 승리라는 의심할 수 없는 확고한 구도16)로 정리되는 것이다. 이처럼 주인공의 죽음이라는 단절의 형식을 통해 부정한 현실을 손쉽게 갈등의 구도로부터 밀어내버리는 방식으로 관념의 도덕적 정당성을 확정짓는 방식은 결과적으로 작가의 계몽이념이 부정한 현실과 적극적으로 대적할만한 역량이 지니고 있지 못함을 자인하는 것으로 해석될 수 있다. 이런 의미에서 『흙』이 허숭의 농촌계몽활동을 둘러싼 서사적 갈등을 해소하기 위해 그를 괴롭히던 적대자의 돌연한 개심이라는 현실성 없는 결말로 작품을 마무리하는 것 또한 계몽이념의 관념적 한계를 드러내는 대목이다. 이처럼 현실과 관념 사이의 갈등이 서사의 내적 논리에 따른 개연성이 아니라 밖으로부터 주어진 정형화된 계몽의 논리에 따라 처음부터 예정된, 그러나 서사적 개연성이라는 면에서는 다소간 돌발적인 방식으로 해소된다는 것은 작가의 계몽이념이 그만큼 현실적 리얼리티의 기반 위에 서 있지 못하다는 점을 반증하는 것으로 볼 수 있다. 이런 의미에서 이광수의 장편소설

---

16) 이를테면 『개척자』의 성순과 『유정』의 최석, 『애욕의 피안』의 혜련의 자살은 현실에 대한 관념의 승리를, 『재생』의 순영과 『사랑의 다각형』의 은희의 자살이나 『그 여자의 일생』의 금봉의 출가는 관념에 대한 현실의 패배를 표상한다고 볼 수 있다.

은 계몽이념의 도덕적 권위를 위협하는 타락한 현실을 계몽의 논리로 복구해보려 했으나 결과적으로는 계몽의 실패를 자인하는 소설이 되고 말았다고 해야 할 것이다.

6. 도덕적 이상으로서의 근대

이광수의 소설에서 생활세계는 관념세계의 도덕적 권위를 정당화하기 위해 동원되는 일종의 필요악 같은 것이라고 할 수 있다. 논설 대신으로 소설을 썼다는 그의 말처럼, 미리 결정화된 관념의 주형 속에 생활세계라는 주물을 부어 만들어진 이광수의 소설들은 소설적 리얼리티라는 측면에서 근본적인 취약성을 안고 있을 수밖에 없다. 관념의 결정화된 틀이 생활세계를 바라보는 작가의 시선을 끊임없이 간섭하고 있기 때문이다. 작가의 계몽적 의도가 서사적 리얼리티를 압도하는 세계에서 생활세계는 작가의 처분에 따라 요리되는 얌전한 요리감에 불과할 수밖에 없다. 따라서 작가는 관념의 도덕적 위상을 부각시키기 위한 방편으로 생활세계에 대한 극적인 과장도 불사한다. 앞서 말한 작중인물들의 과도된 감정적 포즈도 이런 맥락에서 고안된다. 작중인물들의 과도한 감정은 리얼리티의 차원에서 발생하는 것이 아니라 작가의 강렬한 도덕적, 계몽적 욕망에서 비롯되는 것이다. 또한 생활세계의 서사는 계몽적 관념의 도구에 불과한 것이기 때문에 작중인물들을 통해 나타나는 관념의 열기는 늘 서사적 논리와 겉돌게 된다. 예를 들어 감옥에 갇혀 사형집행을 기다리는 봉구가 감격에 들떠 "허수아비로라도 꿈으로로도 한번 '나'라고 일컫는 욕심과 편벽의 껍데기를 깨뜨리고 하늘과 같은 넓은 사랑의 품을 벌려 세계 인류를 안아보게 하시옵소서"(2 : 154)라고 말하거나, 아내의 부정을 알게 된 허숭이 "사랑이란 무한하지 아니하냐. 의무도 무한하지 아니하냐. 아내나 남편이나 자식이나 동포나 나라에 대한 사랑과 의무는 무한하지 아니하냐"(3 : 169)라고 생각하며 아내의 부정을 용서하는 것 또한 리얼리티가 결여된 작중인물들의 도덕적 열기가 결국 감정의 과장된 포즈로 귀결되어버리고 만 예라고 할 수 있을 것이다. 계몽의 열정으로 현실을 계도하려는 작가의 엄숙한 의도와는 달리, 작가의 의도를 대변하는 인물들이 보여주는 과도한 계몽의 열기는 생활세계의 리얼리티라는 차원에서 오히려 통속의 포즈로 희화화되어버리는 결과를 빚고 마는 것이다.

이광수는 자신의 소설을 통속적이라고 비판하는 견해에 대해, 통속소설을 윤리적 동기를 포함하지 않는 흥미본위의 소설이라는 의미로 받아들이면서 "나는 독자를 기쁘게 하기 위해서 윤리적 동기가 없는 소설을 써 본 일이 없"[17]기 때문에 자신의 소설은 통속소설이 아니라고 강변한다. 자신의 소설은 독자들을 즐겁게 하기 위해서가 아니라 그들을 계몽하려는 의도로 쓰여졌기 때문에 통속소설이 아니라는 것이다. 그러나 작가의 윤리적 동기여부가 소설의 통속성 여부를 판단하는 기준이 된다는 이광수의 생각은 매우 소박하고 단선적인 견해라 아니할 수 없다. 이광수의 소설이 통속소설로 비판받는 근거는 차라리 그가 자신의 소설이 통속소설이 아닌 근거로 내세우는 바로 그 윤리적 동기에 있기 때문이다. 다시 말해 그의 소설의 통속성은 생활세계를 계몽이념의 효과적인 설파를 위한 수단 정도로 간주하는 태도, 또는 계몽의 논리로 생활세계를 개조할 수 있다는 믿음으로 서사의 세계를 이끌어나가는 태도의 그 지나친 단순성에서 기인하는 것이라고 할 수 있다. 이 때문에 이광수의

---

17) 『이광수 전집』 제10권, 삼중당, 1972, 462면.

소설에서는 생활세계의 리얼리티를 도구화하는 작가의 계몽적 의도가 바로 그 생활세계의 리얼리티에 의해 오히려 통속의 차원으로 떨어져버리고 마는 역전현상이 발생한다. 그의 소설에서 계몽의 윤리는 생활세계의 내부로 뚫고 들어가기도 전에 그 현실의 표면에서 통속화되어버리고 마는 것이다. 이광수의 소설에서 계몽성의 한계와 동전의 양면을 이루고 있는 통속성의 한계는 그가 생활세계가 지닌 리얼리티의 복합적인 구조를 제대로 파악하지 못하고 있었다는 점과 깊은 관련이 있다. 이것은 근대의 내용(물적 토대로서의 근대)보다 근대의 형식(추상적 이념으로서의 근대)에 집착했던 계몽에의 강박이 도달할 수밖에 없었던 결과, 다시 말해 근대의 현실과 괴리된 상태에서 받아들인 근대의 이념이 가져온 예정된 결과였다고 할 수 있다. 자신의 이념을 절대적인 신념의 차원으로 몰고갔던 이광수에게는 자신의 이념을 끊임없이 현실에 조회해봄으로써 그 이념의 당위성을 회의하는 능력이란 애초부터 불가능한 것이었다. 자기 이념의 정당성에 대한 과도한 확신에 사로잡혀, 겉으로 드러난 현상의 이면을 들여다보는 구조적 성찰의 능력이 부족했던 그에게 시각형 지식인이라는 꼬리표가 따라붙는 것은 어쩌면 당연한 일이었을 것이다. 당대 최고의 지식인이요 문사로 활동했던 이광수뿐만 아니라, 근대문학 형성기의 문학판을 주도했던 여러 작가들에게서, 이처럼 근대라는 수입산 이념에 대한 무조건적인 추종이나 피상적인 매혹을 넘어, 수입산 이념과 재래의 현실 사이에서 발생하는 가치관의 혼란과 갈등에 대해 진지하게 성찰하는 '고뇌하는 지식인'의 모습을 발견하기가 어렵다는 점은 우리의 근대문학사에서 매우 아쉽고 허전한 부분이라 하지 않을 수 없다.

사실 서구의 근대는 그 출발부터 물적 토대로서의 자본주의와 개인의 자아실현이라는 근대적 이념 사이의 불화를 끌어안고 있었다. 따라서 서구적 의미의 근대란 근대가 지향했던 이념과 그 이념의 물적 토대인 현실 사이의 끊임없는 긴장과 마찰 안에서 형성된 것이다. 그러나 근대를 구체적 현실 속에서가 아닌 추상적인 관념 속에서 의문의 여지없는 이상형으로만 받아들인 이광수에게 현실이란 그 이상형에 따라 개조되어야 할 대상 그 이상도 이하도 아니었다. 그가 받아들인 근대는 물적 현상이기 이전에 하나의 준엄한 도덕적 명령이었던 것이다. 따라서 조선의 현실이 증대되어가는 근대의 물질적 욕망의 압력 속에 놓이게 되면서 그의 소설들은 계몽이념의 도덕적 순결성을 훼손하는 현실에 대한 더욱 완강한 부정으로 점철된다. 돈과 애욕을 좇다 예정된 파국의 길로 접어드는 인물들의 삶이 그의 소설의 전면을 장식하게 되는 것이다. 그러나 도덕적 악이라는 단일코드에 강박되어 있는 그에게는 물질적 욕망에 사로잡힌 현실의 이면에 놓인 근대세계의 근본적인 모순이 포착되지 않는다. 뿐만 아니라 민족의 장래를 염려하면서도 식민지 체제라는 현실논리를 괄호 안에 넣어버리려는 그 자신의 정치적 선택이 갖는 모순 또한 자각되지 않는다. 그가 자신의 내부에 쌓아올린 도덕적 이상주의라는 나르시시즘의 높은 성곽이 그의 시야를 가로막고 있는 것이다.

이 지점에서 우리는 누구보다도 조선민족의 현실을 걱정하는 것으로 비춰졌던 그의 의식이 기실 당대의 현실보다는 민족의 선각자요 도덕적 계몽가라는 자신의 이상화된 이미지에 더 집착하고 있었다는 것, 그리고 그의 소설은 그 자기 이미지의 변치 않는 순결성과 숭고함을 독자들에게 보여주고픈 욕망의 끈질긴 지배를 받고 있었음을 짐작해볼 수 있다. 특히 계몽의 권능을 무력화하는 현실의 압력 속에서 자신이 지닌 계몽적 선각자로서의 도덕적 권위와 사회적 위상이 흔들리는 듯한 위기감을 느낄수록 그러한 욕망은 더욱 증대되었을 것이다. 그가 『재생』에서 3·1운동 이후 나라와 민족을 향한 순수했던 열정을 잃어버리고 물질적인 욕망에 의해 타락해가는 세상 속에서 홀로 민족과 인류에의 변치 않는 헌신을 다짐하는 봉구를 만들어내고, 『사랑』에서 석순옥이 도덕적 성인으로 우러러보는 안빈이라는 인물을 만들어내는 것은 이들이 바로 그가 당시의 독자들에게 보여주고 싶은 그 자신의 모습을 대변하는 인물들이기 때문일 것이다. 뿐만 아니라 그는 작중인물들의 과장된 어투를 빌려 수시로 조선에 대한 헌신적인 사랑을 강조하면서도, 한편으로는 근대의 이상화된 이미지와 너무도 대비되는 조선의 현실에 대한 환멸이나 모멸감을 숨기지 않는다. 이를테면 『흙』에서 허숭은 "농민 속으로 가자. (…중략…) 가서 가장 가난한 농민이 먹는 것을 먹고, 가장 가난한 농민이 입는 것을 입고, 그리고 가장 가난한 농민이 사는 집에서 살면서, 가장 가난한 농민의 심부름을 하여 주자"(3 : 30)고 외치며 살여울에서의 농촌계몽운동에 투신하기로 결심하면서도, 정작 자신의 희생적인 노력이 곤경에 처하자 "살여울 사람들은 아직도 배가 불러. 배가 부르니까 아직 덜 깨달았단 말요. (…중략…) 좀 더 부자들한테 빨려서 배가 고파야 정신들을 차릴 모양이요"라고 말하며 조선에 대한 자신의 희생적인 노력을 알아주지 않는 농촌사람들에 대한 서운함과 모멸감을 토로한다. 그리고는 살여울보다 더 가난한 농촌으로 가서 "우리 이번에는 조선에서 제일 가난한 동포가 사는 집에서 제일 가난한 동포가 먹는 밥을 먹어 봅시다"(3 : 225)라고 말한다. 허숭의 이러한 말은 물론 그의 계몽운동이 지닌 시혜적 성격을 반영하는 것이거니와, 더 문제적인 것은 이 말이 가난한 농촌을 구제하려는 그의 희생적인 노력이 더 많은 존경을 받기 위해서는 농촌이 더 가난해져야 한다는 논리적 모순을 담고 있다는 점이다. 그렇다면 허숭이 농촌계몽에 대한 희생적인 헌신을 다짐하며 진정으로 원했던 것은 가난한 농촌의 구제가 아니라 가난한 농민들이 먹는 밥을 먹어 보고 그들이 사는 집에서 살아 보는 데서 오는 그 자신의 도덕적 충족감이 아니었을까?

7. 자기모순의 딜레마

이광수가 스스로 문사임을 부정하면서도 소설쓰기를 계속할 수밖에 없었던 것은 아마도 그에게 소설이 자신을 둘러싸고 있는 생활세계를 향한 가장 효과적인 자기변호의 형식이기 때문이었을 것이다.[18] 그가 관념의 세계에 집착하면서도 끊임없이 생활세계라는 현실의 공간을 필요로 했던 것 또한 그러한 맥락에서 이해할 수 있다. 그러나 그가 자신의 소설에서 수시로 민족이나 국가, 인류와 같은 거창한 개념들에 대한 강박적인 집착을 보이거나 예수나 부처 같은 도덕적 성인이 되고 싶은 욕망을 드러내는 태도의 이면에는 기실 현실과 맞설 용기도 의지도 부족했던 자신의 유약한 자아를 은폐하고픈 욕망이 자리 잡고 있었던 것은 아니었을까? 마치 그의 의식을 강박하고 있던 근대의 이상화된 이미지의 이면에 조선현실에 대한 깊은 열등의식이 자리 잡고 있었던 것처럼 말이다. 그의 소설에 등장하는 인물들이 수시로 민족이나 인류를 외치거나 스스로를 거룩한 성인의 이미지와 동일시하고픈 과장된 욕구를 드러내 보이는 것은 아마도 작가 자신의 내면에 잠재된 자기정체성의 불안이나 조선인이라는 열등의식으로부터 벗어나려는 욕망과 깊은 관련이 있지 않았을까? 따라서 민족의 선각자를 자처하던 이광수 소설의 도덕적 엄숙주의의 외피 안에서 우리가 어쩔 수 없이 마주치게 되는 것, 그것은 어쩌면 일생동안 극심한 도덕성 콤플렉스에 시달렸던 한 왜소한

---

18) 이광수의 소설들을 읽다 보면 그의 작품들이 자신의 신상문제와 관련해서 독자들에게 자신의 입장을 설득하고 변호하려는 욕구에 의해 쓰인 듯한 느낌이 들 때가 많다. 예를 들어 『재생』이 「민족개조론」 등으로 인한 사회적 비난에 시달리던 시기에, 그리고 『사랑』이 도산 안창호의 죽음으로 그가 동우회의 실질적 지도자가 된 후 곧이어 그의 보다 본격적인 친일행위가 시작되던 시기에 쓰인 작품이라는 점은 이 작품들의 내용이 작가의 자기변호에의 욕구와 무관하지 않을 것임을 짐작케 한다.

인간의 모습인지도 모른다. 이광수는 거대한 이념의 그늘 속에 자신의 작중인물들뿐만 아니라 자기 자신의 모습마저 숨겨버린 것이다. 한국 근대문학의 형성과정에서 이광수가 차지하는 막강한 비중을 감안할 때, 이광수의 문학이 이와 같은 관념의 거창한 우산으로 도피하는 대신 자기 자신의 왜소함을 보다 냉철하게 응시하는 데서 출발했다면, 짐작컨대 우리 근대문학의 내면풍경이 훨씬 다채롭고 풍요로워지지 않았을까? 과장된 이념으로 왜소한 조선의 현실을 위로받으려 했던 이광수는, 그러나 결국 그를 민족의 지도자로 만들어주었던 그 과장된 이념과 자기 안팎의 왜소한 현실 사이에 놓인 거리를 넘어서지 못한 채 마침내는 민족의 선각자인 동시에 반역자라는 비극적인 자기모순의 딜레마에 봉착하게 되고 말았던 것이다.

계몽의 딜레마

—이광수의 『재생』과 『그 여자의 일생』을 중심으로

1. 소설의 성스러움과 잡스러움

계몽의 기본 바탕이 되는 것은 계몽의 주체와 대상 간의 서열관계이다. 가르치는 자와 배우는 자를 우열화하는 위상학적 구도는 계몽의 권위를 확보함으로써 계몽의 효과를 최대화하기 위한 계몽의 기본 조건이라고 할 수 있다. 칸트는 다른 사람의 지도 없이 스스로의 이성을 사용할 수 있는 능력에 이르게 된 상태를 계몽의 궁극적 성취로 보았지만, 다른 사람의 지도 없이 스스로의 자율적 이성을 행사할 수 있는 능력에 이르기 위해서 반드시 다른 사람의 지속적인 지도가 필요하다는 것은 계몽이 지닌 하나의 역설이다. 따라서 계몽의 완성은 계몽의 소진이다. 계몽은 스스로의 역할을 소진시킴으로써 저 자신의 완성에 이르게 되는 것이다. 이것은 달리 말해 계몽이 계몽으로 남아 있기 위해 계몽은 늘 완성태가 아닌 하나의 가능태로 남아 있어야 한다는 의미이기도 하다.

계몽의 주체와 대상 간의 우열이라는 위상학적 구도가 유지되기 위해 계몽의 완성은 계속 지체되거나 지연될 수밖에 없는 것이다.

주지하다시피 계몽의 시대적 당위성은 한국 근대문학의 형성과 성장을 이끈 기본 동력이었다. 그 중에서도 계몽이념이 지닌 막강한 권력의 가장 큰 수혜자는 단연 소설이었다. "소설은 '공감'의 공동체, 즉 상상의 공동체인 네이션의 기반이 됩니다. 소설이 지식인과 대중 또는 다양한 사회적 계층을 '공감'을 통해 하나로 만들어 네이션을 형성하는 것입니다. 그 결과, 그때까지만 해도 낮기만 했던 소설의 지위가 상승합니다"[1] 라는 가라타니 고진의 말처럼, 한국의 근대소설은 '네이션'과의 정서적 동일시를 통해 이념적 상상을 현실화하는 가장 강력한 매체로서 대중들 속으로 파고들었다. 민족이라는 이념적 허구가 대중들의 삶과 의식 속에서 생생한 정서적 실체로 자리 잡는 데 소설만큼 폭넓은 파급력을 지닌 문학장르는 없을 것이기 때문이다. 따라서 근대 이후 한국의 소설이 누려온 대중적 영향력은 계몽의 시대적 권위를 내면화한 엄숙한 도덕적 포즈와 뗄 수 없는 관계를 맺고 있다. 문학을 성직에까지 비유하는 "문사는 돈을 벌자는 직업이 아니외다. 장난삼아 소일거리로 하는 직업은 더구나 아니외다. 문사라는 직업은 적게는 일민족을, 크게는 전인류를 도솔하는 목민의 성직이외다. 원고지 위에 붓대를 두르는 이는 강단 위에 성경을 펴는 이와 같이 신성한 직무를 동포에게 행하는 것이외다. 특별히 건전한 인도, 열렬한 인도를 요구하는 우리 민중 중에 처한 우리 문사의 직책은 더욱 신성함이다"[2]라는 이광수의 말은 아마도 그러한 포즈의 가장 적극적인 표현일 것이다.

그러나 이광수에 의해 부여된 이러한 소설의 '성스러운' 지위는 소설

---

1) 가라타니 고진, 조영일 역, 『근대문학의 종언』, 도서출판 b, 2006, 51면.
2) 『이광수 전집』 제10권, 삼중당, 1972, 358면.

이 태생적으로 '잡스러운' 장르라는 것, 다시 말해 소설이 근대의 물질적 가치관을 바탕으로 한 적나라한 세속적 욕망들의 세계를 그 태생적 기반으로 하고 있다는 점과 배치되는 것이다. 그럼에도 불구하고 계몽이념이 소설을 필요로 하는 것은 다름아닌 소설이 지닌 이러한 '잡스러운' 특징 때문이다. 소설이 지닌 강력한 대중적 파급력이 소설이라는 장르를 대중적 욕망과 밀착시키는 그 태생적인 '잡스러움'에서 나오는 것이라면, 계몽이 소설을 필요로 하는 것은 소설의 '잡스러움'이 대중들의 의식 속에서 '성스러움'의 도덕적 당위와 권위를 강화하는 '공감'의 공동체 역할을 해주기 때문일 것이다. 말하자면 소설이란 '공감'의 통로를 통해 계몽이념이 대중들의 삶 속으로 파고들기 위한 더할 나위 없이 효과적인 수단이라는 것이다. 궁극적으로 이것은 소설과 대중을 잇는 '잡스러움'이라는 소설의 매체적 특성에 의존하지 않고는 소설의 '성스러운' 지위도 확보되지 않는다는 말일 것이다. 그러나 계몽주의자들의 관점에서 '성스러움'과 '잡스러움', 혹은 계몽의 이념과 세속적 욕망 사이에는 선과 악이라는 엄연하고 배타적인 도덕적 서열체계가 자리 잡고 있다. '성스러움'과 '잡스러움' 사이의 서열체계, 다시 말해 관념과 현실 사이에 놓인 위계적 구도를 이광수의 용어로 바꾸면 아마도 '사제관계'가 될 것이다. 그가 『사랑』에서 한 작중인물의 입을 빌어 "인생의 관계 중에서 가장 거룩하고 영원성을 가진 것이 사제관곌 거야"3)라고 말하고 있는 것처럼, 그에게 사제관계란 인간이 가질 수 있는 가장 이상적인 관계의 형식이었다. 따라서 이광수에게 소설이라는 '성직'과 사제관계의 이상적인 결합은 그의 소설쓰기를 지탱한 엄숙하고도 신성한 시대적 소명이었을 것임은 물론이다.

---

3) 『이광수 전집』 제6권, 삼중당, 1972, 100면.

20대라는 젊은 나이에 이미 민족의 선각자로 시대의 전면에 나서게 된 이광수에게 계몽이라는 시대적 과업은 고아로서 불운한 성장기를 보낸 그가 자신의 사회적 존재감을 확인하기 위한 매우 매혹적인 심리적 기제로 다가왔을 것이다. 이런 의미에서 생의 어느 순간에도 계몽주의자로서의 도덕적 자의식으로부터 자유롭지 않았을 그가 계몽을 시대의 요구 이전에, 그의 삶을 지탱하는 가장 내밀하고도 끈질긴 욕망으로 받아들였을 것임은 충분히 짐작가능한 일이다. 시대의 교사로서의 자기 이미지 관리에 누구보다 적극적이었던 그에게 그와 세상을 연결하는 사제관계의 형식은 그 자신의 내적 아이덴티티를 지탱하는 가장 강력한 심리적 기제였다고 할 수 있다. 사제관계란 이광수에게 자신의 특권화된 존재의 위상을 대외적으로 드러내보이는 매력적인 욕망의 기제였을 뿐 아니라, 자신의 도덕적 자기완성이라는 사적인 욕망을 공적인 영역으로 확장하면서 자신이 지닌 도덕적 신념에 따라 세상을 개조하려는 보다 적극적이고 야심에 찬 기획이 실행되는 자리였다. 따라서 그가 스스로의 삶과 문학을 통해 보여준 '성스러움'에 대한 한결같은 집착은 사제관계라는 수직적 관계틀을 통하지 않고는 현실에 한발자국도 다가갈 수 없었던 그의 욕망이 빚어낸 희극적인(그러나 동시에 비극적인) 자기기만의 형식일 수밖에 없었다.

이미 말한 대로 계몽의 주체에게 부여된 권력은 계몽이 완성되는 순간 사라져버리기 때문에 계몽의 주체는 자신의 권력을 유지하기 위해 늘 계몽의 이상과 현실 사이의 간극, 혹은 끊임없이 계몽적 주체의 개입을 필요로 하는 계몽의 결여태로서의 현실에 집착할 수밖에 없다. 이광수의 장편소설들이 거의 예외없이 계몽의 도덕적 이상과 현실의 도덕적 타락이라는 이분법적 틀을 고수하면서 작가가 추구하는 이념의 '성스러움'과 배치되는 타락한 욕망의 세계를 작품의 주요 무대로 설정하고 있는 것 또한 이와 무관하지 않을 것이다. 이념과 현실 사이의 거리를 강조할수록 타락한 현실을 구제해야 할 계몽의 도덕적 당위성은 증대된다. 이광수의 장편소설들이 소설의 주무대로 끌어들이는 것 또한 계몽적 교화의 강력한 개입을 필요로 하는 타락한 현실이다. 특히 그의 장편소설에서 타락한 욕망으로 자신의 삶을 파국으로 몰아가는 인물들과 자신의 도덕적 신념으로 타락한 현실을 구제하려는 인물들로 뚜렷이 양분되는 인물구도는 계몽의 도덕적 알리바이를 보장하는 매우 효과적인 서술 장치로 활용된다. 타락한 현실이 계몽적 주체의 도덕적 순결성과 숭고성을 저절로 보장해주는 것이다.

이광수 문학을 다루는 이 마지막 장에서는 이광수의 장편소설인『재생』과『그 여자의 일생』에 대한 논의를 중심으로, 계몽의 '성스러움'에 대한 작가의 배타적 신념에서 파생되는 그의 소설의 여러 문제점들을 보다 세심하게 살펴보고자 한다.『무정』이후 계몽의 시대적 당위성을 무력화하는 시대의 변화 앞에서 작가가 느꼈을 당혹감과 위기의식이 일정부분 반영되어 있는 이 두 작품들은 계몽의 당위성을 훼손하는 타락한 현실에 맞서 계몽의 도덕적 권위와 위상을 보존하려는 그의 일관된 집착과 욕망을 보여준다는 점에서 공통점을 지닌다. 또한 이 두 소설은, 이를테면 이광수의 또 다른 장편소설들인『사랑』과『애욕의 피안』이 확고하고도 완강한 도덕적 신념으로 타락한 현실을 구제하려는 인물들을 작품의 전면에 부각시키고 있는데 비해, 타락한 욕망으로 자신의 삶을 파국으로 몰아가는 인물들의 이야기가 작품의 주서사를 이루고 있다는 점에서 유사성을 보여준다.4) 이러한 유사성을 바탕으로 이 장에서는『무

---

4) 『사랑』과『애욕의 피안』은 작가가 생각하는 도덕적 이상의 가장 모범적인 사례에 속하는 인물들이 서사의 주도권을 쥐고 있다는 점에서『재생』이나『그 여자의 일생』등의 소설들과 변별된다.『사랑』의 안빈과『애욕의 피안』의 혜련은『그 여자의 일생』의 임학재처럼 작품의 주서사와 동떨어진 흐릿한 배경으로만 존재하는 인물

정』 이후 이광수의 소설들이 보여주는 변화의 양상을 살펴볼 것이며, 마지막으로 이광수의 소설에서 여성인물들이 사용되는 방식에 대해 논의하는 자리도 마련할 것이다.

지금까지 단일 작가로 이광수만큼 수많은 논의의 대상이 되어온 작가는 드물겠지만, 그의 장편소설들에 대한 논의는 앞서 지적한 대로 그 양적 성과도 빈곤할 뿐더러, 질적으로도 그다지 만족할만한 수준의 논의가 이루어져왔다고 하기는 어려울 듯하다. 1990년대 들어 계몽주의적 간섭을 벗어난 보다 다양한 논의의 성과들이 적극적으로 제출되기 시작했다 하더라도, 『무정』을 비롯한 초기 소설들에 대한 논의가 활발하게 이루어진 것에 비하면 1920년대 이후의 장편소설들에 대한 논의의 성과는 상대적으로 매우 초라해보이는 것이 사실이다.5) 특히 당대의 현실을 배경으로 한 소설의 계몽주의적 전략이란 점에서 유사한 특성을 공유하고 있는 『재생』과 『그 여자의 일생』을 함께 묶어 논의하고 있는 글은, 필자가 아는 한 전무한 실정이다. 이 글은 두 작품에 대한 보다 면밀한 검토를 통해 작가의 계몽이념이 작품의 내적 구성에 어떻게 관여하고 있는지, 또한 작가의 계몽적 개입이 작품의 문학적 실현에 미치는 영향은 무

도 아니고, 『재생』의 봉구처럼 사랑하는 여인의 배신으로 인한 심리적 고통을 겪은 후 어느 순간 갑자기 도덕적 신념에 가득 찬 인간으로 거듭나는 인물도 아니다. 철저한 금욕과 이성적 자기절제로 무장한 그들은 처음부터 확고부동한 신념형의 인물들로 등장하여 작중인물들의 정신적 지도자나 비판자로서 작품의 서사 전체를 지배하는 도덕적 구심점 역할을 하고 있다. 말하자면 『사랑』과 『애욕의 피안』은 『재생』이나 『그 여자의 일생』에 등장하는 임학재와 봉구와 같은 유형의 계몽형 인물들을 서사의 전면에 보다 적극적으로 전진배치시킨 작품들이라고 할 수 있다.

5) 필자가 조사한 바로는 『그 여자의 일생』을 다루는 본격적인 글은 찾아보기 어려운 실정이고, 『재생』에 대해서는, 정혜영, 「이광수와 환영의 근대 문학」, 『한국현대문학연구』 제10집, 한국현대문학회, 2001 ; 신정숙, 「이광수 소설에 나타난 '민족개조사상'과 '몸'의 관계양상에 관한 연구」, 연세대 대학원, 2003 ; 김지영, 「1920년대 이광수 문학에 나타난 '자아'와 '육체'의 관계」, 『한국현대문학연구』 16집, 한국현대문학회, 2004 등이 비교적 참고할만한 논문으로 판단된다.

엇인지를 분석하는 과정을 통해 계몽의 수단으로 불러들인 소설이 어떻게 작가의 계몽적 의도를 허구화해버리고 있는지를 살펴보게 될 것이다.

2. 자기기만의 리얼리티

계몽이념의 사회적 상승기에 쓰인『무정』이 새로운 세계에 대한 낙관적 전망과 작중인물들의 근대적 성장이라는 테마를 다루고 있다면, 1924년에 발표된『재생』과 1937년에 발표된『그 여자의 일생』은 근대 문물의 도입과 더불어 점차 심화되어 가는 물질적 가치관의 도도한 흐름에 따라 계몽이념의 대사회적 영향력이 약화되어 가던 하강국면을 그 시대적 배경으로 하고 있다. 이제 거리거리마다 민족계몽을 부르짖던 열혈청년들의 시대는 가고 서구의 하이칼라 패션으로 한껏 치장한 채 돈과 애욕을 좇아 거리를 활보하는 모던 걸, 모던 보이들의 시대가 도래하기 시작한 것이다.6) 감격어린 전율에 몸을 떨며 "교육으로, 실행으로"를 부르짖는 것만으로 민족 구제의 희망에 불타오를 수 있었던『무정』의 계몽적 순진성의 세계는 이들 작품에 이르면 돈을 향한 탐욕스러운 욕망의 세계 앞에서 급격히 무너지게 된다. 근대가 현실적 삶의 기율이 아닌 하나의 추상적 이념형으로만 존재하던 세계, 근대세계의 물질적 삶이 계몽의 사회적 위상을 흔들기 이전의 세계에서, 근대적 계몽을 외치는

---

6) 1920년대에서 1930년대로 넘어가는 시기의 시대적 분위기는 "식민 통치는 이미 공고하게 자리를 잡았고, 서구 자본주의와 근대 문화는 일본을 거쳐 조선에까지 상륙했다. 근대 도시 경성은 화려한 불빛으로 시골뜨기를 유혹했고, 새로운 문명과 소비문화를 즐기는 모던걸 모던보이들은 풍요로운 청춘을 노래했다"(신명직,『모던보이 경성을 거닐다』, 현실문화연구, 2003, 13면)라는 구절을 통해서도 짐작해볼 수 있다.

고양된 목소리는 마치 공중에 떠 있는 열기구처럼 그 자체의 열기만으로 봉건의 현실로부터 한껏 높이 날아오를 수 있었다. 그러나 정작 그들이 외치던 근대적 변화의 물결이 현실세계의 한가운데로 도도하게 밀려들어오기 시작하자 계몽은 자신의 확신에 찬 목소리 뒤에 가려져 있던 텅 빈 내면의 실체를 여지없이 드러내 보이게 된다. 『무정』이 보여주는 계몽적 순진성의 세계가 외래적 이념이 유입되는 과정에서 일어나게 마련인 재래적 현실과의 갈등이나 충돌을 거치지 않은 세계라면, 『무정』 이후의 장편소설들은 현실적 실체가 뒷받침되지 않은 상태에서 형식적 근대만을 외치던 계몽이념이 현실의 근대적 변화 앞에서 어떻게 휘청거리게 되는지, 또 어떻게 그 자신의 도덕적 권위를 지키기 위해 안간힘을 쓰게 되는지를 잘 보여준다.

빼어난 미모를 지닌 여성인물들을 중심으로 타락한 육체의 세계와 고결한 정신의 세계를 대비시키는 이분법적 서사형식을 취하고 있는 『재생』과 『그 여자의 일생』은 이러한 현실의 변화에 대응하는 이광수 소설의 전형적인 서술방식을 보여준다. 두 작품은 여주인공들이 지닌 빼어난 미모가 끊임없이 남성들의 탐욕스런 욕망을 불러들여 그녀들의 삶을 육체적 타락의 질곡 속으로 몰아가게 되는 상황을 통해, 돈과 쾌감의 교환관계라는 자본주의적 욕망의 체계가 여성의 육체를 서서히 장악해가는 과정을 서술한다. 『재생』의 순영과 『그 여자의 일생』의 금봉이 자신의 육체적 처녀성을 사수하기 위해 보여주던 안간힘은 여성의 섹슈얼리티가 끊임없이 물질적인 교환가치로 환산되는 현실의 변화 앞에서 너무나 무기력할 뿐이다. 순영이 당대의 갑부인 백윤희가 보내준 차를 타고 그의 집으로 가는 다음 장면은 백윤희의 유혹을 거부하려는 그녀의 안간힘에도 불구하고 그녀의 의식이 이미 물질적 부의 세계에 깊이 매료되어 있음을 보여준다.

지금 자동차는 부의 상징이었다. 수없는 인류 중에 오직 뽑힌 몇 사람 밖에 타보지 못하는, 마치 왕이나 왕후의 옥좌와도 같은 그렇게 높고 귀한 자리 같았다. 자기가 그 **자리**에 턱 올라앉을 때에 순영은 이 자동차의 주인이 되어 마땅한 **사람**인 듯한 지금까지의 일, 즉 경험해 보지 못한 자기의 높고 귀함을 깨달았다(2 : 33).

백윤희의 자동차 안에서 그녀가 "자동차의 주인이 되어 마땅한 사람인 듯한", "자기의 높고 귀함"을 느끼게 되는 것은 그녀의 마음이 이미 자신의 육체를 백윤희에게 욕망의 도구로 제공한다는 계약에 동의할 준비가 되어 있는 상태임을 보여준다. 『그 여자의 일생』에서 자신을 유혹하는 손선생에 대한 강렬한 혐오감을 드러내던 금봉 또한 그의 지갑 속에 든 이십만 원을 보는 순간 "단박에 손선생의 청구를 거절할 용기도 없고, 또 마음의 어느 한구석에는 거절하고 싶은 마음도 없었다"[7]는 식의 태도의 전환을 보여준다. 이처럼 두 작품은 타락한 욕망의 유혹에 너무나 손쉽게 노출될 수밖에 없는 미모의 여주인공들을 소설의 전면에 내세우면서, 이미 유혹에 넘어갈 준비가 되어 있는 그녀들의 자발적인 동의를 거쳐 마침내 그녀들의 삶 전체를 점령해버리는 돈의 위력을 꽤 실감나게 서술하고 있다. 그녀들이 자신의 빼어난 미모가 가져다줄 황금빛으로 빛나는 화려한 삶에 강렬한 유혹을 느끼는 것은 그 또래의 젊은 여인이라면 응당 그럴법한 개연성을 갖추고 있다. 뿐만 아니라, 황금의 유혹에 넘어가 사랑하지 않는 남자와 결혼한 이후 그녀들이 후회와 불만으로 괴로워하며 자신의 삶을 더욱 더 구제불능의 파국으로 몰아가는 것 또한 일정한 핍진성을 담보하고 있다. 이와 함께 물질적 욕망과 도덕적 이상 사이에서 갈등과 혼란을 겪는 순영과 금봉의 내면심리에 대해

---

7) 『이광수 전집』 3권, 삼중당, 1972, 387면. 앞으로 『그 여자의 일생』에 대한 인용은 본문 안에 전집의 권수와 면수를 괄호 표기한다.

이들 작품이 제공하는 풍부한 서사적 정보들은 순영과 금봉이 구체적인 현실 속에서 사실적 욕망의 세계를 살아가는 캐릭터라는 느낌을 독자들에게 보다 생생하게 전달해준다.

순영이 백윤희의 첩이 되거나 금봉이 손선생과 결혼하게 되는 과정 또한 자본주의 체제에서 돈이 지닌 이기적이고 추악한 욕망의 속성을 여지없이 드러내 보인다는 점에서 상당한 박진감을 불러일으킨다. 당대의 갑부이면서 수시로 기생첩을 갈아들이는 백윤희가 당대의 미인으로 소문이 자자한 순영을 탐내는 것은 응당 그럴법한 일이거니와, 순영을 미끼로 백윤희로부터 거액의 돈을 받아내려는 순영의 오빠 순기가 순영의 몸값을 놓고 백윤희와 밀고 당기는 신경전을 벌이거나, 이미 백윤희의 자동차에서 물질적 부가 제공하는 화려한 삶에 강력한 유혹을 느낀 순영이 뒤이어 상상을 뛰어넘는 그의 으리으리한 집에 압도되는 장면, 혹은 순기의 의도를 짐작하면서도 그녀가 모르는 척 오빠의 지시에 따르는 착한 누이동생의 역할을 연기해보이는 것 또한 흥미로운 대목이라 아니할 수 없다. 그러나 이 작품에서 무엇보다 압권인 것은 동래온천에 홀로 남겨진 순영이 백윤희의 침입을 예견하면서도 짐짓 아무 일이 없을 것처럼 스스로를 기만하다가 결국 백윤희에게 자신의 처녀성을 빼앗기고 난 후 분노에 떨며 백윤희가 주고 간 금강석 반지를 내동댕이치는 장면이다.

> 그는 사람이 아니요 짐승이다, 하고 순영을 만지를 빼어서 부서져라 하고 아무 데나 함부로 내던졌다. 그러나 원망스럽고 분한 눈을 가지고 얼른 일어나서 그 반지의 보석이 부서지지나 않았나 하고 찾아보아서 그것이 무사한 줄을 알고는 울기를 시작하였다(2 : 58).

자신은 성스러운 삶을 살아갈 여자라는 자부심을 내세우며 백윤희가 제시하는 돈과 성의 유혹에 저항하려 하면서도 결국은 백윤희에게로 쏠리는 강력한 마음의 유혹을 뿌리치지 못하는 순영의 내면심리에 대한 이와 같은 박진감 넘치는 묘사는 이 작품에서 이광수가 지닌 사실주의적 감각이 가장 탁월하게 발휘되는 부분이라 아니할 수 없다. 이 때문에 백윤희와의 불행한 결혼 중에 그녀가 회한에 차서 "가장 오빠의 말에 복종하는 체하고 거기 머물러 있은 것은 오직 핑계다. 도리어 자기는 밤에 백이 자기 방에 들어올 것을 예기하지 아니하였던가…. 도리어 그리하였으면 하고 바라지 아니하였던가… 아, 무섭다, 더럽다!"(2 : 196)라고 외치는 장면 또한 충분한 심리적 개연성을 확보하게 되는 것이다.

『그 여자의 일생』의 금봉이 치밀하고도 집요한 전략으로 그녀의 몸을 옭아매려는, 돈의 추악한 속성만큼이나 추악한 외모를 지닌 손선생의 마수에 걸려 타락의 길로 접어들게 되는 과정 또한 상당히 흥미롭다. 금봉이 "동경에 온 후에 지금까지 먹는 밥이 손선생의 밥이요, 입은 옷도 손선생의 돈으로 산 것이요, 임학재에게 준 생일선물도 손선생이 보내어준 돈으로 산 것"(3 : 384)인 현실을 수락할 때부터 이미 손선생이 제공하는 돈의 마수에 걸려든 것임에도 불구하고, 짐짓 그 현실을 외면한 채 "저는 깨끗이 깨끗이, 천사와 같이 깨끗이 이 세상을 살아갈 테야요"(3 : 388)라고 외치며 돈의 유혹에 이끌리는 자기 욕망의 실체를 인정하지 않으려 하는 금봉의 자기기만 또한 순영의 그것과 그리 다르지 않다. 순영과 금봉의 내면에 대한 풍부한 서사적 정보는 대개 그녀들의 욕망이 지닌 이와 같은 이중적이고 자기기만적인 속성과 연관되어 있다. 이런 점에서 금봉이 타락한 현실의 한가운데서 다음과 같은 각성에 이르는 장면은 세속적인 욕망의 세계를 살아가는 근대인의 복합적인 내면세계에 대해 작가가 일정한 사실주의적 인식을 지니고 있었음을 보여준다.

금봉은 제 속에 여러 금봉이가 있는 것을 생각하였다. 하나는 임학재를 존경하고 그리워하는 정희 같은 금봉이, 하나는 김광진 같은 잘생긴 부자 귀족을 그리워하는 허영에 뜬 금봉이, 또 하나는 심상태이거나 누구거나 저를 따르는 남자면 누구하고나 하루 이틀 희롱을 해보자는 을남과 같은 금봉이, 그리고 돈 있고 저를 잘 위해주는 어리석은 손명규 같은 남자를 따르려 하는 금봉이 ─ 이 수두룩한 금봉이가 제 속에 있어서 때에 따라서 이런 금봉이도 나오고 저런 금봉이도 나오는 것을 생각하면 어떤 그림책에서 본 인도 신화에 나오는 몸은 하나에 머리 여럿 가진 배암이 생각나서 몸에 소름이 끼쳤다(3 : 437).

두 작품의 여주인공들이 이처럼 현실적 욕망과 이상적 관념 사이에서 자기기만적인 욕망의 곡예를 되풀이하고 있는 것은, 그녀들이 타락한 욕망의 세계 속으로 끌려들어가면서도 한결같이 깨끗하고 거룩한 삶에 대한 미련을 버리지 못하기 때문이다. 이광수의 장편소설들에 등장하는 대개의 여주인공들과 마찬가지로, 이들이 품고 있는 성스러운 삶에 대한 동경은 그녀들에게 가해진 서구식 기독교 교육의 영향과 깊은 관련이 있다. 순영이 자신이 다니는 학교의 외국인 선교사인 P부인을 보며 "그이와 같이 인격이 높은 교육가가 되어서 우리 불쌍한 한국 여자들을 교육하리라"(2 : 53)고 생각하거나, 동경유학중이던 금봉이 미국인 선교사 집에서 생활하며 "백발이 되어서 일생에 지나온 길을 돌아보고 '하나님 감사합니다' 하는 경건한 기도를 올리는"(3 : 368) 자신의 모습을 상상하는 것은 작가가 서구로부터 받아들인 근대의 이상적인 삶의 이미지가 그의 작중인물들의 내면에 투영된 결과일 것이다.

그러나 그녀들에게 가해진 이와 같은 근대적 교육의 효과는 그녀들이 황금의 유혹 앞에 노출되는 순간 여지없이 무너져버리고, 그에 따라 이광수를 비롯한 당시의 계몽주의자들이 외쳤던 교육을 통한 근대적 계몽이념 또한 하나의 허구로 전락해버리고 만다. 그럼에도 불구하고 정신적 육체적 순결을 지녔을 당시 그녀들의 마음을 사로잡았던 거룩하고 성스러운 삶의 이미지는 타락한 욕망의 세계로 끌려들어가는 그녀들의 내면에서 삶에 대한 끊임없는 회한과 좌절을 불러일으키는 도덕적 자의식의 원천으로 남아 있게 된다. 회한과 좌절의 형식으로나마 거룩하고 성스러운 삶에 대한 갈망이 남아 있는 한, 그녀들의 내면에서 근대적 교육의 효과는 여전히 지속되고 있다고 봐야 할 것이다. 순영이 봉구에게서 타락한 욕망의 세계로부터 자신을 구해줄 구원자의 이미지를 갈망하거나, 금봉이 동경유학 시절에 마음으로 사모했던 임학재에 대한 그리움을 떨쳐버리지 못하는 것은, 그녀들의 마음속에 학창시절 학교로부터 배웠던 삶의 도덕적 이상에 대한 동경이 현재의 삶에 대한 지속적인 반성의 기제로 작용하고 있음을 말해준다. 두 작품은 이처럼 구체적인 현실상황 속에서 그녀들이 겪는 내면의 균열과 자기기만적인 의식의 갈등을 통해 근대의 현실과 근대가 추구하는 도덕적 이상 사이의 괴리를 사실감 있게 전달하는 일정한 리얼리티를 확보하게 된다.

3. 도덕적 단죄의 형식

그러나 두 작품의 여주인공들이 타락한 현실 속에서도 성스러운 삶에 대한 동경을 버리지 못하는 인물들로 서술되고 있는 것은, 그러한 서술이 갖는 일정한 리얼리티에도 불구하고 궁극적으로는 타락한 욕망의 도덕적 갱생이라는 계몽의 주제를 실현하기 위한 작가의 의도적 설정이라는 인상을 강하게 불러일으킨다. 작가가 결혼 후에도 그녀들이 봉구나 학재에 대한 변함없는 열망을 지니고 있음을 유별나게 강조하는 것은 순영과 금봉(더 나아가서 그녀들로 대표되는 타락한 욕망의 세계)이 늘 그녀들을 타락의 세계로부터 벗어나게 해줄 계몽적 교화자를 갈망하는 위치에 머물러 있어야 하기 때문일 것이다. 봉구와 학재에 대한 그녀들의 열망은 그들에 대한 그녀들의 도덕적 열등감과 동전의 양면을 이루고 있다. 순영과 금봉의 의식 속에서 그녀들이 닮고 싶은 도덕적 이상을 표상하는 동시에 그녀들의 타락한 욕망에 대한 도덕적 단죄자의 이미지로 자리 잡고 있는 봉구와 학재는 이들 작품에서 순영과 금봉의 삶을 작가의 계몽적 욕망과 연결지어주는 중요한 매개자의 역할을 떠맡고 있다. 순영과 금봉이 타락해가는 현실 속에서도 봉구와 학재에 대한 미련과 집착을 버리지 못하는 것은 그들이 작가를 대신해서 그녀들에 대한 도덕적 교사(敎師)의 역할을 수행하는 존재들이기 때문일 것이다.[8] 이런 의미에서 순영과 봉구, 금봉과 학재 사이에 놓여 있는 것 역시 이광수 소설이 보여주는 인물구도의 전형적인 패턴인 예의 '거룩하고 영원한' 사제관계라고 할 수 있다. 봉구와 학재에 대한 그녀들의 열망이 지속되는 한 그들의 계몽적 권위를 떠받쳐주는 서열관계는 계속해서 유지된다. 작품 속에서 봉구와 학재에 대한 순영과 금봉의 열망이 열정의 관념적 과장이라는 양상으로 나타나는 것 또한 봉구와 학재가 작가의 계몽적 욕망을 대리하기 위해 만들어진 인물들이라는 점과 관계가 깊다. 계몽의 당위성을 부각시키기 위해 서사적 개연성에 부합되지 않는 과장되고 억지스러운

---

8) 순영이 봉구를 통해 봉구라는 한 남성이 아닌 봉구로 표상되는 가치를 신봉했다는 점에서 "신봉구에 대한 김순영의 애정이라는 것 역시 실은, '연애'가 형성시킨 일종의 환상이었음에 다름 아니었다고 할 수 있다 영혼의 사랑=영원불변이라는, '연애'가 이끌고 들어온 사랑에 대한 낭만적 환상이 김순영의 경우 일종의 강박증으로 변환되어 나타난 것이다"(정혜영, 「이광수와 환영의 근대 문학」, 『한국현대문학연구』 제10집, 한국현대문학회, 2001, 221면)라는 주장은 일리가 있다. 그러나 우리의 관점으로 볼 때 순영이 신봉했던 것은 영원한 사랑에 대한 낭만적 환상이라기보다, 작가가 봉구를 통해 구현하고자 했던 도덕적 이상에 근거한 깨끗하고 거룩한 삶이었다고 해야 할 것이다.

설정을 불사하는 일은 이광수의 소설에서 종종 발견되는 현상이기 때문이다.

여주인공들의 성스러운 삶에 대한 동경이 의도적으로 과장되어 있다는 느낌에도 불구하고 세속현실을 무대로 펼쳐지는 그녀들의 이중적이고 자기기만적인 욕망의 드라마를 통해 어느 정도의 내적 리얼리티를 확보할 수 있었던 서사의 세계는, 두 작품에서 작가의 계몽적 개입이 서사의 표면으로 돌출해나오는 양상이 빈번해짐에 따라 보다 지속적이고 안정감 있는 서사적 리얼리티의 구축에 필요한 긴장감을 현저히 상실하게 된다. 작품의 전체적인 흐름을 통어하는 작가의 계몽적 욕망은, 작중인물들의 행동이나 생각을 민족이나 국가, 인류와 같은 추상이념에 바탕을 둔 엄숙하고 경직된 도덕적 잣대로 평가하고 해석하거나, 도덕적 이상을 향한 과장된 열정에 불타는 인물을 등장시키는 방식을 통해, 작중인물들의 개인적 욕망을 무리하게 작가의 계몽적 코드에 끼워맞추는 이념의 과잉으로 나아가게 되는 것이다. 이를테면 두 작품에서 작가의 계몽적 욕망은 "조선의 아들과 딸들은 나날이 조선을 잊어버리고 오직 돈과 쾌락만 구하는 자들이 되었다. 교단에서 분필을 드는 교사도 신문, 잡지에 글을 쓰는 사람도 모두 돈과 쾌락만 따르는 이기적 개인주의자가 되고 말았다"(2 : 174)는 작가적 논평이나, "가만히 생각해 보아라, 농부들이 피땀 흘려서 지은 쌀을 먹고, 직공들이 피땀 흘려서 짠 옷을 입고, 집안에 사람을 삼사인씩 두어서 시중을 들리고 그리고 앉아서 네가 하는 일이 무엇이냐 말이다"(3 : 440)라는 작중인물의 말을 통해 수시로 순영이나 금봉으로 대표되는 개인적 욕망에 대해 조국이나 민족의 이름으로 도덕적 단죄를 가하거나, 순영과 금봉으로 하여금 예정된 파국의 길로 달려가게 하는 방식으로 그녀들의 삶을 지배한다. 당시의 독자들에게 타락한 현실에 대한 계몽적 각성을 불러일으키자는 것이 두 작품의 애초의 저작의도였다면, 이와 같은 도덕적 단죄의 형식은 기실 두 작품에 부과된 필연적인 서사논리에 속하는 것으로 보아야 할 것이다.

도덕적 단죄라는 관점에서 본다면, 『재생』의 순영이 봉구를 배신했음에도 불구하고 그에 대한 열망을 버리지 못한 채 괴로워하는 설정 자체가 이미 그녀에 대한 작가의 도덕적 처벌이라는 의미를 지니는 것으로 볼 수 있다. 이때 순영을 용서함으로써 그 처벌을 중단시켜줄 최종적인 승자는 물론 그녀의 한결같은 열망의 대상인 봉구다. 그러나 순영의 간절한 호소에도 불구하고 순영에 대한 봉구의 용서가 순영의 죽음 이후에 이루어지는 것은 순영의 타락한 삶이 바로 그녀의 육체로부터 비롯된 것이기 때문이다. 이광수의 소설들에서 일관되게 나타나는 육체, 혹은 육체적 욕망에 대한 극단적인 부정의 논리를 감안할 때, 자살을 통한 육체의 소멸이든, 출가를 통한 육체의 상징적 거세든, 타락한 삶의 도덕적 갱생을 꿈꾸며 자신의 타락한 육체를 세상으로부터 거두어가는 그녀들의 파국적인 결말은 육체에 대한 정신의 승리, 혹은 현실에 대한 계몽이념의 최종적인 승리를 의미하는 것으로 볼 수 있다.

『재생』에서 봉구가 순영에 대해서 갖는 도덕적 우위는 작가의 계몽이념이 당대의 현실에 대해 취하는 도덕적 권위에 상응하는 것이다. 그러나 봉구에게 순영을 용서할 수 있는 도덕적 권위를 부여하는 것은 바로 순영 자신이다. "과연 봉구에게는 영웅의 기상이 있다고 순영이 자기도 생각하"(2 : 182)는 것은, 봉구가 작품 속에서 영웅이라는 이름에 걸맞은 특별한 행동을 보여주지 않고 있음에도 불구하고 그의 영웅적 자질을 기정사실화한다. 이것은 『그 여자의 일생』의 경우도 마찬가지여서, 봉구나 학재가 갖는 도덕적 권위는 그들 자신의 행위를 통해서가 아니라 그들을 우러러보는 다른 인물들의 시선을 통해서 확보된다.9) 이처럼 이들 작품에서 봉구와 학재가 계몽적 권위에 부합하는 도덕적 인격자라는 것은 작중인물들의 입을 통한 작가의 일방적인 주장일 뿐, 독자가 실감할 수 있는 서사적 실체로 제시되는 것은 아니다. 작품을 읽어나가는 동안 독자들은 수시로 그들이 대단한 인물이라는 주장을 접하게 되지만, 실제로 그러한 평가의 근거를 그들의 삶 자체를 통해 구체적으로 납득하기는 어려운 것이다.

두 작품에서 작중인물들의 삶을 지배하는 작가의 계몽적 강박은 순영과 금봉이 속해 있는 타락한 욕망의 세계와 극명한 대비를 이루는 봉구나 학재를 현실감이 떨어지는 과장된 이념형의 인물들로 만들어버린다. 작가의 도덕적 이상이 작중인물들의 개인적 욕망을 통어하고 이념이 서사를 지배하는 계몽의 과부화가 결국은 이광수 문학의 근대적 성취를 가로막는 심각한 걸림돌로 작용하는 셈이다. 이것은 달리 말해 계몽주의자가 아닌 작가로서의 이광수는 근대 세계의 세속화된 욕망의 내부를 들여다보는 나름대로의 기민하고도 섬세한 현실 감각을 지니고 있었음을 의미하는 것이다. 계몽에의 강박이 아니었다면 그의 작품들이 초창기 근대문학의 더 진일보한 성취를 일궈낼 수 있었을 것이라는 안타까움이 드는 것도 이 대목에서이다. 그러나 "『재생』의 전반부, 순영과 백윤희, 봉구를 둘러싼 열렬한 사랑과 욕망, 그로 인한 갈등과 번민은 지극히 섬세하고 생생하게 그려지는 반면, 봉구의 각성과 삶의 변화 등 작가의 개

---

9) 이처럼 작가의 계몽적 대리인으로 등장하는 인물들이 그들의 구체적인 행적들을 통해서가 아니라 작품에 등장하는 다른 인물들의 칭송과 존경에 의해 계몽적 권위를 지니게 되는 것은 이광수의 작품들에서 나타나는 매우 일반화된 특성이다. 그들을 도덕적 영웅으로 만드는 것은 그들 자신의 삶보다 세상의 평판인 것이다. 『무정』의 이형식이 작품의 마지막 부분에서 그를 둘러싼 인물들의 우러르는 시선을 통해 민족적 선각자로서의 위상을 부여받게 되거나, 『유정』의 최석이 죽음을 무릅쓰면서까지 자신에 대한 세상의 부정적인 평판에 맞서거나, 『사랑』의 안빈이 다른 작중인물들로부터 거의 도덕적 성인으로까지 떠받들어지는 것으로 설정되어 있는 것에서 우리는 자신의 도덕적 이미지에 대한 세상의 평판에 매우 민감했을 작가 자신의 모습을 미루어 짐작해볼 수 있다.

입이 두드러지는 후반부는 너무나 막연하고 공허한 이야기로 돌변하는 것이다"10)라는 지적처럼, 순영과 금봉이 타락한 욕망의 유혹에 빠져들어가는 과정에서 발휘되는 작가의 사실주의적 역량은 작가의 계몽이념의 대리자인 봉구와 학재가 등장하는 대목에서는 현저히 약화되어버린다. 타락한 욕망의 세계를 대변하는 인물들이 생생하게 살아움직인다는 느낌을 주는 데 비해, 이상화된 이념의 세계를 대변하는 인물들은 한결같이 결정화된 이념의 명령을 따라 움직이는 로봇형 인물들로 등장하는 것이다.

작품의 후반부로 갈수록 이념의 로봇이 되어가는 『재생』의 봉구 또한 애초에는 이념보다 욕망이 우세한 내면을 지닌 인물이었다. 3·1운동을 계기로 순영과 가까워지게 되었지만, 순영에 대한 그의 사랑은 "봉구는 무슨 까닭으로 이 운동을 시작하였던가, 그것조차 잊어버렸다. 인제는 다만 자기가 힘을 쓰면 쓰는 만큼, 위험을 무릅쓰면 무릅쓰는 만큼, 순영이가 기뻐해주고 애썼다고 칭찬해주는 것이 기뻤다"(2 : 23)라는 구절이 말해주듯, 이념의 명령이 아닌 욕망의 부름에 따른 것이었다. 이광수 소설 특유의 계몽적 과장법에 따라 봉구가 순영에 대한 자신의 사랑을 "조선을 사랑하는 한 의무"라는 거창한 명분으로 포장하고 있을지라도, 서사적 리얼리티의 차원에서 순영에 대한 그의 사랑은 여인의 아름다움에 매혹된 젊은 남자의 열정적인 사랑이라는 욕망의 차원에 그 뿌리를 두고 있었던 것이다. 『재생』이 이처럼 나름대로 풍부한 사건적 장치들을 통해 이념형의 인물로 변모하기 이전의 봉구의 삶을 비교적 소상하게 서술하고 있는 반면, 『그 여자의 일생』의 경우는 임학재가 현실 속에서 살아 움직이는 인간이라는 느낌을 주는 사건적 장치가 거의 전무한 형

---

10) 김지영, 「1920년대 이광수 문학에 나타난 '자아'와 '육체'의 관계」, 『한국현대문학연구』 16집, 144면.

편이다. 작중인물들 모두로부터 존경할만한 민족의 지도자로 떠받들어지는 임학재는 정작 작품 속에서 전개되는 서사적 리얼리티의 세계로부터 철저하게 소외되어 있다. 민족의 지도자이면서 서사의 세계에 전혀 참여하지 않는 임학재는 이런 의미에서 계몽이념과 당대의 현실 사이에 놓인 괴리, 혹은 변화하는 현실을 감당하기에는 너무 무능했던 이광수식 계몽의 안이한 대응방식을 보여주는 대표적인 사례라고 할 수 있을 것이다. 임학재뿐만 아니라 순영의 배신 이후, 흡사 『금색야차』의 스토리를 연상시키듯 오로지 "돈을 모으려면 마음을 짐승과 같이 만들어야 한다"(2 : 97)는 일념으로 고리대금업에 뛰어들었던 봉구 또한, 살인사건에 연루되어 감옥에 갇히게 되면서 작가의 계몽적 명령을 충실히 이행하는 열렬한 이념형의 인물로 변모해간다.

"봉구의 인생에 관한 태도는 사오 일내로 일변하였다"(2 : 143)는 말처럼, 감옥에서 지낸 단 며칠 사이에 그는 "내 몸뚱이는 몇만 년 몇만대 동안에 몇만 사람의 피와 살이 합한 것인고. 내가 추위와 볕을 피하고 자라난 집은 뉘 집인고, 그것은 인류의 집이다. 내가 먹고 살아온 밥은 뉘 밥인고, 그것은 인류의 밥이다"(2 : 144)라는 생각에 이어 마침내 다음과 같은 대오각성에 이르게 된다.

> 살아나야 하겠다. 낡은 세상을 고쳐서 새 세상을 만들어야 하겠다. 부처와 예수와 그 밖의 모든 성인 성도들이 뿌려놓은 씨를 거둘 때가 왔다. 거둘 사람을 기다린다. 그 사람은 내다, 내라야 한다!(2 : 156)

또한 감옥을 나온 후에 봉구는 "산을 허물고 냇물은 말랐는데 그 틈에 끼여 있는 수없이 쓰러져가는 초가집들, 그 속에서 먹을 것이 없고 입을 것이 없어 허덕이는 이들… 앓는 이들, 우는 이들, 죽는 이들, 희망없는 기운 없는 눈들…. 영양 불량, 과도한 노동으로 휘어진 등을…
(…중략…) 이런 것이 봉구의 눈앞에 분명한 비전이 되어 나뜬다"(2 : 194)
라는 구절에서, 조선의 비참한 정경이 그의 눈앞에 분명한 '비전'이 되
어 나타나는 것을 보고 "어머니의 사랑과 노예의 겸손으로 저들 불쌍한
백성"(2 : 194)을 위해 헌신하는 삶을 살 것을 결심한다.

봉구가 이처럼 단 며칠 사이에 거창한 대오각성에 이를 수 있었던 것
은 그가 놓인 공간이 현실세계로부터 단절된 감옥의 밀폐된 공간이라는
점과 무관하지 않다. 다시 말해 봉구의 계몽적 각성은 구체적인 현실에
바탕을 둔 경험의 소산이 아니라 감옥이라는 상황적 조건에서 비롯된
그의 일시적인 상상적 '비전'에 지나지 않는 것이다. 그를 사로잡은 대
오각성이 오로지 봉구의 내면에서 급조된 도덕적 자기충족의 에너지에
의해 팽창하는 허황되고 공허한 열정에 지나지 않는다는 점에서 그것은
근대적 계몽의 열기구를 타고 봉건의 현실 위로 한껏 날아올랐던 근대
초기 열혈 청년들의 자기도취적 열정과 유사한 속성을 지니고 있다. 그
러나 봉구의 이와 같은 급작스런 이념형 인간으로의 변모가 3·1운동
이전에 청년들을 사로잡았던 민족적 계몽의 열기를 되살려 3·1운동 이
후 타락해가는 세상을 바로잡으려는 이 작품의 저작의도와 긴밀한 연관
이 있는 것이라면, 봉구의 대오각성이 이루어지는 장소가 감옥이라는
것, 그리고 감옥을 나온 그가 자신의 대오각성을 실천할 장소로 선택한
것이 근대적 삶의 본거지인 도시가 아니라 시골이라는 것, 뿐만 아니라
그의 대오각성이 지닌 비장한 열기에 비하면 정작 대오각성 이후의 봉
구의 변화된 삶이 계몽적 서사의 상투형을 벗어나지 않는 앙상하고 맥
빠진 후일담으로 처리되고 만다는 것은 당대적 삶의 리얼리티에 의해
뒷받침되지 않은 계몽적 각성의 허구성과 작가의 이념적 조급증을 여실
히 드러내는 것이라 아니할 수 없다. 그가 감옥에서 떠올린 헐벗은 조선

의 모습이 그가 발딛고 선 현실의 모습이 아닌 그의 상상 속에서 떠올린 하나의 ‘비전’에 지나지 않았던 것처럼, 그의 마음속에서 거창하게 부풀어오르는 계몽에의 열정 또한 작품 속에서 구체적인 현실적 상황으로 연결되는 대신 일회적인 관념적 ‘비전’으로 소진되고 마는 것이다.

4. 여성, 남성의 도덕적 알리바이

이광수의 소설에서 타락한 현실과 계몽의 도덕적 이상으로 양분된 인물구도가 사제관계라는 형식적 특성에 대응하는 것이라면, 그 인물구도가 대부분 계몽의 주체인 남성과 계몽의 대상인 여성 간의 위계적인 서열로 이루어져 있다는 점 또한 특별히 흥미를 끄는 대목이다. 이광수의 장편소설들은 타락한 욕망의 유혹에 쉽게 넘어가는 여성의 이미지를 반복 재생산해낼 뿐만 아니라, 타락한 세계 속에 여성인물을 투입시킨 후 그녀를 자살케 하는 방식으로 계몽의 정당성을 확보하는 이야기 방식을 선호한다. 이 때문에 이광수의 소설에 등장하는 여성인물들은, 그가 초기의 논설문에서 남성과 동등하게 교육받을 여성의 권리를 역설하고 있음에도 불구하고, 계몽의 주체인 남성의 도덕적 알리바이를 위해 동원되는 일종의 일회적인 소모품에 지나지 않는 존재라는 느낌을 강하게 불러일으킨다.

이광수가 초기의 논설문에서 “우리나라에서는 妻나 母되기 위하여서만 여자를 교육하려 합니다. 여자에게서 처나 모를 감해 내면 零이 되는 줄로 압니다. 그것이 미개한 시대의 사상이외다”라고 말하며, “남자교육과 여자교육을 평등케 함은 문명한 민족에게 번영하려는 민족에게 절대로 필요하고 긴급한 일인가 합니다”[11]라는 주장을 펼 때, 그의 주장은 가정이나 모성의 범주 안에서만 여성의 존재가치를 인정했던 사회적 관습을 벗어나 남성과 동등한 여성의 자율권을 인정하는 대단히 혁신적인 내용을 포함하고 있는 것으로 보인다. 그러나 1925년에 발표된 글에서 이러한 주장은 "여자교육은 모성 중심의 교육이라야 한다. 여자의 인생에 대한 의무의 중심은 남의 어머니 되는 데 있다"12)라는 주장으로 뒤바뀌고 만다. 같은 글에서 "좋은 어머니가 되며 좋은 아이를 길러내는 것이 오직 여자의 인류에 대한 의무요, 국가에 대한 의무요, 사회에 대한 의무요, 또 여자가 아니고는 하지 못할 것이다"라고 말하며 여성이 지녀야 할 바람직한 모성적 자질을 국가나 인류에 대한 의무로까지 추켜올리는 그에게서 "처나 모되기 위해서만 여자를 교육하는 것을" 미개한 사상이라고 질타했던 이전의 혁신적인 모습을 찾아보기는 어렵다. 초기의 글들에서 여성에 대한 인식의 변화를 촉구하는 그의 혁신적인 주장이 근대적 계몽이라는 관념적 열기에 들뜬 열혈청년의 허황된 주장일 뿐이라는 것은, 그의 소설에서 여성인물이 어떻게 '사용되고' 있는가라는 물음과 관련해서도 의미있는 참조점이 된다.

여기서 앞 문장의 '사용된다'라는 표현이 가리키는 것은 비유가 아닌 말뜻 그대로의 축어적인 의미이다. 그의 소설들은 대부분 계몽이념의 체현자로 등장하는 남성인물을 피계몽자인 여성인물들이 마치 옹위하듯 떠받치고 있는 형상을 취하고 있는데, 이때 계몽이념의 체현자인 남성은 타락한 현실을 계도하는 민족의 지도자이며 도덕적 영웅으로서의 아버지를 표상하는 강력한 가부장적 권력의 중심이다. 이광수가 자신의 소설에서 수시로 민족이나 인류, 국가 등과 같은 거대한 이념체계들을 호명하거나 예수, 부처 등과 같은 성인들의 이미지에 집착하는 것은 세속적

---

11) 「혼인에 대한 관견」, 『이광수 전집』 제10권, 삼중당, 1972, 45면.
12) 「모성중심의 여성교육」, 『이광수 전집』 제8권, 삼중당, 1972, 599면.

관념을 초월하는 절대자의 이미지에 그가 얼마나 깊이 매료되어 있는지를 잘 보여준다. 따라서 이광수의 소설에 등장하는 여성인물들은 그가 남자주인공의 연인이든 누이든 아내든 제자든 궁극적으로는 아버지권력의 정당성을 입증하는 역할을 수행해내는 충직한 딸들이다. 이 글에서 거론된 작품들은 아니지만, 이를테면 『무정』에서 영채와 선형, 병욱의 우러르는 시선 속에 민족의 지도자로 우뚝 서게 되는 형식이나, 『유정』에서 아내와 딸, 정임의 우러름에 의해 완벽한 인격체로 거듭나게 되는 최석, 『흙』에서 정선, 유순, 산월의 존경어린 사랑을 한몸에 받고 있는 허숭, 『사랑』에서 순옥, 옥남, 인원으로부터 완벽한 도덕적 성인으로 추앙받는 안빈 등에게, 그들을 한결같은 사랑과 선망의 시선으로 바라보는 세 여자들13)은 작가가 그들에게 부여한 우월하고 특권화된 지위를 안정적으로 떠받치는 지지대와도 같은 역할을 하는 존재들이라고 할 수 있다.

이광수의 소설들은 남성에게 이성과 도덕과 정신의 영역을, 여성에게 감성과 육체와 현실의 영역을 맡김으로써 남성과 여성 간의 분명한 역할분담의 체계를 갖추고 있다. 이성과 감성, 혹은 정신과 육체 사이에 놓인 근대세계의 차등화된 위계구조는 명령하고 설교하는 남성과 그들의 명령에 순종하고 설교에 감화되는 여성이라는 인물구도에 고스란히 투영된다. 논설문 대신으로 썼다는 그의 작품에서 논설문의 가르침을 실질적인 서사의 차원으로 옮겨오는 역할을 담당하는 것은 현실세계에 속한 여성들이다. 남성인물들이 추상적인 이념의 세계에 속해 있다면 여성인물들은 구체적인 생활의 영역을 맡고 있는 셈이다. 이러한 구도를 바탕으로 이광수의 소설들은 미계몽상태의 현실에 머물러 있는 여성과 그

---

13) 앞서 언급한 작품들에서처럼, 남자주인공들을 둘러싼 '세 명의 여자들'에 대한 이광수의 집착은 매우 집요한 바가 있다. 여기에는 셋이라는 숫자가 남자주인공의 계몽적 권위를 떠받치는 안정적인 구도를 가능케 한다는 점 외에 어떤 종교적인 의미가 내포되어 있는 것은 아닐까?

들을 교화해야 할 계몽적 주체인 남성의 역할을 대비시키는 이야기들을 반복적으로 재생산한다. 『사랑』은 아마도 남성인물과 여성인물 사이의 이러한 구도를 가장 충실하게 반영하고 있는 작품일 것이다. 현실을 초월한 관념의 안전지대에서 끝없이 이어지는 안빈의 설교가 얼마나 절대적인 진리치에 값하는 것인지를 증명해주는 것은 한없는 존경으로 안빈을 우러르는 순옥의 태도이다. 안빈을 대신해서 허영이라는 인물로 대표되는 타락한 현실의 진창 속에 파견된 그녀는 그곳에서 온갖 수난과 고통을 감내해가며 안빈이 신봉하는 도덕적 신념의 정당성을 입증하기 위해 자신의 전생애를 바친다. 순옥이 담당하는 현실의 세계가 안빈이 맡은 관념의 세계에 철저하게 종속되어 있는 이 작품에서 순옥은 고매한 설교자인 안빈을 타락한 욕망의 세계로부터 보호해주는 일종의 안전장치와도 같은 역할을 한다. 안빈을 위해 희생하고 헌신하는 순옥으로 인해 안빈의 도덕적 권위는 타락한 현실과의 갈등이나 충돌을 피한 채 관념의 무풍지대에 안전하게 머무를 수 있게 되는 것이다. 따라서 순옥을 지배하는 것은 안빈의 도덕적 설교이지만, 타락한 현실의 압력으로부터 안빈의 도덕적 권위를 보호해주는 것은 순옥이다. 그만큼 '사(師)로서의 안빈의 도덕적 권위는 철저하게 제(弟)로서의 순옥의 역할에 종속되어 있다.14)

이처럼 이광수 소설 속의 남성인물들은 자신의 도덕적 권위를 유지하기 위해 현실 세계를 담당하는 여성인물들의 끊임없는 선망과 존경의 시선을 필요로 한다. "이광수 소설의 남성 주인공들이 작가의 분신이자, '이상적 자아'라면, 여성 주인공들은 이러한 '이상적 자아'에 투여될 수

---

14) 이것은 앞서 말한 '성스러움'과 '잡스러움' 사이의 서열체계에도 그대로 적용된다. 소설이 '성스러운' 지위를 획득하기 위해 소설의 '잡스러움'이라는 대중적 속성에 의지할 수밖에 없다는 점, 다시 말해 '성'의 도덕적 권위는 결국 '속'의 세계로부터 공급받는 양분을 통해 유지된다는 점에서, '성스러움'과 '잡스러움' 사이의 서열체계란 매우 의심스러운 것이다.

없는 성격적 결함들이 투척된 '장소', 혹은 부정적 이미지가 투사된 '기표'인 것이다. 이러한 여성인물들이 있음으로 해서, 비로소 이광수의 분신인 남성 인물들은 '이상적 자아'의 모습으로 구성될 수 있게"[15] 된다는 지적처럼, 이광수 소설 속의 남성인물들에게 여성은, 남성들 역시 현실을 살아가야 할 인간으로서 지닐 수밖에 없는 인간적인 결함과 욕망과 유혹과 고통을 대신 짊어져주는 존재이다. 타락한 욕망의 세계를 살아가는 여성인물들을 통해 그들을 교화해야 할 남성인물들의 도덕적 권위는 저절로 확보된다. 다시 말해 이광수의 소설에서 여성은 현실에 대한 남성인물들의 도덕적 알리바이를 확보하기 위한 매우 긴요한 수단인 셈이다. 이런 의미에서 이광수 소설의 여성인물들은 남성에게 '이상적인 자아'의 이미지를 비쳐주는 거울로서의 역할을 담당하고 있다고 할 수 있다. 남녀 간의 육체적 사랑에 대한 강한 혐오감을 드러내 보이는 이광수의 소설들이 그럼에도 불구하고 남녀 간의 연애나 사랑이라는 소재에 대해 강한 집착을 보였던 데에는 아마 이런 이유도 깊이 작용했을 것이다. 그러나 이처럼 이광수 소설들은 남성주체의 계몽적 권위의 확보를 위해 계속해서 여성의 부정적 이미지에 의존함으로써 결과적으로 계몽의 당위성을 주장하기 위해 지속적으로 계몽의 지체를 필요로 하는 역설적인 상황을 빚어내게 된다.

남녀 간의 도덕적 우열관계에 바탕을 둔 인물구도는 이 글에서 다루어진 『재생』과 『그 여자의 일생』의 경우도 크게 다르지 않다. 이들 작품에서 순영과 금봉을 중심으로 전개되는 타락한 욕망의 서사가 결국은 봉구와 같은 계몽적 인간형의 출현을 정당화하는 도구적 서사로서의 의미를 지닌다는 것은 다시 언급할 필요가 없을 것이다. 문제는 작품 속에

---

15) 이형진, 「이광수 소설의 '유혹'과 '초월'」, 『문학사상』 통권 411호, 48면.

서 순영과 금봉의 타락한 욕망의 서사가 결국은 그녀들 자신의 도덕적 오류에 의한 비극이라는 관점으로 서술되고 있다는 점이다. "언니 이게 다 내 죄일까요?"라는 순영의 물음에 인순이 "네가 지금까지에 같은 길에 섰던 때가 많았을 것이다. 나는 그렇게 믿는다. 이 길은 외로운 길, 이 길은 정욕의 길, 어느 길을 택할까 하고 갈래길에 서서 헤매던 때가 많았을 것이다. 그때에 너는 완전히 자유를 가졌었다. 그때에 잘못 판단한 것이 네 슬픔의 근원인 줄 안다"(2 : 137)라고 대답하는 것처럼, 순영이 비극적 삶을 살아가게 된 것은 그녀가 자신의 앞에 놓인 인생의 여러 갈래 길 가운데 잘못된 길을 선택했기 때문이다.16) 여기에서 타락한 현실의 유혹에 넘어가버린 순영의 잘못된 선택에 대한 인순의 단호한 질타는 개인이 자신이 살아갈 현실을 선택할 완전한 자유를 가지고 있다는 믿음에 근거를 두고 있다. 달리 말해 현실이 아무리 타락해 있을지라도 나에게는 내 삶을 선택할 완전한 자유가 있으므로 그 자유만 올바르게 행사한다면 타락한 욕망에 흔들리지 않을 도덕적 무류의 삶이 가능해진다는 믿음이 그것이다. 이 믿음은 물론 작가 자신의 것이기도 할 것이다. 이러한 믿음에 따르면 개인이 짊어지게 되는 삶의 비극은 그가 지닌 완전한 자유를 잘못 행사한 것이므로, 그에 대한 책임 또한 온전히 그 자신의 몫으로 남게 된다. 따라서 교정되어야 할 것은 타락한 현실보다 타락한 현실의 유혹에 너무나 쉽사리 넘어가버린 그녀들 자신의 도

---

16) 이광수의 이러한 인식은 개인이 아닌 민족의 범주에도 그대로 적용되는 것이다. 이를테면 『무정』에서 삼랑진 홍수로 이재민이 된 사람들을 향해 작가가 "하룻밤 비에 모든 것을 잃어버리고 발발 떠는 그네들이 어찌 보면 가련하게도 하지마는 또 어찌 보면 너무 약하고 어리석어 보인다. 그네의 얼굴을 보건데 무슨 지혜가 있을 것 같지 아니한다. (…중략…) 그래서 그네는 영구히 더 부(富)하여짐이 없이 점점 더 가난하여진다"(『이광수 전집』 제1권, 삼중당, 1972, 310면)라는 식의 논평을 가하는 것은, 민족의 불행을 그들이 놓인 현실의 압력이 아닌 그들 자신의 결함에서 찾으려 하는 그의 태도를 잘 보여준다.

덕적 오류이다. 이광수의 소설들은 이처럼 순영이나 금봉과 같은 여성들 뿐만 아니라 당대의 현실을 살고 있는 누구도 그 압력으로부터 자유로울 수 없었을 타락한 사회의 구조적 문제들을, 유혹에 흔들리기 쉬운 여성의 나약함이 불러온 개인적인 오류라는 관점으로 손쉽게 해소해버리고 마는 것이다.

이광수의 소설에서 계몽의 논리가 개입하는 것은 바로 이 지점이다. 순영과 금봉이 비극적 파국의 길로 달려가는 것은 그녀들의 개인적인 오류가 짊어져야 할 당연한 인과응보이다. 문제는 그 파국의 내용이다. 순영은 봉구의 용서를 구하는 편지를 남긴 채 자살하고 금봉은 출가하는 방식으로 세속의 삶과 절연한다. 작품은 순영과 금봉을 타락한 욕망의 세계 속으로 파견한 후 그녀들의 잘못된 판단을 단죄하는 방식으로 계몽의 승리를 확정짓는 것이다. 여기서 작가는 잘못된 선택으로 타락한 욕망의 현실에 발을 들여놓게 된 그녀들을 그 현실로부터 분리해내는 도덕적인 단죄의 형식을 통해 계몽의 명분을 확보하면서, 개인의 도덕적 오류를 넘어서는 현실의 보다 근본적인 구조적 오류와의 서사적 대면은 회피해버린다. 여성인물들의 도덕적 타락이 그녀들의 개인적인 오류에 의한 것이므로 그에 대한 서사적 처방 역시 그녀들에 대한 도덕적 단죄나 그녀들 자신의 도덕적 결단이라는 개인적인 차원의 문제로 국한되어버리는 것이다. 마치 순영과 금봉을 통해 추악한 욕망의 세계를 실컷 들여다보며 우리에게 계몽이 왜 필요한지를 확인했으니 이제 그 타락한 현실로부터 서둘러 빠져나오자는 식이다.

그렇다면 이들 작품에서 순영과 금봉뿐만 아니라 그녀들이 몸담았던 타락한 현실의 세계 또한 결국은 계몽이념의 정당성을 확보하기 위한 도구로 활용되었던 것은 아닐까? 현실의 구조적 오류에서 파생되는 문제를 개인의 도덕적 오류에 대한 단죄의 논리로 치환하는 계몽의 오류는 봉구를 이념형 인간으로 급조해내는 조급성에도 그대로 투영되어 있다. 타락한 현실에 대한 계몽의 실천적 개입보다 타락한 현실을 통해 확보되는 계몽의 도덕적 명분과 계몽 권력의 지속적 유지가 보다 궁극적인 작가적 욕망의 대상이었다면, 순영과 금봉이 감당해야 했던 타락한 현실은 결국 계몽의 명분을 확보하기 위한 중요한 서사적 수단이었던 셈이다. 이광수가 타락한 현실을 초월한 성인의 이미지를 꿈꾸면서도 '나약하기 때문에 유혹에 빠져들기 쉬운' 여성인물들을 타락의 현실 속으로 내려보내는 소설적 실험을 계속할 수밖에 없었던 것은 아마도 그 때문일 것이다.

5. 자기애(自己愛)적 이념으로서의 계몽

『재생』과 『그 여자의 일생』에서 순영과 봉구, 금봉과 학재의 대립구도는 감성과 이성, 남성과 여성, 정신과 육체의 대립을 표상하는 동시에 영원불변한 도덕의 세계와 변화하는 물질의 세계 사이에 놓인 대립을 의미하는 것이기도 하다. 이광수에게서 현실이라는 물질의 세계가 도덕적 악으로 규정되는 것은 그것이 변화와 변질을 거듭하는 세계라는 점과 깊은 관련이 있다. 현실의 도덕적 타락은 그것이 지닌 물적 속성에서 기인한다. 따라서 육체의 타락이 가변적인 물질의 세계와 관련된 것이라면 육체의 순결은 영원한 영적 사랑에 속해 있는 것이다. 이광수가 종종 비현실적 상황설정을 무릅쓰면서까지 육체적 욕망에 대해 괴력에 가까운 자기절제력을 보여주는 금욕적 인간형을 만들어내는 것도 육체가 지닌 물질적이고 가변적인 속성에 대한 그의 일관된 거부감 때문일 것이다. 이광수의 소설에서 금욕적 인간형의 표본적인 사례라 할 『애욕의 피안』의 혜련이나 『사랑』의 안빈은 말할 것도 없고, 순영에게 배신당한 봉

구가 자신을 사랑하는 경주와 함께 살되 육체관계는 거부하는 기이한
동거생활을 하는 것 역시 계몽의 도덕적 순결성을 사수하려는 작가의
과도한 욕망이 빚어낸 부자연스러운 설정이라고 할 수밖에 없다.

　변화하는 물질의 세계에 대한 거부는 이광수의 계몽이념이 시종일관
결정화된 관념의 세계에 머물러 있을 수밖에 없었던 이유이기도 하다.
더군다나 "선행하는 다른 모든 시대와 근대를 구분 짓는 가장 두드러진
특징은 근대성의 극단적인 다이나미즘이다. 근대 세계는 탈주(runaway)의
세계이다. 이전 시대보다 훨씬 더 빠른 사회변화의 속도에서뿐만 아니라
이전에 존재했던 사회적 실행이나 행동양식에 영향을 미치는 그 범위와
깊이에 있어서도 그렇다"[17]라는 구절이 말해주듯, 빠른 속도로 진행되
는 지속적이고 광범위한 물질적 삶의 변화는 근대세계를 이끌어가는 근
본동력이라는 점에서, 현실의 물질적 변화에 대한 그의 혐오는 분명 반
근대적인 것이다. 근대적 계몽을 주창하는 그의 이념이 실제로는 근대의
물질적 기반을 부정하는 반근대적 논리를 표방하는 모순을 안고 있는
것이다. 초기의 논설문들을 통해 근대의 역사적 진보를 주장했던 그의
계몽이념이『재생』이후의 소설들에서 급격히 보수적 관점으로 후퇴하
는 양상을 보여주는 것도 이러한 모순과 맥을 같이 한다.[18] 아마도 계몽
적 근대를 주창하기 시작했던 시기에 그의 이념과 커다란 간극을 사이
에 두고 있던 현실은, 근대의 물질적 변화가 가속화됨에 따라 그의 이념

---

17) Anthony Giddens, Modernity and Self-identity, Stanford Univ. Press, 1991, p.16.
18) 그가 1917년에 발표된「爲先 獸가 되고 然後에 人이 되라」에서 "도덕이니 예의니
　　하는 것은 개인이나 靑年元氣 시대를 經하여 老成期에 入한 후에 生하는 것이니,
　　개인이 도덕, 예의의 종이 되게 되면 그는 이미 墓門이 近하였고, 민족이 도덕, 예
　　의만 숭상하게 되면 그는 이미 劣敗와 廢亡을 向하는 것이라"라고 말하며, "活靑年
　　은 進攻的이요, 적극적이요, 專制的이요, 권력적이요, 정력적이니라"(『이광수 전집』
　　제10권, 삼중당, 1972, 243면)라고 외쳤던 것을 생각하면 그 이후에 이광수가 보여
　　준 사상적 변화는 실로 괄목할만한 것이다.

을 추월하기 시작했고, 계몽의 당위성을 무력화하는 근대적 변화의 속도에 대한 위기의식은 결국 그로 하여금 초기 글들이 보여주었던 진보적 활력을 잃어버린 채 더욱 보수적인 방향으로 선회하게 만든 것이 아니었을까? 자신이 주창했던 계몽의 당위성을 고수하려는 욕망은 근대적으로 재편되어가는 물적 토대의 변화와 더불어 그가 꿈꾸었던 계몽적 이상으로서의 근대를 오히려 반근대적인 신념의 세계 속에 가두어버리고 말았던 것이다.

『재생』이나 『그 여자의 일생』에서 현실이라는 물적 토대와의 상호작용이 배제된 계몽에의 관념적 강박은 순영과 금봉을 중심으로 구축된 서사적 리얼리티의 세계를 점차 무력화해나감으로써 결과적으로 계몽과 소설이라는 두 마리의 토끼를 모두 놓치게 되는 결과를 초래했다. 작중 인물들의 입을 통해 작가가 아무리 계몽이념의 당위성을 주장하더라도, 독자들을 설득할만한 사건적 장치들을 통해 서사의 육체성을 부여받지 못한 계몽이념은 소설의 성과는 물론 작가가 의도했던 계몽의 효과도 거두지 못하게 된다. 두말할 것도 없이 이것은 작가의 계몽의식이 현실에 대한 이념의 교조적 적용이라는 관념의 한계를 벗어나지 못했기 때문이다. 이광수의 민족을 위한 계몽이 결과적으로 민족을 배반하는 계몽으로 귀착될 수밖에 없었던 것처럼, 현실보다 이념을 앞세웠던 이광수의 엄숙하고도 비장한 계몽논리는 결국 현실 그 자체에 의해 공허한 자기기만적 포즈가 되어버리고 마는 것이다.

이런 의미에서 이광수가 지향했던 민족적 계몽주의는 '민족을 위한 계몽'보다는 '계몽을 위한 민족'에 더 무게중심을 두고 있었던 것인지도 모른다. 이것은 그의 계몽논리가 종종 인간을 배제하거나 부정하는 논리를 드러내 보이는 것과도 무관하지 않다. 이를테면 『사랑』에서 "내가 만났던 중생들 말야, 짐승들이나 귀신들은 말 말고 사람만 가지고 봅시다.

내가 만났던 사람이 이번 일생에만 해두 몇 만 명인지 모르지마는 그 어느 사람에게 대해서두, 죄 안 짓구 지나친 사람은 없단 말요"(6 : 288)라고 일갈하며 중생과 성인의 차이를 강변하는 안빈의 논리나,『애욕의 피안』에서 "서울 장안에 옥작옥작하는 사람들도 다 무슨 흉물스러운 마귀떼와 같이 보였다. 가장 깨끗한 체, 가장 점잖은 체 하는 사람들도 그 속을 쪼개고 보면 더러운 것이 가득찬 것 같았다(회칠한 무덤!)"(4 : 216)라는 혜련의 인식, 혹은 "혜련이. 사람을 사랑하지 말어. 사람은 변하는 것이거든. 죽는 것이거든. 못 믿을 것이거든"(4 : 206)이라는 강선생의 말들은 이광수의 계몽이념이 지닌 비인간성에 대한 의미 있는 시사를 준다. 끊임없이 '사랑'을 강조하면서 누구보다 민족의 운명을 염려하는 자애스런 아버지로 군림하려 했던 그의 계몽적 태도의 이면에는 기실 현실과 그 현실의 세계를 살아가는 사람들에 대한 차가운 부정의 논리가 도사리고 있다. 스스로 부처가 되기를 갈망하는 안빈의 자애로움 뒤에 인간의 개체성을 짐승들이나 귀신들과 한데 묶어 죄악에 가득 찬 중생이라는 개념으로 일반화하는 관념의 폭력이 내재해 있는 것처럼, 끊임없이 인간에 대한 포용을 주장하는 이광수의 사랑의 논리 속에서 우리는 종종 인간에 대한 엄격하고도 배타적인 배제의 논리와 마주치게 되는 것이다.

그렇다면 이광수가 삶의 모든 가치를 압도하는 계몽이라는 '관념'을 위해 이토록 열렬하게 헌신할 수 있었던 이유는 무엇일까? 개인의 내적 정체성을 지탱하는 가장 내밀하고도 강력한 욕망이 아니고서는 추상적 이념에 대한 그의 이러한 끈질긴 집착을 달리 이해할 도리가 없다. 이광수의 삶을 지배했던 성자가 되고 싶은 열망은 성자의 이미지가 자기 자신을 향한 강한 자기애(自己愛)적 환상의 표상이었기에 가능한 것이었을 것이다. 이런 의미에서 이광수는 '자기'에 대한 강한 집념의 소유자, 다시 말해 자기자신의 욕망에 누구보다도 철저했던 인물이 아니었을까?

이광수의 작품들 속에서 우리가 궁극적으로 만나게 되는 것 또한 자신의 도덕적 신념을 위해 희생하는 숭고한 인간의 표상이 되고 싶어하는 작가의 열망이다. 이것이 그에게 이념이 현실보다, 혹은 도덕이 인간보다 더 중요했던 이유일 것이다.19) 근대를 주창했던 이광수의 계몽주의가 결과적으로 반근대적인 계몽의 논리로 귀착되었다고 하더라도, 또한 그가 근대적인 욕망의 세계에 대해 완고한 도덕적 단죄의 논리를 구사했다고 하더라도, 집단적 계몽이념을 그 자신의 도덕적 인격의 완성이라는 자아실현의 욕망으로 철저하게 내면화했다는 점에서 이광수의 삶과 문학이 보여주는 것은 중세의 이념적 영웅이 아닌, 도덕적 영웅의 이미지에 매혹된 욕망하는 근대인의 초상이었다고 할 수 있을 것이다. 그러나 욕망이 결핍의 또 다른 이름이라는 점에서, 그의 삶을 지배했던 민족적 계몽이라는 거창한 명분은 어쩌면 이광수라는 한 개인의 근대적 욕망 속에 내재된 어떤 은밀하고도 지속적인 결핍의 표지가 아니었을까? 그런 의미에서 봉구나 임학재, 안빈, 최석 등의 인물들이 보여주듯 자기 내부의 인간적 욕망을 부정하는 금욕의 삶을 통해 이념의 도덕적 완성을 꿈꾸었던 이광수가 그토록 끈질기게 실현하고자 했던 계몽의 가장 궁극적인 대상은 바로 자기 자신이었는지도 모른다.

---

19) 어떤 점에서 이광수의 삶과 문학을 연결해주는 것은 이념과 현실, 혹은 도덕과 인간 사이의 전도된 형식인지도 모른다. 그의 소설에서 현실세계의 타락한 욕망이 계몽의 도덕적 알리바이가 되어주었다면, 그의 삶에서는 거꾸로 민족을 위해 자신의 개인적인 욕망을 희생하는 계몽의 포즈가 성자의 이미지를 통해 스스로를 타락한 욕망의 세계와 구별 지으려는 욕망의 도덕적 알리바이가 되어주고 있는 것이다. 계몽의 이름으로 욕망의 세계를 단죄하면서 그러나 당대의 누구보다도 끈질기게 자신의 욕망에 집착했던 이광수에게 계몽의 포즈란 욕망을 부정하는 욕망의 포즈라고 해야 할 것이다. 그렇다면『재생』의 봉구나『그 여자의 일생』의 임학재,『사랑』의 안빈,『유정』의 최석 등의 캐릭터들이 보여주는 관념적 경직성과 금욕적인 인간의 이미지 속에는 계몽의 형식이 지닌 욕망의 부재증명을 통해 자신의 욕망을 드러내 보일 수밖에 없었던 이광수의 딜레마가 투영되어 있는 것은 아니었을까?

제 3 부

근대소설에 나타난 계몽의 패러다임
강경애의 경우

제10장

가부장적 여성주의와 손잡은 계급주의

—강경애의 작품들에 대하여

1. 서사의 층위와 서술의 층위

강경애는 김명순, 나혜석 등으로 대표되는 1세대 여성작가들에 이어, 박화성, 백신애 등과 함께 주로 1930년대에 활발한 작품활동을 벌인 이른바 2세대 여성작가군에 속해 있는 작가이다. 2세대 여성작가들 중에서도 강경애는 문단의 중심에서 멀리 떨어진 간도지방에 거주하면서 작품활동을 한 특이한 전력을 지니고 있으며, 동반자적인 작품경향을 보인 동시대의 다른 여성작가들에 비해서도 훨씬 더 두드러진 이념지향성을 드러내보인 작가로 평가받아왔다. 이러한 이유들과 일제시대에 활동했던 여성작가들의 작품이 오랫동안 제대로 된 논의의 대상으로 다루어지지 못했던 저간의 사정으로 인해, 강경애의 작품들은 작품 발표 당시의 몇몇 단편적인 언급들을 제외하면 상당 기간 동안 한국문학사에서 논의의 소외지대에 머물러 있었다. 강경애의 문학세계가 논의의 장 속으로

들어오게 된 것은 1970년대 후반부터이며, 1980년대에는 강경애의 작품
들이 보여주는 이념지향성과 당시의 시대적 분위기기 맞물려, 강경애에
대한 관심이 보다 적극적인 탄력을 받기 시작했다. 특히 석사 학위논문
을 비롯해서 『강경애 전집』의 발간에 이르기까지, 오랫동안 강경애 연구
에 집중적인 열정을 쏟아부은 이상경의 노력은 강경애에 대한 보다 본
격적인 논의의 초석을 다지는 데 뚜렷한 기여를 했다고 할 수 있다.

그러나 1970년대 후반부터 지금까지 행해진 강경애에 대한 논의들은,
그 기간이 일천한 탓도 있겠지만, 양적으로나 질적으로나 그리 풍요로운
성과를 일구어왔다고 하기는 어려울 듯하다.[1] 양적으로 충분한 논의의
성과가 축적되어 있지 못할 뿐만 아니라, 질적으로도 많은 글들이 줄거
리 요약에 대부분의 지면을 할애하면서 평이한 해설식의 논의로 일관하
거나, 미리 정해진 정형화된 관점에 작품을 끼어맞추는 등의 논의의 빈
곤상태를 보여주고 있는 것이다. 여기에는 강경애의 작품들 가운데 가장
집중적인 논의대상으로 다루어져 온 『인간문제』를 비롯한 몇몇 작품들
을 제외하면, 그녀의 작품들이 문학적 완결성이라는 점에서 논자들의 기
대치를 충족할만한 충분한 수준에 도달해 있지 못하다는 작품 내적인
평가가 작용한 측면도 있을 것이고, 작품 외적으로는 한국문학사에서 여
성작가들이 지녀온 주변적인 위상으로 말미암아 여성작가들의 작품이
남성작가들에 비해 상대적으로 논의의 중심에서 소외되어 있었던 학계
내부의 사정도 작용했을 것이다. 실제로 지금까지 강경애의 작품들에 대

---

1) 1970년대 이후의 자료들로 가장 많은 분량을 차지하고 있는 것은, 이규희, 『강경애
론－빛과 어둠의 절규』, 이화여대 석사학위논문, 1976 ; 안숙원, 『강경애 연구』, 서
강대 석사학위논문, 1976 ; 이상경, 『강경애 연구』, 서울대 석사학위논문, 1984 ; 서
정자, 『일제강점하의 여류소설연구』, 숙명여대 박사학위논문, 1988 등을 비롯한 다
수의 학위논문들이다. 그 이외의 참고할만한 자료들은 앞으로의 논의에서 언급될
것이다.

한 논의를 주도해온 것이 여성 연구자들이며, 여성 연구자들이 활발하게 연구활동이나 비평활동에 참여하기 시작하면서 강경애에 대한 논의도 보다 활성화되기 시작했다는 사실은 이런 점에서 매우 시사적이라고 하지 않을 수 없다.

그러나 강경애의 작품들을 사회주의적 이념지향성이나 경향성이라는 범주로 고착화하는 오랜 동안의 관행화된 논의의 방식 또한 강경애에 대한 보다 다채로운 논의의 가능성을 제약하는 요소로 작용한 측면이 없지 않다. 일례로 "작가는 간도라는 특수한 공간에서 국내를 바라보면서 당대의 어느 작가보다도 분명하고 구체적으로 역사와 현실 변혁에 대한 튼튼한 낙관적 전망을 가지고 현실을 반영함으로써 뛰어난 성과를 낳았다"[2]라는 관점이나, "강경애의 주요한 소설적 성과는 극도로 궁핍한 인물들의 비참한 상황과 죽음, 그로부터 환기되는 '비장미'에 바탕을 두고 있다"는 평가,[3] 혹은 강경애의 작품들이 "세부적인 사실묘사의 뛰어남에도 불구하고 전체적인 맥락의 구성이 모호하다는"[4] 등의 지적들은, 각각의 지적들 사이의 크고 작은 견해 차이에도 불구하고, 모두 계급주의적 관점에 그 논의의 바탕을 두고 있다. 이처럼 계급주의적인 관점에 바탕을 둔 논의들은 대부분 강경애의 작품들이 계급해방의 논리에 얼마나 충실한가라는 문제를 작품에 대한 평가의 주요한 판단근거로 삼고 있다.[5]

---

2) 김재용, 『한국근대문학사』, 한길사, 1993, 497면.

3) 임진영, 「『인간문제』의 비극성과 낙관주의」, 연세어문학 22, 1990, 174면.

4) 차원현, 「식민지시대 노동소설의 이념지향성과 현실인식의 문제－강경애의 『인간문제』를 중심으로」, 『외국문학』 1991년 겨울호, 143면.

5) 계급주의적 관점에 바탕을 둔 논의들이, 1930년대 전반기의 소설들에 대해서와는 달리, 후반기의 소설들, 이를테면 「지하촌」, 「어둠」 등의 작품들에 대해 계급주의적 전망을 상실한 어둡고 암울한 전망부재의 현실을 보여주고 있다거나, 현실의 참상에 압도당한 자연주의적인 한계를 보여주고 있다는 이유로 부정적인 평가를 내리는 것 역시 그러한 판단근거에서 비롯된 것이다.

특히 "그는 <여류문인>이 아니고 <작가>이다"6)라고 말하면서 강경애에 대한 적극적인 평가를 주도해온 이상경은, '전형성'이나 '미래에 대한 낙관적 전망' 등과 같은 개념들을 토대로 강경애 소설의 리얼리즘적 성과를 간도에서의 항일 무장투쟁 당시의 정세와 연관지음으로써, 강경애의 소설에 대한 계급주의적 논의의 한 전형을 보여준다. 물론 강경애의 소설들이 계급주의적 관점을 표나게 내세우고 있음을 감안하면, 이러한 접근방식이 강경애에 대한 논의의 주류를 이루게 된 것은 너무나 당연한 일이겠지만, 이와 같은 논의는 그 시효가 매우 제한적인데다, 그 경직된 관점으로 말미암아 강경애의 작품들이 지닌 문학적 특성을 다양한 관점에서 조명하기 어려운 한계를 지니고 있다. 우리는, "심각한 궁핍과 소작쟁의 · 노동쟁의와 같은 사회의 현실 문제들이 반영되는 반면에 문학의 심미성이 그만큼 약화되고 있는 것이"7)라는 관점이 말해주듯, 강경애의 작품들에서 사회적 문제들의 반영이 문학의 심미성을 약화시켰다는 평가에 전적으로 동의하지 않는 만큼, "가장 사실적으로 훌륭하게 긍정적 주인공의 사고와 행동을 형상화함으로써 현실변혁적이고 미래를 지향하는 낙관적 전망을 드러"8)냈다는 이유로 강경애의 문학적 성과를 극찬하는 논리에도 흔쾌히 동조하기 어렵다.

1990년대로 접어들면서 강경애에 대한 논의는 그 시효가 상실된 계급주의적인 논의방식을 여성주의적 관점으로 돌파하려는 시도를 보여준다. 일군의 여성 논자들에 의해 적극적으로 개진되기 시작한 이러한 관점은, 그것이 계급주의적 관점과 연계된 것이든, 그에 대해 일정한 거리를 취하고 있는 것이든, 이전의 논의들에 비해 보다 다채롭고 진일보한 성과

6) 이상경, 「만주 항일혁명운동의 문학적 수용-강경애론」, 김윤식 · 정호웅 편, 『한국문학의 리얼리즘과 모더니즘』, 민음사, 1989, 149면.
7) 이재선, 『한국현대소설사』, 홍성사, 1979, 433면.
8) 이상경, 『한국문학의 리얼리즘과 모더니즘』, 150면.

들을 이끌어내고 있는 것으로 보인다. 1990년대 들어 여성학자나 비평가들의 대거 등장 및 페미니즘 논의의 적극적인 활성화에 힘입은 이러한 접근방법은 강경애의 소설이 "식민지 시대 여성문제를 개성적이고도 전형적으로 형상화하였으며, 동시에 여성작가로서의 작가의식이 작품에 투철하게 반영되어 있다"9)라는 식으로 강경애의 소설이 지닌 여성주의적 성과에 적극적인 의미를 부여하려는 관점에서부터, "강경애의 현실주의는 여성의 현실주의가 아니라 일반적인 현실주의에 여성의 문제를 끼워놓았다는 판단이 들게 한다"10)는 식의 유보적인 관점에 이르기까지 미묘한 편차를 보이고 있다. 우리는 이것을 강경애의 소설에서 계급문제에 대한 인식이 여성문제에 대한 인식을 증폭시키는 계기로 작용하고 있다는 관점과, 그와 달리 계급문제에 대한 인식이 오히려 여성문제에 대한 근본적인 인식을 가로막고 있다는 관점 사이의 차이로 정리해볼 수도 있을 것이다. 특히 최근에 발표된 글들 가운데는 작품의 서술시점에 관한 보다 심층적인 분석을 시도하고 있는 정미숙의 글이나, 작품에 대한 정신분석적 접근방식을 시도하고 있는 이희춘의 글들이, 그 글들 속에 더러 엿보이는 논의의 과장이나 비약에도 불구하고, 평면적인 인물분석의 수준을 넘어 새로운 논의의 영역을 개척하려는 의욕적인 시도로 눈길을 끈다.

그러나 이러한 논의의 성과들에도 불구하고, 강경애의 작품들에서 여성주의적 특성을 읽어내려는 시도 또한 많은 경우 여성주의적인 관점에서 작품을 해설하는 수준을 크게 벗어나지 못하고 있다. 그러다보니 이러한 글들에서는 작중여성들의 행위가 진정한 여성주의적 각성의 단계에 도달해 있는가 아닌가를 따지는 재단(裁斷)식 논리가 논의의 흐름을

---

9) 김경희, 「강경애 소설에 있어서 여성관」, 『동남어문논집』 10, 2000, 201면.
10) 정미숙, 『한국여성소설연구입문』, 태학사, 2002, 359면.

주도하게 된다. 작가가 남성중심사회가 지닌 왜곡상을 어느 정도 드러내고 있기는 하지만 가부장제의 모순을 제대로 포착해내지는 못하고 있다거나,11) 여성인물을 전면에 내세우고 있기는 하지만 작품 전반에 있어 남성적인 시점이 드러나보인다는 지적은 그보다 더 나아간 경우이기는 하나, 이 경우에도 남성중심사회가 지닌 왜곡상과 가부장제의 모순이 어떻게 다른 것인지, 혹은 여성인물이 중심이 된 서사의 층위와 작가의 시점이라는 서술의 층위 사이의 관계가 작품 속에서 구체적으로 어떤 양상으로 나타나고 있는지 등의 문제들에 대해서는 그다지 진전된 논의를 보여주지 못하고 있다.

필자가 보기에 여성주의적 관점을 적용한 분석에서 보다 의미있게 다루어져야 할 것은, 서사적 국면에서 가부장제의 모순이나 여성억압의 현실이 어떻게 전경화되어 있는가의 문제보다는, 오히려 서사를 구성하는 서술의 차원에서 여성, 혹은 여성의 삶을 바라보는 작가의 시각이 사회적 통념으로 내면화된 젠더의 차원에서 얼마나 자유로운 지점에 놓여 있는가의 문제일 듯하다. 여성문제를 소재로 한 작품들에서 우리는 서사의 층위에서는 여성문제에 대한 혁신적인 문제의식을 드러내 보이면서도, 그와 같은 문제의식의 이면에 놓인 작가의 시점은 여전히 사회적으로 내면화된 젠더 차원의 여성의식을 벗어나지 못하는 사례들을 종종 마주치게 되기 때문이다. 따라서 이 글에서는 여성주의적인 관점에서 강경애의 소설들에 접근하는 과정에서 지금까지 대체로 서사의 층위에 한정되어왔던 논의의 범주를 서술의 층위로까지 확장시켜, 서사의 내용뿐만 아니라 작가가 서사를 구성하는 방식까지 논의의 영역으로 포괄하려 한다. 여성주의적 관점에 바탕을 둔 논의의 범주를 서사의 층위에서 작

---

11) 송인화, 「하층민 여성의 비극과 자기인식의 도정」, 『페미니즘과 소설비평―근대편』, 한길사, 1996, 270면.

가에 의해 의식적으로 추구되는 여성문제뿐만 아니라, 서술의 층위에서 작가의 의식 속에 무의식적으로 내면화된 여성의식의 문제로까지 확장함으로써, 작품이 보여주는 여성인식의 문제에 대한 보다 내밀하고 중층화된 논의가 가능할 것으로 기대하기 때문이다. 특히 계급주의라는 이념적 토대 위에서 여성문제에 접근하는 강경애의 경우, 이러한 논의방식은 계급문제와 여성문제 사이에 놓인 관계의 복합적인 양상들을 좀 더 정밀하게 논리화할 수 있다는 이점을 지니고 있다. 그와 같은 논의를 위해 이 글에서 분석의 대상으로 다루게 될 대상은 강경애의 대표적 장편소설인『인간문제』와『어머니와 딸』이다. 그러나 이들 작품에 대한 구체적인 텍스트 분석에 앞서 먼저 강경애의 문학세계 전반에서 나타나는 여성인식의 문제점을 개략적인 수준에서나마 정리해볼 필요가 있을 것이다.

2. 계급의식으로 감싼 보수적 여성관

강경애의 두 편의 장편소설들을 포함하여 그녀의 많은 작품들에서 작품의 전면에 등장하는 것은 여성인물들이다. 이 때문에 여성문제에 대한 적극적인 인식을 담고 있거나 아니거나, 강경애의 작품들은 어떤 형태로든 당시 사회 속에서 여성들이 어떻게 살아갔는가와 관련된 의미있는 서사적 정보들을 우리에게 던져준다. 문제는 여성, 혹은 여성의 삶을 서술하는 작가의 시선 속에 이재선이 말한 바, '남성적 여성의 적극성'이라고 할만한 요소가 내재되어 있다는 점이다. 사실 여성을 바라보는 강경애의 서술시점이 일정부분 남성의 시선에 포획되어 있다는 것은 이미 몇몇 논자들에 의해 지적된 바 있는 문제이다. 특히 정미숙은 이 문제와 관련해서 매우 적극적인 논의를 개진하고 있는데, 그녀는 "강경애의 소설에서 남성은 여성의 관점에서 좋은 남성 / 나쁜 남성, 여성은 남성의 관점에서 성가신 여성 / 순종하는 여성으로 거칠게 이원화된다"고 말하면서, "이러한 이분법은 여성 주인공의 사유를 지배하는 '오빠 콤플렉스'와 연관된다"[12]는 새로운 해석을 제시한다. 이러한 논의는 다시 "하층 계급에 속한 여성이 자신의 힘으로 그 난관을 극복할 수 없을 때에 그 힘의 원천을 좋은 남성인 오빠에게서 찾고 있는 것이기 때문이다. 계급과 제도의 공고함, 즉 남성성으로 상징되는 이 거대한 폭력의 굴레 속에서 벗어나는 길을 그녀는 남성의 시점에서 찾으려 하고 있다"[13]는 지적으로 이어진다. 강경애의 작품이 지닌 계급주의적 특성을 염두에 둔 이러한 지적은 그녀의 작품들이 "사회의식 내지 계급의식의 획득과 여성으로서의 정체성 획득을 동시에 아우르"[14]고 있다는 관점에 대한 강력한 도전이면서, 작품에 대한 심층분석에 한발 더 다가선 관점으로 볼 수 있다.[15]

강경애의 작품 속에는 민족주의적 관점에 비해 계급주의적인 관점이 더 적극적으로 제기되어 있기는 하지만, 민족주의나 계급주의 모두가 민

---

12) 정미숙, 『한국여성소설연구입문』, 태학사, 2002, 65면.
13) 정미숙, 『한국여성소설연구입문』, 태학사, 2002, 71면.
14) 김양선, 「1930년대 장편소설에 나타난 여성문제 인식」, 『중앙대국제여성연구소연구논총』 2권 2호, 1991, 151면.
15) 정미숙과 다소 다른 맥락에서이긴 하지만, 이희춘은 작가의 전기적 사실들을 토대로 작품에 대한 정신분석적 접근을 시도하면서, 강경애의 소설들이 선한 생부 / 악한 의부의 대립 위에 기초해 있다고 말한다. 그에 따르면, 강경애의 여성인물들은 악한 의부의 그늘 밑에서 그들이 의지할 부재하는 생부를 갈망하며, 그 과정에서 작가가 내세우는 '진짜 아버지'가 바로 마르크시즘이라는 것이다. 이러한 논리에 따르면, 강경애의 소설은, "강경애 소설 속의 여성인물들이 표류하는 것은 돌아가야 할 집과 그 집의 가부장인 아버지가 없기 때문이다"(이희춘, 「강경애 소설연구」, 『한국언어문학』 46, 2001, 9면)라는 구절이 암시하는 바, 가짜 아버지를 대체할 진짜 아버지를 찾아다니는 이야기이다.

족, 혹은 계급과 같은 집단적이고 정치적인 힘의 논리 위에서 구축된 개념이라는 점에서 매우 남성적인 속성을 지니는 것으로 볼 수 있다. 특히 사회현실을 계급이라는 분할적 위계개념으로 파악하는 계급주의 이념은 그것이 기존의 계급적 위계질서를 새로운 위계질서로 대체하려는 뚜렷한 자기목적성을 지니고 있다는 점에서, 정치권력의 역학관계를 바탕으로 한 남성적 힘의 논리를 강력한 자기정체성의 근거로 끌어안을 수밖에 없다. 따라서 계급주의 이념이 요구하는 여성은 여성적 자기정체성을 추구하는 여성이 아니라 남성의 대오에 함께 참여할 수 있는 여성, 다시 말해 남성화된 힘의 논리를 자기 삶의 내적 근거로 내면화한 여성들이다. 이러한 요구는 표면적으로는 남녀 간의 성적 차이 대신 남녀의 성적 평등을 내세우면서, 궁극적으로는 여성의 삶에서 여성의 고유한 자기정체성의 근거를 박탈하는 결과를 가져오게 된다. 계급주의적 이념의 틀 안에서 여성적인 삶의 기호들은 청산되어야 할 사적이고 잉여적인 욕망의 표현으로 간주되는 것이다. 이처럼 계급주의 이념이 요구하는 남녀 간의 평등이 여성들의 개인적이고 주체적인 삶에 대한 자각보다는 집단화된 이념이 추구하는 대의명분에 헌신하는 삶 쪽에 포커스를 맞추고 있는 것은, 그 헌신의 대상이 가정에서 사회라는 범주로 확장된 것일 뿐, 여전히 여성적인 것을 열등한 것, 혹은 남성적인 힘의 논리에 종속된 것으로 바라보고 있다는 점에서 가부장적 메커니즘을 고수하고 있는 것으로 볼 수 있다. 이런 점을 감안하면, 계급주의라는 강력한 남성중심적 이념의 틀 안에서 강경애 소설의 여주인공들이 '나쁜 남성'을 대체할 '좋은 남성'에 의존하는 것은 어쩌면 너무나 당연한 일이다. 왜냐하면 좋은 남성／나쁜 남성의 도덕적 대립구도는 기존의 계급질서를 새로운 계급질서로 대체하려는 계급주의적 이념 구도와 정확히 일치하는 것이기 때문이다.

그러나 강경애의 작품들 속에서 계급주의 이념이 남성의존적이거나 가부장적인 여성의식과 공존하고 있다는 것은, 계급주의의 이념적 간섭 이전에, 이미 작가의 여성인식이 가부장 체제의 성적 가치관을 별다른 저항없이 내면화하고 있다는 데서 비롯된 것으로 보인다. 문제는 작가의 계급주의 이념이 그와 같은 성적 가치관과 특별한 마찰을 불러일으키지 않고 있다는 점이다. 그러한 점은 먼저 그가 쓴 몇 편의 수필들에서 뚜렷하게 나타난다. 이를테면 「조선 여성의 밟을 길」에서 작가는 "무론 가정 내에서 남성을 도와 일가의 평화와 단락(團樂)을 도모하며 자녀를 길러 우리 사회에 굳센 일꾼을 보내는 것이 여성의 공통적·천부적 책임이지만 우리 사회에 결함이 많으니만큼 우리 조선 여성의 특수한 사명도 있을 것이다"16)라는 말에 이어 "사회라 하면 남성들이나 활동한 무대로 알고 여성들은 가정에서 밥이나 짓고 아이나 기르는 것으로 아나, 아이 기르고 밥 잘 짓고 못하는 것도 가정에 큰 문제인 동시에 적지 않은 사회의 문제도 될 것이다. 그러면 가정과 사회는 한 큼직한 융합체요"(711면)라고 말한다. 가정개혁이 곧 사회개혁이라는 전제하에 여성들에게 가정 안에서 아내로서 어머니로서의 자기역할에 충실할 것을 주문하는 작가의 말은, 그것이 여성문제와 관련된 당시 사회의 보편적인 인식 수준을 의식한 발언이라 하더라도, 지나치게 보수적이라는 느낌을 준다. 가정과 사회가 하나의 융합체라고 말하면서도 여성의 역할을 여전히 가정이라는 사적인 영역의 문제로 인식하고 있을 뿐만 아니라, 그것이 '여성의 공통적·천부적 책임'이라고 말하는 데서 우리는 강경애의 여성인식이 아직도 젠더에 대한 인식 이전의 차원에 머물러 있다는 인상을 받게 된다. 남성과 여성 간의 공적 영역과 사적 영역이라는 영역 분리를

---

16) 이상경 편, 『강경애전집』, 소명출판사, 1999, 710면. 앞으로 강경애의 글에 대한 모든 인용은 이 책에 의거하며, 면수는 본문 안에 괄호 표기한다.

바탕으로, "여성을 가정과 일치시키려는 이념"17)은 바로 젠더 이데올로기의 핵심을 이루고 있기 때문이다. 물론 강경애의 글들 가운데는 "사회적으로 완전한 경제적 개변을 보지 못하고는 완전한 여성의 해방도 볼 수 없습니다. 이대로는 해방은 고사하고 더욱 더욱 여성은 상품화하며 따라서 인간적 지위에서 점점 더 말살되고 말 것입니다"(746면)는 보다 적극적인 주장을 담고 있는 구절들도 있지만, 이러한 구절 역시 계급해방의 문제를 여성해방의 문제보다 더 우선적인 과제로 설정함으로써, 여성해방의 문제를 계급해방이라는 남성주체적인 담론의 영역 안으로 귀속시키는 태도를 보여준다.

이처럼 계급해방의 과제 속에 여성해방의 문제까지 포괄하려는 태도에도 불구하고, 작가가 가부장 사회가 권장하는 여성의 역할, 혹은 여성적 미덕을 매우 우호적인 시선으로 바라보고 있다는 것은 그녀의 글 여기저기에서 확인된다. 예를 들어 「표모(漂母)의 마음」이라는 수필에서 작가는 자신이 남편과 자주 싸우는 이유가 자신의 서투른 가사능력에 있음을 깨닫고 몸을 아끼지 않고 가사에 전념할 뿐만 아니라, 거기에서 일종의 예술적 감흥까지 느꼈음을 고백한다. 또한 "햇볕에 빛나는 저 빨래! 저것은 정성스레 빨래한 저 부인의 순결한 마음을 대표한 듯 하였나이다. 사랑하는 남편과 귀여운 어린애들을 생각하며, 곱게 씻은 저 빨래, 어머니와 아내의 마음을 대표한 것이 아니고 무엇일까"(750면)라는 구절에서는 여성의 가사노동을 별다른 갈등 없이 남성중심 사회가 요구하는 여성적 덕목과 결부시키는 태도를 보여준다. 물론 이것은 여성의 가사노동을 열등한 노동으로 간주하는 남성적 시선과 달리, 여성의 가사노동이 지닌 노동으로서의 가치에 보다 적극적인 의미를 부여하려는 태도로도

---

17) 다이애너 기틴스, 『가족은 없다』, 안호용 외 역, 일신사, 1998, 55면.

해석될 수 있지만, 가사노동을 통해 여성으로서의 삶의 의미와 행복을 찾으라고 권유하는 작가의 태도 속에서 남녀 간의 전통적인 역할분리의 틀은 여전히 견고하게 유지된다.

남성중심 사회가 여성들에게 요구하는 긍정적 가치를 별다른 갈등 없이 내면화하고 있는 듯한 작가의 태도는 「원고료 이백원」이나 「그 여자」 등의 작품들에서도 그대로 답습된다. 「원고료 이백원」의 작중화자는 신문사로부터 받은 거액의 원고료를 어떻게 쓸 것인가의 문제로 남편과 갈등을 빚게 되고, 그로 인해 남편으로부터 "머리를 지지고 볶고, 상판에 밀가루 칠을 하구, 금시계에 금강석 반지에 털외투를 입고, 입으로만 아! 무산자여 하고 부르짖는 그런 문인이 되고 싶단 말이지. 당장 나가라"(564면)라는 악담을 듣게 된다. 남편의 이 말은 당시 사회에 널리 퍼져 있던 신여성에 대한 사회적 인식수준을 반영하고 있는 것으로 볼 수 있는데, 이러한 남편의 인식수준에 상응하는 작품이 바로 「그 여자」이다. 이 작품에서 작가는 관찰자적인 시점으로 이른바 신여성에 속하는 여주인공의 허위의식을 냉정하게 꼬집고 있다. 여기에서 실제로 당시 사회에 여주인공과 같은 낭만적 허위의식에 사로잡힌 신여성들이 존재했는가 아닌가의 문제는 그리 중요하지 않다. 문제는 작품 속의 작가의 시각이 「원고료 이백원」의 남편이 보여주는 신여성에 대한 시각을 그대로 답습하고 있다는 점이다. 다시 말해 「그 여자」에서 여주인공을 바라보는 작가의 부정적인 시선 속에는 당시의 보수적인 남성중심 사회 안에 널리 퍼져 있던 신여성에 대한 왜곡된 편견이 별다른 여과 없이 투영되어 있다.

강경애의 여성인식이 기본적으로 여성에 대한 보수적인 통념에서 크게 벗어나 있지 못하다는 인상은 그 이외에도 그녀의 작품들 곳곳에서 확인된다. 작가가 우호적인 시선을 보내는 여성인물들이 대개 탁월한 미모와 온순하고 헌신적인 성품 등, 남성들의 요구에 부합하는 매우 여성적인 자질을 지닌 인물들로 표현된다거나, 남성중심 사회에서 여성의 가장 긍정적인 자질로 간주되는 모성에 대해 작가가 전폭적인 신뢰의 시선을 보내고 있다는 점 등은 작가의 여성인식이 근본적으로 남성중심 사회 안에서 형성된 젠더 이데올로기와 대립하는 지점에 놓여있는 것이 아님을 말해준다. 특히 가부장제 사회 속에서 여성들의 의식 속에 내면화된 모성의 문제가 "어머니가 아이 양육을 전적으로 책임지게 되는, 서구 문화 속에 나타난 가족의 사사화(私事化)와 갈수록 사적 세계와 공적 세계를 구분하는 가운데, 여성을 자연적, 감정적인 존재로 규정하는 새로운 자아 규범이 만들어낸 현상"18)이라는 지적을 감안하면, 강경애가 보여주는 모성에 대한 인식은 가정 내에서의 여성의 역할과 관련된 작가의 보수적인 시각과 동일한 맥락에서 나오는 것이다.19) 이런 점에서 2세대 여성작가를 대표하는 강경애의 여성인식은 오히려 가정이라는 억압적인 삶의 공간으로부터의 해방을 꿈꾸었던 1세대 여성작가들보다 후퇴해버린 감이 없지 않다. 아마도 그것은 강경애와 같은 세대의 작가들이 1세대 작가들과는 달리, 여성적 정체성보다 계급적 정체성의 문제에 더 큰 비중을 두었던 점과 무관하지 않을 것이다. 그렇다면 강경애의 대표적인 두 장편소설인 『어머니와 딸』과 『인간문제』에서 여성문제에 대한 작가의 인식은 구체적으로 어떠한 양상으로 나타나고 있는가?

---

18) 리타 펠스키, 『근대성과 페미니즘』, 김영찬·심진경 역, 거름, 1998, 75면.

19) 이에 대해서 강경애 소설의 여성인물들이 보여주는 모성성이나 온순하고 헌신적인 여성적 자질들을 부정적인 것으로만 몰아붙일 것이 아니라, 남성성과 대립하는 여성성의 긍정적인 특성으로 보아야 한다는 의견이 제기될 수 있을 것이다. 그러나 중요한 것은, 여성적 자질들의 긍·부정에 대한 판단 이전에, 여성적 자질을 둘러싼 사회 이데올로기적 맥락에 대한 인식일 것이다. 모성성이나 여성의 가사노동이 여성의 생활영역을 가정 내부의 사적인 공간으로 제한하는 남성중심 사회의 제도적 규정성과 연관되어 있는 것과 마찬가지로, 여성의 본래적인 특성으로 간주되어온 이와 같은 긍정적인 자질들이 여성들의 수동적이고 종속적 삶을 자명한 것으로 온존시키는 역할을 해왔음을 부정하기는 어려울 것이다.

3. 여성의 근대적 각성의 의미－『어머니와 딸』

「파금(破琴)」과 같은 해에 발표된 강경애의 사실상의 데뷔작이면서 첫 장편소설인 『어머니와 딸』은 문학적으로 그리 뛰어난 수준에 도달해 있는 작품으로 보이지는 않는다. 이미 많은 논자들이 여주인공 옥이의 자기각성이 지나치게 돌발적인 계기에 의해 이루어지고 있다는 점을 이 작품의 주요한 결함으로 지적하고 있지만, 그 이외에도 작품의 구성이나 서술면에서 나타나는 작가의 채 정련되지 못한 서투른 기량은 이 작품의 문학적 성취에 대한 적극적인 평가를 주저하게 만드는 요인이다. 그럼에도 불구하고 이 작품이 강경애의 작품들 가운데 여성의 자기각성이라는 문제를 가장 적극적으로 다루고 있다는 지적은 충분히 수긍할 만하다. 아마도 그것은 이 작품이 다른 작품들에 비해 계급주적 인식을 그다지 적극적으로 드러내지 않고 있다는 점과 무관하지 않을 것이다. 다시 말해 이 작품에서 여성문제는 계급문제에 종속된 하위범주가 아닌, 그 자체로서 하나의 독자적인 문제영역으로 다루어지고 있는 것이다. 물론 옥이의 생모인 예쁜이가 겪는 비참한 삶이 소작인의 딸이라는 그녀의 계급적 위상과 깊은 관련이 있고, 옥이의 양모인 산호주 또한 기생이라는 이유로 남다른 불행과 고초를 겪게 되지만, 작품 속에서 그녀들의 삶은 계급적 관점에서가 아니라, 주로 가부장적인 사회 속에서 여성이 겪는 부당한 고통이라는 관점에서 조명된다.

작품은 ‘어머니와 딸’이라는 제목 그대로, 어머니와 딸이라는 두 세대의 여성들을 통해 가부장적인 사회구조가 여성들에게 가하는 억압과 그 극복의 양상을 그리는 데 초점을 맞추고 있다. 그 중에서도 어머니 세대에 속하는 예쁜이의 삶은 전통 사회에서 여성들이 겪는 고난의 한 전형을 보여준다. 소작인의 딸로 태어나 집안의 재산밑천으로 아들 없는 부잣집의 소실로 팔려가고, 아들 대신 딸을 낳아 쫓겨난 후 그녀의 집안이 풍비박산이 되는 과정은 과거 여성들의 사회적 위상과 관련해서 우리가 익히 접해온 이야기들의 연장선상에 있다. 집안이 풍비박산이 된 후, 예쁜이가 보여주는 자포자기적인 삶은 많은 논자들에 의해 주체적인 자기 각성이 결여된 삶으로 비판받고 있지만, 달리 보면 가부장적 사회의 부당한 횡포에 의해 삶의 물적 토대를 완전히 상실해버린 한 여성의 암울한 현실을 통해 그 사회의 폐쇄성을 보다 실감있게 전해주는 것으로 생각할 수도 있다.

예쁜이와는 달리, 옥이의 양모일 뿐만 아니라 옥이의 정신적 지주이기도 한 산호주는 자신의 삶에 대해 훨씬 더 자각적이고 주체적인 인물로 등장한다. 예쁜이가 이 남자 저 남자의 무릎 위를 옮겨다니면서 끊임없이 남자에게 자신의 삶을 기탁하려는 의존적인 삶의 방식에서 벗어나지 못하는 반면, 산호주는 첫사랑의 대상인 강수의 배신 이후 남자에 의지하려는 삶의 방식을 버리고 아들 봉준과 함께 살아가는 독자적이고 자립적인 삶을 선택한다. 아마도 이것은 예쁜이가 소실로 팔려가기 전까지는 가족 바깥의 세계와 접할 기회를 전혀 가지지 못했던 밀폐된 성장배경을 지니고 있는데 비해, 산호주는 고아로 성장하여 기생이 되기까지 낯선 세계 속에서 스스로의 힘으로 세상을 헤쳐나가야 하는 성장환경 속에서 살아야 했다는 점과 무관하지 않을 것이다. 작품 속에서 예쁜이에 대한 서술이 대부분 외적인 행위에 한정되어 있을 뿐 내면에 대한 서술이 거의 제시되어 있지 않은 데 비해, 산호주의 경우는 내적 심리가 상당히 적극적으로 서술되어 있는 것도 이와 관련해서 생각해볼 문제다. 산호주의 내면묘사가 상당히 선명하다는 느낌을 주는 데 비해 예쁜이의 내면심리가 매우 모호하거나 막연한 느낌을 주는 것은, 외부 현실과의 관계에서 산호주가 상당히 자각적인 인식을 드러내는 반면, 예쁜이는 외부 현실과의 관련 속에서 자신의 삶을 대상화하는 자각능력이 결여된 상황함몰형 인물이라는 점과 관련이 있을 것이다. 예쁜이는 내면이 없는 인간, 다시 말해 삶에 대한 주체적 기획능력이 부재한 상황 혹은 운명순응형 인간이다. 예쁜이의 자포자기한 삶은 바로 그 순응이 좌절된 결과인 것이다. 이런 점에서 본다면 예쁜이는 주체의 발견, 혹은 내면의 발견 이전의 인간, 즉 근대 이전의 인간이라고 할 수 있을 것이다.

이런 의미에서 옥이를 낳은 어머니는 예쁜이지만, 옥이를 키운 어머니는 산호주라는 것, 다시 말해 옥이의 삶에 깊은 영향을 미친 정신적인 어머니가 산호주라는 설정은 매우 의미심장하다. 산호주는 옥이에게 성장에 필요한 물질적인 혜택을 제공할 뿐만 아니라, "십여 살이나 먹도록 이름 없는 한낱 생명"(64면)에 불과했던 그녀에게 옥이라는 이름을 지어주고, 무엇보다 교육을 받을 수 있는 기회를 마련해 준다. 산호주가 전통적인 가부장 사회 속에서 나름대로 남성에게 의존하지 않는 자립적 삶을 실천함으로써 어느 정도 근대적인 자기각성의 단계에 근접해 있는 인물이라는 점을 감안하면 옥이가 예쁜이로부터 산호주에게로 옮겨오는 것은 그 자체로 옥이의 삶에 근대적 성장의 중요한 단초를 제공해준 것으로 해석할 수 있다.

그러나 산호주가 죽으면서 남긴 두 가지 모순된 유언은 이후 옥이의 삶에 질곡과 해방의 이중적 계기를 제공한다. "봉준을 잘 길러라. 둘이서 싸우지 말고 잘 살아야 한다"(15면)라는 유언이 옥이에게 자신을 사랑하지 않는 남편과의 불행한 결혼생활로부터 벗어날 수 없게 만드는 심리적 억압으로 작용한다면, "믿지 말아라, 남자를 믿지 말아라"(106면)라는 유언은 옥이로 하여금 남자들의 유혹을 물리치게 만드는 묘한 해방감을 안겨준다. 옥이는 산호주의 이 유언을 떠올리며 "든든한 의지가 생긴 듯"한 마음과 함께 "북받쳤던 설움이 가라앉고 거뜬해짐을 느"(106면)

끼게 되는 것이다. 옥이가 자신 아닌 다른 여자를 사랑하는 봉준과의 굴욕을 감수하는 결혼생활을 묵묵히 견디는 것은 "나 어린 남편의 장래를 위하여 어쩌면 그로 하여금 편하게 마음대로 해주는 동시에 일생을 행복스럽게 만들어줄까, 자기의 신세를 망쳐버리게 된다더라도 남편에게 행복함이 된다면 어떠한 일이라도 감행할 것 같았다"(67면)는 자기희생의 마음뿐만 아니라, "망설이는 것부터도 벌써 어머니의 유언을 잊은 나다! 견디자! 어머님의 둘도 없는 아들이 아니냐? 그리고 나의 남편인 것이다"(17면)라는 생각 때문이다. 따라서 남편에 대한 옥이의 자기희생적 태도는 남편에 대한 자발적인 사랑에서 비롯된 것이라기보다, 어머니의 유언에 의해 결정된, 선택의 여지없는 결혼생활을 자신이 감당해야 할 운명으로 내면화한 결과라고 보는 것이 온당할 듯하다. 이것은 옥이가 겪는 내면의 갈등에도 불구하고 그녀의 삶이 여전히 타율적으로 정해진 운명적 조건에 다소곳이 순응하는 봉건적 여인의 수준에 머물러 있음을 말해준다.

그러나 옥이의 서울행은 그녀가 보다 본격적으로 근대적인 교육의 장안으로 진입하는 것을 의미하고, 그것은 그녀가 자신이 겪고 있는 삶의 허구성에 대한 인식에 한발 더 가까이 다가서는 계기가 된다. 이처럼 옥이가 근대교육의 수혜자로 등장하는 것은, 옥이를 한번도 교육의 기회를 제공받지 못했던 예쁜이와 구분짓는 가장 뚜렷한 차이점이다. 어머니와 딸 사이에는 이처럼 교육을 통한 근대적 계몽이라는 시대적 변화의 계기들이 작용하고 있는 것이다. 그러나 자신의 불행한 결혼생활을 통해 "어머니(예쁜이—인용자)의 타락된 원인이 아버지의 소위(所爲)인 것을 깊이 깊이 깨닫게 되었"(19면)으면서도 서울행 이후에는 별다른 자기각성의 징후를 보여주지 않던 옥이가 자기희생적인 부당한 결혼생활의 허구성을 깨닫는 계기는 이미 말한 대로, 노동운동을 하다 구속된 영실오빠와의 우연한 만남이라는 매우 돌발적인 사건을 통해 제시된다. 이에 대해서는 작품의 전체 분위기와 어울리지 않는 작가의 계급주의적 강박을 작품 속에 무리하게 적용한 데서 오는 관념론적 미숙성으로 평가하는 시각이 있는가 하면, 다른 한편에서는 "옥에게 있어 본받아야 할 영실오빠의 삶은 옥에게 계급적 각성을 가져오게 한 것이 아니라 의식의 전환, 발상의 전환의 의미가 더욱 강한 것으로서 지나치게 무거운 정치적 해석을 달 필요는 없"[20]다는 식의 보다 이해어린 시각을 보여주는 평가도 있다. 그러나 서정자의 지적대로 영실오빠와의 만남이 옥이에게 계급적 각성보다 다만 봉준을 떠날 윤리적 구실을 제공해준 것에 불과하다고 할지라도, 그러한 계기가 영실오빠라는 인물의 급작스런 출현과 함께 지나치게 돌출적인 방식으로 제시된다는 것은 분명 작가가 지닌 서사구성 능력의 미숙함 탓으로 돌려야 할 것이다.

영실오빠와의 만남 이후 옥이는 봉준에게 "나도 이제부터는 나로서의 삶을 계속하여 보렵니다"(127면)라고 선언한다. 그리고는 산호주를 떠올리면서 "어머님의 딸은 나다! 어머님께서 생전에 실행치 못한 것을 나는 실행할 것이다!"(133면)라고 다짐한다. 여기에서 '나로서의 삶'을 선언하면서 봉준과의 결혼생활에서 벗어나는 것이 곧 '어머님의 딸은 나다'라는 선언과 맞물려 있는 것은 몇 가지 간과할 수 없는 의미를 담고 있다. 이것은 옥이가 산호주에 대한 자신의 적자(嫡子)성을 주장하면서, 봉준과의 관계에서 은인의 아들이라는 윤리적 구속을 떼어내고 자신을 봉준과 대등한 위치로 끌어올림과 동시에, 산호주의 자립적인 삶의 태도를 자기 정체성의 내적 근거로 받아들이겠다는 의지의 표명으로 이해할 수 있는 것이다. 또한 이것은 옥이가 산호주의 두 가지 유언 가운데 자신의 삶을

---

20) 서정자, 「페미니스트 성장소설과 자기발견의 체험」, 『한국여성학』 7권, 1991, 53면.

억압했던 질곡의 계기를 버리고 해방의 계기를 선택한다는 의미를 지니는 것이기도 하다. 그러나, 숙희를 생각하며 눈물을 흘리는 남편에 대해 옥이가 "한낱 계집애를 생각하여 운다는 것은 너무나 값없는 울음이 아니냐?"(123면)라고 생각하는 부분에서도 잠깐 엿보이는 것처럼, 옥이의 이러한 자기각성이 남성중심적인 의식으로부터 얼마나 벗어나 있는가는 의문이다. 얌전하고 온순한데다 재색을 겸비한, 가부장 사회의 남성들이 요구하는 여성적 미덕들을 두루 갖춘 옥이라는 캐릭터도 그렇고, 봉준의 부정적인 캐릭터 설정 또한 그가 가부장 사회가 요구하는 남성적인 자질에 미달하는 인물이라는 점과 무관하지 않은 듯하다. 봉준의 허약한 남성성은 특히『인간문제』에서 작가의 긍정적인 시선을 한몸에 받고 있는 첫째가 매우 남성적인 인물로 설정되어 있다는 점과 비교해볼 때 보다 두드러진다. 그런 점에서 여성의 자기각성이라는 이 작품의 혁신적인 문제의식에도 불구하고, 정작 작가가 작중인물들의 캐릭터를 설정하는 방식은 그다지 혁신적인 것으로 느껴지지 않는다. 그렇다면 이 작품 이후에 쓰인『인간문제』에서 여성문제에 대한 작가의 인식은 어떤 변화를 보이고 있는가?

4. 아버지가 주인공인 딸의 이야기 –『인간문제』

1934년에 동아일보 신문연재소설로 발표되면서 강경애라는 작가를 대중들에게 널리 알리는데 결정적인 기여를 했던『인간문제』는 강경애의 작품들 가운데 가장 탁월한 작품으로 평가되면서 논자들로부터 가장 집중적인 조명을 받아온 작품이다. 이상경은 이 작품에 대해 서슴없이 "식민지 시대 최고의 리얼리즘 소설"[21]이라는 극찬에 가까운 평가를 내리고 있고, 다른 논자들의 경우에도 이 작품의 문학적 성과에 대해서는 대체로 긍정적인 반응을 보여주고 있다. 이 작품이 여성문제를 다루는 방식에 대해서도 "무엇보다 이 작품은 여성의 문제만을 부각시키는 당대의 여류문학과는 달리, 여성의 억압적 현실을 포착하여 여성의식의 심화과정을 식민지 사회구조의 모순성과 관련시켜 총체적으로 제시하고 있"22)다는 식의 평가가 지배적이기는 하지만, 논자에 따라서는 "여주인공을 통해 본 여성관의 양상은 역시 여자의 성, 감정, 심성, 사회적 과제를 무시한, 강경애의 시대적 현실과 작가적 한계로부터 만들어진 시점에 입각하고 있다"23)는 다소 유보적인 평가를 제기하기도 한다. 이러한 글들 중에는 같은 글 안에서 극단적인 긍정과 부정이 뒤얽힌 모순된 관점을 드러내보이는 논의들도 없지 않은데, 이와 같은 관점상의 혼란은 여성주의적 관점에서 이 작품에 접근하는 대부분의 논의들이 작품 속에서 다루어지고 있는 여성문제를 계급문제와의 연관 속에서 파악하고 있다는 사실과 무관하지 않은 듯하다. 다시 말해 그러한 혼란은 강경애에 대한 대다수의 논의가 계급문제와 여성문제를 상호 연계된 문제영역으로 파악하는 논리적 관행을 별다른 의문없이 추수하는 과정에서, 계급해방의 논리가 기존의 계급적 지배구도를 대체할 새로운 지배권력의 창출이라는 남성주의적 힘의 논리에 근거해 있다는 점과, 여성문제가 발원하는 지점이 바로 남성지배적인 권력체제라는 점 사이의 논리적 모순을 제대로 포착하지 못하고 있기 때문에 발생하는 문제이다. 이 작품이 "계급모순이 해결되지 않고는 여성해방도 불가능하다는 과학적인 인식"24)을 보

---

21) 이상경, 「만주 항일혁명운동의 문학적 수용 – 강경애론」, 『한국문학의 리얼리즘과 모더니즘』, 151면.
22) 김혜정, 「『인간문제』에 나타난 여성의식의 변이과정」, 『개신어문연구』 10, 1994, 304면.
23) 김경희, 「강경애 소설에 있어서 여성관」, 『동남어문논집』 10, 2000, 213면.

여주고 있다거나, 작가의 여성문제에 대한 인식이 계급문제와의 연관 속에서 보다 심화된 양상을 보여주고 있다는 등의 평가들 역시, 계급해방의 논리와 여성해방의 논리를 모순 없이 통합 가능한 의미 영역으로 간주하는 단선적인 시각에서 크게 벗어나 있지 않다.

물론 『인간문제』는 여성작가가 여성주인공을 통해 여성의 정신적인 성장과정을 그리는, 말 그대로 "'여자의 일생'형에 드는 소설"25)이라는 점 자체만으로도 여성주의적 시각에서 접근할 수 있는 요소들을 많이 지니고 있는 작품이다. 뿐만 아니라 이 작품에서 악덕지주의 전형으로 등장하는 덕호라는 인물은 계급주의와 여성주의를 연계하는 접근방식에 가장 선명한 논리적 근거를 제공해준다. 덕호는 그가 가진 부와 권력을 동원하여 자신이 부리는 소작농민들을 무자비하게 착취할 뿐만 아니라, 작품의 여주인공인 선비나 간난이 등과 같은 여성들에 대해서도 서슴없이 성적 착취를 자행하는 인물이다. 특히 아버지의 죽음에서 비롯된 선비의 불행한 삶은 덕호의 무자비한 악행과 떼어놓고 생각할 수 없다. 이 작품은 경제적 착취와 성적 착취를 통해 선비에게서 인간다운 삶의 근거를 철저하게 박탈해버린 덕호를 통해, 계급모순과 가부장적인 사회체제의 모순이 중첩된 인물의 한 전형을 창출해내고 있는 것이다. 계급의식에 물든 간난이가 선비와 함께 서울 시내를 내려다보며 "저 번화한 도시에도 얼마나 많은 덕호가 들어있을까?"(350면)라고 생각하거나, 인천 방직공장에서 일하게 된 선비가 자신에게 추파를 던지는 공장 감독을 덕호와 동일시하면서, "덕호와 같은 수없는 인간과 싸우지 않으면 안될 것"(376면)이라고 생각할 때, 덕호를 자신들이 싸워야 할 적의 상징으로

---

24) 김양선, 「강경애─간도체험과 지식인 여성의 자기반성」, 『역사비평』 1996년 여름호, 351면.
25) 김윤식, 『(속)한국근대작가론고』, 일지사, 1981, 243면.

간주하는 그녀들의 의식 속에서 덕호에게 부당하게 당했던 성적 억압에 대한 자각은 계급문제에 대한 이념적 각성에 의해 매개되어 있다. 다시 말해 작품에서 선비나 간난이 등에 의해 제시되는 여성적 정체성의 문제는 노동자라는 그들의 계급적 정체성을 통해 규정되는 것이다.

이처럼 작품 속에서 여성문제에 대한 자각이 계급의식에 의해 매개되어 있다는 것은 계급적 정체성이 여성적 정체성에 선행하는 범주라는 것, 다시 말해 계급문제에 대한 여성문제의 종속적 위상을 선명하게 드러내 보여준다. 계급주의적 담론이 드러내 보이는 강한 남성편향성을 감안하면, 작품의 서술시점에서 감지되는 남성적 성향도 그러한 맥락에서 이해할 수 있다. 작품 속에서 선비의 그리움의 대상이면서, 덕호에 대한 계급적 대안으로 제시되고 있는 첫째가 남성적 체취를 물씬 풍기는 인물로 설정되어 있는 점 또한 그러한 맥락과 무관하지 않다. 첫째가 보여주는 굳센 의지, 육체적 강인함, 과묵함 등의 남성적 특성들은, 선비의 연약함과 선명한 대비를 이루면서 그들이 속해 있는 계급의 도덕적 정당성을 표상하는 상징적 기호들인 것이다. 선비가 인천 부두에서 우연히 첫째를 스치고 지나간 후 "몰라보리 만큼 억세진 첫째의 모습"을 떠올리며 "그라야만 덕호에 대한 자기의 원한을 시원히 풀어줄 것 같았다"(375면)라고 생각하는 구절에서 나타나는 바와 같이, 선비에게 덕호에 대한 대안은 여전히 같은 남성인 첫째이다. 그러므로 이 작품에서 덕호와 첫째를 구분 짓는 것은, 정미숙의 지적대로 결국 좋은 남성과 나쁜 남성이라는 차이에 지나지 않는다. 작품 속에서 선비가 보여주는 여성으로서의 일정한 자기각성 또한, 그녀가 "(첫째에게) 무엇보다도 먼저 계급의식을 전해주고 싶었다. 그러면 그는 누구보다도 튼튼한 그리고 용감한 투사가 될 것 같았다"(398면)라고 생각하는 구절에서처럼, 자신이 그리워하는 첫째를 힘세고 용감한 남성의 이미지와 동일시하려는 보편적인 여성심리를 벗어나지 못하고 있다. 뿐만 아니라 이 작품은 예쁘고 약하고 온순하고 수동적이라는 여성적 자질을 완벽하게 갖추고 있는 선비를 여주인공으로 설정함으로써, 그녀가 겪는 계급적 착취의 부당함을 보다 극대화된 양상으로 드러내 보인다. 다시 말해 예쁘고 착한 선비의 여성적 자질은, 그녀가 겪는 고통의 부당성을 증폭시킴으로써 계급주의적 이념의 도덕성을 강화하기 위한 매우 중요한 소설적 장치로 기능하고 있는 것이다. 이런 의미에서 이 작품은 계급주의적 관점의 정당성을 확보하기 위한 도덕적 근거를 가부장 사회가 긍정하는 여성적 자질들로부터 빌려오고 있다고 할 수 있다. 작품 속에서 강한 남성상에 바탕을 둔 계급주의 이념이 가부장 사회에 의해 규정된 약한 여성을 보호하는 구원자의 이미지로 그려지고 있다는 점에서 계급주의와 가부장 체제는 공모관계에 있다. 양자의 공모 속에서 약한 여성의 이미지는 강한 남성상을 옹호하면서 보호받아야 하는 대상으로 고착화 된다

　지금까지의 논의에 따르면, 『인간문제』를 여성문제를 다룬 소설이라는 관점에서 접근할 경우, 이 작품의 계급주의적 특성은 그러한 관점의 타당한 근거가 되어주기보다는 오히려 가장 큰 걸림돌로 작용하고 있는 셈이다. 뿐만 아니라 이 작품에 대한 여성주의적 접근이 논리적 타당성을 얻기 위해서는 먼저 계급주의적 관점과 미묘하게 뒤섞여 있는 작품 내부의 가부장적인 요소들을 정밀하게 분석해내는 작업이 선행되어야 할 것이다. 이를테면 신철이 옥점이 아닌 선비에게 마음을 빼앗기게 되는 것은 선비와 옥점의 관계에서 선비의 도덕적 우위를 확보해주는 주요한 서사적 장치라고 할 수 있는데, 선비가 신철의 마음을 사로잡는 것은 선비가 고운 자태를 지니고 있다는 점 이외에 바로 다음과 같은 이유 때문이다.

특히 그의 와이셔츠나 혹은 내의같은 빨아 다려오는 것을 보면 어떻게 그리 정밀하고 얌전스럽게 해오는지 몰랐다. 그때마다 그는 이러한 아내를 얻었으면… 하는 생각이 옷 갈피갈피를 뒤질 때마다 부쩍 들곤 하였다(191면).

다시 말해서 신철은 선비의 가장 여성다운 점에 매혹되어 있는 것이다. 물론 신철은 선비가 일하는 모습을 보며, 자신의 이념적 태도를 의식하여 "인간은 일하는 곳에서만 진실(眞實)과 우미(優美)를 발견할 수 있는 모양이다!"(202면)라고 생각하기도 하지만, 그 후 신철이 담장 위에 올라온 마디가 굵고 거친 손이 선비의 손이 아니라고 강하게 부정하며 "끝이 뾰족뾰족한 가는 손가락을"(222면) 떠올리는 대목은, 선비에 대한 그의 매혹된 심리가 바로 남성중심 사회가 선호하는 여성적 자질들에 근거한 것이었음을 분명하게 드러낸다. 특히 가사를 정갈하게 돌보는 여성에게 매혹당하는 남성의 심리는 강경애의 다른 작품인 「번뇌」에도 잘 나타나 있는데, 여기에서 문제는 이러한 여성적 자질에 매혹당한 남성의 시점이 작가의 시점과 별달리 구별되지 않는다는 점이다. 물론 신철의 캐릭터는 작품의 진행과정에서 결국 회색적 지식인으로 부정되지만, 신철이 매혹당한 선비의 여성적 자질은 작품 속에서 선비라는 캐릭터의 도덕적 정당성을 옹호하는 매우 중요한 근거로 활용되고 있다.

이 작품이 보여주는 가부장적 편견은 작가가 덕호의 딸인 옥점과 옥점 어머니를 서술하는 방식에도 그대로 적용될 수 있다. 옥점은 지금까지 논자들에 의해 거의 주목을 받지 못해온 인물이라고 할 수 있는데, 필자의 판단으로는 논의의 초점이 선비에게 집중되는 과정에서 부당하게 폄하되어온 옥점이라는 캐릭터가 오히려 이 작품에서 가장 생동감있게 살아 움직이는 인물이 아닌가 한다. 옥점이라는 캐릭터를 단지 윤리적인 잣대로만 판단하려는 태도를 잠시 접어둔다면, 옥점이 신철의 마음을 붙잡으려고 애쓰는 것이나 선비를 자신의 경쟁자로 의식하면서 철없이 구박하는 심리에 대한 묘사는, 옥점의 성장환경과 그 나이의 여성심리를 감안할 경우 충분한 리얼리티를 갖추고 있는 것으로 보여진다. 신철의 경우 역시 지금까지의 논의가 기회주의적인 지식인이라는 일률적인 이념적 평가에 편중되어왔을 뿐, 그가 선비대신에 옥점을 선택한다거나 그의 계급적 한계로 인해 변절하게 되는 과정이 그 나름의 보편적 리얼리티를 확보하고 있다는 점은 별다른 주목을 받지 못했다. 사실 이 작품의 리얼리즘적 성과는 작품 속에 등장하는 인물들에 대한 서술이 계급주의적 조급성에 함몰되지 않고, 각기 나름대로의 섬세하고 풍부한 개연성을 지니고 있다는 점과 깊은 관련이 있다. 또한 작가가 인물들의 행동이나 생각에 대한 직접적인 논평을 삼간 채, 객관적인 형상화의 원칙에 매우 충실하려는 서술태도를 보여주고 있다는 점 또한 이 작품의 탁월함이 드러나는 대목이다. 작가는 작중인물들에 대한 직접적인 논평을 배제하는 대신, 인물들이 지닌 긍·부정적 자질을 통해 간접적으로 인물들에 대한 자신의 관점을 드러내보일 뿐이다. 작품 속에서 드러나는 계급주의적인 관점에 대해서도 작가는 직접적인 개입보다는, 시종일관 다음과 같은 식으로 작중인물의 생각을 옮겨오는 방식을 고수하고 있다.

> 그(첫째─인용자 주)는 이러한 생각을 하며 걸었다. 인간이란 그가 속하여 있는 계급을 명확히 알아야 하며 동시에 인간사회의 역사적 발전을 위하여 투쟁하는 인간이야말로 참다운 인간이라는 신철의 말을 다시 한 번 생각하였다(373면).

그러나 이미 언급한대로 작가는 옥점이나 옥점모를 선비와 계급적 대립관계에 놓는 과정에서 자신의 가부장적 편견을 별다른 반성없이 드러내 보인다. 작가가 작중인물들에 대해 특별한 주관적 논평을 가하고 있지는 않지만, 작품 속에서 옥점, 옥점모와 선비에 대한 작가의 서술시점은 긍·부정의 선명한 대비를 이루고 있다. 주인집 딸과 안주인으로 작품 속에서 선비를 구박하는 못된 역할을 담당하고 있기는 하지만, 옥점이나 옥점모 또한 덕호로 대변되는 가부장적 체제에 종속된 채 주체성을 상실한 삶을 살아가고 있다는 점은 작가에 의해 별다른 주목의 대상이 되지 못한다. 오히려 옥점이나 옥점모라는 캐릭터에 대한 작가의 부정적인 시각은 그녀들이 선비와 달리 시기와 투기 등, 가부장 사회가 혐오하는 '못된' 여성의 자질들을 지니고 있다는 점과 무관하지 않은 것으로 보인다. 옥점이 신철의 환심을 사기 위해 앙앙불락하는 것이나 옥점모가 덕호 대신 선비를 괴롭히는 것은, 그녀들이 지닌 도덕적 자질의 문제 이전에 그녀들의 삶을 규정짓는 가부장 제도라는 보다 근본적인 사회구조의 문제에서 비롯되는 것이다. 그런 점에서 선비와 옥점, 옥점모 모두가 기실은 남성중심적인 사회가 요구하는 수동적이고 억압적인 여성의 삶을 공유하고 있음에도 불구하고, 그러한 점은 작품 속에서 그다지 적극적으로 부각되지 않는다. 이 작품은 다만 '일하는 여성 / 일하지 않는 여성'이라는 계급적 구도에 따라 선비와 옥점, 옥점모를 긍·부정의 대립관계로 몰고 가는 일에만 열중하고 있을 뿐이다.

강경애의 작품들이 옹호하는 것은 주체적인 인간형이다. 그녀의 작품들에서 부정되고 있는 인물들, 이를테면『어머니와 딸』의 봉준이나 예쁜이,『인간문제』의 옥이, 옥점모 등은 의존적인 성향이 강한 인물들인 반면, 옥이나 산호주, 선비, 첫째, 간난이 등은 그와 같은 의존적인 성향에서 벗어나 주체적인 자기각성의 단계에 이르는 인물들이다. 그러나 문제는 서사의 층위에서 제시되는 여성인물들의 주체적 자각이, 서술의 층위에서는 여전히 남성중심적인 인식구조의 틀 안에 머물러 있다는 점이다.

『인간문제』에서 선비와 간난이를 자기각성의 단계로 이끄는 것은, 이미 말한 대로 계급주의라는 이념적 아버지이다. 그 이념적 아버지는 가부장적 아버지를 부정하지 않는다. 마치 덕호가 부정되어도 가부장적 아버지에 의해 명명된 여성적 가치들은 강경애의 작품 속에서 여전히 긍정적인 가치로 살아있는 것처럼, 여성의 계급적 각성에도 불구하고 남성사회가 선호하는 순종하는 여성의 미덕은 부정되지 않는다. 다시 말해 남성적 사회체제 속에 종속된 여성들의 구조적 위상은 근본적으로 변하지 않는 것이다. 그렇다면『인간문제』가 우리에게 들려주는 것은 기실 '딸'이 아니라 '아버지'의 이야기, 혹은 마치 아버지가 서사적 상황의 실질적인 주인공으로 군림하는 세계에서 펼쳐지는 딸의 이야기라고 할 수 있지 않을까?

5. 강경애 문학의 현재성

이 장에서 우리는 강경애의 대표적인 장편소설인『어머니와 딸』과『인간문제』를 중심으로 강경애의 작품들에서 나타나는 여성인식의 문제점들에 대해 살펴보았다. 이제 지금까지의 논의에 대해 제기될 수 있는 반론들을 생각해보고, 그에 대한 간단한 답변을 제시하는 것으로 글의 마무리를 대신하도록 하겠다. 예상되는 반론은 대략 다음 두 가지 정도로 정리할 수 있을 듯하다. 첫 번째는 강경애에 대한 논의에서 몇몇 논자들이 지적한대로, 강경애의 여성인식에 다소의 문제가 있더라도, 식민지 현실이라는 당시의 시대적 상황을 감안하면 강경애의 여성인식이 지닌 혁신성이 충분히 인정되어야 한다는 것이며, 두 번째는 강경애의 소설에 대한 "리얼리즘적 방법론에 의한 읽기가 하층민이라는 계급적 사실만을 강조하고 여성이라는 점을 간과한 반면 여성주의적 시각에서의 접근은 여성이라는 사실만을 중시하면서 하층민이라는 특성을 제대로 고려하지 않고 있다고 볼 수 있다"26)라는 관점이 그것이다.

먼저 첫 번째의 반론에 대해서는, 그러한 반론의 타당성을 어느 정도 수긍하면서도, 오늘의 시점에서 우리에게 더 의미 있는 것은, 발표 당시 강경애의 작품들이 얼마나 혁신적이었는가라는 문제보다 그 혁신성이 오늘/여기의 우리에게도 여전히 유효한가라는 문제가 아닐까라는 의문을 떠올려볼 수 있겠다. 이런 의미에서 강경애의 작품이 지닌 한계가 당시의 시대적 한계와 무관할 수 없다 하더라도, 작가의 여성인식의 한계를 시대적 한계라는 관점으로 포용하는 자세보다는, 그 시대적 한계의 의미마저도 오늘의 관점에서 되읽어내려는 시도가 강경애에 접근하는 보다 더 생산적인 논의방식이 아닐까라는 생각을 해볼 수 있겠다. 또한 두 번째의 지적에 대해서는, 여성주의적 관점에서 강경애의 작품들을 옹호하는 대부분의 논의들이 하층민이라는 특성을 제대로 고려하지 않고 있기는커녕, 오히려 너무 고려해온 것은 아닌가, 그 때문에 지금까지의 많은 논의들이 계급문제와 여성문제 사이에 놓인 논리적 모순을 간과한 채 계속해서 계급문제의 틀 안에서 여성문제에 접근하는 논의방식을 시도하려 해왔던 것은 아닌가라는 반론을 제기할 수 있겠다.

결론적으로 말한다면, 강경애의 작품이 보여주는 여성인식의 한계는 강경애가 살았던 시대의 문제일 뿐만 아니라, 오늘날까지 이어지는 바로 우리 시대의 문제이기도 하다. 이런 점에서 강경애의 소설에 나타난 여성문제에 대한 인식이 여전히 오늘/여기에서도 논의될 수 있는 현재성을 지니고 있다면, 그것은 바로 그녀의 여성인식 속에 내재된 그 한계의

---

26) 송인화, 「하층민 여성의 비극과 자기인식의 도정」, 『페미니즘과 소설비평-근대편』, 한길사, 1996, 255면.

현재성 때문이라는 역설 또한 가능할 것이다. 다시 말해 오늘 / 여기를 살아가는 여성들의 삶이 강경애가 살았던 시대로부터 그다지 멀리 떨어진 지점에 놓여 있지 않다는 사실이 강경애의 소설들을 또다시 현재의 시점으로 되불러오도록 요구하는 것이다.

저자 **박 혜 경**

경북 경주 출생.
동국대학교 대학원 졸업.
1987년 동아일보 신춘문예 평론 부문 당선.
제14회 소천비평문학상과 제19회 팔봉비평문학상 수상.
저서로는『비평 속에서의 꿈꾸기』,『상처와 응시』,『황순원 문학의 설화성과 근대성』,
『문학의 신비와 우울』,『문학, 소통과 대화의 사잇길』,『오르페우스의 시선으로』등
이 있다.

이념 뒤에 숨은 인간

한국 근대소설에 나타난 계몽의 패러다임

초판 인쇄 2009년 12월 15일 | **초판 발행** 2009년 12월 30일
지은이 박혜경
펴낸이 이대현 | **편집** 추다영
펴낸곳 도서출판 역락 | **등록** 제303-2002-000014호(등록일 1999년 4월 19일)
주소 서울시 서초구 반포 4동 577-25 문창빌딩 2층
전화 02-3409-2058(영업부), 2060(편집부) | **팩시밀리** 02-3409-2059
전자우편 youkrack@hanmail.net
ISBN 978-89-5556-742-7 93810

정가 18,000원

■잘못된 책은 교환해 드립니다.